EINE MELANGE FÜR DEN SCHAH

SABINA NABER

EINE MELANGE FÜR DEN SCHAH

KRIMINALROMAN

emons:

Bibliografische Information der Deutschen Nationalbibliothek
Die Deutsche Nationalbibliothek verzeichnet diese Publikation in der Deutschen Nationalbibliografie; detaillierte bibliografische Daten sind im Internet über http://dnb.d-nb.de abrufbar.

MIX
Papier aus verantwortungsvollen Quellen
FSC® C083411
FSC
www.fsc.org

Umschlagmotiv: istockphoto.com/TheresaTibbetts; Nina Schäfer
Umschlaggestaltung: Nina Schäfer
Gestaltung Innenteil: César Satz & Grafik GmbH, Köln
Lektorat: Carlos Westerkamp
Druck und Bindung: CPI – Clausen & Bosse, Leck
Printed in Germany 2019
ISBN 978-3-7408-0522-7
Originalausgabe

Unser Newsletter informiert Sie regelmäßig über Neues von emons:
Kostenlos bestellen unter
www.emons-verlag.de

Dieser Roman wurde vermittelt durch die Literarische Agentur Kossack GbR.

DIENSTAG

1

Orange. Die Farbe leuchtete derart überraschend zwischen dem Grau von Wintermänteln, Himmel, Häusern und Asphalt, dass Wilhelm Fodor, noch im Halbschlaf auf dem Weg in die Sicherheitswache, die Augen zusammenkniff. Und sie leuchtete ungestört, weil die auf die Straßenbahn Wartenden Abstand hielten und eine Art Halbkreis um die Frau gebildet hatten. Also um die Frau und ihren Begleiter, bei dem sie sich untergehakt hatte – eine Gepflogenheit, die bei diesem Pärchen seltsam verspielt wirkte. Der Mann war zwar ebenso unkonventionell gekleidet, doch seine in Kobaltblau schillernden Hosen und der haselnussfarbene Lammfellmantel waren im Vergleich zur Kleidung der Frau opernballwürdig.

Die Bim bremste sich bei der Station ein, und der Wagen, in dem Wilhelm saß, blieb genau neben dem Pärchen stehen. Er merkte, dass er sich aufrecht hinsetzte, und ärgerte sich über seine Neugier. Trotzdem konnte er seinen Blick, der sich an der Tür festsaugte, nicht beherrschen. Natürlich wusste er dank Elisabeth, was in der großen weiten Welt en vogue war, weil ihm seine Halbschwester immer die neuesten Gazetten und Modezeitschriften in die Wohnung schleppte, aber Wien war nicht London oder New York. Nicht einmal Graz. Und bislang hatte er so ein kurzes Kleid nur einmal in Wirklichkeit gesehen, also so richtig in Wirklichkeit, nicht bloß in der Wochenschau oder in einem Film – als er nach einer Einvernahme am Gaußplatz nach Hause geschlendert und in der Perinetgasse an so einer seltsamen Ansammlung von Menschen vor einem Kellereingang vorbeigekommen war. Ungepflegte Schnurrbärte, etwas zu legere Kleidung, viel zu lautes Geschnatter und zwei Frauen, deren weiße Röcke weit oberhalb des Knies geendet hatten. Aktivisten seien das, hatte ihn sein Nachbar, der Navratil, damals aufgeklärt. Er habe sich geweigert, über diese Rotzbuben einen Artikel zu verfassen.

Aktionisten hatte er gemeint, wie Wilhelm später bei der Zeitungslektüre erkannte. Eine Art Künstler, die mit Blut und anderen Scheußlichkeiten arbeiteten – oder, laut Navratil, Irrenhauskandidaten, denen einmal Respekt beigebracht gehörte, vor allem den schamlosen Weibern, die es mit ihren kurzen Röcken ja nur darauf anlegten, dass man sie wie Luder behandelte.

Wilhelm seufzte, legte seine Handschuhe Finger auf Finger. Wenn solche Leute seinen Nachbarn derart auf die Palme brachten, sollte er sich wohl einmal mit ihnen beschäftigen. Alles war gut, was dieser alte Faschist verteufelte. Überhaupt sollte er sich mehr in der Welt jenseits seiner Tatorte umsehen, in Ausstellungen, zu Konzerten und ins Theater gehen, aber allein war das eine zu langweilige Angelegenheit, und Elisabeth, die einzige Frau, mit der er fortgehen konnte, ohne dass daraus gleich ein Rendezvous würde … ja, sie war ein eigenes Kapitel.

Er seufzte erneut und ließ seinen Blick zu dem Paar schweifen, das beim vordersten Einstieg flüsternd, aber heftig gestikulierend diskutierte. Dieser Mantel! Im Vergleich zu ihm gingen jene weißen Röcke vor dem Keller als Nonnengewand durch. Er bestand zwar aus wilden Strähnen, wirkte wie das Fell eines ungeschorenen Schafs und verhinderte so jeden Blick auf die Figur darunter, lenkte ihn aber, dank seiner Kürze, zwingend auf die Beine der, nun ja, Dame. Und die waren schlank und straff, umhüllt von dunkelorangefarbenen Strümpfen. Nein, wohl Strumpfhosen. Zudem steckten sie in langen orangegelben Stiefeln. Wie bei einer Professionellen von der Kärntner Straße. Die beiden waren sicherlich keine Wiener, obwohl Touristen um diese Uhrzeit selten unterwegs waren. Aber vielleicht wollten sie einen Blick auf den Schah erhaschen, der heute, Dienstag, am Nachmittag in Schwechat landen sollte, und waren deswegen so zeitig aufgestanden.

Sie kämpften sich in den hinteren Teil des Wagens durch, erstanden beim Schaffner zwei Fahrkarten und setzten sich zwei Reihen vor Wilhelm nieder. Erneut blieb der Raum um sie herum frei, als wären sie ansteckend. Und wieder einmal fühlte sich Wilhelm hin- und hergerissen. Der Stil der Frau war, nun ja, gewöhnungsbedürftig. Zugleich war er aber auch interessant. Eine Wohltat in diesem Grau, das überall herrschte, wohin er auch blickte. Gut, es war gerade Winter, Mitte Februar, aber nicht einmal im Frühling schienen die jungen Blätter an den Reben hinauf zum Wienerwald zu leuchten. Und es musste auch einmal Schluss sein mit diesem … diesem … Wilhelm suchte wie so oft nach dem richtigen Wort. Er hatte es noch immer nicht gefunden. Also sprach er nie darüber, diskutierte mit niemandem, wenn beim Bauernschnapsen das Geplauder auf gesellschaftliche Veränderungen kam. Außer mit Elisabeth, denn mit ihr kommunizierte er ohne Worte.

Wilhelm betrachtete die anderen Fahrgäste. Am unverhohlensten musterte ein älterer Herr in grauem Lodenmantel das Pärchen. Er strich sich immer wieder über den Spitzbart und murmelte irgendetwas in denselben hinein. Wilhelm war sich sicher, dass die Floskel »Verfall der Sitten« dabei den Hauptanteil hatte. Denn der Mann war derselbe Typ Mensch wie sein Vorgesetzter: gesetzt, grau, aus einer anderen Zeit, ein Mann ohne Eigenschaften. Und der gute Franz Wiesinger hatte erst letzten Freitag diese Redewendung bis zum Erbrechen bemüht, nachdem seine Großnichte bei einer Familienfeier in einer eng anliegenden Hose erschienen war – ebenfalls so eine Mode aus England. Das ganze Sicherheitsbüro wusste jede Einzelheit von diesem Geburtstagsessen im Intercont. Das neue, großartige Hotel am Heumarkt. Eine Vision der Zukunft.

Wilhelm war seit seiner Eröffnung letztes Jahr sicher an die siebzig Mal daran vorbeigekommen, lag es doch unweit seines Büros. Und er fand es nach wie vor spannend und hässlich zugleich. So aalglatt. Aber auch so unangestrengt. Auf jeden

Fall hatte Wiesinger nicht mitbekommen, dass er sich durch dieses Detail wieder einmal verraten hatte. Er, der immer so tat, als wäre die Monarchie die letzte legitime Zeit gewesen, hatte nichts Eiligeres zu tun, als sich so schnell wie möglich an einem der umstrittensten Plätze der Stadt sehen zu lassen – und das nur, weil es eine amerikanische Angelegenheit war. Erbärmlich, wie er sich den Amis andiente, nur damit niemand fragte, was er im Krieg getan hatte.

Wilhelm entschlüpfte schon wieder ein Seufzer.

»Ja, ausgschamt. Alle. Diese jungen Dinger.« Die Dame neben ihm strich mehrmals mit einer energischen Handbewegung über ihre beige Handtasche. Dann nickte sie ihm zu.

»Ich finde die junge Dame sehr attraktiv.« Wilhelm registrierte, dass sein Ton etwas scharf ausgefallen war, doch er bereute seine Entgegnung nicht. Die Alte war ja nur neidisch. Wie so viele.

Sie schenkte ihm einen ausführlichen Blick. Abschließend zog sie die Augenbraue hoch. »Ja, ja, die Männer. Sind immer …« Sie seufzte.

»Was, gnädige Frau?«

»Leicht zu beeindrucken. A Paar grade Haxn, ohne Genierer präsentiert, und schon ist alles tulli.«

»Na, dann wissen Sie ja, was Sie tun müssen. Sie gestatten?« Wilhelm wurstelte sich an den Knien der Alten vorbei zum Ausgang.

»Also … also …«, tönte es hinter seinem Rücken. »So a Frechheit!«, hörte er, als sich die Straßenbahn quietschend einbremste.

Die Tür öffnete sich viel zu langsam. Er riss an ihr, stolperte hinunter auf die Straße. Luft. Viel mehr Luft. Er nestelte den Schal locker, löste ein klein wenig den Knoten seiner Krawatte. Atmete durch. Sah sich um. Er war eine Station zu früh ausgestiegen. Oder auch nicht. Wie man es eben betrachtete. Üblicherweise fuhr er bis zum Lueger-Platz und ging dann zurück zum Parkring Nummer sechs. Jetzt musste er eben vorwärts.

Wilhelm schaute auf seine Armbanduhr. Zehn Minuten vor halb acht. Er war gut in der Zeit. Direkt neben ihm befand sich einer der Eingänge in den Stadtpark. Er könnte noch eine Runde drehen, bevor ihn die Mühlen des Alltags in Anspruch nahmen, die schon zu lange einen Höhepunkt, sprich einen interessanten Fall vermissen ließen. Ja, eine schnelle Runde, den Hut vor dem Schani lüften und dabei an Elisabeth denken, mit der er schon immens lange keinen Walzer mehr getanzt hatte.

Er marschierte los. Grau. Auch im Park war alles grau. Zum Verzweifeln. Und natürlich war auch das Standbild des Walzerkönigs grau. Irgendwer müsste sich endlich erbarmen und dem guten Strauß wieder sein goldenes Gewand spendieren, ohne das der jetzt schon über dreißig Jahre dahinvegetierte, wie er vom alten Navratil erfahren hatte. Was musste der Meister in seinem einst glänzenden Frack für eine Pracht gewesen sein. Und er würde auch jetzt der Umgebung ein bisschen mehr Grandezza verleihen. Aber entweder hatten die Leute kein Geld oder kein Interesse daran, einem über hundert Jahre alten Meister die Ehre zu erweisen.

Ein Triller durchbrach seine Gedanken. Wilhelms Blick folgte dem Geräusch. Und drüben bei den Pappeln am Teich sah er eine Menschenansammlung, in der sich verdächtig viele Gestalten mit ihm sattsam bekannten Kappen befanden. *Sei vorsichtig mit dem, was du dir wünschst. Es könnte in Erfüllung gehen.* Wilhelm verbot der Stimme seiner Mutter den Mund. Bislang hatte sie nur in seinem Privatleben genervt, bei seiner Arbeit musste sie wirklich nicht auch noch auftauchen.

2

»So a fescher Bub. Schad drum. So rank und schlank. A richtig fescher Volksgenosse.« Das war das Erste, was Wilhelm hörte. Es kam von einer rundlichen Frau weit jenseits ihrer besten Jahre, die die Lederriemen ihrer Einkaufstasche fest umklammert hielt.

Das Zweite war: »Ja, der gfallat mir. Ein bissel jung vielleicht. Aber ich, ich hätt aufpasst auf ihn.« Eine Mittzwanzigerin mit aufgesteckten Haaren, die jedoch leider bei Weitem nicht so elegant wie bei Audrey Hepburn wirkten. Hoffentlich wärmten sie die Trägerin wenigstens anstelle des nicht vorhandenen Huts.

Wilhelm drängte sich an der verhinderten Leibwächterin vorbei und zückte vor dem neben ihr stehenden Streifenpolizisten seine Kokarde. »Chefinspektor Fodor.«

Der Kollege neigte den Kopf und ließ ihn durch das Absperrungsband schlüpfen. Wenigstens hatte er nicht salutiert. Seit diesem Bombenangriff in jenen letzten Tagen konnte Wilhelm die Geste nicht mehr sehen, ohne einen Magenkrampf zu bekommen. Im Grunde eine untragbare Empfindlichkeit bei seinem Beruf.

Mitten im spurensichernden Geschehen, von Reiser, dem Chef der Abteilung, mit halblauten Kommandos dirigiert, machte Wilhelm Lukaschek aus. Sein zweiter Assistent, den Notizblock wie immer auf seinem kugeligen Bauch abstützend, diskutierte mit Waller, der bereits die zugeklappte Ärztetasche in der Hand trug. Die Sache war offensichtlich glücklicherweise an seine Truppe gegangen, aber inzwischen gegessen und er, Wilhelm Fodor, nicht dabei gewesen. Das konnte doch nicht sein. Er stellte sich neben sie. Sie bemerkten ihn nicht. Er räusperte sich.

Lukaschek fuhr herum. Riss die Augen auf. »Fodor!« Er wedelte mit dem Arm Richtung Ring. »Der Fischer, der wartet vor dem Büro auf dich. Damit er dich gleich herholen kann.«

»Jetzt bin i ja da.«

»Ja.«

Sie sahen einander an. Eine kleine Ewigkeit.

»Lukki?«

»'tschuldige. Ich hab mich nur gefragt …«

»Was?«

»Nix.« Lukaschek schüttelte den Kopf und wandte sich dem weißen Leintuch zu, das zwischen den Stämmen der Pappeln einen Körper verbarg. Der süßlich-herbe Geruch seines Rasierwassers mischte sich aufreizend mit jenem nach Eisen und Urin, der von der Leiche ausging. »Laut Pass ein gewisser Harald Porony. Welthandelstudent.« Er betonte das letzte Wort. »Das hat er wirklich so als Beruf eintragen lassen. Na ja.« Er seufzte. »Einundzwanzig Jahre.«

Wilhelm merkte, wie er sich schlagartig anspannte. Offensichtlich sagte ihm der Name etwas, auch wenn er ihn im Moment noch mit niemandem in Verbindung bringen konnte.

»Der Mann da vorne hat ihn gefunden«, berichtete Lukaschek unterdessen weiter. »Kurz vor sieben ist er direkt drüben bei uns aufgetaucht. A Komischer, wirklich ein ganz ein Komischer. Ordentlich antitscht.« Er wedelte vor seiner Stirn und nickte dann Richtung Rand der Menschenansammlung.

Wilhelm ließ seinen Blick entlang der Geste schweifen und bemerkte einen Endvierziger, der komplett in Weiß gekleidet war. Er hielt die gefalteten Hände vor die Nase, die Augen waren geschlossen. Ein entsprungener Patient von Steinhof. Sicherlich. Allerdings hatten die Irren wohl kaum weiße Wintermäntel in ihrer Garderobe. Schien ein Tag der seltsamen Gestalten zu werden.

»Der wollt da am Teich«, Lukaschek holte tief Luft, »mit der Sonne reden.«

»Ah ja.« Eine Bemerkung von Wilma fiel Wilhelm ein. Seine Leib- und Magenwirtin hatte vorgestern beim Abendessen …

»Ja. Obwohl s' ja gar net da ist, die Sonn. Schon gar net um diese Zeit, da war 's ja noch net einmal aufgangen. Theoretisch. Egal. Und er wollt irgendwie die Energie … von den Bäumen … also das hat er gesagt, nicht ich«, neuerliches tiefes Atmen, »ja, die wollte er irgendwie … und deswegen wollte er den Burschen bitten, ihm Platz zu machen und … ja.«

»So, so.« Wilma hatte von einer ähnlichen Erscheinung im

Augarten berichtet. War es derselbe Mann, oder gab es schon ein ganzes Nest von diesen Spinnern?

Lukaschek verzog den Mund zu einem halben Lächeln. »Ich sag ja, net ganz dicht in der Marille. Sollen wir die Truppe vom Berg verständigen? Damit s' ihn wieder einfangen?« Er runzelte die Stirn. »Oder vielleicht war er es ja selber?«

»Das werden wir noch sehen. Und?« Wilhelm wandte sich an Waller. »Was haben wir?«

»Wir haben dich daheim einfach nicht mehr erwischt«, jammerte Lukaschek weiter. »Zuerst war ständig besetzt –«

»Ja, da ist anscheinend wer Neuer.« Wilhelm lächelte ihm zu. »Und der redet und redet ununterbrochen. Was soll ich machen? Vierteltelefon ist nun einmal Vierteltelefon.«

»Eh. Aber du als leitender –«

»Ja, ja, ich weiß, aber ich mag diese Privilegien nicht. Hab ich dir schon oft genug gesagt.« Jedoch anscheinend nicht eindringlich genug. Was sicherlich daran lag, dass der Grund für seine Weigerung, sich per Ausnahmegenehmigung einen Einzelanschluss installieren zu lassen, ein ganz anderer war. »Und jetzt beruhig dich, Lukki. Hol den Fischer her, damit er uns dort vor der Tür nicht abfriert, wenn er nur so herumsteht.«

Bei der Erwähnung des Wortes »frieren« fühlte Wilhelm selber wieder die Kälte, die Wien, nein, Österreich, ach was, ganz Europa und die Welt seit Wochen fest im Griff hatte. Er zog den Krawattenknopf und dann den Schal fest zu. Schob den Hut tiefer in die Stirn und stopfte die Hände in die Manteltaschen.

Nachdem Lukaschek abgezogen war, wandte er sich neuerlich Waller zu. »Also, Bertl?«

»Engelbert, wenn ich bitten darf.«

»Entschuldigen S', Herr Medizinalrat Professor Dr. Waller.«

»Na, geht ja, Herr Chefinspektor Fodor.« Der Arzt grinste, stellte die Tasche ab und offerierte eine seiner kurzen Smart.

Wilhelm nahm sie und ließ sich Feuer geben. Der erste Zug brannte höllisch. Es war einfach ungemütlich, in der Kälte zu rauchen. »Also?«

Waller zog das Leintuch weg und schwenkte den Arm, als wollte er etwas besonders Schönes präsentieren.

Wilhelm sah einen schlanken Mann mit ordentlich frisiertem, dichtem dunkelblonden Haar, blauen Augen und einer nicht ganz kleinen, scharf geschnittenen Nase, die den feinen Gesichtszügen etwas Herrisches verlieh. Er saß mit angezogenen Beinen an den Baum gelehnt. Die dunkelblauen Stoffhosen wirkten frisch gebügelt, die weißen Socken und dunkelblauen Mokassins wie aus der falschen Jahreszeit. Der Bursch schien im Anblick des Teichs versunken. Nur der dunkelrote Fleck auf dem eisblauen Kurzmantel Harald Poronys störte das Bild der Idylle. Und die eisblaue Schirmkappe, die sich in einem eingefrorenen Zweig nahe dem Ufer verfangen hatte.

»Irgendwelche Anzeichen für Betäubungsmittel? Oder andere Drogen?«

Waller schüttelte den Kopf. »Du denkst in die richtige Richtung.« Er nahm das Opfer an der Schulter und drückte es nach vorn.

Wilhelm sah einen weiteren dunkelroten Fleck. »Verstehe. In welcher Reihenfolge?«

Waller zog an seiner Zigarette und brummte. »Mein lieber Freund, das ist eine –«

»Unnötige Frage«, ergänzte Wilhelm. Er hockte sich zur Leiche und betrachtete die Hände und Arme. Sie waren unversehrt. »Zuerst von hinten also. Und das vor nicht allzu langer Zeit.«

»Ja, der Rigor ist noch nicht einmal im Kiefer.« Er sah auf die Uhr. »Und jetzt haben wir drei viertel acht.«

»Das heißt, wir können die Tatzeit auf drei viertel sechs bis circa drei viertel sieben eingrenzen.«

»Genau so ist es.« Waller verschränkte die Arme und wippte mit dem Bein.

»Ich weiß, was du meinst. Der Leichnam wurde höchstwahrscheinlich drapiert.«

»Nahezu mit Sicherheit.« Nun hockte sich Waller zu den

Händen und deutete auf winzige Spuren von Erde und Blätterresten. »Und bei den Knien scheint mir die Hose auch nicht ganz sauber zu sein. Das werden aber dann die Kollegen mit dem Mikroskop verifizieren können. Ich denke, sie wurde abgewischt. Was schließen wir daraus?«

Wilhelm lachte. »Wenn ich es weiß, Herr Professor, bekomme ich dann ein Sternchen in mein Heft?«

Waller lachte mit. »'tschuldige, Willi, ich hab gestern ein paar Doktoranden bei mir gehabt.«

»Ist schon in Ordnung … Bertl.« Er zwinkerte dem Arzt zu. »Um deine Frage zu beantworten: Wir schließen daraus, dass Porony auf die Knie gefallen und dann wahrscheinlich umgekippt ist. In dieser Lage hat ihm der Mörder dann den Rest gegeben. Warum hat er ihn nicht einfach liegen gelassen und ist so schnell wie möglich davongelaufen? Um die Zeit war es noch finster, höchstens dämmrig, also beste Bedingungen.«

Waller wuchtete sich in die Höhe. »Ja, warum hat er ihn drapiert und auch noch abgeputzt?«

»Das herauszufinden ist jetzt mein Job, Herr Doktor.«

»Ich weiß. Und bedaure neuerlich, im falschen Metier gelandet zu sein.«

»Nicht doch.« Wilhelm schnippte den Rest der Smart auf den Teich. »Ohne deine messerscharfen Analysen hätte ich nur halb so viel Erfolg.«

Waller ließ seine Zigarette der von Wilhelm folgen. »Dann sollten wir einmal über eine Prämie verhandeln.«

3

In jüngster Zeit fühlte er sich immer, wenn er von Fischer links und von Lukaschek rechts flankiert auf einen Zeugen zuschritt, wie einer der Bösewichte aus diesen James-Bond-Filmen. Oder wie einer der Gangster aus »High Noon«. Wahrscheinlich, weil Elisabeth, als sie bei einem ihrer seltenen Ausflüge den Film heimlich draußen in Breitensee bei einem Spezialabend angesehen hatten, gemeint hatte, er wirke bei seinem Kampf um Gerechtigkeit genauso entschlossen und mutig. Dass sie sozusagen die Figuren verwechselt hatte, tat der Sache keinen Abbruch. Mit zwei Hilfssheriffs war der Mann ein Held.

Wilhelm blieb knapp vor dem Weißbekleideten stehen und schob ihm die Kokarde ins Blickfeld. »Chefinspektor Fodor. Leiter der Ermittlung. Wir würden Sie gern kurz sprechen.«

Der Zeuge nickte, entfaltete seine Hände und sah ihn an. Dann nichts.

Wilhelm war, als tickte über ihnen ein riesiger Sekundenzeiger. Und das viel zu oft.

»Name«, schnarrte Fischer. Seine Stimme war so gequetscht, dass sie wirklich auf jedermann, außer vielleicht auf durch schneidiges Auftreten und ein schönes Gesicht leicht zu beeindruckende junge Mädchen, unangenehm wirkte. Aber man konnte einem Menschen wie Fischer nicht empfehlen, bei einer der Burgtheatergrößen Unterricht zu nehmen. Er würde denken, dass man vermutete, er sei ein Heimlicher vom anderen Ufer.

»Welchen?«, fragte der Weiße.

Ein Scherzbold, dieser Mann, denn natürlich konnten sie streng genommen auch meinen, ob er den Namen des Opfers kannte. Wilhelm unterdrückte ein Seufzen.

»Na, den Ihren«, präzisierte Fischer.

»Den bürgerlichen oder meinen wahren?«

Fischer sagte nichts mehr, schaute nur. Genauso wie Lukaschek.

Wilhelm musterte jeden Zentimeter des Gesichts ihm gegenüber. Er sah ein entspanntes Lächeln, aber keinerlei Zucken oder sonstige Anzeichen für einen Scherz. Doch aus Steinhof entlaufen.

Er räusperte sich. »Den bürgerlichen, wenn's recht ist.« Einen Irren durfte man keinesfalls in Zorn versetzen, sonst tobte der herum. Zugleich stellte sich aber nun die Frage, ob sie sich mit diesem offensichtlich nicht zurechnungsfähigen Zeugen überhaupt abgeben sollten.

»Professor Dr. Ehrenhoff. Franz Ehrenhoff. Und falls Sie bei der Überprüfung meiner Personalien entgegen meinem Wissen über einen zweiten Franz Ehrenhoff stolpern sollten –«

»Professor Doktor«, konnte sich Wilhelm nicht verkneifen.

Ehrenhoff wirkte nur kurz irritiert. »Also falls dies der Fall sein sollte: Meine Frau heißt Theresa, meine Kinder hören auf Marianne und Manfred.«

Wilhelm ließ ein paar Augenblicke verstreichen. »Sie haben's schon gern ein bissel kompliziert, nicht wahr?«

»Die Illusion des Ichs ist immer kompliziert.«

»Ah ja.« Wilhelm verspürte den starken Drang, den Mann zur Schnecke zu brüllen, damit er mit seinen Spielereien aufhörte. Aber zugleich hatte er das Gefühl, dass das nichts bringen würde. Er zwang sich zu einem Lächeln. »Gut, dann kommen wir jetzt zu den einfachen Dingen. Sie haben das Opfer gefunden.«

»Einfach … Opfer …« Ehrenhoffs Blick schweifte zu den Baumwipfeln.

Wilhelm stellte sich knapp vor ihm hin. »Hören Sie, das ist eine Amtshandlung! Und wenn Sie jetzt nicht *sofort* wie ein normaler Mensch mit uns reden, haben S' ein Verfahren wegen Behinderung der Ermittlungen am Hals. Oder eine Überweisung zum Amtsarzt. Ganz einfach.«

Ehrenhoff sah ihn an. Und jetzt schien in den Augen ein Kobold zu tanzen. »Verstehe.«

»Na, hoffentlich«, brummte Lukaschek.

Wilhelm wandte sich ab, um sich zu sammeln. Er hasste es, herumzubrüllen. Es vernebelte die logischen Gedanken. Und noch mehr brachte ihn in Rage, wenn ihn jemand offensichtlich auf den Arm nehmen wollte. Aber der Mann war Akademiker und sein Gerede, abseits vom Verrückten, nicht das eines dummen Mannes. Er knetete seine Hände.

»Man kann auch nicht erwarten, dass die Staatsgewalt das große Ganze versteht.«

Alles umsonst. Und so mühsam, ausgerechnet auf einen Spaßvogel als Zeugen zu treffen. »Packts ihn ein, Burschen.« Er sah den Witzbold an. »Gefahr in Verzug. Feststellung der Identität.«

Lukaschek winkte einem der Streifenbeamten. Fischer umfasste den Arm des Mannes.

Der hob die Handflächen. »Ich ergebe mich. Was wollen Sie wissen?«

»Nix da«, knurrte Fischer. »So weit waren wir schon einmal.«

Der Mann neigte den Kopf. »Ich bitte förmlich um Entschuldigung. Manchmal ...« Er suchte sichtlich nach den richtigen Worten.

Der Streifenbeamte kam zu ihnen und zückte die Handschellen.

Wilhelm gebot mit erhobener Hand Einhalt. »Was?«

»Ich habe meditiert, wie jeden Tag. Und manchmal«, Ehrenhoff zuckte mit den Schultern, »brauche ich etwas länger, um wieder in diese ... in die Realität zurückzukommen.«

»Meditieren«, schnaufte Lukaschek.

»Sie schauen aber gar net wie a Mönch aus«, meinte Fischer.

»Das bin ich auch nicht.« Ehrenhoff lächelte ihn an. »Es ist eine fernöstliche Philosophie.«

»Wie a Schlitzaug wirken S' aber a net.« Fischer ging einen Schritt auf ihn zu, und sein Unterton war böse gewesen, wie immer, wenn er mit etwas außerhalb seiner täglichen Erfahrung konfrontiert war – und das war alles jenseits von Verbrechen, seiner Tochter, Fußball, Rudern und jungen Frauen.

Wilhelm stellte sich zwischen die beiden. »Also, wie war das mit der Leiche?«

»Nun ja, der junge Mann ist mir sofort aufgefallen, als er den Park betreten hat.«

Weg war sie, die Attitüde. Na bitte, ging ja. Man musste nur die Hierarchie klären. »Wann war das?«

»Das muss so um viertel sieben gewesen sein.« Ehrenhoff kniff die Augen zusammen. »Ja, ungefähr. Ich bin wie immer um sechs Uhr daheim weg, brauche zehn Minuten in den Park und bin auf meiner ersten Runde gewesen. Und vorne beim Lehár habe ich ihn bemerkt, da ist er gerade vom Ring her eingebogen.«

Wilhelm versuchte sich die Situation vorzustellen. »Entschuldigen Sie die persönliche Frage, aber was treibt jemanden zum Meditieren in einen Park, wenn es da noch stockfinster ist?«

Ehrenhoff deutete auf eine Laterne. »Es ist nicht wirklich dunkel, aber ruhig. Und bei meinen Übungen bin ich lieber so gut es geht allein.«

»Weil S' sonst gleich von der Psych einkassiert werden«, ätzte Fischer.

»Verstehe«, beeilte sich Wilhelm zu versichern, was glatt gelogen war. Aber jedem Tierchen sein Pläsierchen. »Zurück zu diesem jungen Mann. Warum ist er Ihnen aufgefallen?«

»Es ging von ihm so eine unangenehme ...« Ehrenhoff sah zu Fischer und dann Wilhelm in die Augen. Er beugte sich zu ihm und sagte leise: »Könnten wir vielleicht ... etwas abseits ...? Ihr Kollege scheint mir ... Und mir werden immer wieder Begriffe entschlüpfen, die er ... Bitte. Der Mann scheint mir sehr impulsiv zu sein.«

So konnte man das nennen, wenn jemand lieber zuschlug, bevor er fragte. Fischer war definitiv das Gegenbild zur Werbekampagne der Polizei als Freund und Helfer. Aber auch solche Leute brauchte man.

Und Wilhelm hatte mittlerweile das Gefühl, dass Ehrenhoff ihnen trotz seines Spleens eine Hilfe sein würde. Er zog ihn zur Seite. »Also?«

»Ja, er ist mir aufgefallen, weil er eine unangenehme Aura hatte. Angespannt, voller Aggression. Immer wieder hat er Steine weggekickt und auf eine der Pappeln geschlagen, während er dort gewartet hat.«

»Er hat auf seinen Mörder gewartet? Sie haben ihn gesehen?« Wilhelm konnte sein Glück nicht fassen.

»Ich bin mir nicht sicher. Ich habe den Mann gesehen, auf den er gewartet hat. Der ist plötzlich nach ein paar Minuten da gewesen. Wie ein Geist.« Ehrenhoff kniff die Lippen zusammen. »Ich habe gerade eine Übung gemacht und nicht hingeschaut.« Er schüttelte den Kopf. Ein Bild purer Selbstunzufriedenheit.

»Und können Sie sich erinnern, wie der in etwa ausgeschaut hat?«

»Natürlich. Groß, schlank, vorderasiatischer Typus. Also irgendwo zwischen Nahem Osten und Pakistan. Mitte zwanzig in etwa. Er war dunkel gekleidet, Hose, Mantel, Hut, alles unauffällig, bis auf den grünen Schal. Seltsame Farbe für einen Schal.«

»Aber das ist doch wunderbar, damit können wir einmal arbeiten!«

»Ich kann Ihnen auch ein Phantombild zeichnen, wenn Sie möchten. Und außerdem ...« Ehrenhoff war wie verwandelt, seine Augen glänzten, und jede Faser seines Körpers sprühte vor Lebendigkeit, als er sich plötzlich mit steifen Armen zwei Meter vor Wilhelm positionierte. »Außerdem hatte er eine markante Art zu gehen. Sehr eckig und die Arme nicht gegengleich zu den Beinbewegungen, wie es üblich der Fall ist«, er ließ die seinen weit ausschwingen, »sondern fast im Passgang. Der ist für den Menschen ja eigentlich sehr unbequem.« Er schaute Wilhelm erwartungsvoll an.

»Ihr Meditieren möchte ich auch lernen, wenn einem dabei so viel auffällt.«

Ehrenhoff lachte. »Ich war nicht ganz bei der Sache, weil ich – ich muss es gestehen – neugierig war.«

»Ah so?«

»Ja, Menschen, die um diese Uhrzeit im Park ... Man kennt einander mehr oder weniger. Und die beiden waren fremd.«

Wilhelm hatte schon wieder das Gefühl, sich erst einmal

sammeln zu müssen. Zuerst dieses Theater bei der Personalienangabe und jetzt eine der besten Beschreibungen seit Langem. »Trotzdem, die meisten Zeugen können sich nicht einmal bei der Haarfarbe festlegen.«

Ehrenhoff trat wieder zu ihm. »Ich muss Sie sehr verwirrt haben. Wahrscheinlich haben Sie gedacht, ich sei ein Entsprungener.«

Wilhelm sagte nichts.

»Bitte nehmen Sie meine Entschuldigung an. Manchmal reitet mich einfach ... so ein kleiner Teufel. Da will ich schlicht nur Sand ins Getriebe streuen. Mich *nicht* benehmen. Kindisch, ich weiß.«

Wilhelm musste an die Szene mit der Sitznachbarin in der Bim denken.

»Aber das hat wahrscheinlich mit meinem Beruf zu tun, wie auch meine Beobachtungsgabe. Ich bin Soziologe.« Er lachte auf. »Das Beobachten von Menschen liegt mir im Blut. Und außerdem nehme ich Kunstunterricht. Privat bei Rainer.« Die gesetzte Pause war fett wie ein Heumarktringer.

Rainer. Der Name kam Wilhelm tatsächlich bekannt vor, obwohl er mit Malern nichts am Hut hatte. Aber es musste schon ein paar Jahre her sein, dass er ihn gehört hatte. Ehrenhoff schien ihm jedoch nicht helfen, sondern vielmehr in dezenter Zurückhaltung den Abglanz der Berühmtheit genießen zu wollen. Sollte er doch, der Name seines Lehrmeisters tat nichts zur Sache. Dennoch. »Würden Sie mir freundlicherweise ...?«

»Roland Rainer.«

Die Alliteration brachte Wilhelms Hirn in Schwung. »Der die Stadthalle gebaut hat? Aber der ist doch Architekt.«

»Er bringt mir auch nur freundschaftlich die Anfänge bei.«

Eitler Tropf. Es war einfach nur lächerlich, sich mit dem Zeichenunterricht bei einem Häuselbauer zu brüsten. »Na, dann hoffen wir, dass Sie kein Tafelklassler mehr sind.«

Die Spitze ging offensichtlich ins Leere, denn Ehrenhoff

schüttelte lächelnd den Kopf. Dann zog er die Stirn kraus. »Aber ich weiß nicht, ob Ihnen die Zeichnung wirklich helfen wird, denn dieser Mann ist wieder weggegangen.«

»Hm. Haben die beiden gestritten?«

»Ja. Nein.«

»Was jetzt?«

»Der blonde Mann, also das Opfer, der hat heftig gestikuliert. Der andere ist ganz ruhig danebengestanden, schien ihm nicht einmal richtig zuzuhören, denn er hat alles andere im Park studiert«, er lachte, »auch mich beim Beobachten beobachtet, aber er hat den Blonden kaum angesehen. Und dann ist er gegangen. Die ganze Begegnung hat sicher nicht länger als eine Minute gedauert. Vielleicht zwei. Mehr aber nicht.«

Wilhelm fühlte sich wie ein Ballon, dem die Luft entwich. »Wann war das ungefähr?«

»Vielleicht halb sieben? Kurz danach?«

»Und dann haben Sie niemanden mehr gesehen?«

»Nein. Ich habe mich auch wieder den Bäumen gewidmet.«

4

Wilhelm stellte sich in den Windschatten des Wetterhäuschens und zündete sich eine Zigarette an. So liebte er seine Arbeit. Aufgrund der erhöhten Plattform, auf der er stand, kam er sich noch mehr wie der Kapitän eines Schiffes vor als sonst. Er hatte den Überblick, und alle anderen summten fleißig wie Bienen herum. Reiser und seine Spürhunde suchten Zentimeter um Zentimeter die Wege zum Tatort und das Gebiet rund um den Teich nach Spuren ab. Lukaschek verschwand gerade jenseits der Büsche mit dem Zeugen Ehrenhoff in Richtung Büro, um ihn eine Phantomzeichnung anfertigen zu lassen. Fischer klapperte die Schaulustigen ab, denn vielleicht gab es ja noch weitere Zeugen, die sich ihrer Beobachtung bislang nicht bewusst waren. Und der Leichenabholdienst transportierte just in diesem Moment das Opfer ab. Die eisblaue Schirmkappe blieb beim eingefrorenen Zweig zurück. Wilhelms Fuß zuckte. Er ging nicht. Er öffnete den Mund und schloss ihn wieder. Reiser sollte sie später einpacken ... obwohl Porony sie kaum mehr benötigen würde.

Ein Welthandelstudent also, der sich mit einem Ausländer gestritten hatte. Naher Osten. Irgendwo da drüben halt. Das könnte etwas mit Drogen zu tun haben. Opium kam aus dieser Region, Haschisch auch. Er musste sich bei seinen Kollegen erkundigen, was gerade so en vogue war. Aber wahrscheinlich handelte es sich wieder einmal schlicht und rührend um Methamphetamin. Klara hatte ihn jüngst darüber aufgeklärt, dass sie inzwischen sogar schon zwei Fälle von Schülern gehabt hatte, die sich für den Prüfungsstress drüben in der Stubenbastei vollgepumpt hatten. Einer der beiden war daraufhin so überdreht gewesen, dass er mit einem ihm zufällig im Weg stehenden Holzlieferanten einen Raufhandel begonnen hatte, worauf die jungen Männer bei seiner Kollegin gelandet waren. Die hatte dann auch noch herausgefunden, dass der Raufer die Tabletten seinem Vater gestohlen hatte, der nach dem Krieg am Pervitin hängen geblieben war. Von der Schlacht um Charkow zur Schlacht um Bestnoten. Das könnte auch zu diesem Studenten passen.

Wilhelm nahm einen tiefen Zug von seiner Zigarette. Sie schmeckte deutlich besser als die erste mit Waller.

Allerdings war der Ausländer ruhig weggegangen. Logischer wäre, er hätte gefuchtelt und geschrien, etwa weil Harald Porony zu wenig Geld gehabt hatte. Die Möglichkeit mit den Drogen präsentierte sich nicht wirklich rund. Trotzdem würde er Waller noch einmal extra darauf aufmerksam machen, dass er das Blut auf diverse Substanzen testen sollte. Man konnte nie wissen. Vielleicht hatte sich Porony ja auch über die Qualität beschwert.

Jedenfalls musste der Araber oder Inder unterhalb des Soziologenaugenradars von Ehrenhoff zurückgekommen sein, denn es war kaum anzunehmen, dass sich Porony mit zwei Personen am Teich verabredet hatte. Hoffentlich fand Reiser etwas Weiterführendes, einen Zigarettenstummel oder einen abgeknickten Ast vielleicht, im besten Fall sogar mit einem winzigen Stoffrest oder dergleichen, sonst hatten sie sehr schlechte Karten. Morde im Suchtmilieu waren ungleich schwerer aufzuklären als jene im Familien- oder Freundeskreis.

Durch die Rauchwolke sah er Fischer heranmarschieren, sehr stramm, mit hochgezogenen Augenbrauen. Das konnte nur bedeuten, dass er fündig geworden war.

Wilhelm zertrat die Zigarette und ging seinem Kollegen entgegen. Der hielt prompt inne und winkte ihm zu folgen. Er strebte auf die andere Seite des abgesperrten Gebietes und blieb vor einer alten Frau im Rollstuhl stehen. Erst als Fischer das Absperrungsband hob, um die potenzielle Zeugin hereinzulassen, sah Wilhelm die blonde Frau, die den Stuhl schob. Sein Herz machte einen Sprung. Die Frisur, die schlanke Figur, der eng geschnittene schwarze Mantel, die halbhohen Pumps mit dem Riemchen über dem Rist …

Die Blondine drehte den Kopf zu ihm. Und natürlich war sie nicht Elisabeth. Die junge Frau hatte auch bei Weitem kein so hübsches Gesicht wie seine Halbschwester – nein, das war unfair. Sie hatte einfach ein anderes, ehrlicherweise ebenso hübsches. Und außerdem war es vollkommener Schmarrn, auch nur den Hauch einer Sekunde angenommen zu haben, dass Elisabeth um diese Uhrzeit eine Behinderte beim Spaziergang begleitete, denn das wüsste er. Seltsam, dass er bei der bloßen Vermutung, sie hier zu treffen, derart körperlich reagiert hatte. Sie ging ihm wohl ab. Zum Glück hatte sie sich für den Abend spontan angesagt.

»Das ist Frau Matelka. Frau Hofrat Karoline Matelka«, begann Fischer die Vorstellung.

Die Dame im Rollstuhl nickte und streckte Wilhelm die

hängende Hand entgegen. Er vollzog einen Diener und deutete einen Handkuss an.

Indessen hatte sich Fischers Mund zu einem breiten Grinsen verzogen. »Und dieses Fräulein ist Brigitte –«

»Brigitta«, unterbrach ihn die Blondine.

Fischers Kopf fiel zur Seite. Die Frage, warum sie ihn wegen so eines blöden Buchstabens unterbrochen hatte, stand fett in seinen Augen. »Brigitta Pointner«, knurrte er.

Der arme, arme Mann. Da hatte er sich höchstwahrscheinlich bereits in allen Farben ausgemalt, wie er nach Dienstschluss die Holde mit seinem Sportlercharme in ein Häufchen schmelzender Erwartung verwandelte und danach ihren Mantel aufknöpfte, und nun stellte sich das Kitz als Zicklein heraus.

Wilhelm lächelte die junge Frau an. »Brigitta wie die Heilige.«

Sie lächelte zurück und senkte den Blick. »Nein, nach Adalbert Stifter. Meine Mutter wollte, dass ich ihre Stärke bekomme.«

»Natürlich, denn das Aussehen kann unmöglich der Grund sein.«

Jetzt wurde sie rot. Entzückend. Wilhelms Blick verfing sich mit jenem von Fischer, in dem blanke Verwirrung stand. Kurz überlegte er. Doch nein, er wollte ihn nicht über die Novelle des Altmeisters aufklären, das wäre Perlen vor die Säue werfen. Stattdessen nickte er ihm zu. »Nun?«

»Nun …«, schnarrte es lang gezogen vom Rollstuhl her, »Ihr Assistent scheint zu denken, dass ich Ihren Mörder gesehen habe.«

»*Meinen* wohl kaum, gnädige Frau«, konnte sich Wilhelm nicht verkneifen.

Im Gesicht der Alten, das bislang steinern gewesen war, zuckte die linke Augenbraue in die Höhe – was eine gewisse Beachtung verdiente, denn normalerweise zuckten die Menschen mit der rechten. »Ein kleiner Scherzbold, der Herr Inspektor.«

»Chefinspektor«, keifte Fischer korrigierend dazwischen.

Die Frau Hofrat wedelte, ohne ihn eines Blickes zu würdigen, mit der Hand wie eine Fürstin, die sich von Geschmeiß befreien wollte. »Nun, ein Päpstlicherer denn der Papst. Also wollen wir festhalten: den Mörder des armen jungen Burschen dort …« Ihr Blick wanderte zu den Pappeln. Sie schloss den Mund.

»Er ist bereits in der Sensengasse«, erklärte Wilhelm. Auf ihren verständnislosen Blick hin ergänzte er: »In der Gerichtsmedizin. Die ist dort beheimatet. Am Alsergrund beim Allgemeinen Krankenhaus.«

»Wie treffend.« Es schüttelte die Frau Hofrat, und ein leises Schnauben wurde hörbar. Sie schien zu lachen, doch der Mund hatte sich nicht verzogen.

»Gut, gnädige Frau, was also haben Sie gesehen?«

Die Lady wedelte wieder einmal mit der Hand, dieses Mal in Richtung ihrer Begleiterin.

»Wir waren gerade wie üblich auf unserem Morgenspaziergang …«

»Darf ich fragen, was zwei so reizende Damen um solch eine finstere Uhrzeit in den Park treibt?«

»Die Ruhe.« Brigittas Antwort klang nicht nach Herzensüberzeugung.

»Und meine senile Bettflucht«, ergänzte die Frau Hofrat. »Nicht unpraktisch. So haben wir bis neun Uhr alles erledigt, inklusive Honneurs im Kaffeehaus und Besorgungen. Den restlichen Tag habe ich dann meine selige Ruhe von den Menschen.« Sie spitzte den Mund.

Dich möchte ich nicht als Feindin haben. Wilhelm wandte sich wieder an Brigitta. »Sie spazierten also …«

»Ja, und wir waren gerade zwischen Makart und Stolz, als die gnädige Frau mir befahl zu stoppen. Und dann deutete sie –«

Wilhelm hob die Hand, worauf die Zeugin auch sofort schwieg. Makart und Stolz. Richtig, der Maler und der Komponist hatten wie Lehár und Strauß auch ein Denkmal in diesem Park. Nur wo waren sie?

»Nun«, schnarrte es aus dem Rollstuhl, »um die Ecke können wohl auch Polizeibeamte nicht sehen. Sie müssen von diesem unserem Standort aus Ihre Phantasie bemühen, verehrter Herr Chefinspektor.«

Brigitta streckte den Arm aus. »Da drüben. Man kann von ihnen aus direkt zum Teich blicken.«

»Gut.« Wilhelm sammelte sich. »Sie haben von dort aus also etwas gesehen?«

Die Blondine nickte eifrig. »Ja, einen Mann, der einen anderen Mann am Baumstamm einer der Pappeln angelehnt hat und dann weggegangen ist.«

Der Mörder. »Und das ist Ihnen nicht seltsam vorgekommen?«

»Is es ja, sonst hätten die Damen mir das ja net erzählt.«

Während Wilhelm seinen vernichtendsten Blick Richtung Fischer manövrierte, registrierte er, dass auch die beiden Damen die volle Breitseite auf ihn abschossen. Zwischentöne und Psychologie waren definitiv nicht die Stärken seines Assistenten. Aber immerhin kapierte er nun die Stimmung, denn er beugte sich mit leicht dunklerer Gesichtsfarbe über seinen Notizblock.

Die Frau Hofrat wedelte wieder mit der Hand, eine Geste, die eindeutig den Untertitel »Erledigt. Lasst uns fortfahren« hatte. Die alte Dame erinnerte ihn zunehmend an Elisabeths Mutter, die Frau seines Vaters. In gewissen Kreisen aufgezogene Menschen hatten einfach eine unglaubliche Gabe, mit Gesten, Blicken und Tonlagen Situationen schlagartig zu klären oder gar Romane zu erzählen. In adeligen Kreisen, um genau zu sein. Aber der Name Matelka war ihm diesbezüglich nicht bekannt. Offensichtlich hatte sie des Geldes wegen – oder vielleicht gar aus einem pikanten Grund? – unter Stand geheiratet.

Jedenfalls gehorchte Brigitta brav, indem sie fortfuhr: »Natürlich ist uns das seltsam vorgekommen, vor allem, weil wir beide Männer nicht gekannt haben. Denn wissen Sie, in so einem Park und um solch eine Uhrzeit, da kennt man einander. Irgendwie.«

Dasselbe hatte Ehrenhoff behauptet.

»Und man betrachtet Neue natürlich etwas intensiver, denn man möchte doch wissen, ob da vielleicht Ärger in der Luft liegt.«

»Ärger?«

Brigitta wiegte den Kopf. »Nun, es könnte sich ja um Menschen mit unlauteren Absichten handeln.«

»Kriminelle. Prostituierte.«

»In der Art. Jedenfalls dachten wir uns dann, dem Herren am Baum sei vielleicht schlecht, weil er eventuell die Nacht zuvor zu viel über den Durst ...« Brigitta Pointner senkte den Blick. »Und da möchte man nicht unbedingt zu nahe kommen, wenn Sie verstehen, was ich meine.«

»Ich verstehe. Wie sah der Mann aus, der ihn an den Baum lehnte?«

Brigitta schaute zu Matelka.

Die schürzte die Lippen. »Nun, er war dunkel.« Wieder die linke Augenbraue. »Mir ist, als wäre da ein Schnurrbart gewesen. Ja, irgendwie erinnerte er mich an den Ehemann meines Kindermädchens damals in Ägypten.«

Wieder diese Gegend oder zumindest fast, denn eigentlich war Ägypten Afrika und nicht Asien. Egal, es handelte sich offensichtlich um denselben, der ruhig weggegangen war. Und eben dann zurückkehrte! Wilhelm beglückwünschte sich zu seiner Kombinationsgabe.

»Nachdem Sie Mehmed nicht kennen, schulde ich Ihnen wohl eine etwas detailliertere Beschreibung. Nun, er schien mir leicht untersetzt ...«

Ehrenhoffs Mann war schlank gewesen! Wilhelms Blick saugte sich an den knochigen Knien der alten Dame fest, an ihrer mageren Gestalt. Vielleicht lagen schlank und untersetzt ja auch nur im Auge des Betrachters.

»… man könnte sogar sagen, er litt unter einem breiten Becken. Er trug einen Hut und war dunkel gekleidet. Mit mehr Details kann ich Ihnen leider nicht helfen, es ging alles sehr schnell.«

Es fehlten die wichtigsten Details! »Und sonst? Wie hat sich der Mann bewegt? Trug er vielleicht irgendetwas Außergewöhnliches?«

Die Frau Hofrat wandte den Kopf ab und wedelte wieder einmal.

»Da fällt uns wirklich nichts Besonderes ein«, sprang Brigitta eifrig in die Bresche. Sie knabberte an der Unterlippe – und sah allerliebst aus.

Wilhelm bedankte sich, stellte die offizielle Einvernahme durch Fischer auf der Dienststelle in Aussicht, was die Frau Hofrat mit einer extrem hochgezogenen Augenbraue kommentierte, bat weiters um eine Phantomzeichnung und verabschiedete sich. Er marschierte zu Makart und Stolz. Stellte sich zwischen die zwei Ikonen und sah zum Teich. Es waren nicht mehr als dreißig, vierzig Meter. Auf diese Entfernung musste ein grüner Schal erkennbar sein. Und auch ein Passgang. Also entweder log einer der Zeugen, oder es waren zwei verschiedene Menschen gewesen, die Porony heimgesucht hatten. Oder es war wieder einmal der Klassiker von Zeugenaussagen: Befrage drei Personen zu einem Vorfall, und du bekommst fünf verschiedene Aussagen.

5

Wie üblich schenkte er dem Wachhabenden vor der Nummer acht ein freundliches Nicken, wie üblich strich er dem steinernen Wachhund links vom Portal über die Schnauze, wie üblich wurde er mit einem großen Nicken, das beinahe schon eine Verbeugung war, am benachbarten Eingang zu seiner Dienststelle begrüßt. Er nahm die Stiege zu seiner Etage mit zwei Stufen pro Schritt, stellte fest, dass er nicht so sehr keuchte wie am Vortag, und beglückwünschte sich, den Vorabend ruhig, sprich mit nur zwei Bieren und gezählten vier Zigaretten, verbracht zu haben. Er wurde noch nicht alt, er hatte in letzter Zeit nur zu wenig auf sich geachtet.

Als er um die Ecke bog, sah er Kollegin Klara vor seinem Büro gerade die Hand senken und an der Tür lauschen. Da mussten sie in der Jugendabteilung einen wahrlich verzwickten Fall haben, wenn sie sich persönlich herbemühte.

Sie blickte zu ihm und strahlte auf. »Wilhelm! Gut, dass du kommst!«

»Klara! Brauchst sozusagen Amtshilfe?« Er zwinkerte ihr zu, öffnete die Tür und ließ sie eintreten.

Sie stopfte eine imaginäre Strähne ihres fuchsbraunen Haars in den riesigen Nackenknoten. »Nein, nein, eher umgekehrt, dachte ich.«

Wilhelm blieb auf dem Weg zu seinem Schreibtischsessel bei ihr stehen. »Umgekehrt? Was habe ich verpasst?«

»Deine Parkleiche, Wilhelm. Sie soll noch recht jung sein, hat mir Lukaschek gesagt.«

»Ja, und?«

Sie befeuchtete sich die Lippen und sagte nichts. Ihre Augen wirkten sehr dunkel.

Sie waren grau, das fiel ihm das erste Mal auf. Und er benahm sich unmöglich, indem er sie derart zappeln ließ, denn natürlich wusste er, warum sie so herumdrückte. Klara war eine gute Polizistin und wollte auch endlich als solche eingesetzt werden. Aber für sie als Frau blieben nur die Bereiche Fürsorge und Jugendliche. Auffällige Jugendliche. Wenn sie tot waren, wie der Student, der mangels Volljährigkeit ansonsten ihr Revier wäre, wurden sie hingegen zu einer Männerangelegenheit. Bei der letzten Weihnachtsfeier im Esterházykeller hatte sie ihm nach fünf Achteln ihre ganze Bitterkeit über diesen Umstand umgehängt – und er sich schuldig gefühlt, obwohl es dafür wahrlich keinen Grund gab. Denn das waren nun einmal die Regeln. Die Polizei präsentierte sich ohnehin schon sehr liberal, indem sie überhaupt Frauen aufnahm. Und er selbst hatte Klara auch nie von oben herab behandelt. Für die Kollegen konnte er nichts.

Er wandte sich ab und ging hinter seinen Schreibtisch, spürte ihren Blick, kam sich noch unmöglicher vor, ging am Sessel vorbei und kehrte zu ihr zurück.

Er verschränkte die Hände am Rücken und sah sie an. »Bis jetzt gibt es leider keinerlei Umstände, die mich dich hinzuziehen lassen könnten.«

Sie nickte. Sehr aufrecht, sehr stolz.

»Klara, wenn sich im Laufe der Ermittlungen –«

»Ist in Ordnung, Wilhelm. Ich wollt nur einmal kollegial nachfragen.« Zartes Lächeln.

Er lächelte zurück.

Sie machte keinerlei Anstalten, das Büro zu verlassen. Sie sah zur Wanduhr, die laut tickte, zum Fenster, durch das Straßenlärm hereinschwappte, ließ den Blick über seinen Schreibtisch schweifen und senkte ihn, gerade als er sich räuspern wollte, schließlich auf sein Gesicht. Ihr Mund zog sich in die Breite. »Ich spreche dich jetzt zum letzten Mal darauf an …«

Und Wilhelm wurde heiß. Ihr Geburtstagsgeschenk an ihn! Seit über einem Monat versuchte sie, mit ihm einen Termin auszumachen. Eine Kaffeejause im Imperial. Daran war an sich nichts Ehrenrühriges, auch, weil es zugleich ein Dankeschön für seinen Beistand beim Schießunterricht war, als dieser vertrottelte Stipschitz … Und dennoch … mit weiblichen Kollegen ging man nicht privat … und außerdem hatte Klara so einen üppigen Busen. Und die falsche Haarfarbe. Wobei das natürlich überhaupt nicht wichtig war, er hegte kein Interesse, es ging ums Prinzip. Und überhaupt.

Er legte seine Hand auf ihren Oberarm und wusste in derselben Sekunde, dass das ein riesiger Fehler war, weil sie sich jetzt vielleicht einbildete, dass er auf sie reflektierte, ließ die

Hand aber dort, weil ein schnelles Wegziehen noch missverständlicher wäre, und brabbelte während dieser psychologischen Kraftübung ohne Kontrolle darauf los.

Sie zog die Stirn kraus. »Geh, Wilhelm, bitte sei nicht so altvaterisch.«

Was, um Himmels willen, hatte er gesagt?

»Also wirklich, wir leben im 20. Jahrhundert, nicht mehr im Biedermeier.« Sie grinste. »Und außerdem ist es ein Kollege, der dich einlädt, und nicht eine Frau.«

Diese Ausrede hatte sich also aus ihm herausgewürgt. Hervorragend, auch wenn sie ihn jetzt für ein verzopftes Überbleibsel hielt.

Er neigte den Kopf. »So bin ich halt einmal. Und außerdem müsste ja vielmehr ich dich einladen, als Wiedergutmachung für den Stipschitz, den Trottel. Trifft selber einmal die Scheibe nicht und macht sich über deinen Fünferschuss lustig.« Und während noch das letzte Wort nachhallte, wurde Wilhelm klar, dass er sich nun endgültig ausgeliefert hatte.

Prompt wandte sich Klara lächelnd zur Tür. »In Ordnung, wenn du unbedingt den Gentleman spielen willst, zahlst eben du.« Als sie ebendiese geöffnet hatte, sah sie ihn an. »Samstag? Um vier?«

Wilhelm nickte. Und erst als das Schloss einschnappte, fiel ihm ein, dass er mit der Ausrede des neuen Falls alles in Schwebe hätte halten können.

Lächerlich. Diesen einen Kaffee würde er überleben.

Wilhelm schleppte sich hinter seinen Schreibtisch. Betrachtete die dünne Vase mit der Auerhahnfeder, die ihm Elisabeth letzten Herbst geschenkt hatte.

Nein, ein Kaffee war schon zu viel. Da ging sicherlich sofort die Tratscherei los, denn in genau solchen Situationen wurde man immer von Leuten gesehen, die einen nicht sehen sollten. Also bösartigen Kollegen.

Die Tür sprang auf. »Und bevor ich es vergesse: Wir haben jetzt eine aktualisierte Liste von Lokalen, in denen sich

Jugendliche so herumtreiben. Sortiert nach Gruppen. Sozis, Kummerln, Rocker, Bourgeois, Schlurfs, Nazis und was es halt noch so alles gibt. Soll ich eine Abschrift machen?«

»Ich melde mich.«

Lächeln. Abgang Klara.

Selber Trottel. »Ja«, hätte er sagen sollen, damit wäre die Sache erledigt gewesen. Nun hatte sie eine Ausrede, sich erneut einzumischen.

Wilhelm ließ sich auf den Sessel plumpsen. Er reagierte in letzter Zeit höchst verwirrt und aggressiv auf seine Kollegin. Das war früher nicht der Fall gewesen, denn eigentlich mochte er sie und hielt auch große Stücke auf sie. Eigentlich. Ein Bild von der Weihnachtsfeier drängte sich ihm auf. Klaras Blick, als er ihr nach der Frauen-voran-Suada ebendieses gesagt hatte. Um sie zu trösten. Und dann dieser Blick.

Wilhelm zündete sich eine Zigarette an. Der Rauch vernebelte die aufkeimende Erkenntnis nicht, sondern machte sie vielmehr glasklar: Die Gute war in ihn verliebt.

Er nahm einen tiefen Lungenzug. Und noch einen. Die Erkenntnis verdrückte sich nicht, nein, sie blähte sich auf. Wenn er am Samstag tatsächlich mit Klara auf einen Kaffee ging, hatte er massive Probleme. Sie würde alles daransetzen, ihn in ihr Bett zu locken. Auf diese Art an die Kandare zu nehmen. Denn eine Frau für eine Affäre war sie nicht. Oh Gott, irgendwie musste er aus dieser Geschichte wieder hinaus!

Asche fiel auf den Tisch. Er betrachtete sie.

Es klopfte. Im nächsten Moment schwang die Tür auf, und Lukaschek wirbelte herein. Er ließ sie offen, wie immer, aber Wilhelm hatte sich schon daran gewöhnt.

Sein Assistent wedelte mit einem Blatt Papier. »So schaut er aus, unser Mann!« Er legte es auf den Tisch, und zwar genau auf die Asche.

Wilhelm seufzte und betrachtete es. Ein vorderasiatischer Mann, wie es Ehrenhoff so schön ausgedrückt hatte, nicht mehr und nicht weniger. Ob sie ihn mit dieser Zeichnung wiedererkennen würden? Irgendwie sahen die doch alle gleich aus mit ihren markanten Nasen und den dunklen Brauen, so wie die weiter drüben mit ihren Schlitzaugen. »Warten wir auf das zweite Phantombild, vielleicht wird es dann eindeutiger.« Er klärte Lukaschek über die neue Zeugin auf.

»Sehr schön, da hamma ja echt Glück gehabt, dass die da schon alle unterwegs waren. Um die Uhrzeit.«

Jetzt stand Berner in der Tür, ihrer aller Innendienstmann, weil er bei der sinnlosen Ardennenoffensive, als ohnehin schon alles verloren gewesen war, ein Bein verloren hatte und nun keinem Verbrecher mehr nachlaufen konnte. Er war besser als jede Sekretärin.

Auch Berner wedelte mit einem Blatt Papier. »Porony. Und natürlich …«, er zog die andere Hand hinter dem Rücken hervor, »… ein Muntermacher.«

Wilhelm schnupperte und fühlte sich selig. Keiner wusste, wie es der alte Mann anstellte, aber sein Kaffee war der beste im ganzen Amt. Und man durfte sich glücklich schätzen, zu Berners Auserwählten zu gehören.

»Ma, geh, wieso hast für Fodor einen und für mi net?«, jammerte Lukaschek prompt.

»Weil er da Chef is.« Berner platzierte die Kaffeetasse neben das Phantombild. »Der schaut aus wie der Murl.«

»Murl?« Der Kater von Wilhelms Hausmeisterin hieß so.

»Der Kolporteur, bei dem i immer den Kurier kauf.«

»Du liest den *Kurier*?«, entfuhr es Lukaschek.

Auch Wilhelm konnte sich nicht beherrschen und starrte seinen Kollegen an. Er selbst studierte die Zeitung zwar auch regelmäßig, aber es war höchst ungewöhnlich, dass ein alter Kämpe mit Verdienstkreuz am Revers dieses Blatt las, das sich für die Restitution von Juden einsetzte und auch sonst manch unangenehme Fragen stellte. Wilhelm konnte sich noch gut erinnern, wie am Tag von Chruschtschows Ankunft in Wien, als er Kennedy getroffen hatte, auf der Titelseite ein Gedicht abgedruckt gewesen war von diesem … wie hieß er noch? Dicker Roman, große Liebe, Nobelpreis, Arzt … ja, ›Doktor Schiwago‹ … Pasternak. Und das Ganze auch noch in Russisch. Eine enorme Provokation für den Herrn Generalsekretär, der ständig und leidenschaftlich gegen den Schriftsteller hetzte. Das musste man sich erst einmal trauen. Dieser Portisch war ein wilder Hund. Hoffentlich blieb er noch lange Chefredakteur.

Berner zuckte mit den Schultern und senkte den Blick. »Stehen manchmal gscheite Sachn drin.«

»Na, i waß net«, zweifelte Lukaschek.

»Mit deiner Gartenrundschau kann's der Kurier natürlich net aufnehmen«, feixte Wilhelm und nahm einen Schluck von dem schwarzbraunen Gebräu. Nicht bitter, nicht sauer, schlicht purer Genuss. Und so stark, dass der sprichwörtliche Löffel stecken blieb.

»Ja, gift nur herum, Fodor, aber meine Äpfel nimmst immer mit Handkuss.«

»Sind ja auch die besten«, beeilte er sich, seinen Assistenten wieder gewogen zu stimmen. Er nickte Berner zu. »Und was hamma über den Porony?«

»A Goldlöffelkind«, rapportierte der Rechercheur. »Sohn von *dem* Porony.« Angesichts von Lukascheks gerunzelter Stirn ergänzte er: »Der in sämtlichen Großbauprojekten in die letzten Jahr seine Finger dringehabt hat.«

Daher kannte er den Namen! Da war doch etwas mit Verdacht auf Korruption gewesen. Offensichtlich hatte er deswegen unbewusst so alarmiert reagiert.

»Musst halt do ab und zu den Kurier lesen.« Berner grinste Lukaschek an, der die Augen verdrehte, und tippte dann auf die Adresse. »Ihr habts Glück, beide sind daheim, Elfriede und Franz Porony. Der Chef kommt wegen einer Unpässlichkeit erst zu Mittag ins Büro, hat die Sekretärin gesagt. Ich hab euch bei der Haushälterin avisiert.« Er deutete eine Verbeugung an. »Man wohnt auf der Hohen Warte. Man gönnt sich ja sonst nix.«

Und Wilhelm fühlte sich wieder einmal darin bestätigt,

seine eigene, wahre Herkunft vor den Kollegen tunlichst zu verschweigen. Zum Glück trug er nicht den Namen seines leiblichen Vaters. Würde der bekannt, konnte er sich einen neuen Job suchen. Denn einem Halbadeligen würde bei der Polizei das Leben vergällt.

6

Bereits am Schwedenplatz war Wilhelm heiß. Und das lag nicht nur an der leidlich guten Heizung des Autos, sondern an demselben an sich. Drei normal große Männer in dieser Dose von Wagen zog unweigerlich die Entwicklung von Stallhitze nach sich. Er knöpfte den Mantel auf, lockerte die Krawatte und verfluchte zum sicher hundertsten Mal die Polizeiverwaltung, die letztes Jahr ausgerechnet den Puch 500 als Einsatzwagen flottiert hatte. Da war Schmiergeld geflossen, anders ließ sich diese widersinnige Entscheidung nicht erklären. Und weil er, Wilhelm Fodor, Gott-sei-bei-uns-Wiesinger just zum Vergabezeitpunkt wieder einmal bei irgendeiner blödsinnigen Kleinigkeit zu vehement widersprochen hatte, war ihnen, obwohl keine Pflasterhirschen, sondern Ermittler, dieses Spuckerl zugewiesen worden.

Aber schlechte Laune bei der Hinterbringung einer Todesnachricht war kontraproduktiv, also visualisierte Wilhelm das Briochekipferl, das die Krenek ihm vorhin als Jause gebracht hatte, passend zu Berners Kaffee. Mit dieser kulinarischen Wohltat und der Lektüre der Nachteinsätze hatte er bestens die Wartezeit auf das zweite Phantombild überbrücken können. Für diese Angewohnheit wurde er von den anderen belächelt, denn was gingen Kriminalbeamte von Leib und Leben irgendwelche Raufereien an? Doch er wusste gern darüber Bescheid, was sich so in seiner Stadt abspielte. Und zwei Mal schon hatten ihm diese Informationen dann bei einem Mordfall geholfen. Die letzte Nacht war allerdings diesbezüglich uninteressant und auch sehr ruhig gewesen, denn eine Rauferei in Favoriten, ein versuchter Einbruch bei einem Juwelier in der Innenstadt und ein toter alter Säufer bei der Stadtbahnstation Nußdorfer Straße waren für eine Großstadt nicht viel ... Es schleuderte ihn zu Fischer.

Wilhelm zog sich auf seinen Sitz zurück. »Kannst *bitte* den Jochen Rindt wieder einpacken und wie ein normaler Mensch fahren?«

Fischer knurrte. »Wenn schon Vergleiche, dann bitte Jack Brabham.«

»Deswegen sitz ich immer hinten!«, ließ Lukaschek verlauten.

Wilhelm schaute über die Schulter. Sein Kollege knotzte seitlich, hatte die Beine halb auf dem Sitz abgelegt und grinste. »›Immer‹ ist hiermit beendet, Lukki. Das nächste Mal gehst du auf den Schleudersitz.«

»Geh, wie schaut denn das aus, Fodor, wenn der Chef vom Rücksitz rauskrabbelt?«

Wilhelm schleuderte es zum Fenster und dann zu Fischer. »Jetzt reicht's aber!«

»Wenn der Trottel da auch einfach stehen bleibt!«

»Vielleicht auch stehen bleiben? Warten? Wennst so weitermachst, fährt das nächste Mal der Lukaschek.«

Jetzt knurrten beide. Und Wilhelm hoffte, dass die Drohung eine positive Reaktion nach sich zog, damit er sie nicht in die Tat umsetzen musste, denn Fischer fühlte sich zwar als verhinderter Rennfahrer, doch er fuhr sicher und bislang unfallfrei. Lukaschek hingegen hing hechelnd über dem Lenkrad und hatte bei seiner bislang einzigen Dienstfahrt auch sofort beinahe einen Mopedfahrer umgemäht, trotz einer Geschwindigkeit, die Schnecken als rasende Bestien erscheinen ließ. Wilhelm mochte sich gar nicht vorstellen, wie Lukaschek größere Strecken, etwa die Besuche bei seinen Eltern in Amstetten, bewältigte.

Natürlich könnte er auch selbst fahren, aber er hing lieber seinen Gedanken nach. Grübelte über die Fälle. Wie zum Beispiel über die Phantombilder. Sie wirkten nahezu ident, irgendwie nullachtfünfzehn. Beide Männer mit dunklen Glutaugen, einer mit, einer ohne Schnurrbart. Und in Wilhelm keimte der Verdacht, dass die drei Zeugen einfach ihre Vorstellung von einem Mann des Ostens hatten zeichnen lassen und nicht das tatsächliche Aussehen des Verdächtigen.

Fischer schlich inzwischen die Döblinger Hauptstraße hinauf.

»So langsam brauchst auch nicht fahren, wir wollen schon noch heute ankommen.«

Sein Kollege reagierte nicht.

Aus dem Augenwinkel sah Wilhelm, wie Lukaschek sich vorbeugte und, freudig fuchtelnd wie ein Kind, das ein Lebkuchenhaus entdeckt, auf einen Gemeindebau deutete. »Hast du da net gwohnt, Fischer?« Der reagierte nicht. Lukaschek tippte ihm auf die Schulter. »Du hast doch da amal gwohnt, oder? Das hat mir die Krenek erzählt, weil eines ihrer Enkerl geht da in den Kindergarten.«

»Ja, und? Is lange her.«

Wilhelm legte all seine Beschwörungskunst in den Blick, mit dem er auf Lukaschek einstach. Gar kein gutes Thema, ein sehr schlechtes sogar. *Lass es!* Und glücklicherweise schien die Botschaft anzukommen, denn Lukaschek lehnte sich zurück und verschränkte die Arme.

Wilhelm atmete aus und wandte sich wieder nach vorn.

»Ja, aber was ist so schlimm, wenn ich nach deiner ehemaligen Wohnung frag?«

Wilhelm sah zu Fischer, der vor sich hin starrte. »Sag's ihm. Besser, er hört's von dir als von irgendeinem Kollegen.«

Fischer vollzog ein Nicken zwischen Verneinung und Aufforderung.

Also drehte sich Wilhelm zu Lukaschek um. »Seine Frau hat sich da vom Balkon geschmissen.« Er spürte, wie Fischer zusammenzuckte. Aber ein sanftes Drumherumreden brachte ja auch nichts.

»Sie ist nicht einfach gestorben? An einer Krankheit?«

»Nein, Kindbettdepression.«

Lukaschek schluckte und warf einen beinah scheuen Blick auf seinen Kollegen, mit dem er seit einem halben Jahr zusammenarbeitete und den er wohl zu kennen geglaubt hatte. Er schwieg.

Wilhelm ahnte, welche Gedanken ihm durch den Kopf schossen, wahrscheinlich ähnliche wie ihm selbst einst. Zu einem Rabauken wie Fischer passte solch ein tragisches Schicksal irgendwie nicht. Es fügte ihm eine Facette zu, die man ihm nicht zugestehen mochte.

»Sagts, der Großkopferte, zu dem wir jetzt fahren, is das nicht der, der sich stark dafür gemacht hat, dass ma Tschuschen ins Land holen?«, fragte Fischer unvermittelt.

»Was willst, wenn wir net genug Leut für die ganze Hackn haben?«, ließ Lukaschek vernehmen. »Is doch leiwand, dass uns so gut geht.«

Wilhelm verkroch sich in den Sitz. Die Vorstellung, dass die Stadt alsbald von finster dreinblickenden Hinterwäldlern vom Balkan überschwemmt war, behagte ihm ebenfalls nicht, doch Fischers beinharte Ausländerverachtung ging zu weit.

»Ja, aber müssen des ausgerechnet die Lammfresser sein?«, kam es vom Fahrersitz.

»Das sind hauptsächlich Christen«, korrigierte Wilhelm ihn. Inzwischen befanden sie sich auf der direkten Straße zur Hohen Warte. Er studierte die Hausnummern und Seitengassen.

»Was mich viel mehr stört«, sagte Lukaschek, »is, dass wir die jetzt durchfüttern, nur weil die Kommunisten da unten nix zsammbringen. Der Tito muss a Wappler sein, denn sonst tätn s' ja net zu uns raufkommen, damit s' was zum Arbeiten haben.«

»Die fahren nach ein paar Jahren eh wieder heim. Heißen

wohl nicht umsonst *Gast*arbeiter. Und jetzt gebts eine Ruhe.« Wilhelm zeigte auf eine dreistöckige Villa. »Wir stehen gleich trauernden Eltern gegenüber, da hat Politik nichts verloren.«

Fischer hielt direkt vor dem schmiedeeisernen Tor des Anwesens. Sie wutzelten sich aus dem Auto und läuteten. Es tat sich nichts. Fischer drückte nochmals die Klingel. Wilhelm spürte, wie die Kälte den Schweiß auf seiner Stirn in Kristalle verwandelte. Ein Wunder, dass er nicht öfters krank wurde. Sein Blick glitt sehnsüchtig über das Porony'sche Domizil, in dem sicher gut geheizt war. Der Gründerzeitbau protzte nicht nur in der Beletage mit Balkonen, deren Gitter kunstvoll geschmiedet waren, sondern auch mit identen Terrassen im Erdgeschoss. Die Fenster im zweiten Stock wiesen passende Gitter für Blumenkisterln auf, und das Ganze war in Schönbrunnergelb gestrichen. Mit dem alten Baumbestand rundherum schrie der Bau förmlich: Ich bin reich, das schon sehr lange, und das ist gut so.

Nach einer Unendlichkeit öffnete eine ältere Dame in schwarzem Kleid mit weißer Schürze die Haustür. »Sie wünschen?«

Sie zückten alle drei die Kokarden, und Wilhelm schnarrte sein übliches Sprücherl herunter.

Die Haushälterin verschwand im Dunkel des Hauses, kehrte mit einer Stola um die Schultern zurück, hastete durch den Vorgarten, öffnete ihnen und rannte förmlich in die rettende Wärme zurück – nicht besonders distinguiert, doch Wilhelm konnte es ihr nicht verdenken.

Eilig schloss sie hinter ihnen die Tür. »Wenn Sie bitte einen Augenblick Geduld haben?« Damit diffundierte sie in der Tiefe des Hausflurs.

Wilhelm hörte sie klopfen und etwas sagen. Dann wieder nichts. Aufwendiger konnte ein Besuch bei der Queen wahrlich auch nicht sein.

»Schauts amal«, meinte Lukaschek und deutete mit dem Kopf auf die linke Wand des Vorzimmers.

Da hingen Ölbilder von Gebäuden. Anhand der Bildunterschriften wurde Wilhelm klar, dass es sich um besondere Bauwerke handelte, für die Porony verantwortlich zeichnete. Die rechte Wand war ebenfalls mit Ölschinken vollgepfropft. Sie zeigten Porträts. Wahrscheinlich die Familienahnen. Der Boden war schwarz-weiß gekachelt, neben der Eingangstür standen ein Schirmständer, in dem ein Spazierstock mit silbernem Fuchs als Knauf lehnte, und ein Kleiderständer, wie man ihn üblicherweise im Kaffeehaus fand. An ihm hing ein einsamer Lodenmantel.

Die Haushälterin tauchte wie ein Geist wieder auf. »Ich darf Sie bitten?«

Sie folgten ihr den Gang entlang zur letzten Tür rechts, die bereits offen war. Licht strahlte ihnen entgegen. Die Helligkeit im Raum stammte von einem immensen Fenster, das auf den Garten gerichtet und lediglich mit Stores umrahmt war. Der Salon war vollgestopft mit Möbeln von Rokoko bis Moderne, auf denen sich eine graue Strickjacke, Nippes, Fotografien, ein Schlüsselbund, eine Dokumentenmappe, eine Vase mit violett gefärbten Disteln, gehäkelte Deckchen und ein Humidor befanden. Alles sehr privat und nicht repräsentabel. Der Flügel im hintersten Eck knickte beinahe unter der Masse der Notenblätter zusammen.

Vor dem Fenster stand ein dunkler, großer Tisch für mindestens zehn Personen. In seiner Mitte glänzte ein Samowar. Und neben dem Teezubereitungsgerät saß ein leicht angegrauter Mann mit ausuferndem Schnurrbart im scharf geschnittenen Gesicht, das er augenscheinlich seinem Sohn vererbt hatte. Typ attraktiver Oberst.

Franz Porony stand auf, nickte kurz und sah ihnen mit zusammengezogenen Augenbrauen entgegen. »Was verschafft mir die Ehre der Polizei? Hat sich ein Arbeiter von uns etwas zuschulden kommen lassen?«

Wilhelm machte einen Schritt aus dem Gegenlicht und sah nun die Gesichtszüge. Sein Herzschlag verholperte sich. Diesem

Herren hatte er einst vor langer Zeit ein Glas Rotwein über die Frackbrust geschüttet. Unabsichtlich, aber dennoch. Unwillkürlich wandte er sich ab, um scheinbar die Disteln auf der Anrichte neben der Tür zu betrachten. Bei der Erwähnung des Opfernamens war also nicht der Polizist in ihm alarmiert gewesen. Und gleich – jetzt – in der nächsten Sekunde würde der Alte ihn per Namen ansprechen, per vermeintlichem Namen, per Namen des Erzeugers, und gleich würden seine Kollegen ihn mit großen Augen anstarren.

Nicht gut. Gar nicht gut.

Es war nur eine Frage der Zeit gewesen, bis er einmal bei Bekannten seines Vaters beziehungsweise seiner Stiefmutter ermitteln musste. Und doch hatte er sich bis zu dieser Sekunde keine Strategie zurechtgelegt, um mit einer derartigen Begegnung umgehen zu können. Gehofft, ja, das hatte er, dass er rechtzeitig davon erfuhr und mit irgendeiner Ausrede seine Kollegen allein zum Betreffenden schicken konnte, aber diese Vagheit durchdacht, geschweige denn etwas Handfestes geplant, hatte er nicht. Vogel Strauß ließ grüßen. Aktuell war seine einzige Chance, der Beichte gegenüber seinen Kollegen zu entgehen, dass nicht nur für ihn dieses Ereignis weit über fünfzehn Jahre zurücklag und Porony sich höchstwahrscheinlich nicht mehr an den pickelgesichtigen Jüngling unter vielen im Haushalt seiner Gastgeber erinnern konnte.

Er hörte Lukaschek sich räuspern. Also wandte sich Wilhelm wieder dem losen Bekannten seiner Stiefmutter zu, ja näherte sich ihm sogar mit federndem Schritt, ein Lächeln im Gesicht, das jenem eines Cary Grant würdig war. »Herr Kommerzialrat Porony, darf ich mich vorstellen? Fodor mein Name, Chefinspektor …«, nein, nicht den Vornamen nennen, das war zu gefährlich, »Fodor.« Diesen, den Nachnamen seiner Adoptiveltern, hatte sein leiblicher Vater gegenüber anderen nie erwähnt. Soweit er sich erinnern konnte oder es mitbekommen hatte. Nur nichts anmerken lassen! »Und das sind meine Kollegen Fischer und Lukaschek. Ich bin Ihnen sehr dankbar, dass Sie uns empfangen, und ich bedaure, dass wir Sie behelligen müssen, obwohl Sie indisponiert sind, wie uns Ihre Sekretärin mitgeteilt hat.«

Porony wedelte mit der Hand. »Nun, wie kann ich Ihnen behilflich sein, Herr …?« Sein Blick nahm die Intensität eines Mikroskops an.

»Fodor, wenn belieben.« *Nur nicht darauf eingehen! Ablenken!* Wilhelm senkte den Blick und verschränkte die Hände am Rücken. »Wir haben Ihnen eine traurige Mitteilung zu machen, so leid es mir tut, Herr Kommerzialrat.«

Aus dem Augenwinkel sah er, wie sich der Mann straffte. »Ich verstehe nicht.«

Aufmerksamkeit abgebogen, erste Runde überstanden. Er sah ihn an. »Ihr Sohn … Harald Porony laut Pass. Er wurde heute Morgen tot aufgefunden.«

Porony sah ihn lange an, dann irrlichterte sein Blick zur Teetasse. Er hob sie behutsam und nahm einen Schluck. Doch offenbar war sie leer. Porony hielt sie unter den Schnabel des Samowars und ließ sie volllaufen. Er schlürfte erneut. Stellte die Tasse ab, setzte sich, überschlug die Beine und blickte Wilhelm geradeheraus an. »Wie? Einer von diesen Wilden, die mit zu viel PS nicht umgehen können?«

»Kein Unfall. Fremdverschulden.«

Porony legte den Kopf schief. »Wie belieben?«

»Er ist ermordet worden«, schnarrte Fischer.

Porony schaute ihn an und schien mit dieser Wortmeldung überhaupt das erste Mal die Anwesenheit der beiden anderen Polizisten in sein Bewusstsein dringen zu lassen. »Ermordet.«

Lukaschek trat einen Schritt nach vorn. »Ja, Herr Kommerzialrat. Wir haben ihn heute Morgen im Stadtpark aufgefunden.« *Sag nicht »erstochen«!* »Wie gesagt, durch Fremdeinwirkung … dahingerafft.«

Es war putzig, wie anpasslerisch Lukaschek war, denn »dahinraffen« gehörte wahrlich nicht zu seinem üblichen Wortschatz. Wilhelm sog die Wangen ein, um nicht zu grinsen.

»Stadtpark. Was hat er bitte da getan?«

»Wir hofften, dass Sie uns das sagen könnten«, mischte sich nun Wilhelm wieder ein.

»Und Sie sind sicher, dass es sich um meinen Sohn handelt?«

Deiner Nase nach zu urteilen? »Mit ziemlicher Wahrscheinlichkeit. Wie gesagt, wir hatten den Pass zum Vergleich. Aber natürlich müssen wir Sie noch um die offizielle Identifizierung bitten.«

»Seinen Pass«, murmelte Porony. »Hundert Mal schon habe ich ihm aufgetragen, sich endlich einen Personalausweis …« Er verstummte.

Sie warteten. Fischer wippte auf den Zehenspitzen, Lukaschek begann, seine Lippen nach vorn zu schieben, was er immer tat, wenn er nervös wurde. Aber es kam keine Antwort. Und auch kein Krümmen oder Weinen. Kein Nachfragen nach den Umständen. Nichts. Da war überhaupt keine Emotion. Der Alte hatte offensichtlich noch nicht kapiert, dass sein Sohn tot war. Er glotzte nach wie vor Lukaschek an. Und das seit bald einer Minute. Akut war mit ihm nichts anzufangen, er gehörte wohl zu jenen, die erst einmal in eine Schockstarre verfielen. Also der nächste Schritt.

Wilhelm deutete in Richtung der Tiefen des Hauses. »Dürfen wir uns bitte einmal sein Zimmer ansehen?«

Porony richtete seinen Blick auf ihn. Dann wieder nichts. Schließlich ein völlig überraschendes: »Maria!« Als die Wirtschafterin erschien, stand er auf. »Zeigen Sie bitte den Herren das Zimmer von Harald. Ich komme nach. Ich muss zu meiner Frau.«

Damit verließ er strammen Schrittes den Raum.

7

Kopf- und Fußteil des Bettes waren aus Messing, dennoch erinnerte die Schlafstätte an eine ebensolche aus Stahl in einem strengen, unpersönlichen Internat. Wilhelm hatte noch nie, außer beim Bundesheer, eine so straff geglättete Bettdecke gesehen. Und auch der Rest des Zimmers vermittelte genau gar keine Gemütlichkeit. Neben dem Kopfkissen stand ein Nachtkasterl aus Messing, auf dem lediglich eine schwarze, einfache Lampe aus Eisen vor sich hin kümmerte sowie ein in braunes Papier eingewickeltes Buch lag. Er nahm es in die Hand und schlug es auf. »Über den Fluss und in die Wälder« von Ernest Hemingway. Wilhelm hatte den Roman nie gelesen. Seine Halbschwester Elisabeth war von der bittersüßen Liebesgeschichte angetan, Anne hingegen, seine Geliebte, versteckte das Machwerk, wie sie es nannte, immer hinter den anderen Büchern ihrer Leihbibliothek. Er sollte es sich wahrlich einmal zu Gemüte führen.

Auch der Rest des Zimmers leuchtete in Kargheit. Teenager und auch junge Erwachsene wie Harald klebten sich doch üblicherweise die Zimmer mit Plakaten voll, von Schlagersternen oder auch von den Beach Boys oder den Beatles. Meinetwegen noch Elvis. Doch hier: nichts. Nicht einmal ein Kreuz. Lediglich neben der Türe ein gerahmtes Foto, das den Toten in schwarzem Anzug und mit einer Mappe in der Hand zeigte. Vermutlich das Maturabild, denn darüber prangten die Konterfeis einer jungen Frau und eines jungen Mannes in exakt derselben Pose. Wahrscheinlich die Geschwister.

Und nur ein Schrank. Die Kleidung war aus bestem Garn, wie Wilhelm tastend feststellte.

Lukaschek war unterdessen mit dem überladenen Schreibtisch beschäftigt. »So viel und dabei gar nix.« Er gab einem der unzähligen Akten und Hefte einen Wischer, worauf einige Papiere auf den Boden segelten. Er sammelte sie auf.

»Was heißt, gar nichts?«

»Na, eben nix. Nur Sachen zur Wirtschaft.«

»Und in den Laden?«

»Auch.«

Das konnte nicht sein. Jeder junge Mensch hatte irgendwo

im Zimmer der elterlichen Unterkunft ein Versteck, in dem er die höchst privaten Angelegenheiten hortete.

Wilhelms Blick fiel auf Fischer, der auf dem Balkon des Zimmers stand und eine rauchte. »Wäre der Herr Gruppeninspektor wieder einmal in der Laune, sich an den Untersuchungen zu beteiligen?«

»Das Zimmer ist mit euch eh schon überfüllt.«

Eine glatte Insubordination. »Fischer.«

Sein Kollege ließ den Kopf nach vorn sacken, schnippte die Zigarette in den Garten und kam herein.

In diesem Moment öffnete sich die Tür. Porony ließ seine Frau eintreten. Wilhelm konnte sich nicht erinnern, ob sie damals bei seinem Missgeschick anwesend gewesen war oder nicht, was definitiv nicht nur am Nebel der Jahre, sondern auch an ihrer Erscheinung lag. Aschblonder Haarknoten, das Gesicht in der Farbe von vertrocknetem Strudelteig, wässrige Augen und fahle Lippen, hagere, zusammengesunkene Gestalt, an der ein beiges Kleid aus Wildseide herunterhing. Diese Frau war die präzise Definition von Mausgrau. Weder der alte noch der junge Porony konnten mit ihr in Zusammenhang gebracht werden – doch, zumindest die Tendenz der Haarfarbe hatte sie dem Sohn vererbt. Um ihren Zeigefinger war ein weißes Taschentuch geschlungen, dessen Enden in der zusammengeballten Faust verborgen waren.

Wilhelm schlug die Hacken zusammen. »Gnädige Frau!«

Elfriede Porony nickte, sah aber weiterhin zu Boden. »Harald ist also tot?«

Er nickte. Wurde sich bewusst, dass sie das nicht sehen konnte. »Ja. Es tut mir sehr leid. Meine Anteilnahme.«

Sie nickte neuerlich.

Schweigen im Walde.

Porony brachte schließlich seine Frau zum Bett, auf dem sie sich niederließ. Er selbst stellte sich zur Balkontür und sah in den parkähnlichen Garten. »War es ein Raubüberfall?«

»Nein, soweit wir das bislang feststellen konnten«, ließ sich

Lukaschek eifrig vernehmen. »Die Börse ist da nebst Uhr und Siegelring.«

»Also kein Unfall und kein Raub. Was dann, meine Herren?« Genauso klang er wahrscheinlich, wenn er einem Baufehler auf den Grund ging und den Schuldigen suchte – ein genervter Geschäftsmann, der wieder Routine in sein Getriebe bringen wollte.

Wilhelm spürte, wie sich seine Ohren nach hinten zogen. Das taten sie immer, wenn etwas unrund war. Und Eltern, die angesichts des Todes eines ihrer Kinder nicht emotional wurden, und zwar beide Elternteile nicht, gehörten definitiv in diese Rubrik.

Er nahm sein Etui aus der Sakkotasche und bot Porony eine Zigarette an. Der nahm sie. Wilhelm zündete beide an, machte einen Zug und sagte: »Das ist die Frage. Wie auch, was er um diese Uhrzeit im Stadtpark zu suchen hatte. Die Hochschule ist ja definitiv hier auf dieser Seite der Stadt. Haben Sie gar keine Idee, was er in aller Herrgottsfrühe da drüben gewollt haben könnte?«

Elfriede Porony machte einen kurzen Atemzug. Ja, Wilhelm war sich sicher, dass da eine Regung gewesen war. Aber es kam kein Satz heraus.

»Frau Porony?«

Sie schüttelte den Kopf.

»Warum sollte meine Frau wissen, warum sich unser Jüngster um diese Uhrzeit in dieser Gegend herumtreibt?«, polterte ihr Mann. »Wir sind, wie schon oft, davon ausgegangen, dass er zu Fuß zum Währinger Park gegangen ist. Diese ruhigen Minuten benötigt er. Es ist ja ein umfangreiches Studium.«

»Nun ja«, hörte sich Wilhelm eiern, »manchmal wissen Mütter –«

»Bei uns ist das nicht so. Wir haben keine Geheimnisse in der Familie.«

Sicher, du Depp, du. »Natürlich nicht. Ich wollte damit auch nicht andeuten –«

»Das will ich Ihnen auch raten! So weit kommt's noch. Unsere Kinder sind wahrlich wohlerzogen, gewissenhaft und ehrlich.«

Elfriede Porony drückte das Taschentuch auf den Mund. Mein Gott, war die gut abgerichtet. Allein müsste man mit ihr reden, doch das konnten sie sich heute abschminken. Aber vielleicht interpretierte er in ihre Gesten auch zu viel hinein, und sie war tatsächlich die Ahnungslose.

Wilhelm trat auf den Balkon und sah Porony an. Stellte sich mit dem Blick auf ihn weg von der Tür ins Zimmer. Porony folgte ihm. Gemeinsam schauten sie in den Garten und rauchten zwei Züge.

»Herr Porony, ich verstehe, dass das alles für Sie sehr verwirrend sein muss. Und der Schmerz –«

»Salbadern Sie nicht herum.«

»Ihr Sohn war im Stadtpark. Und zwar ab ungefähr viertel sieben.«

Porony sah ihn schnell an. »Da hat er geschlafen. So wie wir alle.«

»Wir haben Zeugen. Und außerdem ist er dann tot dort gelegen.« Vielleicht half ja ein brutaler Ton, die Kruste des Herrn zu durchbrechen.

Keinerlei Regung. »Ein Gspusi vielleicht? Er weiß, dass es seine Mutter nicht goutieren würde. Er soll sich auf das Studium konzentrieren.«

»Die Tatumstände lassen nicht auf eine Frau schließen. Oder ist Ihr Sohn …?« Diese Möglichkeit hatten sie noch gar nicht bedacht – Eifersuchtsdrama unter zwei Männern! Das gab es öfter, als es der Öffentlichkeit bewusst war, weil die Sache meist bestens vertuscht wurde.

»Was erlauben Sie sich!« Porony baute sich vor ihm auf. »Mein Sohn ist normal, völlig normal.«

»Natürlich.« Dem nachgehen mussten sie trotzdem. »Was könnte es dann sein? Hat Ihr Sohn vielleicht –«

»Was wollen Sie ihm jetzt schon wieder anhängen?« Nun

hatte er eine Lautstärke, die die ganze Diskretion obsolet machte.

»Methamphetamine? Der Druck beim Studium? Und die bekommt man –«

»Jetzt soll er auch noch drogensüchtig sein! Sie lassen aber wirklich nichts aus!« Er schnippte den Zigarettenstummel in den Garten.

Wilhelm tat es ihm gleich und brachte seinen Kopf nahe an den von Porony. »Und Sie? Sie wissen gar nichts. Das macht Sie wütend, was uns aber überhaupt nichts bringt. Tatsache ist, dass Ihr Sohn am anderen Ende der Stadt quasi mitten in der Nacht ein heimliches Treffen hatte. Und wir müssen nun herausfinden, warum. *Ich* werde es herausfinden, weil ich es wissen möchte. Anscheinend im Gegensatz zu Ihnen.«

»Was erlauben Sie sich! Ich werde mich –«

»Wann kann ich meinen Sohn sehen?« Elfriede Porony stand im Türrahmen.

»Die Identifizierung übernehme ich, Frieda.«

Sie senkte den Blick. »Ich. Möchte. Ihn. Sehen.«

Wilhelm ging zu ihr. »Nach der rechtsmedizinischen Untersuchung, gnädige Frau. Wir rufen Sie sofort an.«

»Danke.« Sie wandte sich zum Zimmer und dann wieder retour. Sah wieder weder ihren Mann noch Wilhelm an. »Ich würde mich jetzt gern zurückziehen. Denn ich kann Ihnen nicht helfen. Mein Sohn und ich haben nicht sehr viel miteinander gesprochen. Sie entgleiten einem ab einem gewissen Alter.« Schmales Lächeln in den Garten.

»Und gestern oder heute Morgen? Ist Ihnen da irgendetwas aufgefallen?«

Sie senkte den Kopf. »Ich nehme Schlaftabletten. Ich bin erst so gegen acht Uhr aufgewacht.« Sie warf ihrem Mann einen Blick zu. »Da ist Harald immer schon unterwegs. Sie entschuldigen mich?« Sie nickte und ging.

Keine Träne. Nichts. Porony eilte ihr nach.

Wilhelm folgte ebenfalls. »Herr Porony, noch eine Frage!«

»Was?« Er stand an der Tür und drehte sich nicht einmal um.

»Ihr Sohn wird doch Freunde haben. Können Sie uns Namen nennen?«

»Dieter Holzer. Schulfreund und mittlerweile Kommilitone. Wohnt unten. In der Döblinger Hauptstraße. Er ist sein engster Freund. Fast ein Familienmitglied.« Nun drehte er sich doch um, lachte kurz auf. »Ich finde ihn ein bisschen langweilig, im Grunde natürlich auch nicht adäquat, aber mein Sohn und mein Bruder meinen, es stecke Großes in ihm. Nun, wie dem auch sei. Sie werden ihn daheim oder auf der Hochschule finden. Ein sehr Fleißiger.« Im letzten Wort schwang Verachtung mit. »Benötigen Sie noch lange?«

Sie schüttelten zu dritt den Kopf.

»Gut, Maria wird Sie dann hinauslassen. Sie entschuldigen mich?« Er verließ mit sehr energischen Bewegungen das Zimmer.

Lukaschek starrte die Tür an und machte eine weit ausholende Bewegung mit dem Arm. »Bitte, was war des?«

»Bei so an Alten hätt ich auch meine Geheimnisse«, meinte Fischer.

»Und die finden wir jetzt.« Wilhelm klatschte in die Hände. Und nahm selbst noch einmal den Hemingway zur Hand. Manchmal wurden Texte für Codes verwendet, Umschläge als Geheimfächer.

Lukaschek hielt einen Zettel mit bunten Quadraten in die Höhe. »Sein Stundenplan. Jetzt wissma wenigstens, wo wir diesen Holzer finden. Hoffma, dass sie dieselben Vorlesungen besuchen.«

»Was uns nichts helfen wird. Die haben doch immer im Februar frei, soviel ich weiß. Geh, telefonier nachher unten in dem Salon gleich den Berner an. Er soll uns die Adresse vom Holzer raussuchen.«

»Des is so langweilig da«, murrte Fischer. »Der hat nicht einmal die ›Lady Chatterley‹ oder so. Was hat er gmacht? Es außegschwitzt?« Er wandte sich von der Kommode ab und dem Bett zu, riss Decke und Leintuch aus der Umrandung.

»Chatterley?«, fragte Lukaschek.

»D. H. Lawrence«, klärte ihn Wilhelm auf. »Unser Kollege liest Weltliteratur.« Er zwinkerte Lukaschek zu.

»Mei Mutter«, fuhr Fischer auf. »Mei Mutter hat's gelesen. Ich ...« Er wuchtete die Matratze des Bettes hoch.

»Was, du?«

Fischer tauchte oberhalb des Matratzenrands auf und grinste. »Ich hab's ja gwusst.«

Wilhelm und Lukaschek eilten zu ihm. Auf dem Lattenrost lagen ein Pin-up-Kalender, ein zusammengelegtes Poster mit nackter Frauenschulter, eine flache Zigarrenschachtel und ein unordentlich zusammengefaltetes Papier.

Wilhelm nahm die Fundstücke an sich. »Der Prinz auf der Schachtel. Aber die Matratze ist ja dick genug.« Er entfaltete das Papier – irgendwelche Buchstaben und Zahlen. Das Poster – die abgerissene Titelseite der Quick mit einer dunkeläugigen Frau, bekleidet lediglich mit einer rosafarbenen Badehaube, vor einer Graslandschaft. »›Sylt 1964. Die nackten feinen Leute‹. Jetzt hast deinen Schweinskram, Fischer.«

»Na ja.«

»Was hast erwartet?« Lukaschek nahm den Kalender, blätterte und seufzte.

Fischer ließ die Matratze fallen. Wilhelm öffnete die Schachtel. Ein toter Hirschkäfer, das Foto einer ebenfalls dunklen Schönheit, aber sehr jung und sehr sittsam mit hochgeschlossener Bluse bekleidet, ein selbst geschnitztes Weidenholzpfeifchen, eine rote Anstecknadel, ein großer Kieselstein, ein Kondom und eine im Zerbröseln begriffene Cohiba. »Wo hat er denn die her?«

»Dem Vater seine Freund werden si des schon organisieren können.« Fischer nahm die Zigarre und schnüffelte daran. Ein kleines Stück Blatt löste sich. »Schad drum.«

Lukaschek warf den Kalender auf den Schreibtisch. »Also i

glaub, des Brisanteste davon ist das Abzeichen. Das ist nämlich rot. Des tät i vor dem Alten auch verstecken.«

»Und?« Fischer zog die Augenbrauen in die Höhe.

»Jetzt stell di net so an. I glaub net, dass sei Vater mit irgendwem auch nur irgendwas zum Tun hat –«

»Harald ist bei den Roten«, unterbrach ihn Wilhelm und betrachtete das Abzeichen genauer. »Exakt beim VSStÖ, dem linken Studentenverband. Hm, die machen da doch Versammlungen, und nicht gerade wenige. Wie hat er das geheim halten können?«

Fischer meckerte ein Lachen. »Jetzt hamma den Fall gelöst! Der Vater hat ihn derschlagen, weil er aus der Art geraten ist.«

Auch Lukaschek kicherte.

»Na, so blöd ist des gar net, Fischer, irgendwas Politisches kann schon der Hintergrund sein. Die Studenten, die werden immer …« Wieder einmal suchte Wilhelm nach dem richtigen Wort.

»Frecher«, assistierte ihm Lukaschek.

Wilhelm nahm nochmals das Blatt Papier zur Hand. Die Buchstaben und Zahlen waren mit der Hand geschrieben. Er ging zum Schreibtisch und verglich die Schrift mit jener in den Studienunterlagen. Es war eindeutig Haralds. »Sechs, fünf, null oder O, zwei, eins, sechs, P, zweimal A, L, null oder O, zweimal W, dann eins, vier, drei, null oder O. Was ist das bitte?«

Beide Kollegen schüttelten den Kopf.

»Nächste Zeile eins, vier, fünf, null oder O, vier, acht, zwölf, zwei, drei, N, eins, sechs, zwei, eins, fünf, acht, null oder O.«

»Irgendein Code. Vielleicht weiß sein Freund was drüber.«

»Eins, sechs, zweimal null oder O, vier, acht, elf, vier, sieben …«

»Fodor, lass ma da den Hirzinger dran. Der ist doch so a Kryptiker«, meinte Lukaschek. »Und des pack ich alles ein, vielleicht finden wir ja noch was drunter.« Damit schob er die Papiere vom Schreibtisch in die Aktentasche, die an den Tisch gelehnt war.

»Kryptologe.« Wilhelm faltete den Zettel wieder genau an den Falzen. Vollkommen unregelmäßig. Da hatte es Harald mit dem Verstecken sehr eilig gehabt.

8

Dieter Holzer hatte kurzes braunes Kraushaar, die Figur einer Birne und wirkte mit seinem Vollmondgesicht wie ein Baby. Der klassische unsichtbare Schatten hinter dem Klassenprimus. Dazu passte auch, dass er sich, sicher im Gegensatz zu Porony, das Geld fürs Studium verdienen musste, was er laut Auskunft seiner Mutter, einer beeindruckend wasserstoffblonden Friseurin, als Mitarbeiter der Hochschulbibliothek tat, sowohl während als auch zwischen den Semestern wie heute.

Er schritt zwischen Fischer und Lukaschek die Treppen der Hochschule zum Vorplatz herunter, unter dem Arm trug er ein A4-großes, in Grau gebundenes Buch, anscheinend für Notizen, ein Gebaren, das ihn jetzt schon wie einen fünfzigjährigen Professor aussehen ließ. Keinen Mantel. Er würde bald wie ein Schneider frieren.

Wilhelm kam es vor, als zögere der Bursch bei jedem Schritt. Körperliche Unsicherheit oder Fluchttendenz? Sie hatten ihm doch hoffentlich nicht, entgegen seiner Anweisung, bereits den Grund für die Befragung gesagt!

Wilhelm winkte dem Trio, ihm zu folgen, ging zum Rand des Platzes, stellte sich neben eine Parkbank. Holzer wirkte, als könnte er sie vielleicht benötigen. Er fingerte nach den Zigaretten, um sie für den Fall des Falles griffbereit zu haben. Fischer rasselte die Vorstellung herunter, Holzer schaute Wilhelm mit großen, beinah schwarzen Augen an.

Er bot dem Studenten eine Zigarette an, welche dieser ablehnte. Nun denn. »Herr Holzer, Sie sind doch der beste Freund von Harald Porony.«

Abgehacktes zweimaliges Nicken.

»Wir müssen Ihnen die traurige Mitteilung machen, dass Ihr Freund zu Tode gekommen ist.«

Kopfschütteln.

»Doch. Leider ja.«

Erneutes Kopfschütteln.

»Es tut mir leid. Er wurde im Stadtpark tot aufgefunden. Fremdverschulden kann nicht ausgeschlossen werden.«

»Fremdverschulden.« Holzers Mund zog sich in die Breite. Und für eine Sekunde hatte Wilhelm das Gefühl, der Bursche fange gleich lauthals zu lachen an. Doch das Kinn klappte nun herunter, und heraus kam ein unterdrücktes Stöhnen, das einem Gurgeln glich. Holzer stürzte zur Bank und ließ sich darauffallen – manchmal erschrak Wilhelm selbst vor seiner treffsicheren Einschätzung von Menschen.

Holzer atmete schwer, öffnete sich trotz der Kälte den obersten Knopf des Hemdes, das dünne blaue Karos aufwies. Dazu trug er ein beiges Blouson und semmelbraune Hosen. Er war wirklich in jeder Hinsicht das absolute Gegenteil von Harald Porony. Ein zwingender Umstand wie ein geteilter Sandkasten musste die beiden zu Freunden gemacht haben, etwas anderes konnte sich Wilhelm beim besten Willen nicht vorstellen. Holzer beugte sich vornüber und widmete sich dem Luftholen.

Fischer, Lukaschek und Wilhelm sahen einander an und gingen drei Schritte zur Seite.

»Wenigstens reagiert er«, raunte Wilhelm seinen Männern zu.

»Ja, wie ein Weib«, keifte Fischer.

»Is halt net a jeder so a harter Knochn wie du«, feixte Lukaschek.

Damit sprach sein zweiter Assistent natürlich gelassen ein wahres Wort aus, dennoch war Wilhelm diese heftige Reaktion Holzers unangenehm. Ein Mann sollte sich wirklich etwas mehr im Griff haben.

Er registrierte, wie sich Fischers Augen weiteten, und wandte sich um. Holzer marschierte an ihnen vorbei zum Hochschulgebäude. Sein Blick war starr, er wirkte wie ein Schlafwandler.

Wilhelm rannte ihm hinterher und packte ihn am Arm. »Wohin so flott?«

Holzer sah ihn an und zugleich durch ihn hindurch. »Ich muss dem Herrn Professor Bescheid geben. Sein Seminar ist komplett überfüllt. Er muss wissen, dass es jetzt wieder einen Platz gibt.«

»Wie bitte?«

»Es gibt jetzt wieder einen Platz.«

Der Bursche nahm ihn auf den Arm. »Herr Holzer, das hat aber wirklich Zeit. Wir würden Ihnen gern –«

»Hat es nicht. Es beginnt in vier Wochen.« Er wandte sich in Richtung des dunklen, klotzigen Gebäudes.

»Herr Holzer!« Wilhelm riss ihn an seinem Arm zurück. »Dieter!«

»Schon wieder a Angschütter!«, seufzte bestens vernehmlich Lukaschek. »Haben heut alle Depperten Ausgang?«

Holzer sah ihn an, dann Wilhelm. »'tschuldigung.« Er wuselte sich durch die Locken und schüttelte sich. Sein Blick war danach klar.

Wilhelm zog ihn zur Bank zurück. »Geht's?«

Nicken.

»Gut. Wann haben Sie Harald das letzte Mal gesehen?«

Holzer setzte sich, stützte die Ellenbogen auf das Buch und beugte sich vornüber. »Gestern am Abend. Wir waren im Colosseum, wie meistens.«

»Dem Tanzlokal in der Nußdorfer Straße?« Lukaschek zückte seinen Notizblock. »An einem Montag?«

Holzer nickte. »Da ist nicht so viel los, stimmt, aber wir wollten ja auch nur auf ein paar Bier gehen.«

»Und wie lange waren Sie dort?«

Holzer wuschelte wieder seine Haare. »Ich nur bis circa um halb zehn. Ich hab heute ja aufstehen müssen. Harald ist noch dortgeblieben.«

Das deckte sich mit der Aussage von Holzers Mutter, die sie gleich vorsorglich zum gestrigen Abend befragt hatten. Er sei um kurz vor zehn heimgekehrt. In dieser Spanne konnte man den Weg vom Colosseum in die Döblinger Hauptstraße per Öffentliche und notfalls auch zu Fuß locker bewältigen. Denn Dieter besaß weder Motorrad noch Auto, und das Fahrrad hatte laut seiner Mutter seit dem Wochenende einen Patschen. Und in der Früh hatte sie ihn bis halb acht Uhr schlafen lassen, weil seine Arbeit erst um neun Uhr begann.

»Das gibt's nicht.« Holzer sah Wilhelm mit aufgerissenen Augen an. »Das ist … Wieso?« Sein Mund bebte. Mit einer mechanischen Bewegung begann er, das Buch von fiktivem Staub zu befreien. Besonders intensiv widmete er sich der Bleistiftskizze eines Baumes auf dem Beschriftungsetikett. Wilhelm entdeckte, dass rundherum am Rand des Buches etwas geschrieben stand. Die rechte Längsseite konnte er als »ich träumt in seinem Schatten« entziffern. Na wunderbar, ein Schubert-Liebhaber. Wilhelm fand den Liederfürsten nur äußerst begrenzt erträglich. Aber dafür konnte der junge Mann ja nichts.

Er straffte sich. »Das werden wir jetzt gemeinsam herausfinden. Und Sie beantworten einfach unsere Fragen, das hilft Ihnen und uns. Sind Sie beide allein dort gewesen?«

Holzer sah ihn an. Die fleischgewordene Verständnislosigkeit.

»Na, wards mit Haberern unterwegs?«, präzisierte Fischer.

Holzer zuckte mit den Schultern. »Hingangen sind wir zu zweit. Aber dort kennt ja jeder jeden.«

Wilhelm setzte sich zu ihm auf die Bank, bot ihm neuerlich reflexartig eine seiner A3 an. Zu seiner Überraschung nahm Holzer sie jetzt, und nicht nur das, er leckte sie sogar ab, weil sie ihm offenbar zu schwach war. Er gab ihm und sich selbst Feuer. »Und? War irgendetwas Besonderes?«

Nochmaliges Schulterzucken.

Eine Geste, die nicht aus der Paralyse geboren, sondern

reine Maulfaulheit war. Diese Attitüde der Jugendlichen ging ihm in letzter Zeit zunehmend auf die Nerven. »Kommen Sie! Gab's Streit?«

Kopfschütteln. Holzer beugte sich neuerlich vornüber.

»Hatte Harald mit jemandem Kontakt, mit dem er ihn sonst nicht hat?«

Jetzt rollte er die Unterlippe nach vorn, das konnte Wilhelm trotz der gekrümmten Haltung erkennen. Dann zuckte Holzer zur Abwechslung wieder einmal mit den Schultern.

Wilhelm nahm einen tiefen Zug. Der Tag firmierte in Bezug auf Zeugeneinvernahmen eindeutig unter verdammt anstrengend. »Herr Holzer, Ihr Freund wurde ermordet. Wollen Sie wissen, wer ihm das angetan hat?«

Wuscheln der Haare. Dann ein leises: »Klar.« Seine Knie ratterten los. »Ich versteh's nicht. Ich versteh's einfach nicht. Ich hab ihn doch noch gestern gesehen!«

Auch wenn Wilhelm Holzer gern gegönnt hätte, die Nachricht vom Tod des besten Freundes erst einmal zu verdauen, so war es trotzdem notwendig, dass sie die Gangart beschleunigten. Also stand er auf und entfernte sich ein paar Schritte.

Folgerichtig übernahm Fischer. »Burschi, jetzt redma amal frank. Gibt's irgendwas, was wir wissen müssen? Habts irgendwas angestellt? Seids an Bugl in die Quere kommen, wie ihr sein Hasen anbraten habts? Habts euch bei die Falschen a Gift bestellt?«

Dass die beiden Burschen mit einem einheimischen Zuhälter in Konflikt geraten waren, schien Wilhelm aufgrund der Beschreibung des verdächtigen Mannes am Teich eher unwahrscheinlich. Aber immerhin hatte Fischer auch die Drogen angesprochen.

Wilhelm hörte einen dumpfen Knall. Er drehte sich um. Holzer hatte das Buch fallen lassen und die Arme zwischen die Beine geklemmt. Das pure Elend. Also gab es da was. Er nickte Fischer zu.

Sein erster Assistent ging hinter die Bank und riss Holzer

an den Schultern zu sich. Dann zischte er ihm ins Ohr: »Red schon! Wir kommen sowieso drauf.«

Holzer schleuderte den Kopf nach links. Nach rechts. Atmete heftig. Fischer riss ihn nochmals gegen die Lehne, quetschte ihm die Daumen in die Halsschlagadern und tätschelte ihn dann beruhigend auf die Brust. »Leg einfach nieder, komm.«

»Wir haben nix mit Drogen zum Tun. Und auch nichts mit …« Er wedelte mit der Hand.

»Gut, was dann?«

»Da war … also der Harry, der hat sich prügelt. Letzten Freitag.« Fischer ließ ihn los. Holzer atmete durch.

Fischer gab ihm einen Klaps auf die Wange. »Na, geht doch.«

»Und mit wem?«, übernahm wieder Wilhelm.

»Mit dem Fredl.«

»Fredl wie? Komm, lass dir net alles aus der Nasn ziehen«, meckerte Lukaschek.

Holzer sah ihn überrascht an. Als hätte er vergessen, dass da noch ein dritter Polizist war. »Alfred Kriegler.«

Blitzschnell war Fischer sitzend an seiner Seite. »Und wieso?«

Unwillkürlich rückte Holzer von ihm ab. »Na, der Kriegler, der ist … der ist …«

Fischer beugte sich zu ihm und säuselte: »Ganz ruhig. Immer ein Wort nach dem andern.«

Holzer atmete auch gleich brav tief durch. »Der Fredl, der ist … also der ist a Nazi.« Er ließ die Zigarette auf den Boden fallen und trat sie aus. Hob das Buch auf und säuberte es erneut. Er murmelte.

»Was?«

Der Bursch zog den Nacken ein. »Ich hab mich nur gefragt, warum ich das Buch mitgenommen hab.« Er lächelte leicht und hob es. »Meine Statistik. Über die Klassiker. Wer sie ausleiht, wie lang, Durchschnittsverleihdauer und so halt. Ma, da hab ich wohl an Aussetzer ghabt. Und jetzt is es ganz dreckig. Ganz dreckig.« Er putzte weiter.

Wilhelm wartete auf mehr. Aber da kam nichts. Er sah zu seinen Kollegen, die zu ihm. Allgemeine Ratlosigkeit. Er zertrat seine Tschick ebenfalls. »Gut, der Fredl ist also ein Nazi, und ich nehm an, der Harald und Sie sind das nicht.« Es ließ sich leicht raten, wenn man das rote Parteiabzeichen in einer Holzkiste gefunden hatte.

Nicken.

»In Ordnung. Aber am Freitag werdet ihr ja nicht das erste Mal zusammengekracht sein, die Nazis und ihr. Was war da so Besonderes?«

»Der Kriegler, der kämpft für den Borodajkewycz.«

Irgendetwas klingelte bei Wilhelm. Der Name tauchte in Zeitungslettern vor ihm auf. Es war länger her, zwei, drei Jahre. Ja, natürlich! »Diesen Professor?«

Holzer nickte heftig. »Von *unserer* Hochschule! Der hat die Luxemburg als jüdische Massenaufpeitscherin bezeichnet! Die Rosa Luxemburg!«

»Um was geht's da bitte?«, knurrte Lukaschek.

»Vor ein paar Jahren«, erklärte Wilhelm, »hat so ein junger Jurist in einem Artikel in der Arbeiter-Zeitung –«

»Du liest die Arbeiter-Zeitung?«

»Lukki, ich les alles. Jedenfalls hat er dem Borodajkewycz vorgeworfen, fragwürdige Unterrichtsmethoden zu haben, bei den Vorlesungen nationalsozialistisches Gedankengut zu verbreiten. Der hat ihn daraufhin wegen Ehrenbeleidigung verklagt. Und gewonnen.«

»Es ghört sich auch nicht, dass a bleder Bua an Professor angeht.« Fischer schüttelte den Kopf.

Wilhelm musterte seinen ersten Assistenten. Er mochte keine Ausländer, das war bekannt, aber bislang hatte es noch keine Anzeichen gegeben, dass er so ein richtiger Nazi war. Nun, wahrscheinlich widersprach es bloß seinem ausgeprägten Sinn für Hierarchien, dass dieser junge Sozialist die Ehre eines Älteren angekratzt hatte.

Holzer brachte seinen Kopf nahe an den von Fischer. »Der

Fischer, der Heinzi, der is kein blöder Bub. Der weiß, von was er redet. Und der wird's noch einmal viel weiter bringen, als es der Borodajkewycz je war oder sein wird.«

»Wie auch immer.« Wilhelm klopfte seinem Assistenten auf die Schulter, der sprang auch sofort brav auf, worauf er selbst sich neben Holzer setzte. »Uns interessiert jetzt nur, dass der Harald also mit dem Kriegler wegen des Borodajkewycz einen Kelch gehabt hat. Letzten Freitag. Und wie ist der ausgegangen?«

»Unentschieden. Und dass der Kriegler gesagt hat, dass der Harald sich davor fürchten soll, dass er ihm einmal in einer dunklen Gasse begegnet.«

»Und warum haben Sie uns das nicht gleich gesagt?«

Holzer straffte seinen Nacken. Dabei flog sein Blick zum Hochschulgebäude. Er zuckte wieder einmal mit den Schultern. Aber Wilhelm verstand. Der Bursche war von diesen Leuten abhängig. Und wenn es herauskam, dass er den Zund über den Kriegler gegeben hatte, dann war er unter Umständen seinen studiumswichtigen Job los.

»Und der Kriegler ...?«

»Der ist auch hier Student.« Dann leise: »Wohnt irgendwo im Dritten.«

»Aber gestern ...?«

»War er nicht da. Also zumindest, solange wie ich da war. Wär eigentlich auch ein Wunder, weil das ist sonst nicht so sein Lokal.« Er hustete ein Lachen. »Der mag mehr Lieder von Seemännern und haselnussbraunen Augen, weniger die Kinks. Weiß gar nicht, warum er am Freitag da war.«

Wilhelm bot ihm neuerlich eine Zigarette an. Selbes Ritual. »Und sonst? Wie war Haralds Verhältnis zu den Eltern? Hatte er eine Freundin? Oder einen Konkurrenten? Um die Freundin? Im Studium?«

Und während Holzer plapperte wie ein Wasserfall – strenger Vater, Mutter keine Hilfe, Freundin nicht zurzeit, daher auch kein Konkurrent, allseits beliebt, viele Bewunderer von

Harald, überhaupt der tollste Mensch –, fragte sich Wilhelm, ob die Welt wirklich schon wieder so weit war, dass jemand fähig war, einen anderen wegen einer divergierenden politischen Meinung umzubringen.

Holzer stand auf, dämpfte die zweite Zigarette aus, klemmte das Buch unter den Arm und sah wieder wie ein distinguierter Professor aus. »Eins noch.«

Und brav sahen sie ihn alle drei gespannt an.

»Der Kriegler, der hätte heute beim Professor Braunberger eine Besprechung wegen einer Seminararbeit gehabt. Aber er ist nicht gekommen.«

9

Sie lehnten alle drei am Stand von Rudi, dem besten Fleischhauer vom Central-Markt, und verdauten ihre Leberkässemmeln. Und so gut die Nachmittagsjause gemundet hatte – Wilhelm sehnte sich nach einer gescheiten Mahlzeit. Aber der Tagesteller seiner Stammwirtin Wilma würde ihm heute verwehrt bleiben, weil er es nach der letzten und hoffentlich kurzen Einvernahme gerade noch mit Müh und Not rechtzeitig für den Besuch seiner Schwester nach Hause schaffte. Und später beim Kegeln mit Alois hatte ihn sicherlich schon der Appetit verlassen.

Ein hartnäckiger Rest der Semmel klebte hinten am Backenzahn. Wilhelm nahm einen Schluck von seiner Schartner Bombe – und lechzte nach einem kühlen Blonden. Aber er war diesbezüglich konsequent. Mochten noch so viele Kollegen Bier als Nahrungsmittel und nicht als Alkohol einordnen, er legte Wert darauf, dass seine Truppe im Dienst nüchtern blieb. Nicht nur zu ihrem, sondern auch zu seinem eigenen Leidwesen. Ja, den ganzen Tag waren sie ohne jegliche Pause unterwegs gewesen, wie immer, wenn ein Fall frisch war. So spannend, wie dieser Abschnitt einer Ermittlung auch bezeichnet wurde, so frustrierend war er. Nicht nur, dass man hungerte und dürstete, man sammelte Eindrücke und Informationen wie ein Eichhörnchen und entfernte sich durch den wachsenden Berg immer weiter davon, die guten von den schlechten Nüssen unterscheiden zu können.

Aber sie hatten sich bei Rudi nicht nur eingefunden, weil er der beste, sondern auch, weil er der bestausgestattete Marktstand war. Denn er verfügte über ein Telefon. Und da sie irgendwann einmal essen *mussten*, hatten sie das Notwendige mit dem Notwendigen verbunden, den guten Berner recherchieren lassen und ihn beauftragt, sie nach getaner Arbeit hier nahe dem Ziel ihres letzten Tagesordnungspunktes zu kontaktieren.

Wilhelm fixierte das Ding. Und prompt klingelte es. Rudi hob ab und gab den Hörer nach kurzer Nachfrage an ihn weiter. »Berner? – Ja, passt.« Er legte auf. »Burschen, auf geht's.«

Sie schlenderten aus der Markthalle. Wilhelm mochte seinen Kollegen die langsame Gangart nicht übel nehmen. Jeder, ausnahmslos jeder, wurde nach zehn, zwölf Stunden müde. Die hatten sie bald erreicht. Nach dieser Befragung war nicht nur wegen seiner Schwester Feierabend angesagt, sondern auch und vor allem zwecks Vermeidung von Fehlern. Sie schlurften wortlos über den dämmrigen Heumarkt und tauchten dann in die Ungargasse ein. Ein Haus mit Erker erwies sich als ihr Ziel. Sie enterten den dritten Stock und läuteten bei Kriegler.

»Wer stört?« Eine dunkle Frauenstimme.

Lukaschek gab das übliche Sprücherl von sich. Die Klappe des Spions bewegte sich, doch noch bevor die Stimme nach ihren Kokarden fragen konnte, hielt Wilhelm die seine vor das Guckloch. Eine Kette schepperte, ein schweres Schloss drehte sich gezählte drei Mal herum, dann öffnete sich die Tür.

Im Spalt zeigten sich eine lange Nase, ein spitzes Kinn und ein braunes Auge. »Was gibt's?«

»Frau Kriegler?« Berner hatte durchgegeben, dass Alfred bei seiner Mutter Antonia lebte. Vater verschollen.

»Das wissen S' doch. Also?« Der Spalt wurde nicht größer.

»Wir müssten kurz mit Ihrem Sohn reden.«

»Geht nicht. Ist krank.« Der Spalt wurde kleiner.

»Doch, geht«, schnarrte Fischer.

Und Wilhelm sah, wie sein erster Assistent den Fuß zwischen Stock und Blatt schob. Schlagartig überkam ihn so etwas wie kollegiale Liebe für den Mann. Denn Fischer erwies sich einmal mehr als kriminalistische Bulldogge, egal, in welcher politischen Couleur er ermittelte, auch wenn er unter Umständen, wie hier, leichte Sympathien verspürte.

Prompt schob die lange Nase die Tür versuchsweise zu, was durch Fischers Fuß verhindert wurde. »Er schlaft.«

»Dann wecken wir ihn auf«, bellte Fischer.

Die Tür schwang auf. Und Wilhelm sah sich einer Frau gegenüber, die zehn Jahre zuvor sicherlich die Männerherzen im Dutzend gebrochen hatte. Ihre mittlerweile mit Silberfäden durchzogenen, dennoch haselnussbraun glänzenden Haare waren in Wellen gelegt, wie es einst in der Kriegszeit modern gewesen war. Die strengen Brauen thronten über dunkelbraunen Augen, die lange Nase führte zu einem spitzen Kinn, wodurch das Gesicht wie eine Herzkirsche wirkte. Antonia Kriegler hatte sicherlich schon die vierzig, wenn nicht sogar die fünfzig überschritten, dennoch verbreitete sie die erotisierende Wirkung einer Frau um die dreißig, also in den besten Jahren. Dazu passte auch die schlanke Gestalt, die sich ihnen, trotz der winterlichen Kälte, in einem eng anliegenden Hauskleid ohne Weste präsentierte. Der Verzauberung taten nicht einmal die vielen Blümchen auf dem Stoff einen Abbruch.

Wilhelm bemerkte, wie Fischer schluckte, sich in einen dämlichen Glubscher verwandelte und dann erstarrte. Der Jungmädchenspezialist ging vor einer erwachsenen Frau in die Knie! Wilhelm wandte sich ab und registrierte, dass sich Lukaschek wie er selbst ein Grinsen verbiss.

»Zuerst pressiert's, und dann stehen wir in der Gegend herum? Was jetzt, meine Herren?«

Fischer straffte sich und vollzog einen Diener. »Gnä' Frau.«

»Kriegler reicht.« Sie verschränkte die Arme. »Den bourgeoisen Firlefanz brauch i net.«

Fischer blieb stehen. Unauffällig schob Lukaschek ihn weiter, Wilhelm folgte den beiden in die Wohnung. Blick ins große Zimmer – altdeutsche Möbel, aufgeräumt, kaum Nippes, riesiger alter Radiokasten, eine Schlafcouch, die bereits für die Nacht hergerichtet war.

Kriegler bat sie nicht, sich zu setzen, bot ihnen auch nichts zu trinken an, sondern klopfte an die Tür neben der Küche. »Alfred? Die Polizei will dich sprechen.« Knurren hinter der Tür. »Los, beeil dich.« Sie verschränkte erneut die Arme und sah sie drei der Reihe nach an.

»Wollen Sie gar nicht wissen, worum es geht?«, konnte Wilhelm sich nicht verkneifen zu fragen.

»Müsste ich das wollen? Alfred ist erwachsen.«

»Nein, es ist nur, dass Eltern normalerweise –«

»Sie sind nicht die ersten Polizisten, die bei uns hereinschauen. Alfred ist sehr … engagiert. Politisch.« Sie zuckte mit den Augenbrauen. »Und seine Einstellung ist gerade nicht sehr modern. Leider.« Sie schürzte die Lippen. Ihr Blick war der einer Amazone.

Womit geklärt war, dass sie die Weltanschauung ihres Sohnes teilte.

Die Tür knarzte auf. Alfred Kriegler war ein kleiner, muskulöser Mann mit dichtem roten Haar und einem Schnurrbart wie Hitler, der aber in dem hellrosa Gesicht wie ein Hautfehler wirkte. »Was gibt's?« Er nieste, schnäuzte sich und zog den Schlafmantel enger um den Körper.

Die Nase glänzte wie eine Speckschwarte, wohl von einer Creme, war aber nicht rot. Wilhelm war sich absolut nicht sicher, ob die Erkältung echt war. »Sie kennen Harald Porony?«

»Wen?«

»Harald Porony.«

Kopfschütteln.

»Sie hatten aber angeblich eine Schlägerei mit ihm. Letzten Freitag.«

»Ah, der!« Alfred schnäuzte sich erneut. »Is es petzen gegangen, das Reichenbubi? Bekommt alles hinten hineingeschoben und macht einen auf Samariter. Der weiß doch gar nicht, wie man Sozialismus schreibt. Wie diese ganze bourgeoise jüdische Partie.«

»Herr Porony ist kein Jude.« Wilhelm verdammte sich in der Sekunde dafür, überhaupt darauf eingegangen zu sein.

»Stiefellecker von der Bagage. Hofft, dass was für ihn abfällt.«

Wilhelm hörte das Blut in seinen Ohren wummern. Er sollte tief Luft holen, nicht das tun, was er gleich ... »Welche Bagage? Welche Juden? Soviel ich weiß, hat da jemand vor zwanzig Jahren gründliche Arbeit geleistet.«

Fischer verdrehte die Augen, Lukaschek blickte zu Boden, Antonia Kriegler lächelte.

Und währenddessen kam Alfred langsam auf ihn zu, blieb viel zu nah bei ihm stehen. »Nicht gründlich genug. Mit den Amis sind sie gekommen, mit den Engländern, überall kriechen die Ratten wieder aus ihren Löchern. Und Ratten bringen Krankheit.«

Wilhelm sah seine Faust auf die fette Nase dieses Arschlochs donnern, er sah sich ihm in die Weichteile treten – und ballte seine Hände. »Nur weiter so. Und ich krieg Sie mit Paragraf drei dran.«

»Das schau i ma an«, zischte Alfred.

»Das ist keine Wiederbetätigung, Herr Inspektor«, mischte sich seine Mutter ein, »das ist freie Meinungsäußerung.«

»Chefinspektor, bittschön«, korrigierte wieder einmal Fischer. »So viel Zeit muss sein.« Er drängte sich zwischen Wilhelm und Alfred. »Auf jeden Fall haben Sie dem Porony gedroht. Sie haben –«

»Hab ich nicht.« Alfred ging zu seiner Zimmertür zurück.

Fischer folgte ihm. »Haben Sie doch. Er soll sich fürchten, wenn er Ihnen einmal in einer dunklen Gasse begegnet.«

Alfred sagte nichts, blieb abgewandt stehen.

»Warum reiten Sie so darauf herum? Was ist eigentlich los?«, übernahm Antonia Kriegler das Wort.

Sie, Fischer und Lukaschek sahen zu ihm her. Er sollte wieder die Führung übernehmen. Aber Wilhelm stellte fest, dass er noch immer das Bedürfnis hatte, dieses Arschloch niederzutreten. Also gab er seinen Kollegen mit den Augen ein Zeichen und ging zwei Schritte zurück.

Lukaschek wedelte wichtig mit dem Notizblock. »Harald Porony wurde heute Morgen tot aufgefunden. Mit ziemlicher Sicherheit Fremdverschulden.«

»Das Würstel is hamdraht worden?« Alfred blieb abgewandt.

Fischer beugte sich zu ihm. »Und zwar im Stadtpark. Also gar net weit von dir entfernt.«

»Und was wollen S' dann vom Alfred? Der ist krank, das sehen Sie doch«, mischte sich Antonia Kriegler wieder ein.

»Aber net behindert«, schnarrte Fischer.

»Wo waren Sie heute Morgen zwischen halb sechs und sieben Uhr?«, brachte Lukaschek Amtlichkeit in die Situation.

»Wo wird er gewesen sein, wenn er Fieber hat? Im Bett.«

»Frau Kriegler, ich habe Ihren Sohn gefragt.«

»Im Bett«, echote nun Alfred brav. Er wandte sich ihnen wieder zu und grinste.

»Und wo waren Sie gestern Abend?«

»Im Bett.« Wilhelm sagte es gleichzeitig mit Alfred und Antonia.

Schweigen.

Alfred schnäuzte sich. »Tja, da hat wohl jemand einen viel größeren Pik gehabt auf ihn als ich.« Er sah Wilhelm an. »Tut mir leid, Herr Chefinspektor.«

»Rotzbengel.« Antonia Kriegler holte Luft, Wilhelm hob die Hand und blitzte sie an. Ihr Mund klappte zu. »Kollegen, bei diesem Fall von trauter Einigkeit bleibt uns wohl nichts anderes, als den Herrschaften einen schönen Abend zu wünschen.«

Lukaschek riss die Augen auf, Fischer sah zu Boden.

Wilhelm deutete eine Verbeugung vor Antonia Kriegler an. »Ich hoffe für Sie, dass dieses Glied des Volkskörpers bald wieder so gesund ist, wie man es nämlichem nachsagt. Gnädige Frau!« Die Anrede hatte er so nasal wie möglich gesprochen.

Er ging zum Eingang, horchte auf die Schritte seiner Assistenten, die mit Verzögerung zu hören waren, öffnete die Tür und rannte förmlich die drei Stockwerke hinunter. Auf der Straße löste er den Schal und den Knoten der Krawatte. Widerliche Bagage. Die ganze schöne Entnazifizierung war für Arsch und Friedrich. Der Prozess gegen den Schlächter von Vilnius fiel ihm ein, gegen diesen Franz Murer, vor zwei Jahren in Graz. Dessen Söhne hatten die Opfer und Zeugen verhöhnt, der ganze Saal inklusive Richter hatte wohlwollend geschwiegen. Und jetzt am Landesgericht beim Raja-Prozess war es das Gleiche. Der einzige Lichtblick war, dass diese Drecksäcke irgendwann einmal auf natürlichem Wege verschwanden.

10

Seine Mutter steht hinter dem Fenster und winkt ihm zu. Aber du bist doch tot, ruft er ihr zu. Sie lächelt, sagt etwas. Er kann es nicht verstehen. Er stolpert. Der Garten. Überall nur Schlamm, Furchen und Trichter. Gott sei Dank sieht seine Mutter das nicht, sonst würde sie weinen und nicht lächeln. Sein Bein steckt fest. Er schaut zu ihr. Ihre Hand liegt auf der Scheibe. Die Finger. Fünf weiße Flecken, die langsam nach unten rutschen. Er schreit, zieht an seinem Bein. Das Haus schrumpft, Teile lösen sich, eines landet vor seinen Füßen, es ist ein Hakenkreuz. Das Haus gibt einen erbärmlich quietschenden Laut von sich. Der wird zum Schrei seiner Mutter. Er will ihn nicht hören. Nicht hören. Nicht hören.

Wilhelm schreckte auf. Die Kommode. Das Radio. Und dieser schreckliche Ton. Plötzlich Stille. Er atmete aus und ließ den Kopf auf die Couchlehne zurücksinken. Nur wieder dieser furchtbare Traum. Kein Wunder, dass er heute gekommen war. Nach diesen ekelhaften Kriegler s. Wilhelm tastete auf seine Brust. Er war noch da, der Knopf. Und irgendwo lief noch immer der Mann herum, von dessen Uniform das Ding abgesprungen war. Das verräterische Ding mit dem Hakenkreuz. Das nach einem angeblichen Überfall durch die Russen am Tatort eigentlich nichts zu suchen hatte. Dem Überfall, der seine Adoptiveltern das Leben gekostet hatte. Irgendwann würde er die Jacke zum Knopf finden. Irgendwann.

Ein Schweißtropfen kitzelte sich die Schläfe hinunter. Er zupfte das Taschentuch aus der Hose und trocknete sich die Stirn, betrachtete währenddessen den Vorhang, die Pendeluhr neben dem Fenster, das Pianino, auf dem Tischchen daneben den Plattenspieler, der im Schein der Stehlampe glänzte, im Regal dahinter das Telefon. Mit dem Hörer auf der Gabel. Er hatte vergessen, ihn danebenzulegen, um ungestört ruhen zu können. Nun, es war ja noch einmal gut gegangen. Wilhelm lächelte. Wenn Lukaschek wüsste, dass das der Grund für das Vierteltelefon war, weil es eine bequeme Ausrede bot und … Sein Blick zischte zurück zur Pendeluhr. Sieben nach sechs. Elisabeth müsste längst – die Türglocke schrie auf, sehr lange und sehr wütend. Wie auf Stichwort.

Wilhelm katapultierte sich aus der Couch, rannte ins Vorzimmer – »Ich komme schon!« –, zum Garderobenspiegel, sah sich einem Struwwelpeter gegenüber – »Gleich!« –, berserkerte mit dem Kamm durch die Haare, die sich aufgrund des Schweißes gekringelt hatten – wieder die Glocke, kurz, hart –, aber für Haarwasser war jetzt keine Zeit mehr, richtete seine Krawatte und den Hemdkragen – »Sofort!« –, atmete durch und ging gemessenen Schritts zur Tür. Öffnete.

»Was sind das für neue Moden, eine Dame so lange warten zu lassen? Wirst du mir endlich untreu?« Elisabeth lugte spielerisch über seine Schulter. »Wo hast du deine Freundin versteckt? Ich werde sie finden. Kein Kasten ist vor mir sicher.«

Sie sah wieder einmal hinreißend aus. Zu dem eng geschnittenen cremefarbenen Mantel mit schwarzem Samtbesatz trug sie einen dieser kleinen Hüte, die auf dem Hinterkopf saßen, und zwar ebenfalls aus schwarzem Samt, der das Gold ihrer Locken glitzern ließ.

»Jetzt hat dir mein Scharfsinn die Sprache verschlagen. Oder hast du Angst, dass sie mir nicht gefallen wird?«

»Wieso?« Wilhelm registrierte, dass seine Stimme beschlagen war. Wohl noch vom Schlaf. Er räusperte sich. Und außerdem dämmerte ihm, dass seine Frage reflexartiger Unsinn gewesen war. Was plapperte sie da eigentlich von Freundin und Kasten?

Elisabeth legte die noch immer behandschuhte Hand auf den Türrahmen und lächelte ihn an. »Will, mein Lieber, möchtest du mich nicht endlich eintreten lassen? Wir haben nicht viel Zeit, wenn ich dich an deine Freizeitverpflichtungen erinnern darf.«

Ihm wurde heiß. Manchmal benahm er sich wirklich wie ein Tölpel. Er trat zur Seite, schloss hinter ihr die Tür und half ihr aus dem Mantel. Hinreißend, einfach nur hinreißend. Das schwarze, schmale Kleid mit einem Gürtel aus demselben Stoff hatte nur die mit gelben Steinen besetzte Schnalle als Schmuck und brachte so Elisabeths zarte Rundungen voll zur Geltung.

Wilhelm wandte sich ab, tat, als hätte er Probleme, den Mantel auf den Kleiderhaken zu schieben. Wie bei ihrem letzten Besuch. Dieses Kribbeln bei ihrem Anblick. Verdammt, was sollte das plötzlich? Er musste schleunigst wieder aufhören, seine Schwester als Frau zu betrachten.

Auch wenn sie nur seine Halbschwester war.

Es war nicht richtig.

Doch sie wurde mit jedem Jahr schöner. Andere Frauen sahen mit fünfunddreißig Jahren verbraucht und grau aus, und auch er, obwohl gleichen Alters, fühlte sich neben ihr wie ein betagter Herr. Sie hingegen strahlte mehr, als sie es mit achtzehn oder achtundzwanzig getan hatte. Was sicher daran lag, dass sie sich von den ständigen Schwangerschaften erholt hatte. Und von ihrem langweiligen Mann. Doch heute war wieder einmal so ein Tag, an dem sich Wilhelm wünschte, der Eisenstein würde öfters seine Fabrik draußen in Niederösterreich verlassen und in Wien an Elisabeths Seite sein. Sie wäre dann mehr – verheiratet.

Aus dem Augenwinkel bemerkte er, dass sie ihm zugewandt dastand und mit beiden Händen die Handtasche vor dem Bauch umklammert hielt. Das tat sie immer, wenn sie unbedingt etwas erzählen wollte.

Er hängte den Bügel auf die Garderobe und atmete durch. Dann fiel es ihm ein. Er drehte sich zu ihr. »Und? Hast du den Schah gesehen?«

Sie grinste wie ein kleines Mädchen. »Er hat mich gegrüßt!« Sie wirbelte Richtung Wohnzimmer, währenddessen sprudelte es aus ihr heraus. »Papá hat gute Arbeit geleistet. Wir hatten ganz vorne einen Platz. Beste Sicht, kann ich dir sagen. Und als er an uns vorbeigekommen ist, hat er zu mir hergesehen. Kurz hat sich sogar sein Schritt verzögert, und dann hat er genickt. Es war fast eine Verbeugung!«

Wie ein süßer kleiner Backfisch.

Sie strahlte ihn an. »Ach, so ein schöner Mann. So soigniert.« Ihre Augenbrauen zogen sich zusammen. »Nur so schade, dass sie nicht dabei war. Ihn erst in London trifft. Sie hätte sicher bemerkt, dass ich fast denselben Mantel wie sie trage. Aber die Frauenkonferenz ist natürlich wichtig.« Elisabeth atmete tief durch. »Sie ist dermaßen engagiert. Und gleichzeitig eine so elegante und einfach wunderschöne Frau!«

So wie du.

»Ich würde gern einmal mit ihr Tee trinken. Über ihre Zeit in Paris plaudern. Ich liebe diese Stadt!« Die Handtasche fiel aufs Sofa. »Meinst du, sie war jemals im Flore? Sicher war sie da. Da geht man einfach –«

»Wo?«

Elisabeth schnellte herum. »Das Café, Will, das Café!«

»Ah ja, das Kommunistenbeisl.«

Sie kicherte. »Ich liebe es, wenn du Spaß machst.«

Das war es nur in der Formulierung gewesen.

Sie tänzelte weiter, ließ die Hand über die Abdeckung des Plattenspielers streifen. »Vielleicht hat sie Vian getroffen. Oder Sartre.« Die Hand landete auf dem Bücherregal, exakt auf dem Rücken von »Le Deuxième Sexe«. »Oder die Beauvoir.« Sie nahm das Buch heraus und blätterte. »Ich muss es wieder einmal lesen.«

Es wunderte ihn immer wieder, dass jemand den Spagat schaffte, Farah Diba und Simone de Beauvoir gleichzeitig zu bewundern. »Ja, nimm es dir mit. Ich trau mich niemanden einladen, solange es noch da steht. Die halten mich noch für einen Intellektuellen.«

Sie zwinkerte ihm zu. »Welcher deiner Freunde kann denn Französisch?«

Wilhelm ging zur Bar und drehte die Cognacgläser um. »Im Ernst, Liz. Das mit den Platten verstehe ich ja noch. Wenigstens im Ansatz. Wahrscheinlich auch deshalb, weil es mir Spaß macht, sie für dich zu besorgen. Aber Bücher? Du bist eine erwachsene Frau, du kannst lesen, was du willst.« Er schenkte ein. »Nimm dir deine Lieblinge endlich mit nach Hause.«

Sie trat zu ihm. »Mein Vater *kann* Französisch.«

Er reichte ihr einen Schwenker. »Und er ist nur dein Vater, nicht dein Kerkermeister.«

Sie nahm das Glas. »Das verstehst du nicht.«

»Er ist auch mein Vater. Und in all den Jahren, die ich bei euch gewohnt habe, ist er mir nie wie ein züchtigender, kettenrasselnder Cerberus erschienen. Er ist vielmehr –«

»Du hast ihn vier Jahre erlebt! Bloß vier!« Sie funkelte ihn an. »Und das in einer Zeit, in der sowieso alles anders war. In Auflösung. Das weißt du ganz genau. Da hatte er andere Sorgen als die Familie. Unseren Ruf. Und außerdem bist du …« Sie biss sich auf die Lippen.

»Nur ein Bastard.« Er trank, ohne mit ihr anzustoßen.

Sie legte die Hand auf seinen Arm. »Das wollte ich nicht sagen. Ich wollte –«

»Doch. Wolltest du. Und damit hast du ja auch recht. Er hat mich anders behandelt. Ludwig hat mir mehr als einmal ins Gesicht geschleudert, dass ich es nicht wert sei, eine anständige Erziehung zu erhalten.« Wilhelm spürte, wie ihm die Brust eng wurde, wie jedes Mal bei diesem Thema. Er trank.

»Und ich habe dir schon oft genug gesagt, dass du das endlich vergessen sollst. Ludwig war eifersüchtig. Im Gegensatz zu Adam, Helena und mir hat er sich mit Papá nie verstanden. Er hat seine ganze Strenge abbekommen. Und dann warst da plötzlich du, der viel besser gelernt hat als er, der keine Angst vor Pferden hatte und genauso gern geritten ist wie Papá. Was glaubst du denn, wie er sich da gefühlt hat?«

Es war ihm völlig egal, wie sich sein Halbbruder gefühlt hatte. Den hatte es ja auch nie interessiert, wie Wilhelm sich gefühlt hatte. Ein eitler, selbstverliebter Gockel war er, mit dem angeborenen Herrendrang, auf andere hinzutreten. Gut nur, dass er jetzt weit weg war, drüben in Amerika.

Wilhelm schenkte sich nach. »Lassen wir das Thema. Erzähl lieber weiter!« Er hielt ihr das Glas zum Anstoßen hin.

Elisabeth stellte sich auf die Zehenspitzen und hauchte ihm ins Ohr: »Ich wollte eigentlich sagen, dass du ein Mann bist. Und dir viel mehr erlauben kannst denn ich als Frau. Deshalb bleiben die Bücher auch bei dir.« Sie küsste ihn auf die Wange, ließ das Glas an dem seinen klirren und nahm einen Schluck. Dann tänzelte sie zur Couch, setzte sich und überschlug die schlanken Beine.

Wilhelm spürte die Stelle, an der sie ihn mit den Lippen berührt hatte. Seine … unpassende Reaktion auf sie wurde langsam beängstigend.

»Ich wohne bei Papá. Unter seinem Dach geschieht, was er will.«

Die Stelle vibrierte. Es war gotterbärmlich. Was war nur los mit ihm?

»Und Papá ist nun einmal weit entfernt davon, mit Freigeistern wie Beauvoir in Verbindung gebracht werden zu wollen.«

»Und mit Kommunisten.« Er musste endlich wieder einmal Anne besuchen.

Sie lachte auf. »Nun, Sartre und Camus erscheinen mir, egal, was sie so sagen, doch mehr als Bürgerliche.«

Ja, er hatte sich schon zu lange nicht mehr von seiner Geliebten verwöhnen lassen. Das war der Grund für seine Verwirrung, vollkommen klar.

»Aber auch das sind nicht unbedingt unsere ... seine Kreise.«

Nein, wahrlich nicht, die bestanden aus Menschen, die sich in den letzten knapp fünfzig Jahren noch immer nicht daran gewöhnt hatten, kein Von mehr im Namen zu haben.

Sie prostete ihm zu und nahm einen tiefen Schluck, ohne die tiefblauen Augen von ihm abzuwenden.

Nein, Anne reichte auf Dauer nicht. Er musste sich ernsthaft um eine Ehefrau umsehen. Vielleicht sollte er es einmal in einem dieser Tanzcafés versuchen. Der Fünf-Uhr-Tee im Hübner wäre eine Möglichkeit.

Wilhelm senkte den Blick und ging zum Plattenspieler. »Wie du meinst.« Er hörte sie aufspringen.

Schon war sie an seiner Seite. Sie roch nach Maiglöckchen. Mitten im Winter. »Hast du etwas Neues für mich? Du hast doch etwas, das habe ich an deiner Stimme erkannt.«

So ging das nicht weiter. Was war heute nur los mit ihm? Der ganze Tag war verrückt, es hatte ja schon am Morgen mit der aufreizenden Touristin begonnen. Und dann dieser Möchtegernpicasso, die Angst, von dem alten Porony erkannt ... Oh ja, das war es! Die ideale Ablenkung und auch noch notwendig für seine Arbeit.

Er schob sie von sich. »Manus manum lavat.«

Sie verdrehte die Augen, nahm einen Schluck vom Cognac, schlüpfte aus den Pumps und machte neben dem Teppich zwei Walzerschritte. »Erpresser. Also, über wen benötigst du *heute* geheime Informationen?«

Er schlenderte mit dem Cognacglas zur Bar auf der anderen Seite des Raumes und schenkte sich erneut ein. Es war noch halb voll gewesen, bemerkte er erst im Tun. Gar nicht gut, wirklich gar nicht gut. Er starrte die Wand an. »Die Poronys. Die Bauherren.«

»Oh!« Er hörte, dass sich Liz wieder auf die Couch gleiten ließ – das war zum Glück weit weg von ihm. »Hat es ihn endlich erwischt, den alten Gauner? Aber was hat er so zeitig im Park gewollt? Seine windigen Geschäfte macht er doch normalerweise im Sacher. Oder ganz windige im Maxim.«

Wilhelm wollte schon reflexartig nachfragen, woher sie wusste, dass im Stadtpark eine Leiche gefunden worden war, doch fiel ihm noch rechtzeitig ein, dass Liz eine passionierte Radiohörerin war. »Es ist sein Sohn.«

Stille.

»Nein, das tut mir jetzt aber wirklich leid. Der hat schon genug durchgemacht und jetzt auch noch das.«

Er umrundete die Couch und setzte sich auf den Klavierhocker. »Was?« Er sah auf und erblickte eine Frau mit angezogenen Beinen in seidigen Strümpfen. Anne. Gleich morgen. Denn das da gegenüber war seine Schwester. *Schwester.* Auch wenn er ihre ersten fünfzehn Lebensjahre nicht geteilt hatte.

Sie streckte den Hals und legte den Kopf auf die Lehne. »Nun, sagen wir, Franz Porony hat kein wirkliches Problem mit körperlicher Züchtigung als Erziehungsmethode. Sogar seine Frau ist manchmal kurzfristig bei Gesellschaften nicht erschienen, weil sie eben so ungeschickt und wieder einmal gefallen ist.« Sie sah ihn an und zog die Augenbraue hoch.

»Verstehe.«

»Sein Ältester, Franz junior, ist nach seinem ersten Studienjahr in den Sommerferien nach Schweden, um bei einer befreundeten Firma Berufspraxis zu sammeln. Und gleich dortgeblieben. Das ist jetzt drei Jahre her.« Sie trank ihr Glas leer und hielt es Wilhelm hin.

Er nahm es, verbissen darauf bedacht, nicht zufällig ihre

Finger zu berühren. Er schenkte ein und gab es ihr zurück. Jetzt streifte ihr Daumen seinen Handballen. Es kribbelte. Er flüchtete auf den Hocker. »Und? Noch was?«

»Ja, die Tochter hat sich von einem Porträtfotografen ein Kind anhängen lassen. Der hat sie zwar brav geheiratet, aber sie ist natürlich ob dieser Mesalliance verstoßen. Dann ist nur noch der Jüngste geblieben.«

»Harald.«

»Und man munkelt, dass auch er gegen den Vater rebelliert. Der Bub studiert zwar brav, hat aber erstens eine Freundin unter Stand ... nein, warte ... *hatte*. Irgendjemand hat mir erzählt ...« Ihr Blick fiel auf ihn, sie lächelte. »Egal. Und zweitens treibt er sich mit rotem Gesindel herum. Ich zitiere hier seinen Onkel, den Paul Porony. Er ist zwar nur ein Ministerialrat im Innenministerium, aber Mamá lädt ihn ab und zu gern zu Soireen, weil sie ihn sehr unterhaltsam findet. Bei ihm hört sich die Zeit nach dem Krieg wie eine einzige Schwejkiade an. Wir haben sozusagen doch noch gewonnen, weil wir ihnen alles abgeluchst haben, von Coca-Cola bis zum Staatsvertrag.« Liz schloss die Augen und lehnte den Kopf wieder zurück. »Vielleicht sollte ich mir doch ein eigenes Haus nehmen.« Sie seufzte. »Aber es ist so praktisch wegen der Kinder.«

Jedoch vielleicht erleichternd, wenn Liz aus dem Dunstkreis ihrer Mutter kam, die ihrem verehrten Hitler noch immer nachtrauerte. Doch Wilhelm verkniff sich jeglichen Kommentar, für heute hatte er von Familien- und Nazidiskussionen genug. »Seine Mutter hat gar nicht geweint. Sie hat eigentlich überhaupt nicht reagiert.«

»Sie ist tot, Will.« Mit einem einzigen Schwung setzte sie sich auf und grinste ihn an. »Ich habe geliefert. Jetzt du. Sonst muss ich noch annehmen, dass du dich nur deswegen regelmäßig mit mir triffst, weil du mich als Informantin brauchst.« Zwinkern. Dann klopfte sie auf ihre schmale goldene Armbanduhr. »Außerdem beginnt bald mein Konzert. Und du musst Kugel schieben.«

Wilhelm wurde es in der Brust eng. Das Lied, das er gleich auflegen würde, hatte einen Text, der hier und jetzt in seiner abstrusen Stimmung gar nicht gut war. »Das war doch sicher nicht alles. Was weißt du noch?«

»Rien, mon cher.« Sie legte den Kopf schief, sehr spitzbübisch, sehr ...

Er konnte immer noch sagen, dass er nichts Neues ... sie sich geirrt ... Nein, konnte er nicht. Sie entlarvte jede seiner Schwindeleien. Er nickte und schob einen Fuß nach dem anderen zum Plattenspieler. Blieb davor stehen. Heute noch. Er musste heute noch zu Anne.

»Du machst es aber sehr spannend.«

Er schaltete den Plattenspieler ein, zupfte die neue Single aus dem Plattenregal, entnahm sie der Hülle, legte sie auf, positionierte den Tonarm, atmete durch, drückte den Startknopf. Es knisterte, folgend nichts, dann der kurze Ton einer Gitarrensaite, ein langer tiefer, eine Gitarrenmelodie und schlussendlich einsetzendes Schlagzeug. Es war unverkennbar.

Er hörte Liz aufspringen. »Du hast sie schon bekommen!«

Er packte die Hülle und hielt sie beim Umdrehen in die Höhe. »Yes, Mylady. ›I Feel Fine‹ by the one and only Beatles, released on the twenty-third of November in the year of nineteen sixty four.«

Sie fiel ihm um den Hals.

She's happy as can be, you know, she said so, I'm in love with her and I feel fine. Nein, in Wahrheit waren die Strumpfhosen der Touristin an allem schuld. Solche Beine machten doch jeden normalen Mann kirre.

11

»Was is'n los mit dir? Das ist die sechste Gassn. Und zwei Bock hast auch schon geworfen. Hast über d' Nacht das Kegeln verlernt?« Alois legte die Kreide ab und rieb sich die Hände, um sie vom Staub zu befreien.

Wilhelm betrachtete die Ergebnistafel. Er war nach nicht einmal einer halben Stunde hoffnungslos hinten. »Anstrengender Fall.«

»Die Leiche oder Elisabeth?«

Wilhelm wirbelte herum und sah seinen besten Freund die Augenbraue hochziehen. »Wieso die Elisabeth?«

Alois zuckte nun mit der Augenbraue, nahm sich eine Kugel und stellte sich auf Position. Er fixierte die Kegel. »Na, weil s' dich ganz schön im Griff hat, deine Schwester. Wie heute. Sie pfeift, und du springst.« Er holte Schwung und ließ die Kugel aus. Schnurgerade, ohne Eiern oder Hüpfen, zischte sie über die Bahn. Alle neune. »Unser Abend ist ein Fixtermin.«

Wilhelm notierte diese nächste Erniedrigung. »Sie kann sich eben nicht … so frei bewegen.«

»Und du bist, im Gegensatz zu ihr, ein hart arbeitender Mann. Wer sollte da auf wen Rücksicht nehmen?«

Wilhelm packte eine Kugel. »Du magst sie nicht, ich weiß. Klassenfeind.«

»Ich mag net, wenn jemand meinem Freund auf der Nasn herumtanzt.« Er klopfte auf die Kugel. »Und erst recht gar nicht, wenn dieses Weib nicht seine Frau, sondern bloß seine Halbschwester ist.«

Wilhelm wandte sich der Bahn zu. »Lassen wir das Thema. Du bist da nicht objektiv.«

Er holte zum finalen Schwung aus, Alois fragte: »Oder ist da mehr zwischen euch?«, und die Kugel polterte zur rechten Bande, schlingerte zur linken und tröpfelte ins Nichts.

Wilhelm atmete tief ein und gleich noch einmal. Dann baute er sich vor dem Freund auf, beugte sich nah zu ihm. »Erstens: Kannst du bitte solche … absurden Verdächtigungen lassen, und erst recht in solch einer Lautstärke und in aller Öffentlichkeit?«

Alois' Blick zuckte zu den anderen Bahnen. Er biss sich auf die Lippen und nickte.

»Und zweitens: Red mich nie wieder an, wenn ich Schwung hole.« Alois' Augen weiteten sich. »Ja, weil sonst müsst ich noch annehmen, dass du anders net gwinnen kannst, als wennst mich torpedierst.«

Jetzt zuckten die Mundwinkel seines Freundes, und Wilhelm lachte mit ihm. Er wandte sich der Tafel zu. Gut die Kurve gekratzt.

Allerdings war es alarmierend, dass man ihm seine seltsamen Gedanken gegenüber Elisabeth so schnell ansah, stellten sie doch nichts anderes als die peinliche Manifestation der Triebhaftigkeit eines Mannes dar, der aufgrund von zu langer Abstinenz einfach auf jeden Rock mit der Präzision eines pawlowschen Hundes reagierte.

Alois klopfte ihm auf die Schulter. »Weißt was? Trink ma oben einfach noch zwei Bier. Gegen einen Behinderten mag ich nicht gewinnen.«

»Ich bin net behindert.«

»Doch. Mit deinem Hirn. Das d' nie ausschalten kannst, wennst einen neuen Fall hast. Kenn ich doch schon.«

Wilhelm entfuhr ein Schnaufer. Er packte sein Sakko und trabte hinter seinem Freund in den Gastraum des Weidinger.

Nachdem sie große Schlucke von ihren frisch gezapften Schwechater genommen hatten, lehnte sich Alois auf seine Unterarme. »Also, wen hat's heute erwischt?«

»Den Sohn vom Porony. Dem Bauherren.«

Er pfiff. »Hat da wer seine Brillen net aufghabt und den Jungen statt dem Alten erwischt?«

Wilhelm zündete sich eine Zigarette an. »Hab geglaubt, du bist für eine gewaltlose Revolution.«

»Gedanken sind frei.« Alois folgte seinem Beispiel. »Hat ihn der Nazi gmacht?«

»Wen meinst?« Nur nichts vorab verraten, wenn sich da vielleicht eine Quelle auftat.

»Na, wisst ihr das noch nicht, von dem Porony und dem Kriegler?«

»Wir schon. Aber du? Was hast du mit den Studenten zum Tun? Als Pompfüneberer?«

»Einem Bestatter ist keine gesellschaftliche Schicht fremd«, feixte Alois. »Das letzte Hemd hat keine Taschn und a ka Mascherl.« Er prostete Wilhelm zu und nahm einen ausführlichen Schluck. Sein Schwechater hatte sich damit auf ein Drittel verflüchtigt.

Wilhelm tat es ihm gleich, sein Freund musste ihn nicht auch in diesem Belang abhängen. »Jetzt im Ernst. Die Partei wird doch nicht ständig den gesamten Nachwuchskader beobachten.«

»Na, und ob! Auf die Welpen musst immer ein Auge haben! Außerdem verstecken die sich eh nicht. Im Parteivorstand wollen die uns oft in Diskussionen verwickeln, frage nicht ...« Das letzte Drittel Gerstensaft verschwand.

Folgerichtig hob Alois die Hand Richtung Ausschank. Der Wirt nickte ihm zu und warf einen fragenden Blick zu Wilhelm. Er hob bestätigend sein Krügel, das zwar noch nicht leer, aber dessen Inhalt reduziert genug war, um glaubwürdig für eine Nachschuborder zu sein. Sofort erledigte er die optische Korrektur und wischte sich den Schaum vom Mund – von dem sogar noch ein Rest im Glas blieb. So schnell hatten sie getrunken. Er musste das dritte Bier langsamer angehen, sonst benötigte er morgen wieder literweise Samarin. Die Brause war ein ekelhaftes Reparaturgesöff.

Er lehnte sich zu Alois. »Redma ernst.«

»Brauchst mich wieder einmal als Informant?« Wieder dieses Feixen, über dem nun der Hauch von Ärger zu liegen schien.

Ähnliches mit ähnlichem Unterton hatte Elisabeth gesagt. Er musste wirklich darauf achten, dass er seine Lieben nicht irgendwann mit der Omnipräsenz seiner Arbeit vergraulte. »Natürlich. Nur dafür habe ich euch. Habe mich mit allen meinen Freunden nur deswegen befreundet.« Hoffentlich hatte er die richtige Intensität des Scherzhaften getroffen.

Alois warf die Arme in die Luft. »Na, wenn ich das gwusst hätt, hätte ich damals deine Hand nicht genommen!«

Er hatte sie getroffen. Denn jedes Mal wenn sein Freund ebenfalls scherzhaft ihr Kennenlernen ansprach, kam das einer Liebeserklärung nahe. So etwas verband für die Ewigkeit. Das Sirren der Bomben, der Qualm, der Staub, der Geruch nach Verbranntem, nach Eisen, das Getöse der Einschläge, dazwischen der Schrei, dieser Schrei eines Menschen in höchster Not, sein eigenes kurzes Innehalten im Lauf, die Silhouette des Autos, seine panische Suche nach einem Versteck, der faulige Katzenkadaver ebendort, das Bimmeln des Glöckchens am Halsband, unendlich laut, das Schneckentempo des Wagens voller SSler, der Mann, der aus der gegenüberliegenden Ruine kommt, angesichts der Soldaten umdreht, sich ihnen wieder zuwendet, salutiert, mit der Handkante zur Schläfe, nicht mit ausgestrecktem Arm, zusammenbricht, von seinem eigenen Blut zugedeckt wird, Wilhelms Kotze auf der Katze, wieder der Schrei, das Verschmelzen des Wagens mit dem Drecknebel, Wilhelm auf der Suche, seine Mutter im Kopf, wenn sie kommen, versteckst du dich, tust nichts, nur verstecken, seine Suche, ferngesteuert, der salzige Geschmack seiner Tränen, der alte Bombentrichter ein Haus weiter, eine Hand, die ein Abflussrohr umklammert, an der Hand ein Bub in seinem Alter, unter ihm im Boden Eisenstangen, seine eigene Hand, die die Hand des anderen nimmt und ihn hinaufzieht, ihr Blick ineinander, die andere Hand, die die seine nimmt und ihn damit in die Sicherheit eines Luftschutzkellers bringt.

»Ja, zu spät. Jetzt hast mich, ob du willst oder nicht.«

Sie ließen die eben servierten Krügel gegeneinanderkrachen.

Alois rülpste und beugte sich über den Tisch. »Ja, also im Ernst. Die Partei, die hat momentan schon ein bissel ein Auge auf die Kinder. Wegen der Borodajkewycz-Sache. Vor allem die vom VSM …«

»VSM?«

»Verband Sozialistischer Mittelschüler. Die sind ja echte Radikalinskis. Die gibt's auch beim Studentenverband, allerdings nur als eine kleine radikale Oppositionsgruppe. Die streben wirklich noch die Revolution an. Die Führung vom VSStÖ, also den sozialistischen Studenten, ist allerdings gemäßigt. Voll auf dem Boden des Parteiprogramms, wie man so sagt. Sie träumen zwar auch von einer besseren, der klassenlosen Gesellschaft, aber die wollen sie nur mit friedlichen demokratischen Mitteln erreichen.«

»Du sagst das so abfällig, das tust du doch auch.«

Seufzen gegenüber. »Schon, aber ... Komm, lass ma das Thema. Net heute.« Er säuberte mit dem Daumen den Glasrand.

Wilhelm spürte, wie ihm heiß wurde. »Was soll das auf einmal? Seit einem halben Jahr bist so komisch. Wie oft soll ich dir noch sagen, dass ich kein Kerzelschlucker bin? Dass du mit mir frank reden kannst?«

Alois wiegte den Kopf.

Wilhelm wurde sehr heiß. »Meine Eltern waren im Vierunddreißigerjahr nicht dabei und ich schon gar net. Und das Kreuz hab ich nur geschlagen, weil's das Grab meiner Mutter war.«

»Weil's am Land war und irgendwer hätt sehen können, dass du's nicht tust.«

Wilhelm zündete sich die nächste Zigarette an. Dass sein Freund immer wie ein Weib psychologisieren musste! Und am meisten ärgerte ihn, dass er vermutlich recht hatte. Wenn Wilhelm ganz ehrlich zu sich selber war. Und das ärgerte ihn noch mehr. »In Ordnung, lass ma das Thema. Für heute. Ich muss dich außerdem noch was fragen: Heißt das, die Jungen wollen nicht nur reden und abstimmen, sondern auch ... kämpfen?«

»Also diese Partie, die würde am liebsten mit dem Che Guevara im Urwald kämpfen gehen.«

»Und von den Radikalen, da kriegt ihr auch die Prügeleien mit?« Wilhelm dämpfte die Zigarette aus.

Alois ebenso. »Na ja, ich hab's mitgekriegt, weil ich red

manchmal mit dem Schorschi von der Viererstiege, und das ist einer, der alles weiß vom Verband.« Er nickte jemandem zu.

Wilhelm drehte sich um und erkannte Sagmeister, den Kapitän der »Lercherln«, ihrem größten Kegelkonkurrenten. Er winkte ihm zu.

»Ist der Schorschi was beim VSStÖ? Oder nur ein Wichtigmacher?«

Alois zuckte mit den Schultern. »Einer von denen, der im besten Fall irgendwo ein allmächtiger Sekretär wird und im schlechtesten ein Hauswart, ein vernadernder. Die Richtung ist noch nicht ganz klar beim Schorschi – oder Georgie, wie er sich jetzt nennt ...« Er verdrehte die Augen.

»Ja, vertrottelt, die Mode«, pflichtete ihm Wilhelm bei. »Der Gerhard, der Sohn von der Kranebitter, lässt sich jetzt nur mehr Charly nennen.«

Sie schüttelten die Köpfe und tranken.

»Sag, was weißt du über den Porony? Wir haben in einem Versteck eine VSStÖ-Anstecknadel gefunden. Er ist also Mitglied. Ist er einfach nur gegen den Herren Papá? Oder ist er engagiert? War des mit dem Kriegler eine blöde, besoffene Geschichte? Oder Überzeugung?«

Alois beugte sich vor. »Also er, sein bester Freund, der ... na, der ...«

»Holzer. Dieter Holzer.«

»Ja, der ... Komisch, ich merk mir den seinen Namen einfach nicht.«

Was angesichts von Holzers Unscheinbarkeit nicht verwunderlich war.

»Ja, und ein paar andere, der Pressmeier, der Blau, der Tischler, der Wagner, der Horowitz ... Wart, wen hamma da noch?«

»Passt schon, kannst mir die Namen ja im Falle des Falles dann aufschreiben. Wenn wir sie brauchen. Und was ist mit denen?«

»Na, die sind ganz links. Und weil du vorher gfragt hast: Die halten sich nicht nur für Revolutionäre, die handeln manchmal auch so.«

»Und der revolutionäre Zweck heiligt die Mittel. Verstehe.«

»Ja, die Umstände diktieren die Methoden.« Er nahm einen großen Schluck. »Ehrlich gesagt, mich hat das auch schon beschäftigt. Die Grenze des moralisch Vertretbaren ist verdammt schwer zu finden. Ist man nicht der gleiche Mörder wie der Mörder, den man tötet?« Noch ein Schluck.

Jetzt musste Wilhelm grinsen. »Das war jetzt Neues Testament. Halt die andere Wange hin.«

Alois legte die Hand aufs Herz. »Das ist ja auch eine Form des Kommunismus. Dagegen habe ich nichts, auch nicht gegen den Jesus, nur gegen seine bigotte Entourage. Brot für alle, gleiche Chancen für alle, weg mit den Zinstreibern ...«

»Ja, es kommt immer drauf an, was man daraus macht.«

Sein Freund rubbelte sich das Gesicht. »Eben. Sogar unsere Kummerln haben sich inzwischen eingestehen müssen, dass nicht alles, was Väterchen Stalin gemacht hat, Gold ist. Und was tun die Junghupfer?«

Sie tranken.

»Und du glaubst, die könnten vielleicht dem Borodajkewycz was antun? So als Exempel? Und die Anhänger von dem haben vorher eingegriffen?«

»Was weiß ich.« Er seufzte. »Nein, irgendwie nicht. Prügeln mit die Burschenschafter: ja. Fensterscheiben beim Klassenfeind einhauen: ebenfalls ja. Fememord an einem alten Nazi? Nein, das passt nicht zu ihnen.« Er rollte die Zigarette ab. »Aber was mir ein bissel Gedanken macht in letzter Zeit, ist, dass gerade diese Partie sehr viel mit den Persern herumhängt, die da bei uns studieren.«

»Aha? Aber ist doch irgendwie eh klar, oder? Schah ist gleich Kaiser ist gleich Despot. Gehört bekämpft.«

»Ja, ja, internationale Solidarität und so, wie gegen den Franco. Hab ich mir auch gedacht. Aber Spanien ist keine Weltmacht ...«

»Und Persien weit weg.«

»Ja, und es hat Öl. Der Friesenbichler, weißt eh, der Witzige mit dem Franz-Joseph-Bart, der das halbe Jahr bei uns gearbeitet hat, bevor ihn die Aral drüben in Deutschland genommen hat, der war ja eigentlich für die Briten in Persien. Als so ein Ölspezialist. Und der hat mir erzählt, dass der Schah zwar brutal ist, aber auch was für die Leute tut. Er hat drauf gschaut, dass nach der Verstaatlichung das Öl wieder fließt, also Geld reinkommt, indem er mit ein paar ausländischen Firmen Verträge gemacht hat, ich glaub, mit Amis, Franzosen und Briten. Er will das Land aufteilen, dass jeder von den Reichen nur mehr ein Dorf besitzen darf. Und Bildung für alle. Auch für die Frauen. Denen er übrigens auch das Wahlrecht gegeben hat. Lauter solche Sachen halt. Deswegen ist er wahrscheinlich auch für den Friedensnobelpreis nominiert worden.«

»Wirklich? Hab ich gar nicht …« Wilhelm spürte Schmerz. Er ließ die Zigarette auf den Tisch fallen, donnerte mit dem Glas darauf. »Na geh, jetzt hab ich mich verbrennt.« Er beförderte den Stummel in den Aschenbecher und lugte zum Wirt, ob der das Attentat auf die Resopalplatte mitbekommen hatte. Entwarnung. »Du willst doch nicht wirklich sagen, dass der Schah eigentlich ein Kommunist ist.« Er lachte.

»Blödsinn, der ist schon ein ausgewachsener Diktator, trotz Parlaments.« Alois dämpfte seine Zigarette sorgsam aus. »Aber was mich wundert, ist, dass die Studenten, die da zu uns kommen und doch sicherlich im Grunde das Gleiche wollen, ständig gegen ihn agitieren.«

»Ja, wenn er ein Diktator ist?«

»Schon, schon. Aber der Hass, mit dem sie das tun … Es könnt ja sein, dass ihnen da wer was einflüstert, jemand, der seine eigenen Interessen hat. Und der hat sicher ein bissel mehr Macht als ein paar Studenten. Und der ist sicherlich radikaler im Umsetzen seiner Interessen.«

Es war immer wieder faszinierend für Wilhelm, mit welcher Intensität sich Alois für die verschiedensten Themen interessierte. Und wie fast schon akribisch er sich damit auseinandersetzte. Das war nicht nur für einen Pompfüneberer und freigestellten Betriebsrat außergewöhnlich. Und Wilhelm spürte auch leisen Stolz, denn immerhin hatte er einst als Jugendlicher dem Freund Russells »Philosophie des Abendlandes« in die Hand gedrückt – der Beginn eines umfangreichen Selbststudiums. »Und wen meinst da konkret damit?«

Alois fuhr mit dem Daumen das bereits wieder fast leere Glas ab. »Nix Genaues weiß man nicht. Aber was man so hört, sollen da die Islamisten sehr stark sein, obwohl der Schah den Chomeini rausgeschmissen hat, und die Kommunisten«, er warf Wilhelm einen Blick zu, »also die Moskau-Hörigen«, seine Stimme triefte vor Verachtung, »was wiederum natürlich die Amis net wirklich gern sehen. Und so halt.«

»Also du hast Angst um unsere Buben, dass sie sich in eine Sache einlassen, die ihnen ein paar Nummern zu groß ist?«

Drei Schnapsgläser knallten vor ihnen auf den Tisch. Und Sagmeister sich auf den leeren dritten Sessel. »Na, Burschen, wie wär's mit an Klaren, so in aller Freundschaft, bevor ma euch nächste Woche betonieren?« Er lachte dröhnend, hustete und schlug sich auf die breite Brust, die von der Arbeit am Bau gestählt war.

Wilhelm nahm das Glas und beäugte den oberen Rand. Der Alkohol hinterließ ölige Schlieren. Gute Qualität. Nun denn, einer konnte nicht schaden.

MITTWOCH

1

Lukaschek spitzte die Lippen und saugte das obere Drittel der Schlagobershaube ein. Wie jeden Mittwoch. Und er sagte: »Wahnsinn! So gut!« Wie jeden Mittwoch. Und Wilhelm fragte sich, ob ihm seine Anneliese nie Schlagobers kredenzte. Wie jeden Mittwoch. Er empfand dieses Ritual als unfassbar langweilig. Plötzlich.

Er wandte seinen Blick vom schlürfenden Lukaschek ab, um nichts Unbedachtes zu sagen.

Der Lueger-Platz war weiß. Tonnen von Schnee ergossen sich über die Stadt. Genau das brauchten sie jetzt noch nach der hundselendiglichen Kälte.

Schlürfen. Das Umblättern von Zeitungsseiten. Viel zu laut. Die insgesamt drei von Sagmeister spendierten Runden Obstler und die fünf Bier waren eindeutig ein bissel zu viel gewesen. Außerdem beherrschte eine Grundkälte seine Knochen, weil er in seinem Suff gestern vergessen hatte, Kohle nachzulegen, und heute Morgen in einem Eiskasten munter geworden war. Eine Perle als Angestellte reichte einfach nicht, er sollte sich ein Dienstmädchen zulegen, das Kabinett diente bislang ohnehin nur als Rumpelkammer.

Wenigstens begann das Aspirin langsam seine Kopfschmerzen abzustumpfen.

Nein, er durfte sich nicht beschweren. Rituale waren gut. Jeder Mensch brauchte Rituale. Das gestrige mit Alois hatte ihm eine Liste mit Namen und einen Lachkrampf bei der zweiten Runde Schnaps gebracht. Einfach einen schönen Abend. Und das seiner Truppe war eben, auf seine Einladung im Prückl die Mitte der Woche mit gutem Kaffee zum Frühstück zu feiern – Lukaschek mit einem Einspänner, Fischer mit einem

Franziskaner und er selbst mit einem Kapuziner. Alle drei mit diversen Tageszeitungen.

Natürlich prangte auf allen Titelseiten ein Foto des Schahs bei seiner Ankunft in Schwechat. Dem Artikel entnahm Wilhelm, dass Reza Pahlavi noch am selben Tag im Salonwagen von Bundespräsident Schärf nach Bad Gastein weitergereist war, um sich beim berühmten Professor Fellinger einer Kur zu unterziehen und Ski zu laufen. Salonwagen des Staatsoberhauptes bei einem Privatbesuch … nun ja. Wilhelm musterte die Fotos, sah persische Studenten mit Willkommensbanner, aber nirgends auch nur eine Spur von Demonstranten. Auch Elisabeth oder den Vater konnte er nicht entdecken.

Und es fehlte der Mord an Porony auf der Titelseite. Wilhelm blätterte zur Chronik. Die Meldung war ein Einspalter, nicht länger als fünfzehn Zeilen und ohne jegliche Andeutung, dass es sich um den Spross einer Größe der Gesellschaft handelte. Da schien jemand seine Ruhe haben zu wollen und folglich seine Beziehungen spielen gelassen zu haben. Der Clan war offensichtlich mächtiger, als er gedacht hatte.

»Die Bloßhapperten sollt ma gleich alle rausschmeißen. Machen nur Ärger«, knurrte Fischer. »Da, schauts, die Bank, die in Linz gmacht worden is, des waren Araber. Haben die Kollegen jetzt in Salzburg einkassiert.« Er schnaufte. »Sollt ma alle einfach heimschicken.«

»Ja, Siggi. Is schon gut.« Lukaschek klang genervt.

Fischer sah seinen Kollegen an, grinste und legte die Zeitung zusammen. Jetzt kam mit Sicherheit gleich sein drittliebstes Gesprächsthema nach Frauen und lammfressenden Ausländern.

»Na, Lukki, d' Frühjahrsmeisterschaft fangt bald an.« Fischer zuckte mit den Augenbrauen. »Seids brav am Trainieren?«

Richtig vermutet. Es war Wilhelm absolut unverständlich, wie man Sport dermaßen wichtig nehmen konnte. Noch dazu Fußball. Seit drei Jahren riss die Nationalmannschaft nichts mehr. Und der innerösterreichische Wettstreit präsentierte sich überschaubar spannend. Zumindest sah er persönlich keinen Unterschied zwischen dem SK Rapid, dem Lukaschek anhing, und der Austria von Fischer. Skifahren war da doch viel eleganter, und hier spielte Österreich wirklich in der obersten Liga. Von einer Christl Haas sollten die beiden Deppen schwärmen, hatte sie doch letztes Jahr in Innsbruck olympisches Gold geholt. Oder auch von Schranz oder Hinterseer. Das waren Sportler! Einzelkämpfer.

Kämpfer.

So wie er gestern gegen Elisabeths Charme, was ihm heute nur noch übertrieben, unsinnig und lächerlich vorkam. Nur gut, dass er sich nicht mit irgendeiner zweideutigen Bemerkung bei seiner Schwester blamiert hatte.

»Geh, Fischer, mach dich net wichtig. Weil i hab so das starke Gfühl, dass ihr gleich einmal gegen die Gscherten aus Graz abescheibn werdets.«

»Pah, wer hat sich im Herbst von Wacker Innsbruck panieren lassen, dem Aufsteiger aus der *Regionalliga West*«, er lutschte an dem Wort wie an einem Zuckerl, »wo s' die Ski erst in der Kabine abschnallen?«

Wilhelm linste zum Telefon beim Durchgang zur Küche. Berner musste inzwischen doch alles recherchiert haben. Er wollte nicht umsonst bereits um sieben Uhr im Amt erschienen sein. Es musste etwas weitergehen. Wenigstens hatte er schon einen Punkt zufriedenstellend abhaken können, nämlich den Rapport bei Wiesinger, und das auch noch halbwegs erträglich. Denn natürlich hatte sein Chef Sensibilität eingefordert, weil ja der Vater des Opfers ach so prominent war, doch ansonsten hatte sich Wiesinger angenehm zurückhaltend präsentiert. Vielleicht war er so zeitig in der Früh noch nicht auf Betriebstemperatur gewesen.

»Spätestens beim Derby wissma, wer besser is«, frohlockte Fischer.

»Wer hat bis jetzt mehr Meistertitel gwonnen?«, ätzte Lukaschek.

»Deutscher Meister gilt net«, keifte Fischer zum sicherlich hundertsten Mal.

Und zum *hundertundeinten* Mal fragte sich Wilhelm, welcher Kasperl den polternden, rassistischen Fischer zum Anhänger des einst bürgerlich-jüdischen Vereins Austria hatte werden lassen und den zumindest nicht offensichtlich deutschnationalen Lukaschek zu einem von Rapid, der eben auch unter den Nazis erfolgreich gewesen war. Wie jeder wusste. Sogar er mit seinem Nichtinteresse. Die einzige Erklärung war, dass Fischer in der Nähe des Praterstadions, einer Immer-wieder-Heimstätte der Austria, aufgewachsen war und Lukaschek sein Junggesellenzimmer in Hütteldorf gehabt hatte.

»Wenn's nur des warat.« Lukaschek lächelte. »Es steht dreiundzwanzig zu acht. Und aktuell sind wir der Titelträger, und zwar ganz deutlich vor euch.«

»Ja, nachdem es schon fad war, weil vorher wir dreimal hintereinander Erste waren. Ihr könnts euch eingrabn heuer.«

Der Piccolo eilte zum Kältevorhang, an dem von außen herumgewurstelt wurde, und hielt ihn auf. Die Fußstützen eines Rollstuhls wurden sichtbar. Auf nämlichem saß, aufrecht und schmallippig, die Frau Hofrat Matelka. Und hinter ihr blies sich Brigitta Pointner eine blonde Strähne aus dem Gesicht, die unter der Pelzmütze hervorgerutscht war. Die alte Dame blinzelte ein paarmal, wohl um die Augen an den Rauch zu gewöhnen. Dann blieb ihr Blick an Wilhelm haften. Sie flüsterte ihrer Gesellschafterin etwas zu, woraufhin diese sie zu den Polizisten schob.

»Herr Chefinspektor!« Sie hielt ihm die Hand entgegen, ignorierte seine Assistenten, die brav aufgesprungen waren.

Er küsste die Dargebotene. »Frau Hofrat.«

»Wir finden es sehr angenehm, Sie hier zu treffen, denn wir wollten Sie nach unserem petit déjeuner aufsuchen. Drüben, an Ihrer Wirkungsstätte.«

»Tatsächlich, gnädige Frau? Was ist der Anlass?«

»Uns sind noch zwei Details zu der unglücklichen Sache gestern eingefallen.«

Sprach sie im Pluralis Majestatis, oder bezog sie Brigitta Pointner mit ein? »Und die da wären?«

»Nun, zum einen hatte dieser Mann einen etwas auffälligen Gang. Das könnte für Sie von Interesse sein.«

Lukaschek holte Luft, Wilhelm wedelte ihm zu. Sein zweiter Assistent setzte sich wortlos, wie auch sein erster.

»Und wie war der?«

Sie beschrieb genau dieselbe Art von Passgang wie Ehrenhoff. Und das zweite Detail war der grüne Schal. Die drei Zeugen hatten also denselben Mann gesehen. Und daraus ließ sich folgern, dass der Vorderasiate, der sich von Porony hatte anschreien lassen, zurückgekehrt war und das Problem final erledigt hatte. Die Frage war nur, warum ihr diese Signifikanten erst so viel später eingefallen waren. Alterslangsamkeit? Dagegen sprach der jugendliche Scharfblick ihrer Gesellschafterin.

»Vielen Dank, gnädige Frau, das hilft uns wirklich weiter. Aber darf ich fragen, warum Ihnen diese doch sehr auffälligen Details erst jetzt …?«

»Die Aufregung, junger Mann, die Aufregung. Und ich war wohl durch die Erinnerung an meine Kindheit – Sie wissen ja, die Ähnlichkeit des Mannes mit dem Gatten meines Kindermädchens – etwas abgelenkt.«

»Verstehe ich vollkommen. Und Sie, Fräulein Brigitta?«

»Ich«, sie seufzte, »war damit beschäftigt, uns aus der Gefahrenzone zu bringen. Wie ich Ihnen gesagt habe, wir wollen keine unangenehmen Begegnungen mit Fremden.« Sie lächelte. »Da war ich nicht so aufmerksam.«

»So, so, natürlich. Wir werden uns wegen der Niederschrift nochmals an Sie wenden, wenn es Ihnen recht ist.« Er vollzog zwei Diener, beugte sich über Matelkas Hand. »Gnädige Frau!«

Die Frau Hofrat nickte, wedelte mit der Hand und ward

von Brigitta Pointner zu jenem Tisch geschoben, der am nächsten zum Kuchenbuffet stand und wo sie ein Endfünfziger in dreiteiligem Anzug per Handkuss und mit gleichzeitigem Zusammenschlagen der Hacken begrüßte. Die Gewandung und die Aktentasche neben seinem Platz legten die Vermutung nahe, dass es sich um einen höheren Beamten handelte. Ihr Neffe? Jüngerer Bruder? Die Frau Hofrat gebot ihm mit einem Nicken, sich zu setzen. Nun verhinderte der Mann den Blick auf sie.

Fischer seufzte. »Wenn das alles wirklich stimmt, haben wir bis jetzt keinen Kandidaten.«

Lukaschek nickte. »Wir haben bis jetzt ja auch nur einen, den Kriegler, aber der passt wirklich überhaupt net.«

»Also irgendein unbekannter Kameltreiber. Des wird schwierig.« Fischer zündete sich eine Zigarette an.

Oder doch zwei. Irgendwie wollte es nicht in Wilhelms Kopf, dass man bei der Erstbefragung einen grünen Schal und einen Passgang vergessen konnte, Kindheitserinnerung hin oder her. Hatte Ehrenhoff die Matelka beeinflusst? Nein, es war unwahrscheinlich, dass die beiden voneinander wussten beziehungsweise einander kannten, außer es war von Anfang an ein Komplott gewesen, wobei sich dann die Frage stellte: Warum so kompliziert? Aber wenn es nicht Ehrenhoff gewesen war, wer konnte sonst auf die Matelka Einfluss genommen haben? Niemand, denn niemand wusste von den Details. Trotzdem war es eigenartig.

Wilhelm entschlüpfte ein Seufzer. Sein Blick fiel auf eine junge Frau mit kastanienbrauner Aufsteckfrisur – die ihn zu seinem Leidwesen an seine Geliebte erinnerte. Denn Anne hatte ihm, als er sie zur frühestmöglichen schicklichen Zeit angerufen hatte, eine Abfuhr erteilt. Heute hätte sich eine erkleckliche Zahl an Stammkunden angekündigt und sie keinerlei Möglichkeit, die Leihbibliothek auch nur für eine halbe Stunde zu schließen. Morgen. Wie üblich. Da würde sie sich freuen. Geliebte waren definitiv nicht das Wahre.

Der Kältevorhang schwang erneut auf, und Berner trat herein. Er stürmte auf ihren Tisch zu. »Ihr werd sas net glauben!«

»Die Farah Diba«, unterbrach ihn Fischer strahlend und hob den Arm wie ein schwelgender Connaisseur, »ist das heimliche Gspusi vom Omar Sharif! Ja, genau.« Er grinste. »Und im Stern gibt's jetzt a Foto von ihrer schwarzen … mhm wolligen … und seinem … öhhh!« Er hielt die Hände dreißig Zentimeter voneinander entfernt.

»Siggi, du bist a Schweindl.« Berner ließ sich auf den vierten Sessel fallen und wandte sich an Wilhelm. »Die Liste mit die roten Studenten, die du mir gegeben hast …«

»Ja, wir warten auf die Adressen.« Wilhelm hoffte, dass er vorwurfsvoll genug geklungen hatte.

»Jetzt ist gerade eine Meldung hereingekommen. Ein im Heustadlwasser Ertrunkener.«

»Und was geht uns des an?«, gähnte Lukaschek dazwischen.

»Jetzt wart doch!« Berner nahm einen Schluck von dessen Wasserglas. »Der Tote heißt Peter Pressmeier.« Er sah sie der Reihe nach an.

»Und?«, schnarrte Fischer.

Wilhelm hatte das unangenehme Gefühl, dass er elektrisiert sein sollte, doch da war nur Watte in seinem Hirn. Er winkte dem Kellner und signalisierte ihm den Wunsch nach einem Kleinen Schwarzen.

Berner beugte sich zu ihm. »Na, der ist doch auf deiner Liste. Von den Sozis, von den jungen.«

Sie setzten sich alle drei aufrecht hin.

»Namensgleichheit?«, fragte Lukaschek.

Berner zuckte mit den Schultern. »Das Alter tät passen. Ich hab auf jeden Fall einmal die Streife angewiesen, des Ganze als Tatort zu behandeln. Nutzt's nix, schadt's nix.«

»Gut gemacht, Berner. Und was hast du über ihn?«

Der Kollege knöpfte umständlich seinen Mantel auf und zog aus der Sakkoinnentasche ein paar Papierbögen. Er blätterte, vor und zurück. »Ah, da haben wir ihn ja. Wohnen tut er in der Döblinger Hauptstraßen ...«

»Der Harald und dieser Peter könnten miteinander aufgewachsen sein«, warf Lukaschek ein.

»Tät mich wundern«, setzte Berner fort. »Sein Vater ist ein kleiner Bankangestellter. Und man weiß ja, wie die Großkopferten –«

»Darauf aufpassen, dass sich nix vermischt«, ergänzte Fischer.

»Dann dürften aber auch der Holzer und der Porony nicht befreundet sein«, gab Wilhelm zu bedenken.

»Alibiproletarier«, brummte Berner. »Wurscht. Seine Mutter, die is daheim. Ein älterer Bruder, der wie der Vater bei der Zentralsparkassa arbeitet –«

»Also a durch und durch rote Partie«, knurrte Fischer.

»Und eine jüngere Schwester, die im Döblinger Gymnasium kurz vor der Matura steht« – Seitenblick zu Fischer – »also Nobelproletariat. Und er selber, der Peter, ist wie der Porony auch Welthandelstudent.«

»Das passt viel zu gut, als dass es Zufall wäre.« Der Ober höchstpersönlich brachte den Kleinen Schwarzen. Wilhelm stürzte ihn hinunter, drückte dem Mann zwanzig Schilling in die Hand und packte seinen Mantel.

Auch Lukaschek und Fischer machten sich für das Hundewetter draußen fertig. Nur Berner zündete sich gemütlich eine Zigarette an und winkte dem Kellner. »Na, vielleicht will da ja ein übereifriger Schwarzer die Uni von unliebsamem Geschmeiß säubern.« Er polterte ein Lachen und drückte Wilhelm einen Zettel in die Hand, auf dem die Lage des Opfers skizziert war.

Der Tag fing wirklich bestens an – Kopfweh, Schneehölle, eine seltsame Zeugin, ein weiterer Toter und dann auch noch ein Marsch durch den zugeschneiten Prater, denn ihr putzig kleines Dienstauto schaffte die Wechten sicher nicht.

Beim Kältevorhang warf Wilhelm einen Blick zurück. Die

Frau Hofrat neigte ihr Ohr ganz nah zu dem Mann an ihrem Tisch und schien tief versunken ins Gespräch. Ihre Stirn lag in Falten, was angesichts der sonst zur Schau getragenen wächsernen Maske beinahe unnatürlich wirkte. Bei der Niederschrift in den nächsten Tagen würde er weniger Rücksicht auf ihr Alter nehmen und sie ganz intensiv befragen. Und es könnte auch nicht schaden, einmal Elisabeth zu ihr auszufratscheln.

2

Sie hatten Glück im Unglück. Zwar war die Hauptallee wegen einer Massenkarambolage gesperrt, aber die Ausweichroute Stadionallee präsentierte sich bis zur Hälfte geräumt – wohl dank des neu gebauten Atominstituts und eifriger Schrebergartenbesitzer. Laut Skizze lag Peter Pressmeier circa fünfhundert Meter Gehstrecke von der Hauptallee entfernt am südlichen Ufer des Heustadlwassers. Wenn sie sich also querfeldein hielten und so abkürzten … Wilhelm betrachtete seine Schuhe. Verdammte Eitelkeit, verdammte. Er hatte damit gerechnet, den ganzen Tag vom Auto in eine Wohnung ins Auto in ein Büro zu hüpfen, und hatte die Halbstiefel in den Kasten zurückgestellt. Mit ihnen kam er sich immer so plump vor.

»So a Schas! Geh na!« Lukaschek balancierte auf einem Bein und klopfte am anderen Schuh den Schnee vom Rand. Und er *hatte* Halbstiefel an.

Nun denn. Nichts gegen einen Schützengraben, würde der alte Navratil sagen. Unter den Bäumen wurde es besser, aber es war zu spät, die Nässe arbeitete sich bereits die Hosenbeine hinauf. Wilhelm schritt forscher aus. Bewegung, Bewegung … die falsche am falschen Ort.

Konnte es sich wirklich um eine Art Wiederholung des Bürgerkrieges handeln, wie Berner geflachst hatte? Schwarze und Rote waren einander noch immer nicht geheuer, um nicht zu sagen, spinnefeind. Aber seit dem Vierunddreißigerjahr war so viel passiert, man hatte immerhin vor zehn Jahren gemeinsam den Staatsvertrag und den Abzug der Besatzung erfochten. Da konnte man doch nicht schon wieder aufeinander losgehen. Oder? Jedenfalls mussten sie sofort mit Dieter Holzer sprechen, wenn es sich tatsächlich um seinen und Poronys Kommilitonen handelte. Und das war höchst wahrscheinlich, denn viele zwanzigjährige, Welthandel studierende Burschen mit dem Namen Peter Pressmeier gab es sicherlich nicht. Vielleicht war auch Holzer gefährdet.

Eine uniformierte Gestalt tauchte im Nebel des Schneetreibens auf. Der Umriss einer zweiten war ein paar Meter weiter zu erkennen, dazu ein Absperrungsband und sonst nichts. Nicht einmal das Blinken eines Blaulichts auf der Hauptallee.

Wilhelm baute sich vor dem Streifenbeamten auf. »Guter Mann, wo sind die Kollegen der Spurensicherung?«

Sein Gegenüber zuckte zusammen. »Ich ... es hat geheißen ... wir sollen halt einmal ...« Er reichte ihm ein Portemonnaie. Steif gefroren und ohne Plastikhülle.

Wilhelm nahm es. »Weil die Amtswirtschaftsstelle zu viele Absperrungsbänder eingekauft hat, oder was? Funken Sie gefälligst die Kollegen an, aber dalli!« Der Mann salutierte und drehte sich um. Ins grauweiße Nichts. »Stopp! Wer überhaupt hat die Leiche wann gefunden?«

Der Uniformierte sah ihn nicht an. »Ein Sandler ... also ein Unterstandsloser.«

»Und wo ist der?«

Keine Antwort.

»Schauen Sie mich an!«

Der Mann tat wie geheißen und zuckte mit den Schultern.

»Verschwinden Sie zum Wagen.« Es war nicht zu fassen. Manchmal fragte er sich, welche Kriterien beziehungsweise Nichtkriterien mittlerweile bei der Aufnahme von neuen Polizisten angelegt wurden. Das war ja schon fast wieder so schlimm, wie es angeblich kurz nach dem Krieg gewesen war.

Wilhelm atmete tief durch und betrachtete die Schneedecke zwischen der Absperrung und dem Wasser. »Wo ist die Leich?«, brüllte er dem Schemen nach.

Keine Antwort.

»Da geht's steil zum Wasser runter«, merkte Fischer an. »Wahrscheinlich sehen wir sie von da herobn nur net.«

Sein Kollege konnte recht haben. Wilhelm konzentrierte sich auf den Boden. Es waren mindestens vier Bewegungsspuren erkennbar, eher mehr. Tatsächlich wirkte die Schneedecke wie sorglos umgeackert. Und bis die Spurensicherung da war, würde der Schneefall das Bild noch unleserlicher machen. Lediglich zwei der Spuren waren noch klar und deutlich erkennbar, es handelte sich wohl um jene der Streifenkollegen.

»Bist wieder ansprechbar, Fodor?«, säuselte Lukaschek.

Wilhelm knurrte.

»Was meinst? Ist das da … da rechts … ja, da, eine Schleifspur? Einmal gewesen?«

Die beinahe wieder zugeschneite Rille passte örtlich zu fast verschwundenen Fußspuren, die sich einen Meter Richtung Wald gänzlich verloren. Es war eine Frechheit, bei so einem Wetter ermitteln zu müssen.

»Ihr zwei bleibts da.« Damit bückte sich Wilhelm unter dem Band durch und stiefelte genau in den Tritten eines der beiden Polizisten zur Böschung. Und tatsächlich lag die Leiche einen guten Meter tiefer kurz vor dem Wasser, also natürlich der zugeschneiten Eisfläche. Der Kurzmantel war offen und halb von der linken Schulter gerutscht.

Der schlanke junge Mann war sehr hellen Typs mit Augenwulsten und dicken Lippen, die knollige Nase schief wie bei einem Boxer. Wahrhaft kein Adonis. Wilhelm knackte die Börse auf, die ihm der Kollege gegeben hatte. Auf dem Foto des Führerscheins sah Peter Pressmeier einen Deut besser aus, aber wirklich nur einen Deut. Die nun verklebten, aber ansonsten lockigen Haare schmeichelten ihm ein wenig. Kein Geld vorhanden – der Sandler genoss jetzt gerade sicherlich einen

Doppelliter vom Guten –, dafür fand sich in einem Seitenfach ein Zettel mit dem Hinweis, dass man das Portemonnaie im Falle eines Fundes in der Döblinger Hauptstraße abgeben möge. Gegen Finderlohn. Nun war alles klar – dass Porony und Pressmeier wahrscheinlich einen gemeinsamen Feind gehabt hatten und dass die beiden Streifenbeamten Volltrottel waren. Hätten sie das durchgegeben, hätte bereits Alarmstufe Rot geherrscht.

Wilhelm beäugte die Böschung und beschloss, dass er ebendiese nicht nur wegen etwaiger Spuren nicht hinabklettern würde, sondern auch, um nicht Gefahr zu laufen, ins Rutschen zu geraten und dadurch vielleicht auch noch im Eis einzubrechen. Er ging in die Hocke und konnte ein wenig mehr erkennen. Das Gesicht war ansatzweise eisverkrustet, ebenso wie die Kleidung. Der Mann war also zuvor mit dem Gesicht im Schnee gelegen. Auf der Brust eine Einstichwunde. Und wieder keine Abwehrverletzungen an den Händen. Wilhelm war sich sicher, dass Waller bei der Untersuchung einen weiteren Einstich am Rücken finden würde.

Wilhelm stand auf und sah sich um. Welchen Grund gab es bitte, sich bei diesem Wetter an diesem Ort mit jemandem zu treffen? Der frühmorgendliche Stadtpark war im Vergleich dazu ein Kirtagsplatz. Und überhaupt gab es für krumme Geschäfte genügend unbeobachtete, dennoch warme und trockene Spelunken. Der Täter musste sehr überzeugend gewesen sein. Und harmlos gewirkt haben, sonst hätte Pressmeier doch irgendwie Verdacht geschöpft.

»He! Du da!« Fischers Stimme piepste vor Aufregung.

Wilhelm drehte sich um und sah, wie seine beiden Assistenten auf einen vergammelten Mann zustapften, während sie etwas von Stehenbleiben und Nichtrühren riefen, obwohl der Mann gar nichts tat. Er sah zu Wilhelm, und dem war, als liege ein Hilfeschrei in dessen Blick.

Wilhelm tapste in den Spuren zurück, kletterte in den nicht abgesperrten Bereich und kam gerade noch rechtzeitig, um

Fischer davon abzuhalten, den Gammler zu Boden zu reißen. »He, he, he. Wir sind doch alle ganz friedlich, oder?« Damit sah er den Mann an.

Der nickte. »Ich wollte Euer Gnaden –«

»Chefinspektor reicht.«

Der Mann neigte das Haupt. »Ja, also, Herr Chef, ich bin der, der was da den da …« Sein Zeigefinger zuckte Richtung Böschung.

»Und warum bist zerst abpascht, du Zeckn?«, brüllte Fischer.

»Na, jetzt ist er ja wieder da«, bemühte Wilhelm seinen Onkel-Doktor-Ton, der beruhigend und zugleich bestimmend war.

Fischer kannte ihn und zog sich brav zurück, desgleichen Lukaschek.

Wilhelms Arm fuhr aus, um den Mann, der inzwischen heftig zitterte, um die Schultern zu nehmen, aber der graubraune Mantel glänzte trotz der Kälte speckig, und so vollendete er die Bewegung als sachtes Armklopfen. »Und?«

Der Blick des Mannes kam von ganz unten. »Und?«

»Warum sind S' weg? Haben Ihnen die Kollegen nicht gesagt, dass Sie auf uns warten müssen?«

Der Sandler wiegte den Kopf. »Mir war kalt. Und nasse Füß hab i a.«

»Haben S' jetzt auch noch. Jetzt sind S' aber wieder da, Herr …«

»Conny.« Wilhelm wedelte auffordernd mit der Hand. »Ja, also, Konstantin Brugger. So sagt oba kana zu mir. Außer mei Mutter. Gott hab sie selig.«

»Gut, Conny.« Wilhelm bot ihm eine Zigarette an.

»Derfat i vielleicht glei zwa habn? Oder drei?«

Diese Bitte war bei derartiger Klientel wie das Amen im Gebet. Wilhelm hielt seine Packung Conny entgegen, der natürlich vier statt drei nahm und den Großteil seiner Beute blitzschnell im Mantel verstaute. Dann gab er ihm Feuer. »Also,

Sie haben den Mann gefunden. Wieso eigentlich? Was treibt Sie bei diesem Wetter hierher?«

Conny zuzelte sehr intensiv an seiner Tschick. »Na ja, Chef, also, des is a so …« Er fuhr auf. »Aber Namen sag i net!«

»Das entscheiden wir«, mischte sich Lukaschek wie üblich besserwisserisch ein.

»Wenn wir sie nicht brauchen …«, kalmierte Wilhelm.

»Also, des is a so« – zuzel, zuzel – »da gibt's an, kan so wie mi, sondern an Rechten« – er meinte wohl »Rechtschaffenen« – »der aber a Hobby hat, und des is Jagen …«

»Da? Im Prater?«, staunte Fischer.

»Gute alte Tradition«, hustete Conny ein Lachen. »Und es gibt ja gnua Kleinzeugs und deswegen a große Viecher, also Fuchs oder so was, oder a Katzen …«

»Was heißt Katzen?«, brauste Lukaschek auf. Er hatte wohl seine Mimi vor Augen, eine siebenjährige Glückskatze.

»Na, verwilderte halt, eh net dei – Ihre Muschi!«

Lukaschek blies den Oberkörper auf. Wilhelm nickte Richtung Absperrung, sein Assistent trollte sich.

Conny zog wieder wie wild an der Zigarette. »Na, und di holma uns halt. Er wegan Spaß und i wegan Hunger.«

»Das heißt, dieser Mann hat die Leiche ebenfalls gesehen?«

Conny starrte ihn nur an.

»Red, oder du kummst in Häfn!«, brüllte Fischer.

»Na ja, des passat scho«, replizierte der Sandler.

Kein Wunder, dort war es warm, und es gab aufwandfrei Essen. »Egal, Conny. Habt ihr etwas beobachten können?«

»Nein, Herr Chef, der is da scho gelegn.«

Konnte stimmen. Oder auch nicht. Sein Blick war verdächtig gesenkt. »Aber wie habt ihr ihn gefunden? Den sieht man doch gar net von da heroben.«

Conny kroch tief in seinen Mantel.

»Na, komm, spuck's aus.«

»Da is a Hut glegn. A schöner, schwarzer, neuer.«

»Und wo ist der jetzt?«

Conny bekam Ähnlichkeit mit einer Schlange. »Aufm Freddy sein Kopf. Palinka Freddy. Dem hab i noch was gschuldet. Hab i ihm glei geben, wie ich euch angrufn hab.« Er fuchtelte ansatzlos Richtung Stadion. »Da vurn beim Wirten, da sitzt er immer. Wenn ihr den Hut wieder brauchts.«

»Schauma amal. Und warum sind Sie jetzt zurück?«

Conny atmete tief durch, wurstelte aus seiner Manteltasche eine abgeblätterte Bonbondose, drückte in ihr die Tschick aus, sah Fischer an, dessen Blick fassungslos war. »Is wegen der Viecher. Am Boden riechn die Tschick. Des vertreibt s'.«

»Net ablenken, Herr Brugger!«

Conny wandte sich Wilhelm zu, rollte die Lippen ein paarmal ein und wurstelte schließlich wieder etwas aus seiner Manteltasche, deren Inneres ein voluminöses Paralleluniversum zu sein schien. Er hielt den Gegenstand Wilhelm vor die Augen. »War in der Hosentaschn bei seim Geldbörsel.«

Es handelte sich um eine Art Plakette, deren Rand aus vielen Sonnenstrahlen bestand und in deren Mitte ein Löwe stand. Auf einer Seite befand sich eine Öse, durch die man ein breites Band ziehen konnte. Und sie schien aus purem Gold zu sein.

»I hab ma jetzt denkt, dass des vielleicht für euch für die Ermittlungen ... I man, man wül ja die Polizei, deinen Freund und Helfer, net wirklich behindern ... und ...«

»Außerdem hättest du des net ohne Aufsehen verklopfen können«, keifte Fischer. Womit er wahrscheinlich der Wahrheit ziemlich nahe kam. »Und wo ist des Geld aus der Börsn?«

Conny riss die Augen auf. »Welches Geld?«

»Geh, kumm, Brugger!« Fischer gab ihm einen Stoß.

»I bin ka Dieb! Sunst hätt i do di Uhr eingsteckt und den Ring. Aber des Ding ...« Wilhelm nahm es ihm endlich aus der Hand. »Des war einfach zu schön!«

Es war schön. Stolz und mächtig wirkte es.

»Ach? Bist net? Und warum hast dann überhaupt seine Taschen durchwühlt?« Neuerlicher Stoß von Fischer.

»Lass ihn, Fischer, gönnen wir ihm ein paar Achteln und vielleicht eine Suppe.«

Conny verneigte sich ein paarmal vor ihm. »Danke, Meister … also Chef, danke. I bin dann wieder …«

Wilhelm packte ihn am Arm. »So schnell schießn die Preußn net. Wir müssen des Ganze noch protokollieren. Und nachdem Sie, Herr Brugger, offensichtlich unterstandslos –«

»Was heißt schon unterstandslos?«, quäkte er. »Ihr könnts mi jederzeit aufsuchen. Am Kanal.«

»Welchem?«

»Jetzt? Im Winter? Von der Wien.«

»Und Sommerfrische machma am Donaukanal, oder was?«, mischte sich Lukaschek wieder ein.

»Ah, schätzt da Herr Muschi das Rayon a?« Conny grinste.

Lukaschek rieb auf. Überraschenderweise fiel ihm Fischer in den Arm, noch bevor Wilhelm reagieren konnte.

Wilhelm zog Conny an einem Zipfel des Mantels zur Seite. »Lieber Herr Brugger, lieber Conny«, er sah ihm tief in die Augen, »*ich* entscheide jetzt, *wie* man Sie zur Vernehmung bringt und *wie* man Sie dort behandelt. Sie sehen, dass meine beiden Kollegen keine besondere Liebe für Unterstandslose hegen. Und die Streifenbeamten ebenso wenig.«

»Ja, Chef?«

»Was hast du gesehen, mein Freund?«

Conny vergrub seine Hände tief in den Taschen.

»An Polizeiwickel hast jetzt sowieso schon. Aber nur einen kleinen, weil du dich selber gemeldet hast. Wird glimpflich vorbeigehen. Also?« Wühlen in den Taschen. »Oder kennst denjenigen, den du gesehen hast? Bist ihm verpflichtet?«

Conny fuhr auf. »Bist narrisch, Chef?«

»Ja, warum tust dann so herum? Kann dir doch nichts passieren.«

Connys Blick flog zur Leiche. »Weil, des war ka Guter, der des gmacht hat.«

»Wie kommst auf das?«

»Kann i net sagen. Wie er si bewegt hat halt. Hab Angst kriegt.«

»Hast ihn vorher oder nachher gesehen?«

»Nachher. Er ist weg. Wir sind des Wasser entlang, mei Haberer und i, vom Unteren zum Oberen Heustadlwasser. Und wie ma scho fast bei der Hauptallee waren, also da jetzt, bei der Leich da, hat mi mei Haberer zruckghaltn, weil er den anderen gsehn hat. Weggehen gsehn hat.« Es schüttelte Conny. »Und er hat den Schnee wegtretn. So.« Er trat so heftig in die weiße Pracht, dass eine Wolke aufstob.

»Aber das machen doch auch Kinder. Sie spritzen mit Schnee und mit Regenwasser.«

Conny schüttelte den Kopf. »Da war ka Freud net, na, des war … i waß net. Net guat auf jeden Fall.«

»Und dann?«

Conny rollte wieder mit den Lippen. »Na, dann hamma uns den Mann angschaut. Ob ma ihm helfen können. War keine leichte Gschicht, Chef, ich hab ihn fast auszogn, mein Haberer, wie ich ihn ghaltn hab. Und dann alles umsonst. Wir ham net können. Ka Puls mehr. Und da hamma beide des Gfühl ghabt, des sollt ma melden. Und i hab mein Haberer hamgschickt, weil der braucht kane Zores. Bei mir is eh wurscht, i bin ins Wirtshaus.« Er sank in sich zusammen.

»Hast gut gemacht, Conny. Und wie hat er ausgeschaut? Ist dir irgendwas Besonders aufgefallen?«

Schulterzucken. »War no ziemlich dunkel. Und er war scho weit weg. Da kann i gar net helfn.«

Er erwähnte keinen Passgang. Hm, vielleicht hatte der sich durch das Treten in den Schnee verschliffen. »Figur?«

Schulterzucken. »Normal. Ich weiß es wirklich nicht, Chef. Und außerdem war da der Huat und außerdem a Bluat. Wir haben einfach glei gschaut, warum des da is. Also von wem des is.«

»Und das Opfer ist schon so dagelegen? Oder habt ihr es umgedreht?«

»Na, na, der is scho so daglegn.« Er seufzte. »Armer Bua.«

»Gut. Du kommst jetzt wirklich mit ins Büro. Net als Strafe. Du kriegst einen Kaffee, den besten in der ganzen Innenstadt, das schwör ich dir« – zartes Lächeln gegenüber – »und vielleicht fällt dir dann noch was ein, so in Ruhe. Du bist wichtig für uns. In Ordnung?«

Conny nickte.

Und Wilhelm betrachtete erneut das goldene Ding. Sonnenstrahlen. Der Bäumeumarmer und Sonnensucher Ehrenhoff schoss ihm durch den Kopf. Nein, solche Spinner hatten keine Embleme. Doch wenn er in einer Sekte war? Lächerlich, er hatte mit seiner eigenen Täterbeschreibung, die immerhin auch von den Damen ähnlicher Art gegeben worden war, nichts gemein.

Blinkendes Blaulicht durchbrach die Schneewand.

3

Auf dem Rückweg zum Auto entdeckte Lukaschek, der den Kopf einen Hauch weniger gesenkt hielt als Wilhelm und Fischer, das Schild einer Schutzhütte mit dem Hinweis, dass dieselbe ganzjährig geöffnet sei. Conny befand sich mit einem Uniformierten auf dem Weg ins Büro, die Spurensicherung tat ihre Arbeit, und so bogen sie in stummem Einverständnis ab, denn es war absolut nicht verlockend, frierend im Auto per Funk mit Berner zu kommunizieren, der nun herausfinden musste, ob Pressmeiers Mutter aktuell zu Hause anzutreffen war. Besser war eine warme Stube mit Telefon.

Und tatsächlich erreichten sie nach kurzem Fußmarsch durch die Schrebergartensiedlung die Oase. Er wohne hier, es sei also kein Aufwand, offen zu halten, erklärte der Wirt wortkarg auf die verwunderte Frage von Fischer, ob das Geschäft im Winter überhaupt lohnend sei. Knurrend wies er ihm den Weg zum Telefon.

Und der Umweg zahlte sich nicht nur deswegen aus. Das Schutzhaus auf der Wasserwiese offerierte wunderbare Würstel mit Saft. Fischer gönnte sich als Gabelbissen eine Knacker in Essig und Öl und Lukaschek einen Leberkäs. Sie brauchten alle drei dringend Brennstoff, weil die Kälte und die Nässe sie ausgezehrt hatten. Und sie missbrauchten alle drei den Ofen des Hauses als Schuh- und Sockentrockner.

»Der Reiser war aber verdammt schlecht aufgelegt heut«, mampfte Lukaschek.

Nein, nur angefressen, weil ich nicht hätt reinlatschen sollen, verkniff sich Wilhelm. »Na ja, bei dem Wetter Spuren sichern …«

Fischer wischte sich den Mund mit dem Handrücken ab und schob den leeren Teller zur Seite. »Also, du glaubst, dass es derselbe Täter war.«

»Würde mich wundern, wenn nicht. Wir sollten uns jetzt auf jeden Fall einmal diesen politischen Freundeskreis von Porony und Pressmeier näher anschauen.« Er zupfte die Liste aus der Sakkoinnentasche und gab sie Fischer. »Lies bitte vor, was der Berner noch so über die anderen herausgefunden hat. Damit wir wissen, mit wem wir anfangen müssen.«

»Also … das ist alphabetisch. Zuerst hamma da einen Arthur Blau«, er schnalzte mit der Zunge, »sicher a Jud.«

»Komm, verkneif dir das bitte.« Wilhelm sah ihn scharf an.

Der hob beschwichtigend eine Hand. »Sag i ja nur. I mein's net so. Also, der is zwanzig, studiert Jus und is auf der Ringstraßn gemeldet.«

Sie hielten alle drei den Atem an. Wenn jetzt etwas von Bourgeoisie und Judenpack und immer die Reichen kam, würde Wilhelm ihm eine donnern.

Fischer sprach völlig neutral weiter. »Vater Beamter im Außenministerium, Mutter Journalistin beim Kurier.« Er zog die Augenbraue in die Höhe. »Keine Geschwister. Bislang nicht auffällig. Mitglied beim Ruder-Club … LIA. Na, da passt er hin.« Er nahm einen kräftigen Schluck von seinem Apfelsaft.

»Wieso?«, fragte Lukaschek noch immer mampfend.

»Weil des hochnasade Bubis san!« Fischer blitzte ihn an.

»I hab ja nur gfragt«, blaffte Lukaschek zurück.

»Können wir weitermachen?« Wilhelm winkte dem Wirten und zeigte ihm sein leeres Glas Himbeersoda. Der nickte.

Im selben Moment klingelte das Telefon. Der Wirt nickte nun Fischer zu, der in den Gang zum Abort sprintete. Kurz darauf berichtete er, dass bei den Pressmeiers niemand erreichbar sei – Mutter nicht daheim, Vater in Besprechung.

»Am Nachmittag, wenn die Kleine von der Schule daheim ist, haben wir sicher Erfolg. Sie erfahren es noch bald genug. Machen wir mit der Liste weiter.« Wilhelm tunkte ein Semmelstück in den Gulaschsaft. Herrlich. Eigentlich könnte man Würstel mit Saft auch ohne Würstel essen.

»Der Nächste is Klaus Horowitz«, nahm Fischer den Bericht wieder auf. »Medizinstudent. Der Älteste auf der Listn mit vierundzwanzig. Vater hat a Schneiderei im Neunten – wohl a bessere, sonst könnte er sich net das Studium vom Buam leisten – und Mutter daheim.«

»Die wird im Betrieb mitarbeiten.« Lukaschek schleckte sich die Finger ab. »Des is so gut da!«

»Wahrscheinlich. Drei Schwestern, alle noch in der Schul. Und er ist beim Heeressportverband Ringer. Also ein Aktiver. So halbert. Alle Achtung. Aber«, er hob den Zeigefinger, »einmal schon Kunde bei uns. Wartets, da ist eine Aktenkopie«, er blätterte, »ja, da.« Er las. »Also, letzten September gab's auf der Alten Donau a Grillerei und Zelterei, und da is es zu einer Rauferei gekommen, und der Horowitz als Verantwortlicher hat a Ordnungsstrafe kriegt.«

Wilhelm nahm sein Himbeersoda in Empfang. »Steht da, wer da noch dabei war?«

Fischer fuhr mit dem Finger das Papier hinunter und pfiff. »Porony, Pressmeier, dann ein gewisser Wagner und er selbst.«

»Und wer hat's angezeigt?«

»Der Dieter Holzer.«

Sie sahen einander an. Fischer schob Wilhelm den Akt unter die Nase.

Der überflog das Papier und tunkte dabei den vorletzten Batzen Saft mit dem vorletzten Stück Kaisersemmel auf. »Die sind ja sehr eng alle miteinander.«

»Und die anderen haben nix kriegt?«, fragte Lukaschek.

Fischer beugte sich zu ihm. »Sonst hätt uns der Berner ja die Akten dazugeben, oder?«

»Man wird ja noch fragen dürfen.«

»Und es ist interessant. Weil die haben alle auf eine Anzeige verzichtet.« Wilhelm gab den Akt Fischer zurück. »Weiter.«

»Dann Porony und Pressmeier, aber die hamma ja scho. Josef Tischler ist der Nächste. Dreiundzwanzig. Auch Jus. Vater Verkäufer von Rechenmaschinen, Mutter Sekretärin«, er lachte auf, »bei der Caritas. A Katholerin! Na, die wird sich über ihren roten Buam freuen! Zwei Brüder, einer als kleiner Bub gestorben, einer tödlicher Unfall mit dem Motorrad. Also jetzt ist er das einzige Kind. Und dann haben wir da noch ... den Theobald Wagner, den Fünften im Bunde. Zweiundzwanzig ...«

Die Eingangstür krachte auf. »So a Sauwetter, so a deppertes! An Glühwein, Karl, sonst stirb i.« Ein dicker Mann mit Storchenbeinen schüttelte sich von Schnee frei, desgleichen tat sein Schäferhund. »Geh Platz, Blacky.«

»Is schon hergricht, Brunner.« Der Karl-Wirt verschwand in der Küche.

Der Mann namens Brunner hängte seinen Mantel auf und versuchte, die aufgeweichte Hutkrempe in Form zu biegen.

Derweilen trabte sein Hund zu ihrem Tisch und beschnüffelte Lukascheks Zehen. Wilhelm merkte, wie er die seinen einrollte. All das Training mit Polizeihunden hatte nicht wirklich etwas genützt. Bei einem Kläffer größer als ein Dackel wurde er zum kleinen Buben, der in Panik verfiel. Und das zu Recht, denn im Grunde konnte man nie sicher sein, ob nicht auch der besterzogene Köter zubiss, wie er aus leidvoller eigener Erfahrung wusste.

Lukaschek tätschelte die Flanke des Schäfers. »Na, Blacky! Bist a Schöner, so ein Schöner. Zwar keine Katz, aber dafür kannst ja nix.«

»Blacky! Fuß!« Der Mann nickte ihnen mit einem Lächeln zu und nahm den Nebentisch in Beschlag. Die Hosenbeine rutschten hinauf. Der linke Unterschenkel war eine Prothese. »Nix für ungut, aber euer Tisch ist sonst sein Stammplatzerl, also unseres.« Der Schäfer legte sich zu seinen Füßen, und Wilhelm atmete durch.

»Da war aber kein Schild«, schnappte Fischer.

»Eh net, brauchma ja normalerweise net, is ja nie wer da am Vormittag. Also im Winter. Aber passt schon, manchmal tut a neue Perspektive gut, gell, Blacky?« Der Hund wedelte.

Der Wirt stellte vor Brunner den Glühwein ab und wandte sich ihnen zu. »Wünschen die Herrschaften noch was?«

Lukaschek und Fischer bestellten sich Melangen. Fischer nahm die Liste wieder in die Hand und holte Luft.

»Und wer seids nachher ihr, dass euch um die Uhrzeit herverschlagen hat?« Brunner umfasste mit beiden Händen das Häferl und beugte sich zu ihnen. »Müssts nix arbeiten? Aber für Ruhestandler seids zu jung, auch für Invaliden, und für Tachinierer zu gut anzogn.«

Wilhelm schenkte seinen Assistenten einen betont großen Blick. »Den Mann sollten wir rekrutieren, so scharfsinnig, wie er alles beobachtet.« Die beiden lachten.

»Seids ihr …? Na, net! Oder do? Seids ihr Kieberer?«

Wilhelm hielt ihm die Kokarde unter die Nase. »Leib und Leben.«

Brunner lehnte sich zurück und stieß Luft aus. »Na, da legst di nieder! Krimineser in unserer beschaulichen Siedlung. Nix für ungut, was ich da gsagt hab, wegan Arbeiten und so.« Er beugte sich wieder vor. »Hat der Pechanek endlich seine Alte hamdraht?«

Der Wirt brachte die Kaffee. »Sei net so neugierig, Brunner!«

»Geh, Karl, wenn si da endlich einmal was tut! Im Winter is eh immer so fad.«

»Warum sind S' dann da?«

Wilhelm verwünschte Lukaschek für diese Frage.

»Na, es gibt immer was zum Tuan. Heute hab ich den Schnee von die Bäuma gräumt. Und daheim is so ruhig, seit die Erika …« Er schlug ein Kreuz. »Außerdem hat der Karl den besten Glühwein weit und breit. Auf den gfreu ich mich immer schon, wenn ich mit dem Blacky meine Runden zogen hab. Heute besonders, bei dem Sauwetter, dem elendiglichen. Da brauch i jetzt a no amal an.« Er trank.

»Waren Sie heute auch im Prater unterwegs?«

Wilhelm beglückwünschte Lukaschek für diese Frage.

»Na klar!«

Wilhelm drehte sich zu ihm. »Und wo gehen Sie da für gewöhnlich?«

Brunner nahm einen Schluck, ohne dabei den Blick von Wilhelm abzuwenden. In seinem Kopf ratterte es offensichtlich. Es war faszinierend, dass sich nahezu alle Menschen schuldig fühlten, wenn sie von einem Polizisten konkret etwas gefragt wurden.

»Wieso ist das jetzt wichtig?«

»Weil Sie vielleicht unwissentlich ein Zeuge sind.«

»Von was? Ich hab keine Leiche gesehen.« Er lehnte sich zurück. Jegliche Leutseligkeit war verschwunden.

»Wo, Herr Brunner?«

Seine Nase zuckte, der Blick war nach wie vor starr auf Wilhelm gerichtet. »Nach vorn zur Lusthausstraßen, über die zur Hauptallee, dann Heustadlwasser und wieder zurück«, sagte er.

»Wann waren Sie da heute unterwegs?« Offensichtlich nicht vor Kurzem, sonst hätte der Mann die Streifenwagen gesehen und schneller kombiniert.

»Zwischen halb sieben und halb acht.« Er tätschelte das linke Bein. »Früher war ich ein flotterer Hirsch.«

»Schon wieder so ein Nachtwanderer«, warf Fischer ein. »Da sehen S' ja gar nix, um die Uhrzeit, jetzt im Winter.«

Brunner verschränkte die Arme. »Ich weiß zwar net, was Sie des angeht, aber ich war früher amal Jäger, und des bleibt einem, die ... Liebe zum Sonnenaufgang.«

Fischer schüttelte den Kopf, Brunner zuckte mit den Schultern. Sie starrten einander an.

Wilhelm klopfte auf den Tisch. »Das heißt, Sie waren ungefähr um viertel acht am Ende vom Heustadlwasser?«

»Könnt hinkommen.«

Aus dem Augenwinkel sah Wilhelm, wie Lukaschek wild auf seine Notizen deutete. Er machte mit der Hand eine beschwichtigende Bewegung. »Und ist Ihnen da etwas aufgefallen?«

Brunner umfasste sich noch enger. Er brummte, betrachtete sein Häferl, befahl dem Wirten, ihm noch einen Trunk vorzubereiten, überschlug die Beine.

»Was, Herr Brunner? Spucken Sie's aus.«

»Was was? Nix!«

»Geh, Brunner, sonst bist ja a net so diskret«, meinte der Wirt, als er die frische Tasse abstellte. »Stell dir vor, di bringt wer um und alle halten nachher die Goschn. Wär dir a net recht, oder?«

Diese Argumentation musste er sich merken. Wilhelm sah Brunner aufmunternd an.

Der zuzelte an seinen Zähnen. »Den Conny hab i gsehn, an Sandler von der Gegend da. Auf der anderen Seiten vom Wasser, wie ich schon am Heimweg war. Ich hab mich noch gewundert, warum der so flott unterwegs ist. Hat er an Haberer von ihm derschlagen? Oder den Karasek, mit dem er immer jagern geht?«

»Nein, er hat die Leiche gefunden und war wahrscheinlich grad auf dem Weg zum nächsten Telefon.«

Brunner atmete aus, löste seine Umklammerung und trank den zweiten Glühwein, als wäre er Wasser.

»Und sonst? War noch irgendwas auf Ihrem Spaziergang?«

»Beim Weggehen bin ich in die alte Fetter grennt, die den Bärli immer zur Lusthausstraßn vorschleppt und dann wieder zurück. Mehr schafft die Walze ja nicht mehr. Gertrude Fetter. Wohnt drübern Kanal, direkt neben der Milchfrau in der Dietrichgassen. Hängt den ganzen Tag am Fensterbrett, die alte Tratschn.«

Wilhelm nickte Lukaschek zu. Der notierte brav.

»Und«, er zuckte mit den Augenbrauen, »da hab ich auch ein Liebespärchen gesehen. Arm, die Kinder. Daheim dürfen s' nirgends, bleibt ihnen nur die Kältn in der Finstern. Und die waren wirklich spitz aufeinander, waren ganz eng aneinandergedrückt. Aber ich hab ja nicht wirklich stehen bleiben können. Wie hätt des denn ausgschaut? Als wäre ich ein Spanner!« Es war ihm anzusehen, dass er seine gute Erziehung heftig bereute. »Und ich bin ja dann abgebogen.«

»Wohin genau?«

»Na, rechts eine, in die Lusthausstraßn.«

»Und das Pärchen?«

»Na, ich nehm an, dass die vor zur Hauptallee sind, aber wissen tu ich's natürlich net.«

»Und gekannt haben Sie die beiden auch nicht?«

»Ja, was fragen S' mich denn so wegen denen aus? Ich hab s' net kennt und net genau gsehn.«

»Schade, weil die beiden vielleicht wichtige Zeugen wären.«

»Die müssn kurz vorher dort vorbeikommen sein, sonst hätten die sich do bei uns gmeldet«, meinte Lukaschek.

»Glaubst wirklich?« Fischer lachte. »Manche Leut wollen nirgends anstreifn.«

»Und einen Mann haben Sie nicht gesehen?«, ergriff wieder Wilhelm das Wort. »Oder zwei?«

Brunner versenkte die Nase ins Häferl und schloss die Augen – der Anblick von purem Genuss. »Nein, wüsste ich nicht.«

Wäre ja auch zu schön gewesen.

Lukaschek notierte Brunners Personalien und bat ihn, noch im Laufe des Tages bei Berner vorstellig zu werden, um seine Aussage schriftlich aufnehmen zu lassen. Unterdessen zahlte Fischer und kümmerte sich um Schuhe und Socken – und Wilhelm spürte dem Ziehen in seiner Brust nach, das ihn seit ein paar Minuten quälte. Für einen Herzinfarkt hatte er doch noch gar nicht das Alter! Die Hitze nach der Kälte, nichts anderes.

Er war als Erster angezogen und verschwand mit einem lapidaren Gruß nach draußen. Sog die schneeige Luft ein. Es war verrückt, wie viele Menschen – normale Menschen, keine Unterweltler und Halbseidenen – zu den ungewöhnlichen Zeiten der Morde unterwegs gewesen waren. Auf die Idee, absichtlich, bewusst und so ganz privat, nicht im Zuge einer polizeilichen Amtshandlung, den Sonnenaufgang nicht nur zu erleben, sondern zu beobachten und zu genießen, wäre er nie im Leben gekommen. Aber das schien sehr befriedigend zu sein. Vielleicht sollte er es einmal probieren … Nein, sein Schlaf war ihm wichtiger.

4

Schneewittchen öffnete ihnen die Tür. Sieglinde Wagner wirkte auch deshalb wie eine Doppelgängerin der Disneyfilmfigur, weil sie im ebenholzschwarzen Haar ebenso eine rote Masche trug. Allerdings kam es Wilhelm vor, dass sie wesentlich weiblichere Formen denn die Märchenprinzessin aufwies – genau die Kragenweite von Lukaschek. Prompt übernahm der die Vorstellung, säuselte Entschuldigungen wegen der Störung, insistierte nicht aufs Wesentliche, nämlich den aktuellen Aufenthalt ihres älteren Bruders, des Publizistikstudenten Theobald Wagner, sondern ließ sich vielmehr bei Sieglindes Versuch, im großen Zimmer Sitzplätze zu schaffen, unzählige gebügelte

Leintücher auf die Arme häufen, um sie dann hilflos auf der Kredenz in der Küche abzulegen. Knapp neben dem Topf mit brodelnder Erdapfelsuppe. Wilhelm schob den Stapel Wäsche unauffällig zur Seite. Er sollte wenigstens nicht zu brennen anfangen, wenn er schon bereits mit Spritzern übersät war. Allerdings kippte er jetzt über einen vollen Aschenbecher. War schon egal.

»Entschuldigen Sie bitte den Sauhaufen.« Sieglinde stellte als letzte Ordnungsmaßnahme das Bügelbrett vor einen kleinen Tisch, der mit Kunstbänden aus der Nationalbibliothek, wie die Kleber auswiesen, überladen war. »Aber ich …« Sie lächelte, breitete die Arme aus, damit sie sich setzen mögen, was sie auch auf den nun zwei freien Sesseln und einem Hocker taten. »Ja, das ist meine Arbeit. Nähen tu ich auch manchmal. Unsere Eltern haben nicht so viel Geld. Sie sind nur kleine Bauern, oben in Zwettl. Und da sind auch noch der Maxi, die Bärbel und der Fritz. Und …«

»Sie müssen sich fürs Arbeiten doch nicht schämen, gnädiges Fräulein.« Ein Ustinov für Arme, das war Lukaschek. »Auch wenn so eine fesche Person wie Sie besser für den eigenen Haushalt arbeiten sollte.«

Sieglinde strahlte ihn an, was mehr wie ein Zähnefletschen wirkte. »Der kann warten, der eigene Haushalt. Ich studiere. Und ich beabsichtige, auch meinen Abschluss zu machen.« Sie faltete die Hände und riss die Augen auf. »Ich kann Ihnen nicht einmal einen Kaffee anbieten, weil … weil ihn erst mein Bruder mitnimmt.« Das klang gelogen. Vielleicht konnten sich die beiden keinen leisten.

Sie sah sie der Reihe nach an. Ihre Augen hatten die Farbe von Iris – sehr selten, dieses intensive Lilablau. »Was wollen Sie eigentlich von ihm?«

Wilhelm hob die Hand Richtung Lukaschek, sein zeitstehlendes Geschwafel reichte. »Das würden wir ihm gern selber sagen. Wann kommt er denn nach Hause?«

»Oh.« Sieglinde warf einen Blick zur Wanduhr aus dunkelbraunem Holz. Es war kurz vor zwölf. »Er müsste jeden Moment zum Mittagessen da sein. Er hat es ja nicht weit. Arbeitet vorne beim Eisen-Mayer.«

Die Uhr tickte. Seine Assistenten sahen ihn an. Er zuckte mit den Augenbrauen und legte die Hände in den Schoß.

Da saßen sie nun und warteten blöd auf eine Einvernahme. Effizient hatten sie sein wollen, weil Wagner zwar der Letzte auf der Liste war, jedoch praktischerweise unweit vom Schutzhaus auf der anderen Seite des Donaukanals im Dritten wohnte. Sie vergeudeten Zeit. Mit jedem Schritt durch den hohen Schnee zurück zum Auto war Wilhelm nervöser geworden. Ein Gedanke war wie ein Bienenstich angeschwollen: Nicht nur zwei Welthandelstudenten, sondern zwei von der Liste waren tot. Und die Aussage der alten Frau Fetter in der Dietrichgasse hatte sein ungutes Gefühl noch verstärkt, denn sie hatte nach der Begegnung mit dem Brunner sehr wohl einen dunkel gekleideten Mann bemerkt, und zwar einen stämmigen, wie sie es genannt hatte. Er sei mit tief gesenktem Kopf Richtung Hauptallee an ihr vorbeigestapft. Weitere Details hatte sie nicht angeben können, weil sie ohne Brille unterwegs gewesen war. Ein stämmiger Mann – ob Zufall oder nicht, war doch eines klar: In was die Burschen auch immer verwickelt waren, sie mussten gewarnt werden.

Wilhelm räusperte sich. »Dürften wir einmal Ihr Telefon benutzen?«

»Wir haben keines.«

»Oh.«

Die Uhr tickte.

Er könnte Fischer zum Wagen schicken und Brunner anfunken lassen, damit der die anderen auf der Liste antelefonierte und sie um Vorsicht bat.

Nein, im Grunde war das unnötig, denn sie würden einander sowieso benachrichtigen oder durch Zeitung und Radio informiert werden.

Sieglinde ging in die Küche. Das Klappern von Scheitern

wurde hörbar. Sie legte im Ofen offenbar Holz nach – wofür ihr Wilhelm sehr dankbar war, denn bislang hatte ihn das Klima im Raum nicht wirklich dazu bewogen, den Mantel auszuziehen. Nun gut, beim Bügeln wurde einem wahrscheinlich heiß. Er hatte einmal Else, seine Perle, zu ihrer Beschämung mit einem ärmellosen Hauskleid und darunter nur Wäsche erwischt, als sie ebendiese Tätigkeit ausgeführt hatte und er früher nach Hause gekommen war. Seitdem rief er bei unerwarteten – hm, kein Telefon, also kein schneller Anruf von Freunden. Wilhelm sah sich um. Er fand auch nirgends die Spur einer Zeitung. Aber wenigstens ein Radiokasten stand da. Trotzdem hatte Sieglinde Wagner sie nicht auf die Meldung über Haralds Tod angesprochen. Vielleicht drehte sie ihn ja nur für Musiksendungen auf. Hm, es könnte doch besser sein, wenn Berner allen anderen der Gruppe Bescheid gab. Ja, doch, es war besser. Hoffentlich erwischte er sie alle.

Es klingelte. Sie hörten Sieglinde die Tür öffnen und nun ihrerseits flöten. Nein! Wo er denn den Kaffee habe? Doch nicht etwa vergessen?

Es war gelogen gewesen.

Und drei nette Herren von der Polizei seien da. Ob er vielleicht bei Rot über die Straße gegangen sei? Gekicher. Sie habe ihm doch schon hundert Mal eingebläut, dass man sich an die Regeln halten müsse.

Was sie eigentlich sagte, waberte dick wie Milchreis zu ihnen ins große Zimmer: Ich verschaffe dir Zeit mit meinem Getue, und was immer du angestellt hast, überlege dir gut, was du sagst.

Was natürlich bedeutete, dass die liebe Schwester nicht überrascht wäre, wenn der liebe Bruder in Kalamitäten steckte, was ihnen wiederum mitteilte, dass er wohl tatsächlich in zwielichtige Angelegenheiten verwickelt war.

Theobald Wagner war das Abbild seiner Schwester, nur mit männlichen Attributen, also breiten Schultern, einem schmalen Becken und einer markanten Nase. Beide hatten mit ihrem

Milch-Honig-Ebenholz-Äußeren etwas von Filmstars an sich. Und obwohl beide nicht Wilhelms Typ waren, spürte er Anziehung. Man dachte beim Anblick der beiden unwillkürlich … ja, an … na ja, an das eben. Peinlich, bei einem Mann solche Gedanken zu haben.

Er sprang auf – für seinen Geschmack ein wenig zu flockig. »Herr Wagner, Fodor mein Name. Chefinspektor Fodor. Meine Kollegen Fischer und Lukaschek. Wir sind von der Kriminalpolizei, es geht also nicht um rote Ampeln.« Er lachte. Und kam sich sehr dumm vor. Außerdem gebannt von Wagners irisblauen Augen. Sie waren noch intensiver als jene von Sieglinde. Und jenen von Elisabeth sehr, sehr ähnlich.

Theobald wandte sich zu ihr. »Aber einen Tee hättest du den Herren schon machen können.«

Wilhelm nützte die Gelegenheit, um zum Fenster zu marschieren und sich zu sammeln. Wasser rauschte. Ein Topf schlug gegen das Metall des Herdes. Welch lächerliche Irritation hatte ihn da gerade übermannt? Die passte zu kreischenden Jugendlichen beim Anblick ihres Idols, aber nicht zu einem Kieberer. Er stieß Luft aus und verknotete die Hände am Rücken.

Drehte sich um. »Herr Wagner«, der nahm Wilhelms Platz ein, »Sie waren ein … Genosse von Harald Porony?«

»Waren? Was ist ihm passiert?« Er sank in sich zusammen. »Es ist ihm also wirklich was passiert.« Er sprang auf, sah Richtung Küche, wieder zu ihnen. »Weil gestern, zur Besprechung wegen der Schah-Demo, da ist er nicht gekommen. Bei ihm daheim hat niemand abgehoben.«

»Setzen Sie sich.«

Er tat es mit zitternden Beinen. »Ich hab's dann noch bei Dieter versucht, einem Freund, ihn aber nicht erreicht. Wir haben dann angenommen, dass die miteinander abgesoffen sind.« Sein Gesicht hatte nun die Farbe von Elfenbein. »Oh mein Gott, die Meldung von dem Toten im Stadtpark! Ist das er? Da war gestern im Radio zu Mittag eine kurze … noch ohne Name … Und heute bin ich bis jetzt nicht …« Sein Mund blieb offen stehen.

»Ja, Herr Wagner, Harald ist gestern Morgen tot aufgefunden worden. Fremdverschulden.«

Wagner starrte ihn an, dann seine Schuhspitzen. »Aber wir müssen doch nach Salzburg. Wegen der Schah-Demo.«

»Wir haben nur russischen Tee. Ist das den Herren recht?« Sieglinde stand mit einer Dose mitten im Raum.

Sie nickten alle drei. Sie verschwand wieder.

»Herr Wagner, haben Sie irgendeinen Verdacht, wer das gemacht haben könnte?«

»Nein.«

»Hatte er mit jemandem Streit?«

»Nein.«

»Alfred Kriegler«, warf Lukaschek ein.

»Ha, das wissen Sie schon? Nein, der ist unwichtig. Die Nazi sind nichts als zahnlose Kläffer, die noch immer nicht kapiert haben, dass ihre Zeit vorbei ist.«

Dessen war sich Wilhelm nicht so sicher, aber es sollte so sein für den Moment. »Sie sind doch beide politisch tätig, Mitglied beim VSStÖ …«

Er fuhr auf. »Ja, und? Nur weil wir Rote sind, heißt das noch nicht, dass wir irgendwas am Kerbholz haben.«

»Das habe ich auch nicht gesagt. Aber vielleicht sind Sie mit Ihren Aktivitäten irgendwem auf die Zehen gestiegen?« Als er es ausgesprochen hatte, kam es Wilhelm selbst dämlich vor. Wem sollten Studenten schon in die Quere kommen? So sehr, dass man dafür mordete?

Prompt schüttelte Wagner den Kopf.

Da waren allerdings noch die Bedenken von Alois. »Vielleicht im Zusammenhang mit den persischen Angelegenheiten?«

Wagner runzelte die Stirn. »Was soll da sein? Wir demonstrieren. Erklären unsere Solidarität mit der unterdrückten Bevölkerung.«

Wilhelm ging in den Raum zurück. Brav machte ihm Lukaschek Platz. Er setzte sich Wagner gegenüber. »Das verstehe ich nicht ganz. Soviel ich gehört habe, will der Schah genau diese Unterdrückung ja beenden. Er verteilt Land, fördert die Bildung, achtet auf die Rechte der Frauen …«

Der Wasserkessel pfiff. Die ganze Wohnung war davon erfüllt.

Wagner warf einen genervten Blick zur Küche. »Das ist alles nur Propaganda. Er hat Mossadegh verjagt. Wie man mutmaßt, mit der Hilfe der Amis. Und Mossadegh war gewählt, für ein freies, unabhängiges Persien. Der Schah, der ist doch nur ein Speichellecker, ein Hampelmann, eine Marionette.« Geifer stand in seinen Mundwinkeln. »Kein Volk darf ein anderes in Abhängigkeit halten.«

»Und warum ist der Schah dann für den Friedensnobelpreis vorgeschlagen worden?«

Wagners Mund klappte auf und wieder zu.

Wilhelm dankte Alois für die gestrige Nachhilfestunde von tiefstem Herzen. Man musste als Kieberer stets in der Lage sein, sein Gegenüber zu verunsichern.

»Die sind alle bestochen.«

Ein hoffnungsloser Fall. »Wie auch immer. Jedenfalls scheint mir das ein heißes Thema zu sein. Und da ist es nicht möglich, dass irgendjemandem Ihre Aktivitäten nicht gefallen?«

»Da hätte ›irgendjemand‹ aber genug zu tun. Der Schah ist nicht der Einzige, der uns ein Dorn im Auge ist.«

Sieglinde schwebte mit einem Tablett herein, auf dem sich vier dampfende Häferl befanden. Sie bedienten sich, worauf sie selbst wieder in der Küche verschwand. Lukaschek sah ihr lange nach.

Sie tranken und schwiegen. Nur Wagner atmete immer wieder ruckartig ein und aus. Seine Gesichtsfarbe war mittlerweile besorgniserregend fahl.

Und plötzlich hatte Wilhelm das Gefühl, als wäre bei dieser

bislang so durchschnittlich ablaufenden Einvernahme etwas nicht so gewesen, wie es hätte sein sollen. Er versuchte sich an jeden Satz zu erinnern, an jeden Blick, aber die Erkenntnis kam nicht. Er nickte Fischer zu.

Der erhob sich und stellte sich vor Wagner hin. »Wie gut kennen Sie Peter Pressmeier?«

Wagner lachte auf, was mehr wie ein Aufschrei wirkte. »Halten Sie den für Haralds Mörder? Nur weil er ihm im letzten Semester den Seminarplatz weggeschnappt hat?«

»Eine Variante«, sagte Fischer und zwinkerte amikal. »Aber wem hat dann Pressmeier einen Platz weggeschnappt?«

»Was …? Nein, das ist jetzt …« Wagner sah Wilhelm an. »Sie sagen mir jetzt nicht, dass auch Peter …«

Wilhelm nickte.

»Heute Morgen«, ergänzte Fischer.

Wagner stieß Luft aus, erstarrte, stieß Luft aus, erstarrte, blickte durch Fischer hindurch, schnappte nach Luft, röchelte. Sein Atem zischte. Fischer packte ihn an den Schultern und rüttelte ihn. Wagner japste. Fischer rüttelte heftiger. Wagner röchelte. »Ein Sackerl«, brüllte Fischer, »irgendein Sackerl!«

Sieglinde stürmte ins Zimmer, sah ihren Bruder, rannte hinaus, Fischer rüttelte, verpasste Wagner eine Ohrfeige, der röchelte, Sieglinde kam mit einem leeren Obststanitzel zurück, Fischer presste es Wagner über Nase und Mund.

Langsam trat in Wagners Atem Beruhigung ein. Mit einem »Bist du deppert« brach Lukaschek die Spannung.

Sieglinde streichelte seinen Kopf. »Mein Bruder, der ist … sehr sensibel.«

Und mit einem Mal wusste Wilhelm, was ihn so irritiert hatte. Er wandte sich an das Schneewittchen. »Fräulein Wagner, Ihnen scheinen die beiden Todesfälle nicht besonders nahezugehen?«

Sie zögerte kurz beim Streicheln. »Wieso denken Sie das?«

»Die Frauen, die ich kenne, aber auch viele Männer, reagieren sehr emotional oder zumindest irritiert und neugierig auf Todesnachrichten. Sie aber haben nicht einmal mit dem Geschirr geklappert. Und dabei sind Ihnen die beiden doch bekannt, wie ich aus den Blicken Ihres Bruders rückschließe, oder nicht?«

»Wie man Kommilitonen und Gesinnungsgenossen des Bruders eben so kennt. Nicht besonders gut.« Sie sah ihn an. »Und ich war noch nie sehr emotional. Den Rest gewöhnt man sich ab, wenn man Tiere schlachtet und Selbstmörder in der Scheune findet.« Sie erkannte wohl die Frage in Wilhelms Gesicht. »Unser Onkel. Hat irgendwas im Krieg nicht ganz verdaut.«

Wagner brach in Weinen aus. Seine Schwester zog ihn in die Höhe und schob ihn zur Couch. Sie fegte die gebügelten Leintücher zu Boden und bettete ihn. »Ich glaube, das war es jetzt.«

Ein Mann mit Nervenzusammenbruch! Wie lächerlich! Wilhelm hätte gern noch etwas über den VSStÖ geplaudert. Außerdem wollte er erfahren, was letzten Herbst der Grund für die Prügelei gewesen war, und Wagner zum Privatleben der beiden Toten ausfratscheln, aber der lag jetzt wimmernd wie ein Säugling auf der Couch.

Lukaschek rutschte zu Sieglinde. »Wir bräuchten aber bitte noch die Alibis Ihres Bruders.«

»Und das Ihre«, ergänzte Fischer. »Für gestern zwischen sechs und sieben und für heute zwischen sechs und sieben. Also dieselbe Uhrzeit.«

»Das ist ganz einfach. Mein Bruder hat Brot und Semmeln ausgeführt. Auch eine Arbeit von ihm, aber nur in den Ferien. Und ich? Ja, ich habe gebügelt. Allein. Hier.« Sie vollzog eine weite Geste mit dem Arm. »Großauftrag vom Hotel vorne. Zum Glück.«

Solche Studenten waren bewundernswert. An der Tür zur Küche drehte sich Wilhelm um. »Sagen Sie Ihrem Bruder, dass er vorsichtig sein soll. Solange wir das Motiv nicht kennen, sind alle Freunde gefährdet. Jetzt. Nach dem Pressmeier.«

Sieglinde sah ihn mit großen lilafarbenen Augen an und nickte.

5

»Das ist direkt neben dem Stadtpark«, merkte Fischer das Offensichtliche an. »Und net irgendeine Wohnung, nein, gleich ein ganzes Palais haben die Herrschaften.«

»Geh, a Käsekrainer geht sich vorher doch noch aus«, maulte Lukaschek. »Sie haben gesagt, dass er daheimbleibt und lernt.«

Wilhelm beugte sich zu seinem zweiten Assistenten. »Du hast vor nicht einmal drei Stunden einen Leberkäs verdrückt. Bald musst beim Texhages in die Sonderabteilung. Wenn sie dort in deiner Größe überhaupt noch was haben.«

»Nicht jeder kann halt so ein Spenadler sein wie du«, rotzte der zurück.

»Direkt neben dem Stadtpark«, sinnierte Fischer erneut.

»Aber kilometerweit weg vom Heustadlwasser«, schnauzte Wilhelm. Er hob den Zeigefinger. »Gut, Arthur Blau mag vielleicht nach …«

»Jud klingen.«

Wilhelm holte tief Atem. »Und eben genau das ist *wurscht. Egal. Nicht relevant.* Verstehst du mich? Also benimm dich. Stell dir vor, er hat bloß eine lustige Patentante gehabt, die ihm den blöden Namen verpasst hat.«

»Auch Blau?«

»Fischer!«

Der nahm den Hut ab, glättete seinen Seitenscheitel und setzte einen treuherzigen Blick auf. »Verstanden. Bin ganz brav. Hab ja auch gar nix gegen die.«

Wilhelm wandte sich zur Eingangstür.

»Wenn s' dort bleiben, wo s' hingehören. Weil wenn ich an Ausländer sehn mag, dann fahr ich ins Ausland.«

»Geh, Fischer, ich versteh di net«, hörte Wilhelm nun Lukaschek. »Solchane sind immer sehr gastfreundlich. Vielleicht bieten sie uns was zum Essen an.«

»Lukki«, seufzte Fischer, »du bist … Nein, da fallt mir nix ein. Des wär eine Beleidigung für jedes Viech.«

Wilhelm klingelte. Ein Hausmeister öffnete ihnen und schickte sie in den zweiten Stock, den die Blaus bewohnen würden.

»Von wegen ganzes Palais«, keuchte Wilhelm. Die Schnäpse vom Vorabend grinsten ihn mit jeder Stufe ein bisschen breiter an.

»Eine ganze Etage für drei Leut reicht auch«, ätzte Fischer.

Ein Dienstmädchen öffnete ihnen. Es bat sie mit tiefem burgenländischen Akzent in den Salon. Wahrlich, wahrlich, die eine Hälfte des Bundeslandes war nach Amerika ausgewandert und die andere nach Wien. Nun ja, welche Perspektive hatte man schon zwischen ein paar Weinreben, Schilfhalmen und verfallenen Gutshöfen? Trotzdem tat der Exodus Wilhelm immer wieder weh, denn schließlich war das Land am Neusiedlersee praktisch seine Heimat.

Er bedankte sich bei dem Mädchen mit ebenfalls starkem Akzent. Es lächelte ihn zuerst überrascht, dann scheu und schließlich dankbar an.

Der Salon war, ähnlich wie bei den Poronys, eine wüste Mischung der Benutzung. Neben dem in der Bourgeoisie üblichen Flügel standen ein Esstisch, ein Sekretär, eine Chaiselongue, eine moderne Sitzgruppe und ein Esstisch mit Sesseln viel zu eng aneinandergerückt herum. Doch im Gegensatz zu den Poronys passte hier alles eine Spur besser zusammen.

Und beim Anblick der Hausfrau war Wilhelm auch schlagartig das Warum klar. Esther Blau, die Kurier-Journalistin, war nicht verhuscht, sondern präsent, in einer ihm sehr bekannten Art. Sie hatte zwar kastanienbraunes Haar, war aber ansonsten das absolute Pendant zu seiner Halbschwester. Sie trug ein entzückendes blaues Kleid, das ihre schlanke Figur betonte, ohne anzüglich zu wirken, eine Perlenkette, elegante Pumps und eine schmale Goldarmbanduhr, sprich, sie hatte denselben nonchalanten Stil wie Elisabeth, was sich wohl auf den Haushalt übertrug. Und mit einer ähnlich samtenen Stimme trug sie dem Mädchen auf, Kaffee sowie ihren Sohn zu holen.

»Sie gestatten, wenn ich bei der Einvernahme anwesend bin? Erstens ist mein Sohn noch nicht volljährig, und zweitens interessiert es mich auch beruflich, was Sie von ihm wollen.« Entwaffnendes Lächeln hintennach.

Fischer fuhr mit dem Finger über die glatte Oberfläche des Flügels.

»Sie spielen auch?«, perlte Esther Blau.

Fischer vollzog eine viel zu große Verbeugung und lachte auf. »Das kann sich unsereins nicht leisten.«

»Fischer!«, hörte sich Wilhelm bellen. Sein Assistent zuckte zusammen. »Kannst du bitte in die Küche gehen und fragen, ob ich warme Milch zum Kaffee haben könnte?«

Fischer malmte die Kiefer, tat aber wie befohlen.

Esther neigte den Kopf Richtung Wilhelm, fragend, wie ihm schien.

»Es ist ihm unangenehm, dass …«, er schluckte, »in seiner elterlichen Wohnung kein Platz für ein Klavier war.« Eine ganz schlechte Lüge. »Am besten, man spricht ihn nie darauf an.« Er wandte sich zu Lukaschek und sah ihn intensiv an. Der riss die Augen auf und schüttelte schnell, kaum merklich den Kopf. Na, hoffentlich hielt er sich daran.

»Verstehe.« Esther ließ den Blick über das Möbelpotpourri gleiten. »Seit wir untervermieten und mein Arbeitszimmer, das Musikzimmer, die Bibliothek und das Esszimmer hier leider zusammenrücken mussten, beschwere ich mich auch manchmal über die Beengtheit. Aber man vergisst immer wieder, dass man im Grunde keinen Grund zur Klage hat.« Sie lächelte zuerst Lukaschek und dann Wilhelm an. »Ich habe vollstes Verständnis, dass Ihr Kollege leichten Neid verspürt, weil hier überhaupt ein Klavier steht.«

Wilhelm lächelte zurück, verbeugte sich dankend. Das war gerade noch gut gegangen.

»Die warme Milch kommt, Chef, wie befohlen«, polterte Fischer zurück in den Raum.

Wilhelm stellte sich mit dem Rücken zu Esther Blau und blitzte ihn an. Fischer senkte den Blick und nickte ergeben.

»Guten Tag.«

Wilhelm durchzuckte es, wie jedes Mal, wenn jemand nicht mit »Grüß Gott« grüßte. Er drehte sich um und sah sich einem dunkelhaarigen, mindestens einen Meter neunzig großen Mann gegenüber, der für seine zwanzig Jahre viel zu trainiert wirkte. Wilhelm hatte sich Ruderer immer schmal vorgestellt – wohl ein nie hinterfragtes Klischee, denn auch Fischer war muskelbepackt, jedoch nicht so mächtig wie Arthur Blau. Ansonsten war der Bursch von angenehmer Durchschnittlichkeit, zu der lediglich seine großen braunen Augen nicht passten. Sie gaben ihm das Flair eines sanften Märtyrers.

Man stellte einander vor, setzte sich, nahm den anscheinend vorbereiteten Kaffee vom Dienstmädchen entgegen, der übrigens vorzüglich war, und wechselte Blicke.

»LIA?«, schnarrte Fischer und grinste wie ein Höllenhund.

»Und Sie sind bei den Friesen. Ich hab Sie schon einmal gesehen.« Hinter dem Sanften loderte Hass auf.

»Was dagegen einzuwenden, Bürscherl?«

»Wie sprechen Sie mit meinem Sohn, Herr Fischer!«

»Ist in Ordnung, Mama. Die Friesen vertragen es nur nicht in ihrer … gestählten Volksehre, dass immer wir gewinnen und sie nicht.«

Esther Blau sah Fischer von schräg unten an. »Verstehe.« Und Wilhelm hatte den Verdacht, dass seine Notlüge von vorhin gerade in hunderttausend Einzelteile zerbarst.

»Das denke ich nicht.« Fischer bedachte sie mit einer erhobenen Augenbraue. »So kleinlich sind wir nicht. Und mit Volksehre hat das schon gar nichts zu tun.«

»Vielleicht plaudert ihr das einmal bei einem Bier beim Hofbauer draußen aus, hm?«, schlug Lukaschek mit Unschuldsmiene vor.

»Gute Idee«, knurrte Wilhelm. Unwillkürlich stieg vor seinem geistigen Auge das Bild dieses Gasthauses an der Alten Donau auf, in dem bei einer Massenschlägerei ein baumlanger Blau einen mittelgroßen Fischer in den Boden rammte. Ein tröstliches Bild.

Sie tranken.

»Um was geht es konkret?«, eröffnete Esther Blau das offizielle Gespräch.

Wilhelm stellte die Kaffeetasse ab. »Ich möchte Sie darauf hinweisen, gnädige Frau, dass Sie das, was hier in diesem Raum gesprochen wird, auf keinen Fall verwenden dürfen. Sie sind Betroffene und Zeugin.«

»Ich bin Chronik-Journalistin.«

»In zweiter Linie.«

»Mama, bitte.«

Sie tätschelte die Hand ihres Sohnes. »Keine Sorge. Ich werde mich schon mit den Herren einigen. Und mit dir. – Also? Worum geht es?«

»Um Harald«, flüsterte Arthur.

»Das weißt du?«, fragte Fischer. Er klang alarmiert und erleichtert zugleich, denn er hatte Wilhelms Idee, die anderen von der Liste zu warnen, äußerst trefflich gefunden und höchstpersönlich Berner von der nächsten Telefonzelle aus instruiert. Das war gerade erst vor zwanzig Minuten gewesen.

»Das ganze Tohuwabohu gestern.« Arthur Blau nahm einen Schluck Kaffee. »Ich bin hin und hab's irgendwie mitbekommen. Und heute ist es ja schon in allen Zeitungen und im Radio.«

»Und was fallt dir dazu ein, Bürscherl?«

Arthur sah Fischer an. »Was soll mir dazu einfallen?«

»Na, des is doch a Haberer von dir!«

Wilhelm drückte Fischer eins von den mitservierten Butterkeksen in die Hand. »Mein … Assistent meint, dass wir deswegen auch da sind. Sie sind beide beim VSStÖ. Gemeinsam mit ein paar anderen eine eingeschworene Partie.«

»Du bist was?«, kiekste Esther Blau.

Arthur blitzte sie an. »Was ist daran so schlimm? Du wählst doch selber die Roten!«

Esther nahm mechanisch ein Keks und knabberte. »Nichts, nichts, mein Liebling, außer dass ich von Mitgliedschaften nicht sehr viel halte. Aber warum hast du mir das nie gesagt?«

Arthur zuckte mit den Schultern. Das bedeutete Familienplenum beim Abendessen. Denn offensichtlich hatte sich ein Jungmann etwas Freiraum schaufeln wollen.

»Wenn ich zum Thema zurückkehren dürfte?« Esther nickte hoheitsvoll, und Wilhelm wandte sich an Arthur. »Wir haben erfahren, dass Sie Harald Porony besser gekannt haben. Wissen Sie irgendwas, das erklären könnte, warum ihn jemand umbringen hat wollen?«

Kopfschütteln. Immer dieses lapidare, langweilige Kopfschütteln.

»Wir haben uns nur bei den Versammlungen gesehen. Ich weiß nichts über ihn, gar nichts.«

»Das glaube ich Ihnen nicht. In Ihrem Alter weiß man immer etwas über die anderen. Weil man redet. Was man daheim nicht reden kann.«

»Wir nicht.« Keks in den Mund.

Lukaschek nahm sich eine Handvoll. »Hat es was mit den Persern zu tun?« Er lernte immer schnell.

Arthur schreckte auf. »Mit den Persern?«

»Mit den Persern?«, echote Esther. »Worin bist du verwickelt, Arthur?«

»In gar nichts, Mama. In gar nichts. Wir protestieren nur. Gegen den Schah. Demnächst. In Salzburg.«

Sie sah ihm lange in die Augen und kramte dann aus der Rosenholzschachtel am Tisch eine Zigarette, die sie sich befeuerte, bevor Wilhelm auch nur daran gedacht hatte. »Gegen den Schah. Du Kind, du.«

Er bäumte sich auf. »Es geht nicht um Farah Diba. Sie ist nichts. Er ist ein Monster.«

»Sie ist nicht *nichts*, sie setzt sich für die Frauenrechte ein und ... Nun, lassen wir das. Aber er ist schon gar nicht nichts, mein Sohn. Er rettet das Land.«

»Mama! Er ist ein –«

»Fortschrittlicher, charmanter, kluger, weltgewandter, vorausblickender Mann. Und wenn du und deine Freunde euch diesem Pöbel anschließt, der seine Abdankung fordert, dann seid ihr nichts anderes als dumme Kinder.«

Blitzen auf seiner Seite, Blitzen auf ihrer Seite. Dann ein eleganter Zug an der Zigarette.

Wilhelm zündete sich selbst eine an. »Auch wenn ich mich wiederhole ... Könnten wir zum Thema zurückkehren?«

»Ein ... Gesinnungsgenosse von Arthur ist also zu Tode gekommen. Und Sie möchten wissen, ob mein Sohn irgendetwas weiß«, eröffnete Esther die zweite Runde. »Nun, Arthur?«

Wiederum Kopfschütteln.

»Und was fällt Ihnen zu Peter Pressmeier ein?«

Arthur verschüttete seinen Kaffee. »Wieso?«

»Weil er auch gmacht worden ist«, keifte Fischer.

Esther hob die Handflächen. »Moment, Moment. Sie befragen gerade eben meinen Sohn zu *zwei* gewaltsamen Todesfällen?«

»Richtig, gnädige Frau.« Wilhelm schenkte ihr sein charmantestes Lächeln.

»Der Petzi? Wieso der Petzi?«, jammerte es von Arthurs Sessel.

Fischer tätschelte ihm den Oberschenkel. »Wenn ich deine Frage und unser Gespräch bislang so vor mich hin analysiere, wird mir klar, dass du dich über den Tod von Porony weniger wunderst als über den von Pressmeier. Warum?«

Bissel blöd formuliert, aber richtig gefragt. Wilhelm stieß einen Rauchkringel aus und betrachtete durch ebendiesen den jungen Mann.

Arthur wippte mit dem mächtigen Oberkörper vor und zurück. »Kriegler. Der Porony hat Brösel mit dem Kriegler. Alfred. Ein Nazi. Mieser Kerl.« Er deutete mit dem Kinn über seine Schulter. »Wohnt dahinten in der –«

»Wissen wir alles schon«, schnauzte Fischer.

»Wahrscheinlich persönlich. Sie sind doch sicher ein guter Freund von ihm, oder?«, ätzte Arthur zurück.

»Wer sagt, dass des a Freund von mir is?«, bellte Fischer.

Wilhelm schlug mit der Hand auf den Tisch. Der Deckel von der Zuckerdose fiel hinunter. »Können wir diese Streitigkeiten zwischen ... Ruderclubs jetzt bitte beiseitelassen?«

»Da bin ich ganz der Meinung des werten Herrn Chefinspektors«, assistierte Esther Blau.

Sie tranken.

»Herr Blau, können Sie sich vorstellen, was die beiden gemeinsam haben, dass sie Opfer eines Gewaltverbrechens geworden sind?«, eröffnete Lukaschek die dritte Runde.

»Zufall?«

Fischer sprang auf, hob einen Arm, verharrte und nützte dann diesen Arm für eine Drehung in den Raum. »Verarsch uns net, Bürscherl.«

Wilhelm nahm nun seinerseits ein Keks und rieb es zwischen den Fingern. »Was wissen Sie zum Beispiel über die Rauferei, die Porony, Pressmeier, Horowitz und Wagner vor einem halben Jahr miteinander hatten?«

»Rauferei?« Unschuldiger Augenaufschlag. »Ich weiß von keiner Rauferei.«

Das konnte er leicht behaupten, denn laut Protokoll war er ja nicht dabei gewesen. Aber der Bursche mauerte, da war sich Wilhelm sicher.

»Arthur, du weißt doch was, das sehe ich dir an.«

Als Polizist schätzte Wilhelm in den Rücken fallende Mütter, als Sohn würde er sie jetzt hassen.

Prompt verkrallte Arthur die Hände ineinander. »Da irrst du dich, Mama.« Er schaute Wilhelm an. »Ich kenne meine

Kollegen wirklich nicht besonders gut. Ich mach für sie Übersetzungen, wenn was von den französischen Genossen kommt, kläre Behördenwege, aber ich bin nicht ... im Kern der Truppe. Tut mir leid, ich kann Ihnen nicht helfen.« Er stand auf und ging zur Tür.

»Moment!«, rief Lukaschek. »Wir brauchen noch Ihr Alibi!«

Während Arthur Blau minutiös erklärte, wie er an beiden Tagen, wie für einen Ruderer üblich, zeitig in der Früh in einen Athleticclub zum Trainieren gegangen war, flüchtete sich Esther Blau zum Fenster und dämpfte währenddessen ein ums andere Mal die Zigarette im Aschenbecher auf ihrer Hand aus.

Wilhelm folgte ihr. »Gnädige Frau, ich habe das vorhin ernst gemeint. Nichts von all dem, was wir hier gesprochen haben, möchte ich heute Abend in der Zeitung lesen. Auch nicht morgen oder sonst irgendwann, bevor wir es freigegeben haben.«

»Sie können mir aber nicht verbieten, mich dafür zu interessieren.«

»Vielleicht sollten wir ein Geschäft machen?«

Sie lachte auf. »Die berühmte exklusive Geschichte, die ich bekomme, wenn ich Ihnen meine Ergebnisse frei Haus liefere? Sicher.«

»Ich halte für gewöhnlich mein Wort.«

Sie wandte sich ihm zu und sah ihm in die Augen. Sehr eindringlich und viel zu lange. »Das glaube ich Ihnen sogar.«

6

Sie irrten geschlagene fünf Minuten umher, bis sie die richtige Stiege fanden. Die Wohnung lag im dritten Stock eines Gemeindebaus aus der Vorkriegszeit, also kein Aufzug. Die Bewegung tat ihnen nicht schlecht, nachdem sie noch geschwind am Nußdorfer Gürtel bei einem Würstelstand haltgemacht hatten, weil sonst Lukaschek, wie er glaubhaft mit sturem Stehenbleiben vermitteln hatte können, in den Streik getreten wäre, denn zwei Tage ohne Essen – den Leberkäs am Vormittag hatte er bereits verdrängt – waren für ihn menschenunwürdige Arbeitsbedingungen und somit eine Sache der Gewerkschaft. Diesbezüglich kannte er keinen Spaß.

Berner hatte sie avisiert, und so öffnete ihnen gleich nach dem ersten Klingeln eine Frau in Bluse und – Wilhelm traute seinen Augen nicht – Hose sowie mit kurzen, brünetten, toupierten Haaren die Tür. Die Augen waren passend zur Kleidung schwarz und hellgrün geschminkt. Knabenhafte Figur. Von Hausmütterchen hatte Wilhelm normalerweise ein anderes Bild.

Sie zwängten sich durch einen für einen Gemeindebau üblichen, viel zu schmalen Gang und wurden gebeten, in einem sehr kleinen Wohnzimmer Platz zu nehmen. Es handelte sich um eine Sitzgruppe aus schwarzem Kunstleder mit einem kleinen schwarzen Tisch, die den ganzen Raum auszufüllen schien. In einer Auslage hätte Wilhelm dieselbe bewundert, denn sie war eine erstaunlich elegante Version von modernen Möbeln, aber nun in der praktischen Nutzung hasste er sie, denn sie waren so entsetzlich niedrig. Wenn man nicht gerade flirtete oder sich mit dem zehnten Cocktail in einen Glückszustand soff, kämpfte man ständig um eine halbwegs würdige Sitzhaltung.

Dementsprechend saß Lieselotte Pressmeier auch nur am Rand des Sessels. »Was hat er wieder angestellt?«

»Wieder, gnädige Frau?« Berner hatte bislang nichts Belastendes ausgegraben.

»Ich weiß, dass Sie offiziell nichts wissen dürfen, aber wir können ruhig offen sprechen. Mir wäre es ja lieber gewesen, mein Mann hätte seine Verbindungen nicht spielen und Peter reinrasseln lassen. Wenn er einmal die Konsequenzen für sein Tun spürt, dann wird er vielleicht munter und hört mit dem Mist auf.«

»Welchem Mist?« Lukaschek.

Pressmeier seufzte. »Ach, immer dasselbe mit euch … Polizisten. Nur nichts sagen, immer schön die anderen reden lassen.« Sie schlug mit den Händen auf ihre Oberschenkel. »Also gut. Mit diesem politischen Mist, mit diesem Ich-werde-nun-ein-Mann-Mist. Er soll auf sein Studium schauen! Ich wäre froh, wenn ich meins zu Ende hätte bringen können. Aber da haben die Männer ja Krieg spielen müssen.«

Wilhelm rechnete kurz nach. Peter war vierundzwanzig … gewesen, also Einundvierziger- oder Vierziger-Jahrgang. Sie hatte studiert, sicher schon zwei Jahre vor Kriegsbeginn … siebenunddreißig minus achtzehn … Peters Mutter sah mindestens um zehn Jahre jünger aus.

Bald würde sie das nicht mehr tun.

Und um den »Mist« würden sie sich später kümmern.

»Frau Pressmeier …«

Sie straffte sich. »Nein! Ist er schwer verletzt?«

»Es tut mir leid, Ihr Sohn –«

Sie hob die Hand und ging zur Tür, lauschte in den Gang, schloss die Tür behutsam. Lehnte den Kopf dagegen. »Was?«

»Wurde heute tot aufgefunden. Fremdverschulden.«

Sie blieb lehnen. Erst nach einer Unendlichkeit schlich sie zu einem ebenfalls schwarzen Kasten an der Wand, der sich als kombinierte Musikanlage und Bar herausstellte. Sie goss sich Wodka ein und kippte ihn hinunter. Starrte offenbar auf die Wand, an der ein Kunstdruck von einem modernen Gemälde hing. Expressionistisch. Eine südländische Stadt mit einer Frau im Vordergrund, die dem Betrachter den Rücken zukehrte.

»War es Porony?«

Wilhelm schreckte aus seiner Betrachtung der Parallelität auf und wechselte mit seinen Männern einen Blick. »Porony?«

Sie schnellte herum. »Hören Sie mit den dummen Gegenfragen auf!« Ihre Augen waren schwarze Löcher. Stille Tränen hatten ihr Werk getan. Und sie sah nun so alt aus, wie sie war.

Wilhelm wuchtete sich in die Höhe und ging auf sie zu. »Gnädige Frau, wollen Sie sich nicht vielleicht …?«

»Ich *weiß*, wann ich mich setzen will.« Pressmeier goss sich den nächsten Wodka ein und kippte ihn. Abgewandt murmelte sie: »Entschuldigen Sie mich bitte. Ich bin gleich wieder da.« Sie ging eilig zur Tür, lauschte, schlüpfte über den Gang in das Badezimmer. Wasserrauschen.

Im nächsten Moment huschte die jüngere Ausgabe der Mutter herein – knabenhaft, Hose, Bluse. Die markanteste Unterscheidung waren die schulterlangen Haare mit Mittelscheitel und das ungeschminkte Gesicht, das sehr hübsch war, wie jenes der Mutter. Der Sohn war wohl dem Vater nachgeraten.

Sie sah sich zum Bad um und fragte: »Was ist mit Peter?«

»Gnädiges Fräulein, ich denke, Ihre Mutter wird nach unserem Besuch –«

»Es ist ihm was passiert.« Sie verschränkte die Arme. »Ich weiß das, er hätte nie vergessen, mich von der Schule abzuholen. Wir wollten uns nämlich die neue …«

Aus dem Bad wurden Geräusche von Erbrechen hörbar.

Mit großen Augen wandte sich das Mädchen ihnen wieder zu. »Er ist tot?«

Wilhelm fühlte sich in die Ecke gedrängt. Lügen wäre irgendwie respektlos, aber das Übermitteln einer traurigen Mitteilung eigentlich die Aufgabe der …

Fischer stand auf. »Kommen Sie doch bitte herein, Fräulein …?«

»Margot.« Sie folgte seiner Aufforderung und stellte sich ihnen gegenüber.

Fischer verschränkte die Hände hinter dem Rücken. »Es tut uns leid, ja.«

Sie sahen einander lange an. Wilhelm verstand keine Silbe des Schweigens. Ihm wurde nur wieder einmal klar, dass man offensichtlich besser mit Kindern – Jugendlichen – umgehen konnte, wenn man wie Fischer oder Lukaschek selber welche hatte. Da half auch die ganze Patenonkelspielerei nichts, die er selbst mit Alois' Kindern betrieb.

Fischer setzte sich und bedeutete Peters Schwester mit einer Handbewegung, dies ebenfalls zu tun.

Margot klemmte die Hände zwischen die Knie und schluchzte. Na wunderbar, jetzt hatten sie zwei Frauen, die außer Gefecht waren. Wilhelm sah sich um. Weit und breit kein Tischfeuerzeug, kein Aschenbecher. Er verkniff sich die Frage um Raucherlaubnis. Sie mussten für relevante Informationen wohl zurückkehren, wenn der Vater am Abend daheim war. Er sah zu Fischer und formulierte ein lautloses »Gut gemacht!«, der öffnete leicht die Handflächen und formulierte »Was?« zurück.

Margot kramte aus ihrer Hose ein Taschentuch und schnäuzte sich lautstark, wischte sich die Augen. »Peter hat in letzter Zeit oft mit dem Harald gestritten.« Sie sah sie an. »Das ist einer vom Studentenverband. Die kennen sich schon ewig.«

Hier hatte man offenbar bislang auch weder Zeitung gelesen noch Radio gehört. Man konnte sich tatsächlich nicht auf eine etwaige Buschtrommel verlassen. Wie gut, dass Berner gerade reihum telefonierte. Doch die Uninformiertheit der Damen war in diesem Fall von Vorteil, er würde den Bericht über Poronys Tod noch ein wenig hintenanstellen. »Und warum?«

Sie ließ die Hand aufflattern. »Keine Ahnung. Er hat immer nur gesagt, das geht kleine Mädchen nichts an.« Schwaches Lächeln. »Er war wegen irgendwas stinksauer auf den Harald. Und ich habe ihn gefragt: Warum triffst du dich dann noch mit ihm? Und da hat er gesagt, dass er sein Freund ist. Und Freunde streiten eben manchmal. Seit einem halben Jahr ungefähr war das so.« Sie klemmte wieder die Hände zwischen die Knie und atmete tief durch. »Er hat überhaupt nicht mehr gern zu den Versammlungen gehen mögen.« Sie weinte erneut.

Das Wasserrauschen hörte auf. Margots Blick flog zum Gang, zu ihnen zurück. »Wie ... ich meine, wann ...?«

Die Badezimmertür ging auf. Lieselotte Pressmeier kam vollkommen restauriert zurück. Sie erblickte ihre Tochter.

»Das hätte ich mir denken können.« Sie setzte sich neben Margot und legte ihr den Arm um die Schultern. »Gut, dann hören wir es uns gemeinsam an.« Sie küsste sie auf die Stirn. »Oder bin ich mittlerweile die einzige Unwissende?«

Wilhelm nickte Lukaschek zu.

»Er wurde heute früh so gegen sieben Uhr im Prater aufgefunden. Wissen Sie, was er da wollte?«

»Im Prater? Um diese Zeit?« Die Frage Pressmeiers war Antwort genug. »Ich hab angenommen, dass er wieder einmal bei Inge übernachtet hat, seiner Freundin«, es blitzte aus ihren Augen, »verbotenerweise natürlich! Ich verstehe ja ihre Eltern nicht, dass die das durchgehen lassen, ich muss wirklich noch einmal mit denen reden.«

Würde ich nicht tun. Wilhelm tat sich absolut schwer damit, diesen wirklich unattraktiven Burschen mit dem Begriff Freundin in Einklang zu bringen. Seine Mutter sollte über diesen Glücksfall froh sein. Gewesen sein.

Ihr Gesicht zog sich zusammen. »Oder bei Dieter. Die jungen Burschen, die haben immer so viel zu –«

»Holzer?«, fragte Wilhelm. »Dieter Holzer?«

»Ja, warum?«

»Er war doch der beste Freund von Harald Porony. Und Ihr erster Verdacht fiel auf ebenjenen. Wieso eigentlich? Nur wegen einer Streiterei bringt man ja nicht gleich einen Freund oder Genossen um.«

Lieselotte Pressmeier zog den Arm von ihrer Tochter Schulter und klemmte die Hände zwischen die Knie wie ebendiese. »Nicht nur Streiterei. Er hat gesagt, dass der Harald ein schlechter Mensch ist. Aber dass er es ihm zeigen wird. Schluss mit Studium und Karriere. Und ich hab gesagt, lass die Finger von denen, da hast du keine Chance. Gib eine Ruh. Was immer es auch ist. Denn das wollte er mir partout nicht verraten.«

»Er hat immer nur gesagt«, setzte Margot fort, »dass es sinnlos ist, für eine bessere Welt zu kämpfen, wenn die Menschen, die dafür kämpfen, schlecht sind.«

Wilhelm bemerkte die Packung Zigaretten in seiner Hand und steckte sie wieder ein. Die Tochter hatte davon gesprochen, dass sie seit einem halben Jahr zerstritten waren. Diese Prügelei. Sie mussten herausfinden, was der Grund dafür gewesen war.

»Harald Porony ist ebenfalls tot«, erklärte Fischer. »Der Leichenfund gestern im Stadtpark.«

Die beiden Frauen starrten sie drei an.

»Und es scheint derselbe Täter zu sein«, ergänzte Wilhelm. »Sicher sind wir noch nicht, aber alles deutet darauf hin.«

Lieselotte Pressmeier schüttelte den Kopf, immer wieder.

»Es tut mir leid, aber ich muss Sie das fragen: Wo war Peter gestern Morgen zwischen sechs und sieben Uhr?«, fragte Lukaschek, den Stift im Anschlag.

Die Mutter fuhrwerkte mit den Händen. »Wieso sollte Peter …? Das ist doch unlogisch. Ich meine … ich verstehe das alles nicht.« Sie sank in sich zusammen.

Die Tochter kaute am Daumennagel. »Er hat mir eine Eierspeis gemacht. Als Belohnung für meinen Einser in Mathik am Vortag.« Sie schien in Gedanken ganz woanders zu sein.

Wilhelm beugte sich vor. »Wir müssten dann auch noch Ihren Mann sprechen.«

Pressmeier nickte, schreckte auf und schlug die Hände vors Gesicht. Ihre Schultern zuckten, aber kein Ton war zu hören. Margot umschlang sie.

»Dann wäre da auch noch Peters Zimmer«, versuchte es Fischer.

Pressmeier wedelte mit der Hand. Also standen sie auf und begutachteten die Wohnung. Gegenüber dem Zimmer eine enge Küche, daneben das Bad und das Klo, ebenfalls eine Spur zu klein, wie meistens in diesen Gemeindebauten, aber wenigstens vorhanden, anschließend ein Schlafzimmer und gegenüber, also neben dem Wohnzimmer, eine Art Kabinett. In dem ohnehin schmalen Raum war eine Holzwand aufgestellt. Jeweils an der Wand standen schmale Betten, gegenüber und an der Eingangsseite bot ein selbst gebastelter Verbau unfassbar viel Platz für die Dinge, die Jugendliche eben so benötigten, wie Lernunterlagen, Bücher und Kleidung, jeweils ein kleines Transistorradio. Die Überzüge beider Betten waren weiß, nur die Poster an den Wänden informierten, dass Margot wohl links beheimatet war, denn da strahlten die Beatles, und rechts Peter, der sich mit Brigitte Bardot in den Schlaf geträumt hatte.

Wilhelm stellte sich in den Türrahmen, um nicht im Weg zu stehen, Fischer und Lukaschek gingen ans Werk. Zum Vorschein kamen ein paar Kondome, versteckt in einem kleinen Krug voll mit Ein-Schilling-Münzen, im Hohlraum der Spardose ein seidenes Damenhöschen, was Fischer anerkennend mit der Zunge schnalzen ließ, und zwischen den Studienunterlagen Flugzettel zur geplanten Schah-Demo in Salzburg.

»Warum haben die eigentlich net gleich in Wien zugschlagen?«, sinnierte Lukaschek. »Wär doch a schöner Kontrast gewesen zu di Perser mit ihrem Willkommensbanner.«

Fischer hob die Matratze. Nichts.

»Fotos. Vielleicht hat er Fotos von dieser Geschichte an der Alten Donau. Da oben habts noch nicht geschaut.«

Die beiden seufzten und kramten in dem Verbau oberhalb der Eingangstür.

Fischer zog ein Album heraus und schlug es auf. »Unser Peter ist ein ganz ein ordentlicher. Sogar gepickt, nicht nur gesteckt.«

Wilhelm nahm es entgegen und hielt es so, dass die beiden anderen mitschauen konnten. Zuerst vier vergilbte Stücke in Schwarz-Weiß, anscheinend die Großeltern mit den Eltern als Babys. Dann Kindheitsfotos von ihm selbst, Margot und einem älteren Buben, wohl dem Bruder, der wie der Vater bei der Zentralsparkassa arbeitete. Alle drei jeweils im Erstkommunionsgewand. Ein Familienfoto an einem Strand – sicherlich Jesolo oder ein anderer Badeort an der Adria. Dann Firmungsfotos, das erste Moped des älteren Bruders, zwei Maturabilder, ein hübsches blondes Mädchen – »Wahrscheinlich diese Inge«, kommentierte Lukaschek – und Peter mit Porony, Holzer sowie einem Unbekannten bei einem Aufmarsch zum ersten Mai. Aus.

»Da sind vier raue Stellen«, merkte Lukaschek an. »Da fehlt eins.«

»Des is jetzt aber net wahr«, jammerte Fischer. Er trat gegen den Verbau an der Längswand. »Ha! Vielleicht wie im Film.« Er klopfte die Wand ab.

»Was wird das?«, sprach Wilhelm seine Verwunderung aus.

»Hohlraum.« Er klopfte und klopfte, aber nirgends klang es verdächtig. Auch Drücken und Zerren ergaben nichts. »Ich glaub nicht, dass da nix ist. Die sind beide tot. Irgendeine Scheiße war da ordentlich am Dampfen, so viel hamma schon mitgekriegt. Da muss irgendwo was sein.«

Lukaschek schob ihn zur Seite und öffnete das Fenster, beugte sich hinaus, zog an etwas und präsentierte ihnen mit breitem Grinsen eine Metallkiste an einem dünnen Strick. »Mein Bastl hat so letztes Jahr seine Zuckerln versteckt.«

Er leerte sie auf dem Bett aus. Es waren Briefe auf zartrosa Papier. Wilhelm entfaltete einen. »Englisch.« Er suchte die Unterschrift. »Wenn ich das richtig entziffere, von Shirin.«

»Einer Schleiermamsell?« Fischer starrte ihn entgeistert an.

7

Sie mussten in der Kanzlei Bitterberg & Sohn erst gar nicht nach Inge Weidner fragen, Peter Pressmeiers Freundin strahlte ihnen am Empfangstisch entgegen, wie das Namensschild mitteilte. Als Wilhelm seine Kokarde zückte, erstarb das Lächeln. Sie blickte sich um. »In einer Viertelstunde habe ich Kaffeepause. Da treffen wir uns unten im Innenhof.« Sie sagte das mit einer derartigen Bestimmtheit, dass Wilhelm davon absah, auf ein Sofort zu insistieren.

Also trabten sie hinunter und machten es sich im Windfang vom gegenüberliegenden Stiegenaufgang gemütlich. Immerhin hatte es zu schneien aufgehört, aber es war nach wie vor unwirtlich feucht. Wilhelm zündete sich eine Zigarette an, Fischer und Lukaschek folgten seinem Beispiel.

»Ich kann ma die junge Dame schon jetzt so richtig im Gericht vorstellen. Bei dem Ton«, sinnierte Lukaschek.

»I mag des jetzt gar net«, quengelte Fischer. »Zuerst sagen wir ihr, dass ihr Freund hinüber is, und dann, dass der was daneben rennen ghabt hat. Net schön, gar net schön.«

»Seit wann so sensibel, Siggi?« Wilhelm stieß ihn in die Seite.

»Des is sowieso für Arsch und Friedrich. Die wird zsammbrechn und uns gar nichts sagen können!«, lamentierte der weiter.

»Wart mas ab, wart mas ab.« Eine Aussage dieses Schutzhausstammgastes Brunner ging ihm seit dem Auffinden der Briefe nicht mehr aus dem Kopf: spazierendes Liebespärchen. Und der einzelne Mann mit gesenktem Kopf, den die alte Fetter gesehen haben wollte. War es eine Eifersuchtsgeschichte? Aber warum dann Porony?

Er drehte sich zu Fischer. »Damit du abgelenkt bist – geh, hupf über die Straßen ins Schottenring und ruf beim Berner an. Ob er schon alle erreicht hat und ob die von der Spurensicherung schon was haben. Und was der Waller so meint. Ob's wirklich derselbe Täter war.« Fischer startete blitzschnell los. »Aber net dass du dich mir da auf einen Kaffee niederlasst. Wir amtshandeln hier gleich!«

Fischer winkte ihnen über die Schulter zu.

»Den sehen wir nimma vor einer halben Stunde«, kommentierte Lukaschek.

»Macht nix, das andere ist auch wichtig.« Wilhelm spürte seinen Kopf nicht mehr, dafür seine Füße, das Kreuz und Müdigkeit. Er lechzte seit mindestens sechs Stunden nach einem Reparaturseidel. Er hatte genug für heute. Zwei Termine mussten sie noch abdienen, Inge Weidner und nochmals Dieter Holzer, und dann wollte er einfach nach Hause auf seine Couch in die von Perle Else hoffentlich bestens vorgewärmte Wohnung, und zwar ohne Umweg ins Sicherheitsbüro. Vielleicht machte er davor noch einen Abstecher in die Stadt Brünn, das Gasthaus, das schon mehr sein Wohnzimmer als jenes daheim war, um sich eine kulinarische Köstlichkeit seiner Lieblingswirtin Wilma kredenzen zu lassen. Aber das war das Höchste an Aufwand.

»Schon wieder Perser«, sagte Lukaschek zum vierten Mal in der letzten halben Stunde.

»Wahrscheinlich. Ich *glaube* nur, dass Shirin persisch ist.«

Die Tür zum Innenhof schwang auf. Inge Weidner hatte die Kaffeepause wohl vorverlegt. Sie trug einen langen Lodenmantel mit Pelzbesatz, eine Pelzmütze und schwarze Stiefel – Wilhelm erinnerte sich an halbhohe schwarze Pumps unter dem Empfangstisch. Sie war eine außerordentlich elegante Erscheinung für ein einundzwanzigjähriges Fräulein, und es schien ihm noch unvorstellbarer, dass sie sich mit einem so unattraktiven Mann wie Peter Pressmeier abgegeben hatte. Sie zertraten beide ihre Zigaretten.

»Sie entschuldigen, aber worum es sich auch immer handelt, es ist nicht günstig für meine Chance, im Mai Anwaltsgehilfin zu werden.« Sie streckte Wilhelm die Hand entgegen.

Er nahm sie und sah ihr direkt in die Augen. »Sehr karrierebewusst.«

»Das ist Frauen heutzutage möglich.« Sie lächelte. »Wenn auch mit Schwierigkeiten. Da brauche ich nicht noch zusätzliche. Worum geht es?« Sie entzog die Hand, steckte beide in jeweils den anderen Ärmel.

»Sie kennen Peter Pressmeier?«

»Ja. Weswegen ist er verhaftet worden?«

»Sie sprechen, als wären Sie seine Anwältin.«

Sie lachte. »Wenn ich das einmal bin, werde ich es sein.«

Irgendwas stimmte da nicht. Wilhelm warf einen Blick zu

Lukaschek. Der hatte die Augen zusammengekniffen, was er immer tat, wenn ihm etwas nicht geheuer war. Also auch.

Wilhelm wandte sich wieder Inge zu. »Es tut mir leid, Ihnen sagen zu müssen, dass Peter Pressmeier tot ist.«

Ihr Lächeln erstarb. Sonst keinerlei Reaktion.

»Wir haben ihn heute Morgen tot aufgefunden. Fremdverschulden.«

Sie senkte den Kopf und atmete heftig. »Und ich dachte, Sie kämen wegen Harald.« Sie sah Wilhelm an. »Dieter hat mich gestern angerufen. Und heute war es ja auch im Radio.«

»Verstehe.« Die Erste, die informiert war.

Ihr Blick irrte umher. »Aber ich nicht. Verdammt, verdammt, verdammt!« Sie drehte sich um die eigene Achse. Erstarrte. Atmete tief durch, wandte sich ihnen wieder zu. Ihre Augen glänzten. »Was ist denn da los? Harald, ja, da war es nur eine Frage der Zeit, wenn man es zynisch betrachtet …«

»Wieso?«

»Na, weil er mit sehr vielen Leuten Zores gehabt hat. Er war kein Guter.«

»Da sagt Dieter Holzer aber was anderes«, warf Lukaschek ein.

Sie runzelte die Stirn. »Der ist … war ihm auch hörig.« Sie befreite ihre Hände und gestikulierte nun wie wild. »Aber Peter, der ist ein Guter. Das ist unlogisch! Wer sollte …?« Sie presste die Augen zusammen. »Und warum beide? Sie haben doch außer dem Verband nichts gemein gehabt!«

Wilhelm fühlte sich schwer irritiert. Kein Schrei, kein Heulkrampf. Und anscheinend merkte man ihm das an, denn Inge schlug die Hand vor den Mund.

»Oh! Ich verstehe. Sie kommen von Lieselotte.«

Wilhelm sah sie nur an.

»Und Sie haben die Briefe von Shirin gefunden.«

»Das wissen Sie?«, entfuhr es Lukaschek.

Inge lächelte und machte einen neckischen Schmollmund. »Ich bin Peters Alibi. Wir sind seit der Tanzschule befreundet.

Mehr nicht.« Sie hob die Handflächen. »Meine Eltern sind auch eingeweiht. Wir leben daheim sehr … entspannt. Und weil Peter manchmal Luft zum Atmen braucht, tun wir so, als wäre er mein Freund. Erst recht, seit ihm Shirin passiert ist.« Sie schloss die Augen. »Wie? Wann?«

»Heute Morgen im Prater«, informierte wieder einmal Lukaschek. »Vor sieben Uhr.«

»Bitte, was hat er da gewollt?«

»Wir haben gehofft, dass Sie uns das sagen könnten.«

Sie schüttelte den Kopf, presste die Lippen zusammen, nahm ein Taschentuch aus ihrem Mantel, entschuldigte sich und wischte sich die Augen.

»War er da vielleicht mit Shirin spazieren?«

Sie lachte auf. »Schwer. Die ist in Persien.«

»Aha, und wie hat er sie dann überhaupt kennengelernt?«

Inge schnäuzte sich dezent, steckte das Taschentuch ein und sah sie wieder mit dem gefassten Blick einer Oberstaatsanwältin an. »Über ihren Bruder Cyrus. Cyrus Kashani. Er ist hier in Wien Student. Sie hat ihn besucht. Da hat es gefunkt zwischen den beiden.«

»Und was hat Peter mit Cyrus zu tun?«

Inge seufzte, bedachte sie mit einem mitleidigen Blick wie eine Mutter ihre begriffsstutzigen Kinder. »Dass die beiden beim VSStÖ sind, wissen Sie aber schon?« Sie nickten beide brav. »Und dass sie sich da sehr für die Sache der Perser engagieren, nicht?«

In der Sekunde wurde Wilhelm bewusst, dass dieses Persönchen sie gerade wie zwei Schulbuben behandelte. »Ich empfehle Ihnen einen angemesseneren Ton.«

»Entschuldigen Sie bitte.« Im Ton genau zwischen Unterwürfigkeit, Selbstbewusstsein und Charmeoffensive. Ein unglaubliches Talent für ihren angestrebten Beruf.

»Wissen wir«, knurrte Lukaschek beinahe so bösartig, wie es Fischer immer tat. »Und das ist also ein besserer Freund von Peter?«

»Nein, er ist sehr … war sehr eng mit Harald. Cyrus ist ein echter Kämpfer. Er würde alles tun, um den Schah loszuwerden. Und das hat Harald gefallen. Er würde ja liebend gern in die Fußstapfen von Che treten, wenn ihm das bloß seine Eltern erlauben würden.« Sie lachte abfällig.

Wilhelm schwirrte der Kopf. Revolution, Liebe, Mord, Freundschaften. »Und warum wissen Sie …?«

Die Tür zum Innenhof schwang auf. Fischer trabte zu ihnen. Er verbeugte sich vor Inge, murmelte »Mein Beileid« und beugte sich zu Wilhelms Ohr. »Dieselben Einstichwunden wie bei Porony. Bei beiden übrigens keine Drogen. Spuren nichts Besonderes, außer dass sie Stummel von A3 gefunden haben. So wie bei einem Busch im Stadtpark. Was aber natürlich noch nichts heißt. Raucht ja a jeder.«

»Unser Kollege Siegfried Fischer«, stellte Wilhelm vor.

Sie reichte Fischer die Hand, er verbeugte sich nochmals. Ja, die junge Frau hatte etwas an sich, das einen die Reste des Edelmannes herauswursteln ließ. Und das sowie ihre Kleidung und ihre Arbeit bei der Kanzlei passten nicht zu allem anderen.

»Liebe Frau Weidner«, Wilhelm bot ihr eine Zigarette an, sie lehnte ab, er zündete sich eine an, »wieso wissen eigentlich Sie so viel über diesen Kreis? Sie wirken so gar nicht nach … wie eine …«

»Revolutionärin.« Sie nickte, sah ihn dann voll an. »Ich teile jede einzelne Einstellung meiner Freunde, auch wenn ich mich in der Öffentlichkeit nicht so zeige. Aber der Kampf wird Schwierigkeiten bringen, und da muss es dann jemanden geben, der den Kämpfern professionell helfen kann. Die Bewegung braucht Anwälte.«

»Verstehe.«

»Ja, jeder an seinem Platz. Wir haben auch jemanden, der eine Druckerei gegründet hat. Wir haben Journalisten. Wir haben auch«, sie lachte auf, »Ärzte. Und natürlich Lehrer. Jeder an seinem Platz.«

Das klang organisiert. Wilhelm war nicht bewusst gewesen,

dass die Studenten so umfassend dachten. Er war immer der Meinung gewesen, dass es sich bloß um ein paar Unzufriedene handelte, ein paar, die gern matschkerten und prinzipiell gegen alle Autoritäten waren. Die musste man im Auge behalten.

Er rollte die Zigarette zwischen den Fingern, sah sich dabei zu. »Und können Sie sich jetzt irgendeinen Grund vorstellen, warum Harald und Peter von ein und demselben Mann ermordet worden sind?« Blitzartig schaute er sie von schräg unten an.

»Keine Ahnung.«

»Hatte vielleicht Harald auch etwas mit Shirin, und Cyrus ist durchgedreht?«

»Harald? Nie!« Sie lachte schon wieder auf.

»Wieso ist das so lustig?«

»Weil Harald schon länger in irgendjemand total verliebt ist. Was er aber niemandem sagt. Ich vermute ja, dass diese Frau den Eltern nicht genehm wäre und er deshalb so eisern schweigt. Er gibt ... gab sich ständig als Weiberer. Eins, zwei, drei, rauf auf den Baum, sonst Harald.« Sie zog die Stirn kraus. »Aber von Peter weiß ich, dass da ernsthaft jemand ist. Und das war nicht ganz friktionsfrei. Was mich nicht wundert. Ich würde ihn ja auch die Peitsche spüren lassen, wenn er mich verleugnet.«

»Gut. Hat es was mit den Persern zu tun? Also mit dem politischen Teil?«

»Wegen ein paar Flugblättern? Wobei ...« Sie knabberte an der Unterlippe. »Harald und Cyrus sind angeblich in letzter Zeit ziemlich viel zusammengesteckt. Aber da müssen Sie bitte Peter ...« Ihre Augen wurden groß, dann tränenvoll. Sie schluckte. »Oder die anderen eben.« Ihre Stimme brach. »Den Horowitz, den Wagner, den Blau oder den Holzer. Fragen Sie die. Dieter kann Ihnen sicher«, sie schluckte erneut, »die ganzen Adressen ...« Sie sah konzentriert zum zweiten Stockwerk. »Sie entschuldigen, aber meine Kaffeepause ist ...«

Inge Weidner wandte sich ab und floh Richtung Haus. An der Tür blieb sie stehen, spreizte die Hände, atmete tief durch, drehte sich um. »Sie werden doch sicher auch mein Alibi benötigen.«

»Für gestern und heute jeweils zwischen sechs und sieben Uhr in der Früh«, informierte Lukaschek eilfertig.

»Frühstück mit meinen Eltern. Ich weiß, sie sind keine idealen Zeugen, aber so war's.« Sie ließ den Kopf hängen und schlich ins Haus.

8

»Mittwoch und Freitag sind die Heimkundentage meiner Mutter. Da stinkt's in der ganzen Wohnung irrsinnig grauslich nach Haarspray.« Dieter Holzer zuckte mit den Schultern.

Sie nahmen Platz und bestellten alle drei jeweils einen großen Schwarzen. Der Tag war bereits lang.

Holzer räumte die Papiere auf die Seite. Soweit Wilhelm erkennen konnte, handelte es sich um Unterlagen zur Wirtschaftstheorie von Adam Smith. Und wenn er sich richtig an seinen eigenen bescheidenen Unterricht im Hause Herberstorff erinnerte, gehörte der zu den Klassikern. Holzer war einundzwanzig, wie Porony. Selbst mit Militärdienst war er mindestens im dritten Semester. Da machte man noch Grundlagen? Nun, was wusste schon ein Nichtwissender.

»Haben Sie schon irgendetwas herausgefunden?« Holzer trank vom kleinen Wasserglas, das neben dem leeren Melangehäferl stand. Danach schien sich der Flüssigkeitsspiegel nicht gesenkt zu haben.

Wilhelm bekam Mitleid. »Dürfen wir Sie auf etwas einladen, wenn wir schon Ihre Zeit in Anspruch nehmen?«

Holzer strahlte auf. »Gern! Ein Cola, bitte.«

Lukaschek orderte es auf seinem Weg zur Toilette.

Wilhelm bot Holzer wieder einmal eine Zigarette an. »Es ist neuerlich etwas passiert.«

»Was? Nein! Die Geschichte im Prater, von der sie gerade im Radio berichtet haben?«

»Genau die. Peter Pressmeier wurde heute früh tot aufgefunden. Fremdverschulden.«

Holzer starrte ihn an, nahm währenddessen mechanisch die Zigarette, ließ sich mechanisch Feuer geben, sog mechanisch. Hielt die Luft an. Hustete. Es klang, als würde jeden Moment seine Lunge am Tisch landen. Die Zigarette fiel ihm aus der Hand, Fischer legte sie am Aschenbecher ab. Dann kam Würgen dazu. Wilhelm bekam nun auch Angst um den Magen des Burschen.

»Wagner«, flüsterte Fischer zu Wilhelm.

»Was ist mit Wagner?«, röchelte Holzer.

»Der hat grad a so heftig reagiert wie du, wie wir ihm gsagt haben, dass der Peter gmacht worden is.« Fischer beugte sich vor. »Was ist da los bei euch?«

Holzer hustete und würgte weiter, aber Wilhelm kam vor, als sei die Attacke bereits abgeflaut und der junge Mann verstecke sich nur dahinter.

Das Cola landete vor seiner Nase. Holzer schenkte sich ein, der Schaum quoll über den Rand, er leckte ihn ab, trank hastig ein Drittel leer.

»So, das Theater wird langsam fad. Redma Tacheles. Was war dein erster Gedanke, wie du vom Mord am Pressmeier gehört hast? Was macht dir so Angst?«

Holzer schnappte sich wieder die Zigarette und produzierte mit leerem Blick Rauchkringel.

Wilhelm klopfte auf den Tisch. »Lieber Herr Holzer, besser, Sie fangen an zu reden, weil sonst sitzen wir morgen noch da, bei den vielen Punkten, die wir zu besprechen haben.«

Holzer richtete die Zigarette gegen ihn. »Ein Freund von mir ist tot. Ein zweiter. Darf ich das vielleicht amal verdauen?«

»Reden hilft dabei. Lenkt ab.«

Lukaschek kam zurück und zückte den Notizblock. »Hab ich schon was versäumt?«

»Ha! Schön wär's!« Fischer beugte sich über den Tisch. »Also, Holzer, wieso die beiden? Was haben die ausgefressn?«

Holzer fixierte seine Zigarette, die er am Aschenbecher rollte. »Nix.«

»Oder ihr alle gemeinsam? Wird's dich als Nächsten erwischen? Den Wagner? Den Horowitz? Den Blau?«

Schulterzucken.

»Was?«

»Ich hab keine Ahnung. Ich … versteh's nicht.« Er trank, dann rollte er wieder.

Wilhelm entschlüpfte ein Seufzer. Ihn beschlich das Gefühl, dass diese Herrschaften nicht nur jugendlich maulfaul waren, sondern etwas verschwiegen. Nun denn. »Lukaschek, wann war der bewusste Tag im September?«

Holzer zuckte zusammen. Wunderbar.

»Das war der Freitag, der Achtzehnte«, referierte sein Assistent.

»Da waren Sie den zweiten Tag an der Alten Donau zelten. Und zwar mit Ihren Freunden Porony, Pressmeier, Wagner und Horowitz, also den engen Kampfgenossen. Und die haben sich derart geprügelt, dass Sie um die Polizei gelaufen sind. Sie haben offensichtlich Angst gehabt, dass das böse enden könnte, denn sonst machen Burschen wie ihr das doch immer unter sich aus.«

Keine Reaktion.

»Was war der Grund für die Prügelei? Wieso ist die Geschichte aus dem Ruder gelaufen? Wer gegen wen?«

»Zu viel Obstler.« Holzer sah ihn an. Sein Gesicht war verschlossen. »Wir … also die, ich tu das ja nicht so, also die anderen, die haben einfach zu viel getrunken. Schnaps. Das haben sie nicht vertragen.« Er verzog die Mundwinkel zu einer Art Lächeln. »Sie wissen ja, wie das ist, da gibt dann ein Wort das andere, und alle sehen nur mehr rot.«

»Du verarschst uns, Holzer!« Fischer packte ihn quer über den Tisch am Hemdkragen.

Das Pärchen vom Nebentisch sah zu ihnen. Wilhelm hielt ihnen die Kokarde vor die Nase. »Alles in Ordnung.«

»Gar nix is in Ordnung«, japste Holzer. »Jetzt kann i mi da herinnen nimma anschauen lassen.«

»Aber geh«, grinste Fischer ihn an, »für euch is a Bahöö mit di Kieberer doch so was wie a Orden.«

Holzer blähte die Nasenflügel.

Wilhelm legte die Hand auf Fischers Schulter. Der ließ los, richtete sich sein Sakko, zupfte ein unsichtbares Flankerl vom Ärmel.

»Es hat keiner wegen Körperverletzung Anzeige erstattet«, brachte Lukaschek Sachlichkeit ins Gespräch. »Warum?«

Holzer sog noch einmal an der Zigarette und dämpfte sie aus. »Wie Sie gesagt haben, Herr Chefinspektor, wir Burschen machen das unter uns aus. Ich hab einfach nur Angst gehabt, dass irgendeiner durchdreht.« Er nahm jetzt nur mehr einen kleinen Schluck, als wolle er das Cola so lange wie möglich genießen.

Diese Partie mauerte wie eine Eisenplatte. Nein, Holzer und Blau mauerten, Wagner mussten sie ja erst dazu befragen. Und dann gab es noch den Rest des Kämpfertrupps wie den Horowitz, den Medizinstudenten, den sie noch gar nicht kannten, oder den Katholikensprössling Tischler. Irgendwer würde schon plaudern, es war nur eine Frage der Zeit.

Wilhelm widmete sich endlich seinem Kaffee, der inzwischen erkaltet war. Seine Kollegen taten es ihm gleich, und auch Holzer nippte.

»Nun denn, dann die zweite Frage: Warum haben Sie uns verschwiegen, dass Harald Porony eine Freundin hatte?«

»Eben deswegen. Weil er sie gehabt *hat*.«

»Da haben wir aber was anderes gehört. Und außerdem wollen wir das selber beurteilen. Also, um wen handelt es sich?«

Schulterzucken.

Wilhelm bemühte seinen Onkel-Doktor-Ton. »Sie waren Haralds bester Freund.«

Holzer blähte wieder die Nasenflügel. Er griff sich an den Hemdkragen, nicht bewusst, dessen war sich Wilhelm sicher, sein Blick kehrte sich nach innen. Bitte, was kam da jetzt? Eine Prostituierte?

»Franziska. Franziska Maurer. Wohnt in der Lenaugasse mit ihrer Freundin, der Kathi. Kathi Ofzarek.«

Das war bei Wilhelm um die Ecke. »Und warum hat er um sie ein Geheimnis gemacht?«

Holzer senkte den Kopf und murmelte etwas in seine Brust.

»Wie bitte?« Am liebsten hätte er ihm gegen das Schienbein getreten. Oder ihn abgewatscht, damit da einmal was weiterging.

Holzer hob den Kopf, seine Augen waren müde. »Weil er sie echt gerngehabt hat. Echt gern.«

»Und es sollt ihm niemand querbraten, oder was?«, ätzte Fischer. »Kein Selbstvertrauen, dein Freund!«

Holzer seufzte. »Geben S' doch an Friedn. Ich red eh schon. Nein, sein Vater war vehement gegen die Franzi. Keine gute Partie. Er hat ihr einmal Geld angeboten, damit sie die Finger vom Harald lasst. Wie in so einem Roman. Der hätt auch noch mehr getan, also haben die zwei beschlossen, dass sie offiziell getrennt sind. Damit s' a Ruh haben.«

»Und was war dem Herrn Porony zu minder? Eine Schneiderin? Oder eine Hutmamsell?« Lukaschek wirkte ernsthaft erbost.

Holzer lachte auf. »Eine Sekretärin. Bei uns auf der Hochschule. Franzi macht die Abendmatura und will einmal Medizin studieren.«

Wilhelm sah sich dem alten Porony noch ein Glas Rotwein über die Frackbrust schütten, nein, eine ganze Flasche. Langsam und genüsslich.

»Was hat der bitte gegen das Fräulein?«, brauste Lukaschek auf. »Das ist doch ganz schön proper, wenn es sogar eine Arbeit auf einer Hochschule bekommen hat!«

»Ja, sie hat sich gut gmacht, auch wenn ihr …«, Holzer

schien in sich hineinzuhorchen, »ihr Cousin die Türen geöffnet hat. Der Alfred Kriegler.«

Kriegler, dieser Nachwuchsnazi? Die Chose entwickelte sich langsam zur umfangreichen Familiengeschichte.

Fischer beugte sich zu Wilhelms Ohr. »Hat der Kriegler net so getan, als kennat er den Harald gar net?«

Wilhelm trank sein Wasser. »Sagen Sie, Herr Holzer, und wer außer Ihnen wusste noch von der Beziehung? Also mit Identitäten und allem?«

»Die Kathi natürlich. Dann der Pressmeier und der Kriegler, weil die haben das irgendwie auf der Hochschule mitgekriegt.«

Kriegler. Dieser verlogene Kriegler. »Und wie begeistert war der Cousin, dass seine Cousine mit einem vom feindlichen Lager herumturtelt?«

Holzer grinste. »Er hat ihm eine gedonnert, der Kriegler dem Harald.«

»Letzten Freitag?«

»Nein, letzten Sommer. Kurz danach haben sie ihre Geschichte ja eh schon geheim gemacht. Das am Freitag war wirklich wegen dem Borodajkewycz.«

Wenn sie nur einen toten Porony hätten, stünde Kriegler jetzt ganz oben auf Wilhelms Liste. Aber Pressmeier passte nicht ins Bild.

Er bestellte noch eine Runde Cola für alle. Fischer und Lukaschek sahen ihn an. Ja, ja, er musste die nächste Stoßrichtung vorgeben.

Er entschuldigte sich auf die Toilette.

Es passte alles hinten und vorne nicht zusammen. Die Pressmeier-Frauen hatten gemeint, Harald sei ein schlechter Mensch gewesen, ebenso Inge Weidner. Jetzt offenbarte sich da eine höchst romantische Liebesgeschichte. Die Prügelei konnte allerdings nicht deswegen stattgefunden haben, denn Wagner und Horowitz wussten nichts davon. Wenn es stimmte, was Holzer sagte. Wobei sich auch die Frage stellte, warum man sich deswegen prügeln sollte.

Wilhelm zupfte den Kamm aus seiner Gesäßtasche und frisierte sich.

Es musste doch etwas mit dieser Schah-Geschichte zu tun haben.

Zurück am Tisch, gönnte er sich in großen Schlucken die Hälfte des Colas. Die Kohlensäure kitzelte ihn munter. »Herr Holzer, seien Sie so nett und erzählen Sie uns bitte noch etwas über Ihre Gesinnungsgenossen. Wer ist in diesem engeren Kreis noch dabei? Bislang haben wir Porony und Sie, dann Blau, Wagner, Pressmeier, Horowitz und Tischler. Und in einer etwas verborgeneren Art Inge Weidner. So weit richtig?«

Nicken.

»Franziska Maurer? Katharina Ofzarek?«

»Franzi nach der Watschengeschichte im Sommer nicht mehr, Kathi manchmal, vor allem, wenn wir feiern.«

»Und?« Fischer wedelte auffordernd mit den Händen. »Die Schwester von Pressmeier vielleicht? Oder sein Bruder?«

Kopfschütteln. »Aber die Sieglinde, die Schwester vom Wagner, die öfters. Die steht schwer hinter der Sache. Das sind aber jetzt alle.«

»Und wie passt Cyrus Kashani ins Bild?«

Holzers Mund wurde schmal. »Der ist quasi unser Verbindungsmann zu den Persern.«

»Und ein enger Freund von Harald.«

Holzers Lippen verschwanden gänzlich. »Sie verstehen sich gut. Also, haben sich gut verstanden.« Er runzelte die Stirn, kniff die Augen zusammen. Die glänzten verdächtig. »Peter ist auch oft mit den beiden herumgelungert.«

»Weil er quasi der Schwager von Cyrus war?«

»Nein, nein, die waren schon vorher gut miteinander.« Er verzog den Mund. »Ich kapier's nicht, ich kapier's einfach nicht. Haben die … irgendwas ausbaldowert, was nicht ganz koscher war? Oder was Gefährliches?« Er drückte die Fäuste gegen die Augen. »Oder hat da generell wer was dagegen, dass wir gegen den Schah sind?« Seine Schultern zuckten.

»Hat der Harald vielleicht auch was mit Shirin Kashani gehabt?«

Er fuhr auf. »Da hätte ihm der Peter die Gogerln abgeschnitten. ’tschuldigung für den Ausdruck.«

9

Auf dem Streifen hinter dem Parlament präsentierte sich eine zimmergroße Stelle ohne jeglichen Fußabdruck. Als wäre sie bis zu diesem Moment abgesperrt gewesen. Der Schnee glitzerte, denn die Wolkendecke war aufgerissen, und der volle Mond tanzte über die Kristalle.

Vollmond. Wenn man alten Mütterchen glaubte, drehten manche Menschen bei ebendiesem durch. Es wäre wunderbar, löste sich der Fall so einfach. Ein lunischer Mensch, der es auf Frühmorgenspaziergänger abgesehen hatte. Folglich müsste nun die Serie bis zum nächsten Vollmond vorbei sein.

Wilhelm tippte mit der Fußspitze in das unberührte Viereck. Kein schöner Abdruck. Er sah sich um. Natürlich waren Menschen unterwegs, aber sie hatten alle das Gesicht tief in die Mantelkrägen gesteckt. Also konnte er. Ganz einfach. Auch als seriöser Chefinspektor.

Er stellte einen Fuß hinein, zog ihn heraus. Ein wunderschöner Abdruck. Er stellte den Fuß wieder genau an die Stelle, machte einen zweiten Schritt, einen dritten, vierten, fünften. Verharrte und begutachtete über die Schulter hinweg seine Spur. Wie gemalt. Er lächelte. Und er ging einfach weiter, spürte bei jedem Auftreten dem Knirschen des Schnees nach. Vielleicht war es dieses Gefühl, Pionier zu sein, das die Zeugen Ehrenhoff und Brunner oder auch Conny mit seinem Jagdspezi so zeitig aufbrechen ließ. Die Welt gehörte einem ganz allein.

Wilhelm sah auf. Ihm in diesem Moment natürlich nicht.

Der J-Wagen bimmelte gerade mit einem ganzen Schippel seiner Artgenossen vorbei und brachte sie in ihr warmes Zuhause in der Vorstadt. Dem sollte er jetzt auch langsam entgegenstreben, wenn er morgen zur Abwechslung wieder einmal ausgeschlafen sein wollte.

Er stapfte zum Ausgangspunkt zurück und betrachtete sein Werk. Es war wie Malerei. Und das Sujet? Lang, am anderen Ende Ausfransungen, querliegende Ausfransungen, wie ein Kreuz, wieder lang zurück in einer Spitze auslaufend. Ein Schwert mit Griff oder auch ein Messer. Na wunderbar, der Fall beschäftigte ihn so sehr, dass er unbewusst den Schnee quasi mit einem Stich entjungfert hatte.

Es war Zeit für ein Bier.

Wilhelm kämpfte sich durch den Kältevorhang in die Stadt Brünn. Frau Wilma, die Wirtin, nickte ihm zu und gab ihrem Mann Otto, der am Zapfhahn stand, Order. Dann zuckte sie in Wilhelms Richtung mit den Augenbrauen. Er nickte seinerseits und musterte den Gastraum. Heute wollte er seine Ruhe, und er hatte Glück, der Tisch im hintersten Eck war frei. Im Vorbeigehen schnappte er sich von der Budel ein paar Zeitungen, erwiderte die Begrüßungen der anderen Stammgäste mit genau jener Mischung aus Vertrautheit und Distanz, die freundlich klarmachte, dass er nicht zum Plaudern gekommen war. Kaum saß er, stand ein Krügel Budweiser vor ihm. »Wohl bekomm's!«

Er liebte es, Stammgast zu sein.

Nach dem ersten großen Schluck, der seinen Körper aufatmen ließ, studierte er die Schlagzeilen. Beim zweiten großen Schluck merkte er, dass er nichts mitbekam. Und er horchte seinen Gedanken nach. Sie lugten um die Ecke, in die Lenaugasse. Vielleicht sollte er nach dem Essen einfach auf einen Sprung bei Franziska Maurer vorbeischauen?

Eine Backerbsensuppe landete auf seinem Tisch. »Guten Appetit.«

Der erste Löffel Suppe bereitete ihm wohliges Kribbeln

im Nacken, der zweite schoss Wärme in den Körper. Es ging doch nichts über eine kräftige Rindsuppe, und zwar eine selbst gemachte. Erst vor zwei Wochen, beim Geburtstagsessen für Rosa, hatte Adele so ein Gschlader aus Würfeln kredenzt, weil es ja so praktisch und das Selberkochen »einfach vollkommen überholt« war. Er fragte sich, wie Alois das aushielt, aber sein bester Freund beschwerte sich nie über die Kochkünste seiner Frau, also schwieg Wilhelm.

Ja, ganz dringend sollten sie Franziska Maurer aufsuchen, sie konnte sicherlich Klarheit über den Charakter von Porony verschaffen – wer, wenn nicht seine Freundin? Wobei sich die Frage stellte, ob das wirklich wichtig war. Pressmeier und Porony schienen außer dem VSStÖ nichts gemeinsam zu haben, nicht einmal Drogen, wie sie jetzt gesichert wussten. Sie waren nicht die typischen engsten Freunde, denen schon einmal eine Blödheit einfiel, für die sie dann büßten. Es musste etwas mit den Persern zu tun haben oder mit Aktionen gegen rechtsradikale Kommilitonen. Irgendwas Politisches eben, denn eine besoffene Prügelei unter jungen Männern war eher ein schwaches Motiv.

Wilhelm konzentrierte sich wieder auf die Suppe und die Abendzeitungen. Der Schah war in ein kleines Eckerl gedrängt worden. Sie machten klarerweise mit dem zweiten Mord auf und hatten auch schon einen Namen für den Täter: Studenten-Killer. Nicht besonders originell, aber treffend. Die Mutmaßungen bezüglich des Motivs reichten von Rache eines Schulabbrechers bis zu einem politischen Hintergrund, denn natürlich hatten die Journalisten bereits herausgefunden, dass die beiden aktive Linke auf der Hochschule von Borodajkewycz gewesen waren. Einer verstieg sich sogar in die Theorie, dass die beiden Opfer, die *beste* Freunde gewesen waren, quasi als Ersatz für den alten Porony umgebracht worden waren, sozusagen ein Warnschuss der Baumafia – der Redakteur hatte wohl zu viel Urlaub in Italien verbracht. Aber immerhin fand Wilhelm nirgends den Namen Esther Blau. Sie hatte sich an ihre Abmachung gehalten.

Diese seltsamen Buchstaben und Ziffern auf dem Zettel bei Porony. Sie mussten morgen dringend nachfragen, ob da schon Entschlüsselungsergebnisse vorlagen. Und er war auch gespannt darauf, was die Recherche zur Sonne mit dem Löwen ergab, die bei Pressmeier gefunden worden war.

Wilhelm schob den leeren Suppenteller zur Seite und blätterte zur Wettervorhersage. Wieder Schneefall. Er musste sich mit den Halbstiefeln anfreunden. Und er würde versuchen, Fischer zu überreden, dass sie mit seinem Privatauto als Dienstwagen fuhren. Dieser Kapitän von Opel bot doch viel mehr Platz. Aber er war Fischers Heiligtum, mühsam vom Mund abgespart und schlussendlich nur durch das Legat einer Großtante ermöglicht, das er bloß für die Besuche bei seiner Tochter und zum Aufreißen von jungen Damen benutzte. Die Verhandlungen würden schwierig werden, sicherlich verlangte er eine Gegenleistung.

Ein Zeigefinger tippte auf den kleinen Nachbericht über den Schah. »Was sagen Sie, dass der Verräter schon wieder bei uns ist? Zum wievielten Mal?«

Wilhelm erkannte den Bass sofort, ließ seinen Blick aber betont langsam die Hand und den Arm hinaufkriechen, bis er jenen des Poeten traf, wie er den Stammgast bei sich nannte – ein Schriftsteller, der ständig schwadronierte. Viel und gern gegen die Juden, auch über seine erotischen Eskapaden. Neben ihm kam sich Wilhelm immer wie ein Klosterschüler vor. *Das* müsste er einmal Elisabeth erzählen, da würde sie ihren Liebling endlich in anderem Licht sehen. Bislang war der Mann für sie nur der größte Romancier seit dem Krieg und unverdienter Unterlegener bei der Nobelpreisvergabe. Danach würde er der armselige Poet sein, der er war. Egal, wie gut er angeblich schreiben konnte.

»Wie meinen?« Inständig hoffte Wilhelm, dass sein brüsker Ton den Poeten dazu brachte, seinen Weg zur Toilette fortzusetzen.

Doch nein, der stellte sich bequem hin und produzierte

einen Rauchkringel. »Na, dieser Eseltreiber. Der sich Kaiser nennt.«

»Was soll ich dazu sagen?« Er faltete die erste Zeitung zusammen.

Der Mann setzte sich ungefragt und packte ihn am Arm. »Was Sie meinen. Das sollen Sie sagen.«

»Er geht bei uns zum Arzt. Sei es ihm gegönnt.« Wilhelm sah auf die Hand, dann dem Mann ins Gesicht.

Der Poet ließ ihn los und meckerte auf. »Sie sind doch Polizist.«

»Ja, aber was hat das damit zu tun?«

»Der Mann ist ein Verbrecher.«

»Ah ja.« Er faltete die zweite Zeitung zusammen.

»Ja, er hat seinen Vater verleugnet, indem er den Thron angenommen hat. Und sein Vater, der war ein Freund von uns.«

»Von uns?«

»Ja, von uns. Von den Deutschen.« Er reckte sich zu Wilhelm. »Der hat mit uns Geschäfte gemacht. Und dann sind die Fischfresser und die Roten gekommen und haben ihn in den Orkus gestoßen.«

Wilhelm spürte, wie ihm heiß wurde. Er hasste diese Übriggebliebenen ganz einfach. »›Mit uns‹ ist lange vorbei, Sie –«

»Nichts ist vorbei.« Der Poet beugte sich zu ihm. Seine Augen waren glasig und seine Ausdünstungen voller Alkohol. »Passen Sie auf, was Sie sagen, und überlegen Sie sich jetzt schon, ob Sie dann nicht auf der richtigen Seite stehen wollen. Bald schon«, er hob den Zeigefinger, »bald schon sind wir wieder an der Macht, denn wir sind bestens organisiert, haben einen bombensicheren Plan, um die Besatzer loszuwerden. Und dann –«

»Österreich ist seit zehn Jahren frei.« Wilhelm grinste ihn an.

»Pah, Österreich. Es geht um das Reich. Und dann, ja, dann brauchen wir gute Polizisten wie Sie.«

»Ich glaube nicht, dass ich den Ansprüchen Ihrer *herrlichen* Gesellschaft genügen werde.« Wilhelm grinste noch breiter.

Der Poet stierte ihn an, stemmte sich in die Höhe und murmelte im Weggehen: »Der Paul hat do recht, du bist a Weh.«

»Wer?«

Er drehte sich um und sah Wilhelm erstaunt an. »Was?« Torkelnd schleppte er sich zur Toilette.

Wilhelm atmete durch. Dieser Mann war beinahe ein Grund, sich ein anders Stammwirtshaus zu suchen, aber nur beinahe, denn glücklicherweise hatte er nur selten mit ihm zu tun. Dieses unsägliche Gefasel von neuerlicher Machtergreifung! Mit Verhaftung nach Paragraf drei hätte er ihm drohen sollen!

Wilhelm trank einen Schluck. Die Auseinandersetzung kreiste in seinem Kopf. Des Poeten Erguss hatte dieses Mal eine andere Qualität gehabt, er selbst hatte von »organisiert« gesprochen. Das klang nach einer Gruppe, die mehr tat, als vom Glanz vergangener Zeiten zu schwärmen. Hm, vielleicht sollte er einmal mit seinem Freund Dolferl von der Staatspolizei darüber reden.

Eiernockerl mit Rote-Rüben-Salat landeten vor seiner Nase. Frau Wilma setzte sich ihm gegenüber. »Und, Herr Inspektor, wie haben wir's heute?« Das Präfix »Chef« brachte sie einfach nicht über die Lippen, denn der war *sie* – als Herrin des Lokals, trotz ihres Mannes, des Hauses, trotz des Nichtbesitzes desselben, und des Grätzels, trotz keinerlei öffentlicher Funktion.

»Frau Wilma, was soll ich sagen? Müde, nass, aber wenigstens bald nicht mehr hungrig.« Er lächelte sie an und begann, die angebrutzelte Köstlichkeit in sich hineinzustopfen.

»Gestern hab ich Sie vermisst.«

»Die Arbeit, die Arbeit. Und dann noch meine Schwester und der Alois.«

»Lieben Gruß an ihn, er soll wieder einmal in die Kirchn gehen. Auch er braucht's.« Das sagte sie regelmäßig, seitdem er einmal mit seinem Freund bei ihr abgesoffen war und sie im wahrsten Sinn des Wortes über Gott und die Welt diskutiert hatten.

»Ich werde es ihm ausrichten.« Wie jedes Mal seine Replik.

»Die Arbeit is ja gerade sehr unschön für Sie, oder?«

»Sie ist nie wirklich schön.«

»Ja, aber bei zwei so jungen Menschen. Denen man das Leben gestohlen hat.«

»Jedem stiehlt man das Leben.«

Sie nahm einen Schluck von ihrem Seidel, das sie sich mitgebracht hatte. »Na geh, Sie verstehn mich doch. Bei jemandem, der schon alles erledigt hat, Frau, Kinder, Haus« – Baum pflanzen, ergänzte Wilhelm wortlos – »ist es nicht mehr gar so schlimm. Aber so junge Burschen wie die beiden …« Sie trank.

Blödes Thema. Ablenken. »Sie haben mir doch letztens erzählt von diesem Komischen im Augarten?« Sie nickte. »So einen hab ich jetzt auch gesehen. Also sogar kennengelernt.«

»Na geh, wirklich? Sie haben sich traut, so einen anzureden?«

»Nein, er ist Zeuge bei einem der beiden.«

»Na, ob der das nicht selber war!«

Gut, Themenwechsel. »Und? Was gibt's sonst so Neues?«

Sie beugte sich vor und hob die rechte Augenbraue. »Ich überleg mir gerade, ob ich nicht vielleicht Essen nach Hause liefern sollte.«

»Wie bitte?«

»Na, zu die Leut in die Wohnungen.«

»Das hab ich schon verstanden. Aber warum denn?« Daheim kochte man. Oder man genoss eben die Gesellschaft der anderen. »Ah, an Kranke, meinen S'?«

»Nein … oder ja, das könnt ich natürlich auch …« Wilhelm sah förmlich, wie die Registrierkassa in ihrem Kopf ratterte. »Darüber denk ich noch nach. Aber nein, ich mein *Frauen*.«

»Frauen?«

»Ja, die gehn allein nicht so gern ins Wirtshaus. Aber immer mehr leben allein oder mit einer Freundin. Und dann arbeiten s' auch noch, haben also keine Zeit zum Kochen. Das wird ein Geschäft, sag ich Ihnen.«

Wilhelm musste sich mit Bier stärken. »Und wie sind S' auf die Idee gekommen?«

»Na, da gibt's so zwei Freundinnen, die wohnen um die Eckn, weiß ich von der Havel, der Milchfrau, und da ist eine vor ein paar Tagen aufgetaucht und hat gefragt, ob sie sich was im Menagereindl mitnehmen kann. Hab i zuerst natürlich gfragt, warum sie net einfach zu uns kommt, hat sie gsagt, ihrer Freundin geht's net so gut, und außerdem arbeiten beide und haben net so viel Zeit ... wobei i das nicht verstanden hab, denn fürs Essen braucht ma doch daheim genauso lang wie da bei uns, oder nicht?«

Dessen war sich Wilhelm nicht so sicher, aber er nickte sicherheitshalber einmal.

»Eben. Aber mir soll's recht sein. Hab ich gsagt, von mir aus gern. Und dann is sie am nächsten und am übernächsten Tag wiederkommen. Und die beiden waren noch nie bei mir. Also ein Zusatzgeschäft.« Frau Wilma lehnte sich zurück, lächelte und nahm einen großen Schluck von ihrem Seidel. »Und das werde ich jetzt ausbauen.«

»Klingt vernünftig.« Zwei Frauen, zwei Freundinnen, die zusammenwohnten. Um die Ecke. Konnte es sein? Warum nicht? Es gab nicht so viele frauliche Wohngemeinschaften, wie sich Frau Wilma das ausmalte. »Wissen Sie zufällig, wie die beiden heißen? Die Frauen?«

Frau Wilma zog einen Mundwinkel in die Höhe. »Hoffen S' auf ein Rendezvous? Wollen Sie sich endlich in geordnete Verhältnisse begeben?«

»Nein, kein Rende, es ist eher beruflich. Es klingt nach Zeuginnen, die um die Ecke wohnen und die wir aufsuchen müssen. Und ein bissel Vorabinformationen schadet doch nie, oder?«

Frau Wilma schürzte die Lippen, wiegte den Kopf.

Es war offensichtlich, dass es in ihr kämpfte, ob sie Details zu Gästen weitergeben sollte. »Frau Wilma, Sie verraten mir sicher nichts, was ich nicht sowieso bald herausfinde, keine Sorge, aber so geht's schneller. Und bei Ihnen weiß ich wenigstens, dass es keine erfundene Tratscherei ist.« Er schenkte ihr sein charmantestes Lächeln.

»Na gut. Ich weiß nur, wie die heißt, die bei mir das Essen geholt hat. Die heißt Ofzarek.«

»Oh ja, das ist eine von den beiden. Na geh, was für ein Zufall. Und? Wissen Sie vielleicht irgendwas über die Frau Ofzarek und ihre Freundin? Hm? So als Milchfraukundin über Milchfraukundinnen?«

Frau Wilma sah ihn noch länger als vorhin an. Offensichtlich kämpfte es in ihr. »Die andere, die hat bis vor Kurzem ein blaues Aug ghabt. Und ich glaub ja net, dass eine Freundin eine Freundin schlagt. Oder glauben Sie vielleicht, dass die zwei … also dass sie … Sie wissen schon, sind?«

»Das müssen Sie mir sagen.«

Ihr Blick ging nach innen. »Nein, sind sie nicht. Das war was anderes.«

Wilhelm beglückwünschte sich unendlich zum Entschluss, doch noch in der Stadt Brünn eingekehrt zu sein. Jetzt hatte er morgen was in der Hand, wenn er die beiden Frauen aufsuchte.

Er schob den leeren Teller zur Seite.

Hatte er nicht. Franziska Maurer würde was von gegen die Wand gelaufen brabbeln, das taten Frauen immer. Und erst recht würde sie es tun, falls es sich um etwas Wesentliches, sprich Verbergenswertes, sprich Fallrelevantes handelte. Es entschlüpfte ihm ein Seufzer.

»Was ist, Herr Inspektor? Die Last der Welt auf Ihren Schultern?«

»Nein, nur die Bockigkeit der Jugend. Ich habe das Gefühl, dass in den beiden Fällen gerade alle mauern. Und ich weiß nicht, wie ich an sie herankommen soll.«

Wilma trank ihr Glas leer. »Da dürfen Sie sich nicht wundern. Sie sind das ›Establishment‹, wie das jetzt neuerdings so schön heißt. Und als solches haben Sie einfach keinen Auftrag.«

»Ich bin die Polizei!« Wilhelm trank ebenfalls aus.

»Eben. Die hassen alles, was älter als zwanzig is. Oder fünfundzwanzig. Und erst recht alles, was Ordnung is. Haben S' das noch nicht mitbekommen?«

Wilhelm rieb sich das Gesicht. »Ich bin selber erst fünfunddreißig. Bin ich da schon tot?«

Frau Wilma lachte. »Aber geh, weit entfernt, da hab i mei … aktivste Zeit ghabt.« Sie grinste. »Aber das wissen die Jungen net.« Sie drehte sich zu ihrem Mann an der Budel um. »Otto! Zwa Klare!«

Sie schwiegen.

Die Stamperln kamen. Wilhelm nahm sofort sein Glas. Irgendwie war ihm nach Leerräumen des Hirns.

Frau Wilma hob ihres dem seinen entgegen. »Vielleicht sollten S' amal undercover so wie der Bond ausschwärmen. Sie schauen so gut aus, so jung, Sie fallen bei denen net wirklich auf. Gehen S' shaken. Und halten S' die Ohren auf.«

Sie stießen an und kippten die Gläser.

DONNERSTAG

1

»Das is net zum Aushalten, wenn du ausgeschlafen bist. Grantig bist ma lieber«, maulte Lukaschek, während er zur Tür trabte. »So viel Hektik so zeitig in der Früh is einfach nicht gesund.«

»Und auf dem Weg hinunter schau bei der Klara vorbei. Sie soll dir eine Liste mit linken Jugendlokalen geben. Mit progressiven.«

»Des a no!«

»Lukki, es ist zwei Minuten nach halb acht und –«

»Genau des mein ich, net amal noch richtig Dienstbeginn. Und –«

Wilhelm wedelte ihn hinaus. »Ja, ja, geht heut eben net anders. Ich hätt sonst eh den Fischer geschickt.«

»Eben! Der darf seiner kranken Tochter das Handerl halten, und ich muss da … ohne Kaffee … quasi am nüchternen Magen …« Sein Gebrabbel verhallte in den Tiefen des Ganges.

»Tür zu!«, flüsterte Wilhelm, da er sich fast ein bisschen schlecht fühlte. Denn er sah förmlich vor sich, wie Lukaschek mit jedem Schritt langsamer wurde und sich auf den Magen griff. Er war auf dem Weg ins Archiv im Keller, wo wieder einmal niemand das Telefon abhob. Und dort herrschte absolut, wie weiland der Sonnenkönig, Anatol Kowalski, der Lukaschek auf der vorletzten Weihnachtsfeier als ignoranten Lemming bezeichnet hatte – keine Bildung, auch noch stolz darauf und an vorderster Front der tumben Masse. Es war eine gemeine Attacke gewesen, wenn auch in der Analyse nicht hundertprozentig falsch. Doch Lukaschek hatte viele Qualitäten, wie zum Beispiel Gerechtigkeitssinn oder ein großes Herz für Tiere, die allerdings auf der Werteskala von Kowalski keine Rolle spielten. Und da der alte Klugscheißer Lukaschek rhetorisch haushoch überlegen war, wich ihm jener aus, wo es nur ging. Aber bei Kowalski arbeitete auch Hirzinger, der inzwischen hoffentlich den Zettel aus Poronys Matratzenversteck entschlüsselt hatte.

So, Punkt eins war erledigt. Punkt zwei in Arbeit – Berner avisierte ihr Kommen gerade bei Horowitz, Wagner, Tischler, Kashani und Haralds Freundin, Franziska Maurer –, Punkt drei ebenfalls – Fischer brachte auf dem Weg ins Sicherheitsbüro das goldene Ding aus Pressmeiers Tasche zu einem Professor für Orientalistik auf der Hauptuniversität. Dass es irgendetwas Persisches war, bot sich einfach an. Bei Nichterfolg konnten sie es ja noch immer Hirzinger geben.

Das hieß, er hatte für Punkt vier Zeit, seinen Undercovereinsatz. Die Idee von Frau Wilma hatte ihn einfach nicht mehr losgelassen. Tatsächlich war es natürlich ein Projekt, das zu neunzig Prozent zum Scheitern verurteilt war, denn es musste nur … Aber was! Blieben immerhin noch zehn Prozent. Und damit ein Abend jenseits seiner Routine. Außerdem ein Geschenk für Elisabeth, denn sie liebte solche Ausflüge in andere Welten.

Er schloss die Tür und wählte ihre Nummer. Sie hob nach dem zweiten Klingeln ab. »Servus, Liz, bitte entschuldige, dass ich dich so zeitig … Ah, verstehe. Er wird nichts zum Bohren finden, bei deinem perfekten Gebiss.« Wilhelm lachte. »Ja, der Grund ist folgender: Gehst du mit mir morgen Abend undercover tanzen? … Nein, kein Scherz. Ich müsste mich da in einem gewissen Lokal umhören, wobei es natürlich auch sein kann, dass alles umsonst ist, weil mich Leute erkennen, aber eine Chance … Ein eher linkes. Das Colosseum, das ist … Was du alles kennst! Und du bist wirklich … Ja, wunderbar, aber bitte, woher soll ich … Verstehe. Ich geb dir Bescheid … Ja, so bald wie möglich. Mir wird schon was einfallen. Mach's gut inzwischen.« Er legte auf.

Jetzt hatte er den Salat. Bitte, wo sollte er »jugendlich adäquate Kleidung« für seine Halbschwester herbekommen? *Du kennst doch so viele Menschen. Aus anderen Kreisen.* Was? Glaubte sie ernsthaft, dass er nun ehemalige Kunden abklapperte? Abgesehen davon, dass die allesamt nicht der richtige Kreis waren.

Sie hätte gleich Nein sagen können. Primadonna.

Er könnte zu einem Kostümverleih ... Blödsinn, da gab es so etwas nicht, eher noch in einem dieser Kaufhäuser. Nein, Anne hatte ihm erst kürzlich erklärt ... Anne. Wilhelm zündete sich eine Zigarette an. Seine Geliebte hatte ihm beim letzten Stelldichein eine Jacke präsentiert. Mit nichts darunter. Er hatte sich mehr auf das Nichts als auf die Jacke konzentriert. Doch sie hatte da was erzählt von wegen neuer Mode, selber nähen, einer Jacke aus Jeansstoff, nur selten tragen können, weil immer in der Leihbibliothek, aber wenn Fodor einmal mit ihr an einem Abend ... Dass ihr gemeinsamer mangelnder gesellschaftlicher Umgang nur halb seine Schuld war, hatte sie geflissentlich ignoriert. Und er ihre seltsame Geschmacksanwandlung in puncto Kleidung.

Heute Mittag besuchte er sie.

Nein, das war zu frech.

Es klopfte. Im nächsten Moment ging die Tür auf, und Berner segelte mit einem Tablett herein, auf dem sich der übliche Morgenkaffee und heute ein Krapfen befanden. »Mit schönem Gruß von der Krenek. Ganz frisch.«

Wilhelm sog das bittersüße Aroma ein und war gleich wieder um zwei Klassen entspannter. Weiber. Er trank und war beglückt. Er suchte das Loch im Krapfen und biss an dieser Stelle in die flaumige Mehlspeise. Nun war er endgültig zutiefst zufrieden.

»Ich muss dir übrigens noch zu gestern was sagen. Der Vater vom Pressmeier hat so um vier herum vorbeigeschaut, wie ihr unterwegs gwesen seid, und wollt mit dir reden.«

Wilhelm grunzte kauend ein Fragezeichen.

»Aber eigentlich wollt er nur an Wirbel machen, bin ich

dann draufkommen, und zwar, weil du zuerst mit seiner Frau und seiner Tochter gredt hast und nicht mit ihm. Hat si als Beschützer der Familie aufgspielt. Dabei hat er von nix a Ahnung. Weil er arbeitet halt den ganzen Tag, und danach is er allerweil für die Partei unterwegs. Abschrift von dem Ganzen kriegst du heute no.«

Wilhelm grunzte anerkennend.

Berner legte ein Blatt Papier auf den Tisch. »Und das ist euer heutiger Plan. Der Einzige, bei dem ihr ohne Probleme auftauchen könnt, ist der Tischler. Er hat gesagt, er bleibt sowieso daheim, weil ihm das Wetter zu mies ist.«

Wilhelm schluckte hinunter. »Welch Glücklicher, dass er nicht muss.«

»Was nicht muss?« Fischer trat schwungvoll in den Raum.

»In den Schnee da draußen.« Wilhelm biss erneut zu.

Fischer setzte sich unaufgefordert in den Sessel ihm gegenüber und streckte die Beine von sich. »Ich find's wunderbar. Kane Leut auf der Gassn, das heißt«, er grinste, »auch keine Trotteln. Wien ohne Wiener, so könnt's bleiben.«

»Du bist ja selber einer«, merkte Berner an.

Fischer schickte ihm nur eine erhobene Augenbraue, um dann Wilhelm anzustrahlen. »Übrigens falscher Alarm bei der Frau Tochter. Kein Mumps, die Uschi hat nur a Verkühlung. Geht grad herum in der Schul. Am Sonntag könn ma sicher schon wieder eislaufen.«

»Bestens, Fischer, bestens.« Wilhelm schluckte den letzten Bissen vom Krapfen hinunter und fragte sich, warum das doch nicht gerade kleine Ding nie mehr als drei davon hergab. »Und die anderen, Berner?«

»Wagner arbeitet in einem Eisenwarengeschäft.«

Wilhelm und Fischer brummten unisono.

»Der Horowitz, der Mediziner, ist wie immer in den Ferien bei der Wiener Rettung und heute in Bereitschaft vorn in der Radetzkygassn im Hauptquartier, die Franziska Maurer findet ihr –«

»Auf der Hochschule.« Wilhelm und Fischer wieder unisono.

»Genau, und der Cyrus Kashani ist nicht da.«

»Was heißt, der ist nicht da?« Wilhelm wachte aus seinem der Kulinarik geschuldeten Dämmerzustand auf.

»Na, der ist bei einer Isabella Kamin gemeldet, am Seidengrund, als Untermieter, aber die Dame hat mir gesagt, wie ich sie endlich ans Telefon der Hausmeisterin bekommen hab, dass der Kashani heute nicht zum Frühstück erschienen ist und sein Bett unberührt war.«

Fischer warf die Arme in die Luft. »Geh, net scho wieder eine Leich!«

»Verschrei's nicht, Fischer.« Wilhelm schnappte sich die Liste. »Als Ersten besuchen wir den Horowitz und hoffen, dass er keinen Einsatz hat. Dann sausen wir gleich weiter in den Dritten hinein zum Wagner, der sicher als braver Handwerker so um halb zehn herum sein Gabelfrühstück genießt. Von dem sausen wir hinüber zur Uni und zur Maurer, die wir in der Mittagspause abfangen …«

»Und mit der wir hoffentlich essen gehen«, ergänzte Lukaschek, der eben den Raum betrat.

Fischer drehte sich zu ihm. »Lukki, du gehst ma am Zeiga. Bei der nächstn Erwähnung von Essen hol ich dich morgen um halb sechs höchstpersönlich ab und mach mit dir im Club ein Training, dass d' Grüß Gott sagst.«

Lukaschek zeigte ihm den gestreckten Mittelfinger, stellte sich breitbeinig hin und verschränkte die Arme.

Wilhelm musterte die beiden, sie senkten die Köpfe. »Gut, und nach der Maurer geht ihr beide mittagessen …«

Lukaschek klatschte in die Hände.

Fischer legte den Kopf schief. »Und du?«

»Hab eine Besprechung. Und so um drei herum«, Fischer grinste, Wilhelm zog die Augenbraue in die Höhe, Fischer hob die Handflächen, »*so um drei herum* treffen wir uns dann bei dieser Frau Kamin. Vielleicht ist bis dahin der Kashani ja schon aufgetaucht. Abschließend dann der Tischler. Und was sagt der Keller?« Er sah Lukaschek an.

»Hirzinger hat's noch nicht gemacht. Hat nicht geglaubt, dass es eilig ist.«

Wilhelm schlug mit beiden Handflächen auf den Tisch, das Tablett hüpfte. »Hab ich's mit lauter geistigen Nackabatzln zu tun?«

»Ich hab's ihm aber gsagt, dass es pressiert!«, quiekte Lukaschek.

»Anscheinend nicht deutlich genug.« Wilhelm atmete durch. »Gut, und wann ist der Herr von und zu Hirzinger so weit?«

»Eh heute noch. Hat er gesagt. Also wenn's nicht irgendein Spezialcode is.«

»Na, wenigstens was.«

»Und wenn nicht die Stapo wieder was von ihm will. Die tauchen jetzt nämlich ständig bei ihm auf, hat er mir erzählt, weil da immer so viel los ist, politisch, hat er mir erzählt. Und die haben auch schon angedeutet, dass sie ihn abwerben wollen, hat er mir erzählt.«

»Geh, wirklich, so viel hat er dir erzählt?«

Lukaschek sah ihn verständnislos an.

Nun ja, feine Spitzen waren sein Ding genauso wenig wie Fischers. Apropos. Er wandte sich diesem zu. »Und auf der Uni?«

»Da war nur eine Sekretärin. Ich sag dir, sehr fesch, eine echte Rothaarige, noch sehr jung für die Arbeit, allerhöchstens zwanzig …«

»Na geh, wirklich aber auch! So ein Kinderl erst?« Wilhelm bedachte seinen Assistenten erneut mit erhobener Augenbraue.

Der schaute nun genauso verständnislos drein wie gerade eben Lukaschek. Ah! Was ging ihm das alles auf die Nerven! »Der Punkt, Fischer!«

»Der Spezialist war noch nicht da. Ich hab ihm ausrichten

lassen, dass wir das Ergebnis dringend brauchen und er sich damit bei Berner melden soll. Sicherheitshalber. Weil falls wir grad nicht da hier im Büro sind.«

»Verstehe.« Wilhelm zündete sich eine Zigarette an. So agil hatte er sich den heutigen Tag beim gestrigen Schnaps mit Frau Wilma ausgemalt!

Er sah die beiden scharf an. »Wie, bitte, soll in dem Fall was weitergehen, wenn ihr so arbeitet?«

Es folgte ein Gejammer von nicht schuld sein, nichts dafürkönnen, die Umstände und eh bald alles im Lot. Dabei fuhrwerkten sie wie verkehrsregelnde Kollegen mit den Armen und wurden puterrot.

Ein glockenhelles Lachen. »Was hast du denn mit Laurel und Hardy angestellt, Fodor?«

Klara stand in der Tür. Sie trug ein flaschengrünes Kleid mit einer langen goldenen Kette, an der eine Uhr hing. Dazu trug sie ebenfalls flaschengrüne Pumps. Für ihre Verhältnisse – falsche Haarfarbe und zu großer Busen – sah sie umwerfend aus, ja, richtiggehend, nein, nicht nur attraktiv, sondern sexy. Oh Gott, das durfte er nicht einmal denken, sonst lief die Sache am Samstag unweigerlich in die falsche Richtung.

Fischer sprang auf. »Was heißt das?«

»Laurel und Hardy«, murmelte Lukaschek.

Berner lachte dröhnend.

Klara ging auf Fischer zu und lächelte ihn mit dem Lächeln eines Filmstars an – Mischung Monroe und Hepburn. Audrey. »Ich«, sie betonte das Wort mit einem tiefen Gurren, »persönlich«, nochmals, »finde es ja ganz und gar unpassend, wie euch manche Kollegen in der Kantine ab und zu bezeichnen. Zwei so gstandene Mannsbilder von Polizisten wie euch.« Blitzende weiße Zähne. »Aber gerade jetzt habt ihr so lustige Verrenkungen gemacht! Und da ist mir das eingefallen. Ich bitte vielmals um Entschuldigung. Wie gesagt …« Augenaufschlag und Lächeln.

Wilhelm bewunderte Klara für ihre Gerissenheit. Und er

wünschte sich eine wohl nie eintretende Zeit, in der Frauen sich nicht mehr ständig kleinmachen mussten, wenn sie einmal etwas Freches gesagt hatten, noch dazu, wenn es so treffend und witzig war wie in diesem Fall.

Fischer blähte die Nasenflügel und setzte sich wieder. Lukaschek starrte auf die Auswölbung an Klaras Vorderseite. Also alles wieder in Ordnung.

»Klara?«

»Deine Liste. Für was brauchst du die?«

»Ich muss ein bissel sozusagen undercover recherchieren.«

Sie zwinkerte ihm zu. »Brauchst eine Begleitung?«

Dieser minderbemittelte Lukaschek! Er hatte ihn nicht ohne Grund gebeten, sich die Liste gleich und sofort und persönlich von Klara geben zu lassen! Wilhelm warf ihm einen Blick zu.

Lukaschek zuckte mit den Schultern.

»Danke, Klara, aber ich muss das allein machen. So Gespräche von Mann zu Mann.«

»Ah! Ich verstehe.« Mit einem Lächeln Richtung Lukaschek schwebte sie aus dem Büro.

2

Horowitz schnitt mit dem Bleistift durch das Papier, immer und immer wieder. Die Adern traten an seinen Schläfen hervor. »Verdammter Schas, verdammter!« Er packte die Zeitung, knüllte sie zusammen, immer fester, als wäre es sein Ehrgeiz, daraus einen Fußball zu formen, und warf das Ding schließlich quer durch den Raum zum Papierkorb. Den er auch traf.

Wilhelm applaudierte.

Horowitz schnellte herum. »Wer sind Sie? Betriebsfremde haben hier nichts zu suchen! Ich muss Sie bitten, den Gemeinschaftsraum zu verlassen.«

Wilhelm überließ Fischer die Vorstellung sowie das Verscheuchen der anderen Sanitäter aus dem Raum und schnappte sich aus dem Korb den Ballen. Er entknüllte ihn. Die zerfetzte Stelle war jene des Kreuzworträtsels.

»Dürfen Sie das überhaupt?«

Wilhelm schmiss das Papier wieder weg und ging lächelnd auf Horowitz zu. »Ich ärgere mich auch immer so, wenn ich es nicht schaffe. Man denkt doch, dass das ein Kinderspiel sei, wenn man ein halbwegs gebildeter Mensch ist. Aber es sind ja oft wirklich unnötige Fragen dabei.« Er setzte sich neben Horowitz an den langen dunkelbraunen Tisch. »Danke, Herr Horowitz, dass Sie Zeit für uns haben.«

»Natürlich.« Seine zusammengekniffenen Augen vermittelten allerdings alles andere als Gesprächsbereitschaft. Hoffnung adé. Der zukünftige Herr Doktor war ein Weiterer, der mauerte.

Schlagartig fühlte sich Wilhelm unendlich müde. »Lieber Herr Horowitz, gäbe es in diesen samariterlichen Räumen eventuell einen Kaffee für meine Kollegen und mich?«

Horowitz sprang auf und eilte zur Teeküche in der Ecke. Plötzlich straffte er seinen Rücken, und während er beim Perkolator herumfuhrwerkte, plapperte er los. So furchtbar sei das alles, er sei unendlich erschüttert, auch wenn man einander nicht so gut gekannt habe. Doch wenn man mit Menschen eben so viel Zeit verbringe, gehe es einem dann doch nahe. Aber helfen, nein, helfen könne er den Herren leider gar nicht.

Horowitz drapierte vier Häferl, einen Zuckerstreuer und ein Milchkännchen auf einem Tablett, balancierte dieses zum Tisch und verteilte die Gegenstände mit der Attitüde eines Oberkellners, der zu niedrigen Diensten verpflichtet worden war. Man bereitete sich den Kaffee, man zündete sich Zigaretten an.

Wilhelm sah seiner Rauchfahne nach. »Und wie funktioniert das? Dass man mit zwei Menschen Tag und Nacht verbringt und sie gleichzeitig nicht gut kennt?« Er senkte seinen Blick auf den Burschen.

»Man arbeitet miteinander.«

Wilhelm tat so, als würde er dem Gesagten nachsinnen. Dann schnalzte er mit der Zunge. »Geh, Fischer, kannst dich noch erinnern an den Fall, den wir Mitte letzten Jahres gehabt haben, draußen im Kabelwerk?«

»Ah, du meinst den Fall, wo der eine seinen Kollegen gedeckt hat, weil er dem seine Frau auch nicht hat leiden können? Weil er gwusst hat, wie die den Mörder schikaniert hat?«

»Genau den!« Wilhelm beugte sich zu Horowitz. »Und die haben auch Tag und Nacht miteinander gearbeitet. Und der hat uns auch einzureden versucht, dass er von seinem Haberer nichts gewusst hat. Dabei hat er für ihn sogar die Hacke zum Schleifen gebracht, damit wir keine direkte Spur zum armen Ehemann haben.«

Die Augen von Horowitz wurden kugelrund. »Solche Fälle gibt es sicher auch. Aber ich ... ich habe die beiden wirklich nicht gekannt.«

Wilhelm tätschelte seinen Arm. »Das glauben wir Ihnen nicht. Und es wird Zeit –«

»Niederzulegen, und zwar flott!«, brachte sich Fischer seiner Rolle gerecht ein. Passend dazu baute er sich hinter Horowitz auf.

Lukaschek rückte näher, wie immer mit seinem Notizblock im Anschlag, der wie eine hinterlistige Strategiewaffe wirkte. »Ich lausche.«

Horowitz schob sein Häferl von sich. Es fiel um. »Was wollen Sie von mir?« Er sah der Lacke Kaffee zu, wie sie sich über den Tisch ausbreitete. »Bei Porony allein hätte es mich nicht gewundert. Er war ... kein Guter. Aufbrausend. Hat gern zugeschlagen. Den Kriegler ...« Er sah sie an.

Sie nickten alle drei.

»Ja, und er war rechthaberisch. Hat oft mit Wagner oder dem Cyrus«, erneuter Blick, erneutes Nicken, »bis aufs Blut wegen der richtigen Vorgehensweise gestritten. Die Mädels hat er auch nicht sonderlich gut behandelt. Aufriss, Stich, arrivederci. Und –«

»Freundin?«

»Nicht dass ich wüsste. Wie auch.« Er schnaubte. »Also, wie gesagt, bei ihm könnte ich mir vorstellen, dass er irgendwem auf die Zehen gestiegen ist. Aber der Petzi?« Er schüttelte den Kopf. »Der war eigentlich sogar für einen Schrebergartenverein zu friedliebend.«

Wobei das nach Wilhelms Erfahrungen keine Kunst war, denn bei diesen Kleinhäuslern wurden oft mehr Messer als bei der Mafia gewetzt. Er dämpfte seine Zigarette aus, die anderen drei taten es ihm nach. Man trank.

»Und eure Sache mit den Persern?«

»Was soll da sein? Wir setzen uns für die Abdankung des Schahs ein.«

»Cyrus Kashani?«

»Unser Verbindungsmann. Und der Bruder von Petzis Freundin. Was soll er damit zu tun haben?«

Die Ahnungslosigkeit hier klang echt. Nun, dann zum letzten Punkt. Er nickte Lukaschek zu und lehnte sich zurück. Mit verschränkten Armen.

Sein zweiter Assistent tat so, als müsse er erst die richtigen Fakten suchen. »Ah ja, hier. Da war doch so eine Geschichte, Herr Horowitz, letzten September.« Er sah ihn freundlich an. »Was war der Grund für die Prügelei an der Alten Donau?«

Nun verschränkte auch Horowitz seine Arme. »Wir waren betrunken, ich weiß es nicht mehr. Fragen Sie doch Dieter, der war immerhin nüchtern genug, euch zu holen. Wir anderen waren zu … also hinüber.«

»Wer war da alles dabei?«

»Das wissen Sie doch schon.«

»Wer noch?«, brachte sich Wilhelm ein.

»Das wissen Sie sicher auch schon. Warum fragen Sie?«

»Weil wir gern die Zeugenaussagen miteinander vergleichen.« Wilhelm schenkte ihm den freundlichen Gesichtsausdruck des guten Onkel Doktors.

Die Augen von Horowitz zuckten von ihm zu Lukaschek,

zu Fischer und wieder zu ihm zurück. Es war so offensichtlich, dass er nun Zeit schindete, nachdachte, was die anderen gesagt haben könnten.

Nachschießen war die Devise. »Und bedenken Sie, dass wir Ihre exakte Aussage benötigen. Jede andere könnte als Falschaussage gewertet werden, und Sie wissen, dass eine Vorstrafe für eine akademische Laufbahn nicht besonders förderlich ist.« Genau so musste er dann auch bei Wagner und Tischler argumentieren.

Horowitz schlenderte zur Abwasch und füllte sich ein Glas mit Leitungswasser. »Porony, Pressmeier, Tischler, Wagner und seine Schwester.« – Na, ging doch! – »Dann die Inge Weidner, zumindest die meiste Zeit, und Kathi Ofzarek, das ist eine Bekannte von Porony, auch nicht durchgehend, ja, und Holzer und ich.« Er setzte sich wieder.

»Besten Dank. Und da war nichts Besonderes?«

»Wüsste nicht. Und wegen der Prügelei ... Wie gesagt, wir waren sturzbetrunken. Ich weiß es nicht mehr.«

»Gibt es irgendwen in der Gruppe, der speziell etwas gegen Porony oder Pressmeier hatte?«

Horowitz zündete sich eine neue Zigarette an. Er wirkte nun sehr entspannt. »Der Blau und der Porony, die waren sich nicht grün. Wobei ich nie verstanden habe, warum sich der Blau die Schikanen vom Porony hat gefallen lassen. Er ist doch viel größer und gescheiter. Aber der hat ihn immer lächerlich gemacht, so als Mamabubi und Daumenlutscher.«

»Und der Pressmeier?«

Schulterzucken. »Hat sich eigentlich mit allen verstanden. Der Porony war eine Zeit lang auf ihn eifersüchtig, weil ja der Pressmeier mit der Schwester vom Kashani ... und es war ja eigentlich der Porony, der mit dem Kashani alles beredet hat. Und er ist der, der bei den Weibern Eindruck ... Er hat nicht verstanden, warum die Scheherazade ausgerechnet den ... also, ja. Aber das haben sie dann wieder in den Griff gekriegt.«

»Sagt Ihnen das etwas?« Wilhelm zog die Zeichnung des

goldenen Emblems heraus, die er gestern noch nach dem Gespräch mit Holzer angefertigt hatte.

Horowitz betrachtete es und schüttelte den Kopf.

Ein Mann krachte in den Raum. »Klaus, kumm! Los geht's!«

Horowitz sprang auf.

»Ihr Alibi!«, kreischte Lukaschek.

»Für wann?«, brüllte Horowitz zurück, während er in seine Jacke schlüpfte.

»Gestern und vorgestern jeweils zwischen sechs und sieben.«

»Hier.« Damit rannte er hinaus.

»Der is net ganz koscher. Der verheimlicht was.« Fischer trank seinen Kaffee aus und rülpste.

Lukaschek tat es ihm gleich. »Wie alle.«

Wilhelm rollte die Zigarette ab. »Sag, Siggi, du weißt aber schon, dass koscher Jiddisch ist?«

3

Sie läuteten zum zweiten Mal an der Tür der Wagners. Nichts.

Fischer legte den Finger auf den Knopf. »So ein Seicher. Meldet sich krank, nur weil wer gstorben is.«

Lukaschek kratzte den Rest seiner unterwegs verschlungenen Wurstsemmel zwischen den Zähnen hervor. »Vielleicht hat er sich was in die Ohren gstopft. Wenn's mir schlecht geht, mag i a nix hören. Und das Fräulein Sieglinde wird ihm was aus der Apotheken holen.« Seine Augen glänzten. »Und gleich wieder da sein.«

»Gib's auf, Fischer.« Wilhelm ging die Stiege hinunter. »Wir bitten die Hausmeisterin, den beiden zu sagen, dass sie sich beim Berner melden sollen und der mit ihnen was für den Nachmittag ausmacht.«

»A bissl könnt ma doch noch warten? Für die Maurer sind

wir eh noch zu früh dran.« Lukaschek glich einem um Wurst bettelnden Hund.

»Lukki, des is a Zeugin, da brat ma net eine«, brummte Fischer und folgte Wilhelm.

»Da redt der Richtige!« Er trabte hinter ihnen her.

Bei der Hausmeisterwohnung wiederholte sich das Szenario.

»Ja, gibt's da irgendwo an Kirtag, dass alle ausgflogen sind?«, keifte Fischer.

Wilhelm sah auf die Uhr. Drei viertel zehn. Dann erwischten sie eben die Maurer beim Gabelfrühstück. Und er konnte ein wenig zeitiger bei Anne vorbeischauen, sie würde ihn kaum vor der Tür stehen lassen, und sie hätten wieder einmal so richtig Zeit und Muße – Wilhelm spürte, wie ihm die Brust eng wurde, und nicht nur die. Gleichzeitig stieg in ihm schlechtes Gewissen auf, immerhin waren da zwei Leichen, und er ging zu einem Tête-à-Tête … Nein, in diesen zwei Stunden stürzte die Welt auch nicht ein. Und es war mehr als fraglich, wann ihm Anne das nächste Mal Audienz gewährte.

Er ging zur Haustür. »Wir rufen sie von der Hochschule aus an. Der Eisentandler hat doch gesagt, die Wagner hätte von der Hausmeisterin aus telefoniert, wie sie ihren Bruder entschuldigt hat. Also.«

Sie quetschten sich in den Puch und schlichen alsbald über die tief verschneite Landstraßer Hauptstraße Richtung Ring. Es waren kaum Wagen unterwegs, und so kamen sie für die miesen Straßenverhältnisse erstaunlich schnell voran. Von der Rückbank war leises Schnarchen hörbar. Richtig, Lukaschek hatte gestern seinen Tarockabend gehabt. Vielleicht war er auch wegen mangelnden Schlafes in der Früh so sensibel gewesen.

Wilhelm wurde wieder unerträglich heiß. Er kurbelte das Fenster hinunter, musste sich aber, noch bevor einer seiner Assistenten matschkern konnte, eingestehen, dass Schneefall im Autoinneren auch nicht das Gelbe vom Ei war. Also weiterschwitzen.

Fischer gab Gas, der Puch brach aus. Er brachte ihn unter Kontrolle, knurrte und schlich weiter. Das war die Gelegenheit.

»Du, Siggi?«

Brummen.

»Ich hätt da so eine Idee.«

Brummen.

»Was hältst du davon, deinen Kapitän in den Dienst zu stellen? Dann wird er viel bewegt, was ja nur gut ist für ein Auto, du bekommst Kilometergeld, und du musst dich nicht mit diesem Scheißerl, das ja echt unter deiner Würde ist, herumschlagen.«

»Gar nix. I bin ja net deppert.«

Schlecht, aber noch nicht aller Tage Abend. Wilhelm verspreizte sich und machte ebenfalls die Augen zu.

Einen Atemzug später standen sie vor der Hochschule. Sie fragten sich zu Franziska Maurer im Sekretariat durch und fanden sich drei Gänge sowie zwei Stockwerke danach der bildhübschen Dunkelhaarigen vom Foto aus Poronys geheimer Schachtel gegenüber. Deren Make-up das Veilchen auf dem rechten Auge nur ungenügend kaschierte. Wie der Vater, so der Sohn?

Im Gegensatz zu Inge Weidner kam Franziska ihrer Aufforderung zu einem Gespräch sofort nach. Das war aber auch schon das einzig Erfreuliche für die nächste halbe Stunde, die sie bei Zitronenkracherln in der Teeküche verbrachten. Die erste Hälfte benötigten sie, um der Freundin das Eingeständnis herauszulocken, von Harald tatsächlich geschlagen worden zu sein. Beim Grund dafür scheiterten sie. Und der Rest der Befragung war mit den Worthülsen gefüllt, denen sie seitens dieser jungen Leute schon die ganze Zeit ausgesetzt waren.

»Was für a gschissener Tag«, fasste Fischer prägnant zusammen, als sie sich wieder in den Puch quetschten.

Wahrlich, wahrlich, Daumenschrauben müsste man einsetzen dürfen.

»Wir müssen die Gangart verschärfen«, sprach Lukaschek Wilhelms Gedanken aus. »Wir sollten –«

Das Funkgerät meldete sich, exakt Berner. Gottoberster Wiesinger wünsche sofort und unbedingt Fodor zu sprechen.

Wilhelm ließ den Kopf gegen die Scheibe fallen. »Diesen Tag streichen wir aus dem Kalender.« Er wedelte mit der Hand, Fischer fuhr los.

Das Auto arbeitete sich langsam wie ein Schneepflug in die Stadt hinunter, und Wilhelm wusste nicht, ob er sich erhoffte, dass die Zeit noch langsamer verging, weil Wiesinger dann vielleicht weniger derselben für ihn erübrigen konnte, oder ob er sich Flügel herbeisehnte, um die Sache flugs erledigt zu haben und alsbald bei seiner Anne landen zu können.

Am Parkring gab er seinen beiden Assistenten bis zum Termin mit der Vermieterin von Kashani um drei Uhr frei und erklomm den Olymp.

Und gleich einer Gottheit im Dunst von Myrrhe verschwamm Wiesingers Antlitz in der Rauchwolke seiner Pfeife. »Da sind Sie ja endlich, Fodor.«

Wilhelm wartete, aber da kam nichts. Also schlüpfte er ohne Aufforderung aus seinem Mantel, hängte ihn gemächlich auf und setzte sich. Ebenso unaufgefordert. Er neigte leicht den Kopf. »Tut mir leid, Herr Oberst, wir waren bei einer Zeugenbefragung.«

»Die hoffentlich endlich Licht in die Angelegenheit bringt.«

Wilhelm zog es vor, ein Lächeln zu pressen, das man sowohl positiv als auch entschuldigend deuten konnte. »Was kann ich für Sie tun, Herr Oberst? Berner hat Ihnen doch die Berichte zukommen lassen?«

Wiesinger machte Kreisbewegungen mit der Pfeife. »Berichte, Berichte. Ich möchte Ihre Einschätzung hören. Was Sie zu tun gedenken.«

»Ermitteln.«

»Fodor, Sie sind …« Wiesinger holte tief Luft und paffte ein paar Mal. »Manchen Leuten gefällt es gar nicht, dass ihr

Name in den Nachrichten erwähnt wird. In *diesem* Zusammenhang.«

Wilhelm spürte, wie sich seine Fäuste ballen wollten. Das war also der Grund für den Rapport. Vater Porony hatte sich offensichtlich gemeldet und Druck ausgeübt. Gut. Aber so einfach würde er es den Herrschaften nicht machen. Er suchte seinen unschuldigsten Ton. »Die Familie Pressmeier?«

Wiesinger fixierte ihn. »Sehr witzig. Man möchte in diesen Kreisen –«

»Welchen Kreisen?«

»Herrgottnochei...« Wiesinger schlug mit der Hand, mit der er die Pfeife hielt, auf den Tisch, worauf ein kleines Stückchen Glut heraussprang. Er packte den Messingaschenbecher und knallte ihn darauf. Atmete durch und sog an seiner Pfeife, als wäre nichts gewesen. »Man möchte eben nicht in Zusammenhang mit solch dubiosen Sachen genannt werden.«

»Welchen dubiosen Sachen? Mord?« Wilhelm lächelte ihn an.

»Mein Gott, Fodor! Wenn Sie nicht so ein exzellenter Polizist wären ...« Wiesinger schüttelte den Kopf, stand auf und wandte sich zum Fenster. Strich über das abgeknickte Blatt der Schwiegermutterzunge, die auf einer Stele davorstand. »Ich habe dem ehrenwerten Herrn Porony bereits gesagt, dass keine Drogen im Spiel sind.«

»Sehr schön.«

»Ja, sehr schön.« Er kam zum Tisch zurück, stützte sich auf und beugte sich zu Wilhelm. »Ich habe angedeutet, dass es etwas Politisches sein könnte. In Zusammenhang mit diesem Professor auf der Hochschule. Er hat mir regelrecht den Kopf abgerissen. Sein Sohn war in nichts Politisches verwickelt.«

»Wir haben aber die Anstecknadel –«

»Ich weiß, ich weiß. Die habe ich auch erwähnt.« Er beugte sich noch weiter vor. »Wir hätten die dem armen Buben untergeschoben. Haben wir?«

Wilhelm sah ihn nur an.

»Ich meine, der Sohn aus solch einem Haus bei den Roten!« Das letzte Wort war förmlich gespuckt.

Wilhelm bekam beinahe, aber nur beinahe, Mitleid mit dem Alten, denn der würde sich bei solch einer Verfehlung der eigenen Kinder sofort aufhängen. »Jugendlicher Irrweg.«

»So, so.« Wiesinger setzte sich. »Ja, ja.« Er paffte und sinnierte. »Kinder geraten ja so schnell in schlechte Gesellschaft, die vorerst als solche gar nicht erkennbar ist.«

Was kam jetzt? Wilhelm griff in seine Jackentasche, ließ die Zigarettenpackung dann aber an ihrem Platz. Nur ja nicht den Eindruck erwecken, als ob er es sich gemütlich machen wollte. »Ja, und?«

»Nun ...« Wiesinger nahm den Stopfer zur Hand und drückte damit in der Glut herum. Auf frischen Tabak vergaß er offensichtlich. »Mir ist aufgefallen, dass da eine persische Angelegenheit erwähnt wird. Und man weiß ja, dass die Jugend idealistisch ist und dadurch manchmal mit dunklen Subjekten in Kontakt kommt.«

Das meinte der Alte wohl im wortwörtlichen Sinne. Wilhelm überschlug die Beine in die andere Richtung. Sein Hintern tat ihm weh.

»Wofür sie im Grunde nichts kann. Kann es also nicht sein«, nun sah er Wilhelm voll an, »dass solch ein Subjekt ...?« Er wedelte mit der freien Hand. »Ich würde also vorschlagen, dass wir bei diesen ausländischen Studenten eine Razzia machen. Das kann nie schaden. Dann übergeben wir das Ganze der Staatspolizei. Und damit ist es dann eine Sache –«

»Für die sich der ehrenwerte Herr Porony nicht schämen muss. Denn Spione sind eine höhere Macht.«

»Ich sehe, wir verstehen uns.« Wiesinger wirkte zum ersten Mal freundlich.

Es war zum Verzweifeln, wenn ein Mensch so vernagelt war, dass er nicht mehr fähig war, einen Scherz mit Vorschlaghammer zu erkennen.

Wilhelm fuhr sich über die Haare, stand auf. Atmete durch.

Und beugte sich zu Wiesinger. »Herr Oberst, Sie wollen mich doch nur auf die Probe stellen.«

Sie sahen einander an. Lange.

»Natürlich, Fodor, natürlich. Bestens erkannt. Aber ist in Zeiten wie diesen, eingeklemmt zwischen zwei verfeindeten Blöcken, wie wir nun einmal sind, ist da eine Spionagesache wirklich so weit hergeholt?«

Um was bat ihn dieses Würstel gerade? Porony musste Wiesingers Karriere in der Hand haben, anders war diese seltsame Unterredung nicht zu erklären. »Im Fall des Falles werde ich daran denken, Herr Oberst.« Wilhelm verbeugte sich formvollendet, nahm seinen Mantel und verließ gemessenen Schrittes den Raum.

Er rannte die Treppen hinunter. Und für solch einen Schwachsinn hatte er wertvolle Minuten mit Anne opfern müssen!

4

Wilhelm rollte sich von Anne herunter und ließ sich auf den Fleckerlteppich vor der Chaiselongue plumpsen. Seine nackten Unterschenkel kamen auf dem Linoleum zu liegen. Kalt. Er zog die Beine an. Jetzt glühte sich die Hitze des Kanonenofens ihm gegenüber durch die Haut auf die Schienbeine. Es war an der Grenze des Erträglichen, zugleich eine Wohltat für seine durchfrorenen Knochen. Manchmal fragte er sich, wie er seine Zeit als Pflasterhirsch überstanden hatte, bei den endlosen Streifen jeder Witterung von sengender Hitze bis Schneesturm ausgesetzt. Da hatte man es als Krimineser eindeutig besser, auch wenn sie sich in den kleinen Puch quetschen mussten.

Anne setzte sich auf und umfasste die Beine mit den Armen. »Du hast dich lange nicht gemeldet.«

»Viel Arbeit.« Das war gelogen. Doch die Wahrheit, dass

er keinen Grund für seine Absenz nennen konnte, würde sie nur unnötig schmerzen. Denn sie implizierte, dass er selten an sie dachte, also im Normalfall, wenn er nicht gerade einen Notstand hatte. Wilhelm schaute sich um, aber er konnte seine Untergatte nirgends entdecken.

»Lügner.« Sie nahm seinen Blick auf, tastete neben der Chaiselongue auf dem Boden herum und reichte ihm das Ding. Als er danach griff, zog sie es zurück. »Du weißt, dass du mir nichts vormachen musst. Wir haben das einst vereinbart, und es gilt auch noch jetzt. Wir tun –«

»Einander gut und sonst gar nix.« Wilhelm seufzte. »'tschuldige.« Sie ließ los. Er schlüpfte im Sitzen in die Unterhose und lehnte den Kopf gegen ihre Unterschenkel. »Es war wieder sehr schön.« Und wirklich ausgiebig gewesen. Drei Runden!

»Ja.«

Klang da in ihrer Antwort Sehnsucht mit? Nein, Anne war pragmatisch. Wenn sich ihre Gefühle ihm gegenüber geändert hätten, würde sie es ihm sagen. Deswegen mochte er sie ja, weil man bei ihr immer wusste, woran man war.

Das Licht des Lusters im Verkaufsraum spiegelte sich im Glas der Vitrine und zauberte so einen Stern in den Spalt des Vorhangs, der das Kabuff vom Rest des Geschäftes trennte. Er spürte Annes Hand auf seinem Scheitel. Sie begann, ihn zu kraulen. Gänsehaut lief ihm über den Rücken. Bei niemandem, noch nicht einmal bei seiner Mutter, hatte er es gemocht, wenn ihm durch die Haare gewuschelt wurde. Bei seiner Vernunftsgeliebten schon. Das war eigenartig. Denn sollte man so etwas nicht bei dem Menschen empfinden, den man über alles liebte?

Er schloss die Augen. »Wie geht es Gabi?«

Anne atmete tief durch. »Gestern hat die graue Krähe sie in die Ecke gestellt.«

»Ah ja? Warum? Sie ist doch eh so brav. Und die graue nicht so bös wie die schwarze.«

»Tja, sie hat gefragt, ob der Josef nicht eifersüchtig war, als die Maria von einem anderen Mann ein Kind bekommen hat.«

Wilhelm spürte, wie sich heftiges Lachen in ihm hochkitzelte. Er hielt den Atem an. *Das ist ernst! Da darfst du nicht lachen!* Es platzte aus ihm heraus. Nach der ersten Welle drehte er sich zu ihr um. »Bitte ... entschuldige ... aber ich kann mir ...«, er bekam keine Luft, so heftig schüttelte ihn das Lachen, »... so gut vorstellen, wie die Schwester ... Schwester ...«

»Walpurgis. Schwester Walpurgis.« Anne hatte die Augenbrauen zusammengezogen.

Wilhelm streichelte ihr Knie. »Wie die alte Krähe dreingeschaut hat. Bei *der* Frage.«

»Und da kannst *du* lachen? Der die Bibel mit der Muttermilch eingesogen hat?«

»Adoptivmuttermilch.« Wilhelm hörte seiner spontanen Korrektur nach. Er hatte noch nie, wirklich noch nie, darauf bestanden, seine Mutter als das zu bezeichnen, was sie gewesen war: seine Adoptivmutter. Bedeutete das etwa, dass er sie vergaß? Seine Liebe zu ihr? Und das, obwohl es gar keine Konkurrenz gab, weil er seine leibliche Mutter gar nicht kannte? Von diesem Dienstmädchen gab es nicht einmal ein Foto. Und sein leiblicher Vater hatte es weit weg zu Verwandten in der Schweiz geschickt. Wilhelm horchte einmal mehr in sich hinein und stellte fest, dass er noch immer kein Bedürfnis empfand, diese Frau zu suchen und kennenzulernen.

Annes Mundwinkel zuckten. »Das wäre ein Wort fürs Scrabble. Adoptivmuttermilch.«

Wilhelm grinste sie an. »Afferl.« Er ließ sich zurückplumpsen.

Anne kraulte wieder. »Wann spielst denn wieder einmal mit mir?«

»Damit du wieder gewinnst! Bei den vielen Büchern, die du liest, während du auf Kundschaft wartest, ist das einfach unfair. Nein, nein, hör mir auf mit dem neumodischen Zeug. Erst wieder spiel ich mit dir, wenn du endlich Bauernschnapsen lernst.«

»Zweierschnapsen.«

Und jetzt war da eindeutig ein Unterton gewesen. Denn sie wussten beide, dass er sie nie mit ins Wirtshaus nehmen würde. »Na ja, simma froh, dass Gabi das nicht die schwarze Krähe gefragt hat. Da könntest jetzt schon einen neuen Kindergarten suchen.«

»Den's nicht gibt.«

»Den's nicht gibt.« Zumindest nicht in der näheren Umgebung. Denn am ganzen Spittelberg war das Sacré Cœur die einzige Institution, die auch Nachmittagsbetreuung anbot. Schon eigenartig, dass es nur die Katholiken waren, eiserne Verfechter der heiligen Institution Familie, die alleinstehenden Frauen die Möglichkeit gaben, dem dringend notwendigen Beruf nachzugehen.

Er verschränkte die glühend heißen Beine zum Schneidersitz. »Ja, aber eine Katastrophe wär's auch nicht gewesen. Sie kann doch da bei dir sein, hier hinten stört sie niemanden.«

»Fodor, manchmal bist a Hirni wie a Pflasterer. Es geht doch um die Schule nachher.« Sie seufzte. »Wobei ich mir nix anderes wünschen tät, als dass ich sie in eine normale geben könnt.«

»Geh komm, mich hat's doch auch nicht umbracht, das Katholische.«

»Du bist a Mann.«

Wilhelm rappelte sich ins Knien und schaute Anne tief in die Augen. »Vergiss das mit deiner Schwester. Sie war halt sehr sensibel. Und das war in einer anderen Zeit.«

Anne stellte ihre Beine am Boden ab und beugte sich zu ihm. »Acht Jahre. Acht Jahre ist es her, dass sie die Pulver geschluckt hat. Und Gabi ist auch sensibel.«

Er hasste solche Gespräche. Denn im Grunde wusste er nie, was er sagen sollte, es war ohnehin immer alles falsch. »Du bist es auch. Und du hast es gut überstanden.« Ihre Brüste drängten sich in sein Blickfeld. Er küsste die beiden Spitzen. »Seeeeehr gut überstanden.«

Sie lachte, gab ihm einen Stoß, er fiel auf den Rücken.

Sie sprang auf. »Die Pause ist beendet. Und zwar jetzt wirklich. Das war eine Ausnahme heute. So lange. Aber gleich wird's eng. Der Kratochwil vom Fünferhaus kommt in ein paar Minuten.« Eilig richtete sie sich ihre Strümpfe, griff nach dem Kleid.

»Pünktlich wie ein Maurer.« Wilhelm stieg in seine Hose. »Aber der kann ruhig noch ein bissel auf seine Schmuddelhefte warten.«

Anne drohte ihm neckisch mit erhobenem Zeigefinger. »Na, wer behauptet denn so was? Wir lesen nur die großen Russen.«

»Groß, richtig, weil da fallen dazwischen die Hefteln nicht auf.«

Sie sahen einander an und lachten.

Anne strich noch einmal über ihr Kleid, zupfte kurz die auftoupierten Haare zurecht und setzte ihr Leihbuchhandlungsbetreiberinnengesicht auf – leicht hochgezogene rechte Augenbraue, angespitzter Mund. Sie entschwand in den Verkaufsraum.

Wilhelm schlüpfte in die Schuhe, ins Sakko, legte Mantel und Schal um den einen Arm, nahm mit der anderen Hand das Paket. Anne hatte sich nicht danach erkundigt. Wie immer. Sie ignorierte seine Präsente so lange, bis er sie als ebensolche auf den Tisch legte. Eine wunderbare Frau. Nur leider nicht jene, die er zu der seinen machen wollte. Alles wäre viel einfacher.

Als er durch den Vorhang trat und Annes ansichtig wurde, stockte ihm der Atem. Sie stand hinter der Budel, in ihrem engen dunkelblauen Kleid mit dem weißen Rundkragen, aufrecht, schlank, ein einziges elegantes S, den einen Arm um den Bauch gelegt, in der anderen Hand ein Zigarettenspitz, an dem sie gerade mit einer kussartigen Bewegung sog. Die Haare schimmerten kastanienrot im Schein des Lusters. Heute, ja, heute müsste er *ihr* etwas schenken, nicht wie immer ihrer Tochter. Er spürte, wie sich seine Männlichkeit schon wieder regte. Sah vor sich, wie er sie neuerlich auf die Chaiselongue warf, in sie eindrang, hörte ihr tiefes Stöhnen, roch ihren Geruch, der eine Mischung von herb und Sauberkeit war.

Er wandte sich ab, stellte, ohne hinzusehen, das Paket auf der Budel ab und tat so, als müsse er sich die Krawatte richten. »Es wäre alles viel einfacher, wenn du heiraten würdest.«

Sie sagte nichts. Er hörte nur, dass sie wiederholt an der Zigarette sog. Wann kam er endlich, der Satz, den er schon so oft gehört hatte?

»Es gibt keinen zweiten Fritz.«

Und obwohl er die Antwort schon gekannt hatte, obwohl er diese Frau im Grunde nur für sein Vergnügen benutzte, also keinerlei Rechte hatte, tat der Satz ihm weh. Es brannte in ihm die Frage, ob das auch fürs Bett galt, doch er biss sich auf die Zunge.

Wilhelm betrachtete den hohen Bücherkasten mit den deutschen Klassikern. Dann jenen mit den Liebesromanen. Victoria Holt. »Herrin auf Mellyn«. Daraus hatte sie ihm einmal vorgelesen, vorvergangenen Winter. Und beim Knistern des Holzes im Kanonenofen hatte er sich wie Connan TreMellyn gefühlt, böse und unnahbar.

Er atmetete einmal durch, setzte sein Gesellschaftslächeln auf, wie es Elisabeth immer nannte, und wandte sich um. Er schob Anne das Paket zu. »Ich habe Gabi etwas mitgebracht.« Der Unterton, als wäre das Geschenk etwas sehr, sehr Außergewöhnliches und vollkommen unerwartet, war ihm – wie meistens – gelungen.

Anne lächelte auch dementsprechend. »Für Gabi? Also wirklich, das wäre doch nicht … Wieso kommst du nur auf so eine Idee?«

Wilhelm fühlte, wie er ganz müde wurde. Sie hielten das Drehbuch einmal mehr perfekt ein.

»Nun«, stotterte er brav, »du hast erwähnt, dass sie sich nichts sehnlicher als Eislaufschuhe wünscht. Damit kann sie hoffentlich am Heumarkt brillieren.«

Sie strahlte ihn an, mit diesem Lächeln, das die perfekte

Mischung aus Theaterzauber und ehrlicher Dankbarkeit war. Denn natürlich brauchte sie die Schlittschuhe dringend, sonst hätte sie sie ja nicht erwähnt und er sie nicht gekauft. Wie all die Dinge, die er ihr anstatt von Geld gab.

»Danke! Du bist so generös, ich danke dir!«

Während Anne das Paket auswickelte und in Freudenrufe ausbrach, ließ Wilhelm seinen Blick über die Budel gleiten. Da lagen immer die Gazetten mit den geifernden Schlagzeilen, die Laufkundschaft ansprachen. Und jede einzelne hatte den Schah beziehungsweise seine schöne Frau auf dem Titelblatt.

Er nahm eines der Hefte und ließ die Seiten durch seine Finger gleiten, bis er beim Artikel über das hochherrliche Paar landete. »Was für ein Glück für die Tintenkleckser, dass es die beiden gibt.«

»Aber nur für die«, knurrte Anne. Ganz neuer Ton, ansonsten liebte sie Berichte über Adelige.

Er sah sie an. »Was hast du plötzlich gegen die beiden?«

Sie zupfte die Zigarette aus dem Spitz und dämpfte sie im großen kristallenen Aschenbecher aus. »Seit Bernhard mir erzählt hat, welch ein Schlächter dieser Pahlavi ist.«

»Bernhard?«

»Mein neuer Untermieter.«

»Ein Student?«

»Schon Doktorand.«

Viel zu nahe an Annes Alter also. »Du wolltest dir doch immer nur Mädchen ins Kabinett nehmen?«

Sie grinste. »Bist du eifersüchtig?«

Ja, verdammt noch einmal! »Nein, natürlich nicht. Aber was denken die Leute, wenn du dir einen Mann ins Haus holst?«

Sie lachte. »Bitte, Fodor, sei nicht so altvaterisch. Alle Leut nehmen sich Studenten als Untermieter. Sie sind das beste Geschäft. Und es gibt einfach mehr Männer als Frauen davon.«

Das war leider ein Argument, das er nicht entkräften konnte. »Und was erzählt dir dieser Bernhard sonst noch so?«

Anne sah ihn von schräg unten an. »Das ist deine Polizistenstimme. Fall?« Sie sah ihn groß an. »Die beiden Studenten?«

»Du weißt, dass ich nicht drüber reden darf.«

Sie rollte mit den Augen.

»Gut, gut, ja, es geht um diese Bubis. Sie hatten Kontakt zu persischen Studenten.«

»Aha.« Anne ging zur Eingangstür und drehte das »Geschlossen«-Schild auf »Geöffnet« um. Lehnte sich an das Regal daneben. Sah zum Vernaschen aus. »Genaues hat er mir nicht erzählt. Nur, dass dieser Schah foltert und das Land an die Briten und die Amis und die Russen verkauft.«

»Verstehe.«

»Soll ich nachfragen?«

Es schadete nie, viele Meinungen zu hören. Denn abgesehen von dieser eingeschworenen Partie hatte er bislang nur positive Stimmen gehört – von Mutter Blau und Alois. »Wenn du so gut wärst?«

»Was bekomme ich dafür?«, lächelte sie.

»Was wünschst du dir?« Und Wilhelm verfluchte sich für die Gegenfrage, denn jetzt folgte sicher, dass er einmal mehr Zeit als bloß eine Mittagspause erübrigen sollte, auch wenn sie, so lange sie heute gedauert hatte, schon nicht mehr unter diesen Begriff fiel.

Anne stieß sich von der Tür ab und schritt langsam zurück hinter die Budel. Sie lehnte die Arme darauf und sah ihn an. »Zwei Paar Ski. Für Gabi und mich. Und, wenn ich etwas Bedeutendes herausfinde, zusätzlich drei Übernachtungen am Semmering. Im Panhans.«

Wilhelm fühlte, wie der Steinring um sein Herz zerstob und sich dasselbe leicht wie ein Spatz in die Lüfte erhob. »Es wäre mir ein Vergnügen.«

»Das war ein Scherz.« Sie schüttelte den Kopf, der Gesichtsausdruck pendelte zwischen Irritation und Verärgerung.

Wilhelm beschlich das Gefühl, als habe sie ihn in einer Form testen wollen, die er im Moment noch absolut nicht verstand.

»Aber mir ist es ernst. Ich … verwöhne euch beide gern. Das weißt du doch.«

Sie sah ihn weitere zehn Sekunden an und straffte sich dann. »Gut, in Ordnung. Das freut mich.« Sie leckte den Zeigefinger an und strich mit ihm über die Augenbrauen. »Lass uns die Pause beenden.«

Wilhelm legte den Schal am Hals zurecht, zog sich den Mantel an, nahm den Hut, den er auf der Budel hatte liegen lassen, holte die Handschuhe aus der Manteltasche, sah Anne an. Sagte nichts. Nickte ihr zu. Ging zur Eingangstür.

Und dann fiel ihm das Wichtigste ein: sein Plan. Fischer und Lukaschek empfanden die Investigation in diese Richtung zwar als unnötig, weil die Jugendlichen so einem alten Sack wie Fodor sicher nichts sagten, aber Wilhelms Bauch schrie lauthals: »Tu's!«

Er wandte sich um. »Ich hab noch eine Bitte.«

Anne legte das Kassabuch, das sie inzwischen aufgenommen hatte, nieder. »Oje. Deine letzte in diesem Ton geäußerte Bitte hätte fast meinen Ruf ruiniert.«

Ihm wurde siedend heiß. Denn das war wirklich unmöglich gewesen. Er hatte sie gebeten, so zu tun, als wäre sie an einem Job im Etablissement Renz interessiert. Sie sollte mit den Damen dort über die rechte Hand des Chefs plaudern. Und prompt hatte sich ein Freier in der Garderobe eingefunden, und der war der Berger vom Haus gegenüber der Leihbücherei gewesen. »Nicht so was. Ganz ungefährlich.«

Sie hob die Augenbrauen. »Fünf Nächte. Im Panhans.«

»Natürlich.«

»Also?«

»Ich brauche dein Jäckchen, du weißt schon! Das du mit nichts drunter getragen hast. Und vielleicht eine passende Hose, wenn du so etwas hast.«

5

Wilhelm marschierte und marschierte. Nur keine Straßenbahn. Kein Taxi und schon gar kein Notruf zu seinen Kollegen und dem Puch. Er musste gehen. *Musste.* Natürlich tat es auch gut gegen die eisige Kälte, die vom starken Wind noch verstärkt wurde, aber es war ihm völlig bewusst, dass er wegen des Blicks von Anne so heftig ausschritt.

Klarerweise hatte sie ihn nach dem Grund für seinen ungewöhnlichen Wunsch ausgefragt. Alles unter dem Mantel der Professionalität. Denn immerhin bestünde die Chance, dass er für den Sondereinsatz etwas Falsches wünschte. Und als er ihr endlich gestanden hatte, dass er mit Elisabeth tanzen gehen wollte, sie inkognito in einem passenden Gewand von Anne in einem Lokal von Annes Geschmack, war der Mund seiner Geliebten sehr, sehr schmal geworden.

Er war das Letzte vom Letzten. Morgen früh, wenn er die Sachen abholen sollte, musste er mit einem Blumenstrauß antanzen. Nein, einem Blumenstock. Auch zu wenig. Es würde wohl eine Halskette werden.

Er studierte die Ringstraße linksherum, dann rechtsherum. Vier Autos. Er wartete, schüttelte den Kopf, um das Bild von Annes Augen loszuwerden. Sie hatten verdächtig geglänzt. Die Ringstraße. Konzentration. Links. Rechts. Nur die Bim, noch weit entfernt. Er überquerte den Boulevard. Betrat den Heldenplatz. Und just in diesem Moment lichtete sich die Wolkendecke. Ein milchiger Sonnenstrahl ließ den braunen Dreck auf dem Gehweg schlammgrün erscheinen. Und in Wilhelms Phantasie sprossen zarte Halme und Fliederblüten aus den toten Geweben ringsum. Jetzt müsste man sich ins Gras legen und träumen dürfen. Er sah plötzlich Elisabeth vor sich, wie sie die Pumps abgestreift und die Beine unter ihr Hinterteil gezogen hatte. Seine Männlichkeit rührte sich schon wieder … Er verabreichte dem nächstbesten Fliederbusch eine Ohrfeige. Alles umsonst!

Nein, das war ungerecht, es war wirklich sehr, sehr schön mit Anne gewesen. Er fühlte sich erleichtert, entspannt. Trotzdem schweiften seine Gedanken überraschenderweise zu Elisabeth ab. Es war zum Verzweifeln! Er rannte über die Straße, ein Käfer hupte, sein Herz holperte. Er beugte sich keuchend vornüber.

Mit diesen ganzen Weibergeschichten musste wirklich endlich Schluss sein. Er war nicht wie sein Vater, sein leiblicher, der sein Hosentürl angesichts eines Rocks niemals geschlossen halten konnte. Nein, so war er nicht.

Er legte seinen Stechschritt ein, tauchte in das Dunkel der Hofburg.

Außerdem war Elisabeth seine Schwester. Und dort schon das Schweizer Tor. Der Anblick der dahinterliegenden Hofburgkapelle ernüchterte ihn. Man schloss Ehen, um eine Familie zu gründen. Und das Fleischliche war lediglich dazu da, um Nachkommen zu zeugen. Sagte die Kirche. Hatte sein Vater gepredigt – also der Mann, der ihn adoptiert hatte. So einfach, so gut. Er brauchte demnach eine Ehefrau. Eine, mit der er halbwegs gut reden konnte, die seinen Humor und ungefähr dieselben Interessen hatte, die gut roch und die, wie er, eine Familie gründen wollte.

Wilhelm entwich ein Seufzer. Immer wenn er diese Liste zusammenstellte, kam der böse kleine Gedanke, es doch nicht verwerflich zu finden, wenn Ehen arrangiert wurden. Seine Eltern wüssten, wer zu ihm passte, er bräuchte sich also darüber nicht den Kopf zerbrechen und würde dann einfach seine Pflicht nach bestem Wissen und Gewissen erfüllen. Alles ginge seinen Weg. Da gab es nur zwei kleine Probleme: Seine Eltern waren tot, also seine Adoptiveltern, vor langer Zeit in den letzten Kriegstagen umgebracht. Und Frauen ließen sich nur mehr im Hochadel auf solch einen Handel ein.

Er betrat den nächsten Innenhof, den Gang, den Innenhof, den Gang, den Josefsplatz.

Und außerdem war er nichts anderes als ein Feigling, der

sich nicht auf tiefe Gefühle einlassen wollte – wie ihm Elisabeth einmal auf den Kopf zugesagt hatte. Oder schlicht noch nicht reif, weil manche Männer eben länger benötigten. Diese Version von seinem Freund Alois war ihm die liebere. Man musste nicht immer das tun, was alle anderen taten. Er konnte auch noch in fernen Jahren, so mit Anfang vierzig, heiraten. Und jetzt war Schluss mit dem gefühlsduseligen Quatsch.

Er marschierte durch die Dorotheergasse. Inzwischen erzeugte die Sonne Schlagschatten. Wilhelm wechselte die Straßenseite, um ein paar der Strahlen aufzufangen. Er blieb stehen und hielt das Gesicht in die Wärme, die sich nicht einstellen wollte.

Porony, Pressmeier und die Perser, hm. Aber dieser vorderasiatische Mann war nach dem Streit verschwunden. Reiser hatte an den beiden Zugangswegen zum Teich außer den Zigaretten auch nichts Verdächtiges beziehungsweise Verwertbares gefunden. Dieser geheimnisvolle Mann hatte einfach mit Porony gestritten und war gegangen. Und dann war er zurückgekehrt. Oder ein anderer. Diese seltsame Zeugenaussage der Matelka. Er musste sich die alte Dame zur Brust nehmen. Und wenn es wirklich zwei gewesen waren, wäre Wiesingers Idee einer Razzia bei den Persern vielleicht doch nicht so schlecht. Aber es wollte sich ihm einfach nicht erschließen, was kleine Wiener Studenten angestellt haben könnten, das eine Racheaktion dieser Leute nach sich zog. Nein, nein, die Spur mit den Persern führte zu nichts. Und was hieß schon Spur? Nur weil jemand mit jemandem bekannt war? Er hatte auch seine Bedienerin, seine Wirte, seine Schnapserpartie, Elisabeth, Anne und Alois. Um nur die Erstbesten zu nennen. Und keiner von ihnen war im Falle des Falles a priori eine Spur.

Eine dicke Wolke schob sich vor die Sonne, von einer Sekunde auf die andere schwoll der Wind fast zu einem Sturm an und trieb ihn weiter.

Allerdings war es doch augenfällig, wie oft das Wort Persien in den letzten Tagen auftauchte. Gleichzeitig dieses unselige

Mauern der Freunde der beiden Toten, das stank gewaltig. Nein, nein, es war schon gut, dass er sich morgen Abend in diese Kreise begab. Vielleicht hatte er ja Glück und stolperte über jemanden, der etwas wusste, aber nicht verwoben war und daher plauderte. Hoffen war ja noch erlaubt. Und diese klitzekleine Chance rechtfertigte auch sein Verhalten gegenüber Anne.

Wilhelm erreichte den Neuen Markt, bog in die Kärntner Straße ein, das Brummen von unzähligen Motoren, Hupen sowie das Quietschen von Bremsen umfing ihn. Und am Abend schlichen hier die Autos leise umher, um sich die Damen auf den Gehsteigen anzusehen, sich für ein paar Schilling Erleichterung zu kaufen und vielleicht auch die Illusion von … zwei Paar Ski und Panhans.

Nein, das war etwas anderes.

Der Turm des Steffl beugte sich über ihn, war dunkel und drohend. Wilhelm merkte, wie seine Schritte immer schneller wurden, als er den Dom umrundete. Und ab in die Schulerstraße. Nur noch sechs kurze Häuserblöcke, dann umfing ihn wieder die Nüchternheit seines Büros.

Es war außerdem wirklich eine Zumutung, seinen leiblichen Bedürfnissen tagsüber, mitten im Dienst, nachgehen zu müssen. Anne konnte doch wirklich einmal ihr Kind am Abend der Nachbarin anvertrauen und mit ihm auf den Cobenzl fahren, wo der Blick auf die Lichter der Stadt sehr anregend war, wie er von jugendlichen Ausflügen wusste. Oder meinetwegen ins Orient gehen, die waren sehr diskret bei der Zimmervermietung, wie er bei so mancher Ermittlung leidvoll hatte erfahren müssen.

Wilhelm blieb stehen. Jetzt hatte er auch noch Seitenstechen von dieser Rennerei. Ewig das Gfrett mit den Weibern. Irgendwas lief da gründlich falsch. Jeder wollte das eine, auch die holden Schönen, egal, wie brav sie taten, jeder tat es, keiner redete drüber, alle hatten ein schlechtes Gewissen, und sowieso war alles umständlich.

So wie der Fall.

»Fodor! Na, Gott sei Dank!«

Wilhelm schrak auf und sah ins Antlitz von Waller. »Bertl! Was machst du denn da? Ist da irgendwo eine Leich?«

»Nein, ich such dich.« Er nahm Wilhelm am Arm, sah sich um und zog ihn in eine Ecke. »Und wie der Berner mir gesagt hat, du bist auf einer Mittagsbesprechung, hab ich gewusst, wo ich dich suchen muss.«

»Äh …«

Waller grinste ihn an. »Du gehst von der Anne immer denselben Weg zurück ins Amt. Die Chance war groß.«

Amt. Wilhelm durchfuhr es heiß. Er war mindestens drei bis vier Kilometer von jenem Ort entfernt, an dem er – er sah auf die Uhr – in zehn Minuten sein sollte, nämlich am Seidengrund bei der Vermieterin von Kashani, wo ihn seine Assistenten erwarteten. Eigentlich um die Ecke von Anne. Wie hatte er nur so gedankenverloren sein können! Die vermaledeite Gewohnheit! »'tschuldige, Bertl, aber ich muss –«

Waller packte seinen Arm. »Ja, gleich. Es ist wichtig.«

»Was?«

Der Gerichtsmediziner holte tief Luft. »Na, ich glaub zumindest, dass es wichtig ist.«

»Jetzt red schon!« Wenn er in die Straßenbahn unten am Ring stieg … war er auch nicht schneller zurück im Siebenten. Er musste wohl in den sauren Apfel beißen und sich ein Taxi nehmen.

»Ich hab da eine Leich.«

»Nix Neues.«

»Gib an Frieden.« Er richtete sich Wilhelm so ein, dass er ihm ins Gesicht schauen konnte. »Ein Sandler. Messerstich. Bemerkenswerterweise von hinten genau ins Herz. Da habe ich mir noch nicht viel gedacht. Kann ja jemandem einmal per Zufall passieren, so ein geglückter Stich.«

Gegen seinen Willen war Wilhelm neugierig. »Und?«

»Na, ich untersuche ihn. Gepflegte Zähne, gepflegte Haut, keine Schuppen oder Furunkeln.«

»Hat halt oft das Tröpferlbad besucht. Und gutes Material gehabt.«

Waller nickte. »Denk ich mir auch. Seine Fingernägel – haben zwar Dreck drunter, sind aber gefeilt.«

»Der … letzte Rest von seiner Vergangenheit.«

»Denk ich mir auch. Und dann wird«, Waller riss die Augen auf, »wie ich gerade mit einem Doktoranden eine Besprechung gehabt habe, ja, da wird die Leich geholt, weil sie angeblich der Anatomie vermacht worden ist. Und mein Assistent hat den Schmäh geglaubt. Ich hätt denen ja die Hölle heißgemacht. Denn woher wollen die das denn wissen? Da waren ja gar keine Papiere bei dem Sandler. Aber ich sag dir, die haben den geholt, wie s' gesehen haben, dass ich nicht da bin.«

»Geh, jetzt spinnst.«

»Nein, tu ich nicht. Denn natürlich hab ich dort angerufen, in der Anatomie, und die haben von nichts gewusst. Keine Leiche, die auf meine Beschreibung gepasst hätt.«

Wilhelm gab dem unendlichen Drang, seine Stirn zu massieren, nach. »Du sagst mir gerade, dass da bei dir am Tisch eine Leiche von einem Sandler gelegen ist, der kein Sandler war und dann auch noch quasi entführt worden ist. Habe ich das richtig zusammengefasst?«

Waller nickte.

»Wer soll den geholt haben?«

»Weiß ich nicht. Mein – gewesener – Assistent hat das Hirn einer Erbse.«

»Und wann ist die Leiche bei dir reingekommen?«

»Vorgestern. Zeitgleich mit dem Stadtparkbuben.«

6

Wilhelm drückte dem Fahrer einen Zehner in die Hand, sprang aus dem Auto, rutschte auf einer Eisplatte aus, erfasste gerade noch den Laternenpfahl, sah in einer Art Brückenstellung dem Dampf des Auspuffes nach und schwor sich, nie wieder diesen neuartigen Taxifunk zu verwenden, wenn es nicht unbedingt sein musste. Drei Häuserblocks weiter, ein paar Minuten Warterei mit einer Zigarette, und er hätte gemütlich mit einem dienstbeflissenen Uniformierten auf den Seidengrund fahren können. So hatte er mindestens drei Zigarettenlängen gewartet und einen Mann mit Sprachdiarrhö erleiden müssen, der es noch dazu lustig gefunden hatte, die rutschige Fahrbahn mit ein paar waghalsigen Manövern auszukosten. Man jubelte, dass es bei diesem Funk bereits über hundert Wagen gab. Es waren hundert zu viel.

»Na, Fodor, machst auf Turnvater Jahn?«

Der Vergleich mit diesem Deutschtümler sowie der Anblick von feixenden Buben dreißig Meter weiter verhalfen Wilhelm zu einem unerwarteten Energieschub. Er zog sich am Pfahl in die Höhe, schob und zupfte sich den Mantel zurecht, schlug den Hut in Form. Blitzte zu den Buben, die sich prompt wegdrehten.

Er verschränkte die Hände hinter dem Rücken. »Meine Herren! Was ist der Stand?«

»Dass ma wieder einmal warten«, seufzte Lukaschek. »Heut sind irgendwie alle net daheim.«

»Aber der Berner hat uns doch avisiert?«

»Die Frau Kamin, sagt die Huber, also die Hausmeisterin, hat dringend zum Arzt müssen. Sie hat's mit den Bandscheiben, sagt die Huber. Da hat anscheinend eine davon einen Ausflug gemacht. Oder so. Sagt die Huber.«

»Und sie ist wieder daheim«, knarzte Fischer.

»Wer? Die Kamin? Na, nichts wie –«

»Die Bandscheibe.« Fischer deutete die Gasse hinunter.

Eine kleine, zierliche Frau, nicht größer als ein ausgeronnener Sack Mehl, marschierte ohne jeglichen Hinweis auf Schmerzen auf sie zu. Sie schleppte einen schwarzen Dackel hinter sich her, dessen Zunge unfreiwillig den Asphalt vom

Schnee befreite. Unter dem Gelächter der zwei Lausbuben. Er stemmte sich neben Wilhelms Laternenpfahl in das weiße Gewölk und tat so, als müsse er schnuppern.

»Marsch, Napoleon. Keine Gschichtln jetzt.«

Der Hund winselte.

Wilhelm sah Fischer an.

Der zuckte mit den Schultern. »Die Hausmeisterin hat mir den Hund beschrieben.«

Wilhelm ging auf die Frau zu. »Frau Kamin? Isabella Kamin?«

Sie drehte den Kopf seitlich von unten nach oben und zog die Augenbrauen hoch. »Ach! Die Herren Vertreter der Staatsmacht. Habe ich mir gleich gedacht.«

Wilhelm vollzog einen formvollendeten Diener, stellte sich und seine Kollegen vor. Bat um die Erlaubnis, sich mit ihr in ihre Wohnung zurückziehen zu dürfen.

Der strenge Zug um den Mund der Frau wurde keinen Deut weicher. »Napsi«, sie schlenkerte die Leine, »jetzt mach kein Theater da net! Komm, die Staatsmacht will uns verhören. Da dürfen wir nicht aufmüpfig sein.«

Die Frau trug einen Kamelhaarmantel, bieder geschnitten, einen Leopardenhut, der vielleicht einmal kurz nach dem Krieg schick gewesen war, dazu ziemlich dicke braune Nylonstrümpfe und halbhohe, sogenannte »vernünftige« beige Schnürschuhe. Unter dem Hut lugten gelegte Locken hervor, wie sie ebenfalls kurz nach dem Krieg modern gewesen waren. Kein Make-up. Eine beige Kunstledertasche. Die Frau war das Abziehbild einer braven Hausfrau aus bescheidenen Verhältnissen. Und normalerweise benahm sich diese Kategorie Mensch gegenüber Polizisten äußerst unterwürfig. Das Wort »Staatsmacht« passte definitiv nicht zu ihr. Und ihre Ermahnung gegenüber dem Hund war blanke Insubordination.

Sie schaute Wilhelm an, setzte ein Lächeln auf. »Sie sehen, Herr Inspektor, der Napsi, der is noch nicht fertig. Also nix mit meiner Wohnung und einem Kaffee. Nicht die nächsten paar Minuten. Ich schlage vor, Sie fragen mich hier, was Sie zu fragen haben. Ich bin mir sicher, wir sind schnell fertig.«

Wilhelm sah, wie Lukaschek in sich zusammensank. Wahrscheinlich hatte er auf einen Marmorgugelhupf oder einen Apfelstrudel gehofft. »Gnädige Frau, sollen alle Nachbarn mitbekommen, dass die Polizei mit Ihnen plaudert?«

»Warum net? Ich hab nix zu verbergen. Und das wissen alle.« Jetzt klimperte sie auch noch mit den Wimpern wie ein junges Mädchen – und das in einem Alter von mindestens Ende fünfzig.

Na gut, wenn sie es so wollte. »Cyrus Kashani. Ihr Untermieter.«

Sie hockte sich neben den Dackel und streichelte ihn. »Ein ganz ein Lieber, gell, Napsi? Ein ganz ein Lieber.«

»Wir müssen ihn sprechen.«

»Ich auch. Wegen seiner Geburtstagsfeier. Aber da müssen wir allesamt miteinander warten. Er ist nicht da.«

»Seit wann?«, bellte Fischer.

Der Inbegriff von Unscheinbarkeit schenkte ihm einen Augenaufschlag à la Gina Lollobrigida. »Ich steck nicht mit ihm unter einer Decke, wenn Sie verstehen, was ich meine.« Klimper, klimper. »Ich weiß es also nicht.«

Diese Frau nahm sie von A bis Z auf den Arm. Wilhelm bot ihr eine Zigarette an.

»Nein, danke. Ich rauche nicht. Kostet zu viel unnötiges Geld. Und aus meinem Sealkanin habe ich vor Kurzem den Gestank zwei Wochen nicht hinausbekommen. Pelz, Sie verstehen. Und daran war nur meine Schwester schuld. Die Ernestine, also meine Schwester, die sagt immer, der Gast ist König. Und bei ihr dürfen die Leute immer alles, was sie wollen, auch rauchen wie Schlote. So wie der Hans, unser … Nicht so wichtig. Und dann muss sie zwei Tage lang lüften. Aber ihr macht das nichts aus. Ist mir ein Rätsel, also wirklich. Im Krieg, na gut, man hatte ja sonst nichts anderes. Aber heutzutage?«

Wilhelm zündete sich demonstrativ eine an. »Wie auch immer, Frau Kamin. Es geht hier um eine ernste Sache. Doppelmord. Und wir müssen dringend mit Herrn Kashani reden. Als Zeugen.«

»Schlimm für Sie.«

Wilhelm sah aus dem Augenwinkel, wie Fischers Hand zuckte. Er fühlte dasselbe. So eine renitente Person! »Wollen wir nicht vielleicht doch in Ihre Wohnung …?«

Isabella Kamin stand auf und legte den Kopf schief. »Ich glaub, ich hab klar gesagt, was zu sagen ist. Fragen Sie oder gehen Sie.«

Also gut, na dann. »Was wissen Sie über Herrn Kashani? Über seine politischen Aktivitäten? Seine Freunde?«

»Politische Aktivitäten? Er ist ein braver Student! Medizin. Also wirklich, meine Herren.« Sie tätschelte Napoleon.

Wilhelm registrierte, wie sich Lukaschek anspannte. Er sah in seine Blickrichtung. Die zwei feixenden Buben von vorhin lehnten jetzt am Dienstfahrzeug und kicherten. Ja, sie hatten sogar die Ohren an die eiskalten Scheiben gepresst.

Lukaschek sprintete los, nicht ohne den einen oder anderen Seitwärtsschlenkerer seiner Beine. »Weg da! Das ist ein Dienstfahrzeug! Weg da, ihr Rotznasen!«

Die Buben stoben gassenabwärts.

Lukaschek hatte den Puch erreicht, holte tief Luft, lauschte nun seinerseits und öffnete die Tür, riss das Funkgerät an sich. Gestikulierte. Sank in sich zusammen. Stieg aus und schlurfte zu ihnen.

Er beugte sich zu Wilhelms Ohr. »Die funken uns schon di ganze Zeit an. Wieder a Leich. Am WIG-Gelände. A Murl. Also a solcher, wie ihn die Zeugen beschrieben haben.«

In Wilhelms Hirn wummerte und stach es. »Also a solcher, wie es auch der Kashani sein könnt.«

Lukaschek nickte.

Wilhelm hockte sich zu Napoleon und streichelte das Vieh. Mit all der Überwindung, zu der er fähig war. »Liebe Frau Kamin, ihr ganz lieber Cyrus Kashani ist ein Agitator gegen den

Schah. Und er arbeitet eng mit einer Gruppe linker Studenten zusammen, die auch nicht vor Gewalt zurückschreckt. Zwei von dieser Gruppe sind tot. Ermordet. Und jetzt haben wir gerade eine Leiche aufgefunden, auf die die Beschreibung von Kashani passen würde. Ich denke also, wenn Sie diesen jungen Mann wirklich so gern mögen, wie Sie sagen, dass Sie uns nun ein wenig bei unseren Untersuchungen unterstützen.« Er sah auf und lächelte sein mitfühlendstes Lächeln.

Sie wurde tatsächlich von einer Sekunde auf die andere kalkweiß im Gesicht. »Das haben Sie jetzt erfunden.«

»Welchen Teil?«

»Die Leiche.«

»Nein.«

»Doch.«

»Nein, ich schwöre.« Und Wilhelm verfluchte sich, auf einen bloßen Verdacht hin solch eine Aussage getätigt zu haben.

Mit einem schnellen Griff hob sie den Hund an ihre Brust und ging los. »Kommen S' mit.«

Wilhelm wuchtete sich in die Höhe und tat wie geheißen. Auch seine beiden Assistenten folgten. Doch die Frau ging am vermeintlichen Hauseingang vorbei. Nein, sie *lief* förmlich daran vorbei. Wilhelm hatte Mühe, ihr zu folgen. Fischer und Lukaschek erging es nicht viel besser. Die Frau trug wohl genagelte Schuhe.

Beim dritten Haus bog sie in die Einfahrt ein, durchmaß sie mit Siebenmeilenstiefeln und blieb mitten in einem auch im Winter idyllischen Innenhof stehen. Wilhelm sah sich um. Nur Bäume und Sträucher, aber kein Hinweis, was den Ort als Ziel geeignet gestaltete.

Sie ließ Napoleon fallen. Der schien diese Behandlung gewohnt zu sein, denn er begann umgehend mit wedelndem Schwanz seine Umgebung zu beschnüffeln. Sie ließ die Leine los und sah sie mit starrem Blick an. »Hier kann uns niemand abhören. Die«, sie ließ ihren Blick über die Fenster der Häuser rund um das Karree schweifen, »sind zu weit weg, und den Gatsch da«, sie deutete auf die Botanik, »kenn ich in- und auswendig. Da ist nichts.«

»Mach ma jetzt auf James Bond, oder was?«, piepste Fischer.

Kamin begutachtete ihn und legte dann einen unglaublich mütterlichen Blick auf Wilhelm. »Ihr Kollege hat noch nicht wirklich viel von der Welt mitbekommen, oder?«

»Was meinen S' damit?«

»Sie fragen mich das jetzt nicht im Ernst, oder?«

Wilhelm atmete tief durch. Er musste sich vom abstrusen Verhalten dieser Frau lösen. Eine einfache Befragung. Und sie liefen da hinter der Alten her, als wäre der Beelzebub persönlich aufgetaucht. »Oh doch. Sie benehmen sich, um es einmal sehr freundlich zu sagen, äußerst merkwürdig. Vielleicht sollten wir die Zuständigen vom Berg rufen.«

»Das ist dann immer die finale Maßnahme. Kenn ma. Ab in die Psych. Aber es gibt sie wirklich.«

»Wen?«

»Die Spione.«

»Ah ja«, keuchte Lukaschek.

Isabella Kamin presste die Finger auf die Stirn und schüttelte den Kopf. »Na, net der Cyrus. Hoffentlich net der Cyrus.«

Fischer trat in den Schnee. Es stob eine riesige Wolke auf. »Ich hab's soooooo satt! Lauter Hirnschüssler in dem Fall. Bitte, das gibt's ja net. Sind die alle irgendwie auf irgendwelche Drogen, die ich noch nicht kenn?«

»Beherrsch dich!« Wilhelm sah Fischer an, sah dann Lukaschek an, sah die Frau an. Das absurde Gespräch mit Wiesinger drängte sich in sein Denken. *Eingeklemmt zwischen zwei verfeindeten Blöcken.* Und ihm schoss das Bild ein, wie die Frau Hofrat Matelka mit diesem grauen Mann im Café zu flüstern begonnen hatte. Die Frau Hofrat, die so mir nichts, dir nichts ihre Aussage geändert hatte. Deren Erklärung für dieses Verhalten förmlich nach Lüge stank. Was ihn ernsthaft verwirrte, weil ihm partout kein Grund für all das einfallen wollte. Aber mit einer frischen Leiche nach der anderen hatte er ja auch nicht eine Minute Muße, sich mit der alten Dame ausführlich auseinanderzusetzen. Um dann hoffentlich draufzukommen, dass er bloß wieder einmal in der typischen Manier eines Polizisten zu misstrauisch gewesen war.

Wilhelm wischte sich über die Stirn. *Er* hatte Paranoia, er konnte sich gleich gemeinsam mit der Kamin nach Steinhof bringen lassen. Dennoch hörte er sich fragen: »Für den Fall des Falles ... welche Spione?«

Die Frau straffte sich. »Das weiß ich nicht. Also nicht so genau. Wissen Sie, am Persischen haben viele Interesse, allen voran die Russen, die ja quasi die Nachbarn sind. Dann natürlich die Briten, die alten Hausherren. Und die Amerikaner darf man auch nicht vergessen, weil die machen sich ja jetzt überall wichtig. Und letztes Mal war mir so, als hätte ich da einen seltsamen deutschen Dialekt gehört. Hat nur die Stasi sein können. Die sollen ja für den großen Bruder alles machen.« Sie schnalzte mit den Lippen. »Und ganz umtriebig sind in letzter Zeit di Bartigen, die im Kaftan, also die ... warten S', glei hab i's ... ja, die Islamisten. So Gläubige. Die rührn da auch ziemlich viel herum, aber man weiß net so genau, im Auftrag von wem.«

Ähnliches hatten auch schon Alois und Esther Blau von sich gegeben. Lediglich die Stasi war neu. »Ja, dass es dort rumort, ist hinlänglich bekannt. Aber wir sind da in Österreich. Islamisten und Stasi ... das ist doch ein bissel weit hergeholt.«

Isabella Kamin stellte sich knapp vor ihn hin. »Nein, ist es nicht. Mein Schwager, Gott hab ihn selig, ist von der Stasi angeworben worden. Er sollte für sie auskundschaften, wie es mit dem Arbeiterbewusstsein in der Belegschaft steht. Im Saurer-Werk. War ein Eiertanz, das können Sie mir glauben. Wir sind zwar für die Rechte der Arbeiter, aber nicht so. Nicht so. Mit diesen Kommunisten will ich nichts zu tun haben. Die mögen die Menschen nicht. Scheren sie alle über einen Kamm. Das ist falsch. Verstehen Sie mich?« Sie reckte das Kinn. »Und außerdem waren die sowieso mehr an den Schützenpanzern interessiert, da können die mir nichts vormachen. Na, hat sich eh erledigt mit dem Schlaganfall von meinem Schwager.«

Wilhelm betrachtete die kleine Frau ihm gegenüber. Sie sah nach Kuchenbacken und Sockenstopfen aus, aber keinesfalls nach Klassenkampf und Weltpolitik.

Kamins Blick fiel auf Lukaschek. Sie verschränkte die Arme. »Jetzt schauen S' nicht so verdutzt aus der Wäsch, als hätten S' noch nie davon gehört. Sie als Kieberer.«

Lukaschek verschränkte ebenfalls die Arme. »Sie redn an Schas. Wir sind neutral. Steht im Staatsvertrag. Wir haben mit dem allen nix zum Schaffen. Tun S' lieber für die Pfadfinder Halstüchln nähn, als si in so an Quargel einizusteigern.«

Sie reckte das Kinn zu ihm empor. »Haben S' vielleicht schon amal nachgedacht, warum die alle wollen habn, dass ma unbedingt neutral san? Ha? Weil s' an Platz braucht haben, wo sie konspirieren können. Das Geld bei die Schweizer, die Geheimnisse bei uns.«

Er beugte sich zu ihr hinunter. »Mutterl, du solltest zum Arzt gehen.«

»Lukaschek, es reicht jetzt.« Wilhelm unterdrückte einen Seufzer angesichts der Gartenzwergperspektive, die sein zweiter Assistent gegenüber der Welt an den Tag legte. Denn das Traurige war, dass er in seiner Empörung ehrlich war, weil er sicher schon vergessen hatte, einst in der Polizeiausbildung gelernt zu haben, dass es auch in Österreich die Staatspolizei, also quasi Spione gab. Aber er wollte nicht zu hart über seinen Assistenten – über seine beiden Assistenten – urteilen, denn auch er selbst musste sich erst an die Überlegung gewöhnen, dass die Mordserie theoretisch einen viel größeren Hintergrund haben könnte.

Er schob Lukaschek zur Seite. »Gut, nehmen wir einmal an, das Ganze hat mit Spionen zu tun.« Seine beiden Assistenten stöhnten auf. »Was meinen Sie damit genau? Und was war das da beim letzten Mal, das Sie angedeutet haben?«

Isabella Kamin senkte den Kopf und strich mit einer unendlich sanften Bewegung über den Ast eines Rosenbusches. Der Schnee fiel zu Boden. »Das Stück Papier, das wir immer zwischen Tür und Rahmen geklemmt haben, war mehrmals weg. Der Ausweis von Cyrus war weg und wieder da. Und das letzte Mal, ja, das war, als die Huber mit an gredt hat, der a Wohnung gsucht hat bei uns im Haus. Das war der, der so an komischen Dialekt gehabt hat. Aber Gott sei Dank«, sie schnaufte, »kann die Huber die Piefke net leidn. Die hat's mehr mit die Habsburger.«

Wilhelm zerstäubte mit dem Fuß den Schneehaufen, der vom Ast herabgefallen war. »Und wen von all denen, die Sie vorhin aufgezählt haben, verdächtigen Sie?«

Sie zuckte mit den Schultern. »Es müssen Perser gewesen sein. Denn alle Nachbarn haben die Anweisung, jeden Fremden von meiner Tür wegzuweisen. Und dann bin ich vor drei Wochen draufgekommen, dass die alte Brauner von der Siebenertür das nicht auf Leute bezogen hat, die wie der Cyrus ausschauen, also so dunkel sind und so. Weil Landsleute dürfen Landsleute besuchen, deswegen hat sie nix gsagt. A eigene Logik, aber bitte.«

Lukaschek stand plötzlich mit dem Notizbuch im Anschlag vor ihnen. »Kashani hat also Besuch erhalten. Von wem?«

Kamin lächelte ihn milde an. »Ich war net dabei, wie ich gerade gesagt hab. Ich weiß es also nicht.«

Wilhelm schlug sich mit den Händen auf die Schultern. Diese vermaledeite Kälte. Und der Wind wurde immer stärker. »Sie wissen aber, oder ahnen es zumindest, wer ihm übel gesonnen war.«

Sie lächelte. »Habe ich alles schon gesagt.« Sie zog ihre Stirn kraus. »Und dann war da natürlich noch dieser Student.«

Wilhelm fühlte, wie ein elektrischer Schlag durch seinen Körper ging. »Welcher Student?«

»Na, dieser Porony. Harald Porony. Sie schienen mir immer die besten Freunde, wenn der Harald den Cyrus abgeholt hat.

Bis vor ein paar Tagen. Da haben sie sich im Zimmer von Cyrus angebrüllt. Und zwar so angebrüllt, dass man als normaler Mensch weiß, da ist jetzt irgendwas faul im Staate Dänemark. Ich hab nur was wie ›verlogener Feigling‹ verstanden, dann nix mehr, weil der Napoleon zum Bellen angefangen hat. Er kann es nämlich nicht leiden, wenn wer laut is. Ja, und dann ist der Porony auch ohne Gruß abgerauscht. Obwohl ich frischen Mohnstrudel gehabt hab. Und den liebt er. Für ihn hätt er unter normale Umständ sein Leben geben.«

7

Wilhelm fühlte sich wie ein Nordpolforscher. Bei jedem Schritt knirschte es. Er versuchte, in die Spuren der Kollegen zu steigen, die bereits zum Leichenfundort marschiert waren, aber das dichte Schneetreiben hatte sie schon wieder fast zugedeckt. Auch die Bäume waren mehr weiß als grau, obwohl der Wind sich redlich Mühe gab, sie zu entkleiden. Und selbst der Donauturm, das höchste Gebäude Österreichs, seit letztem Jahr der Stolz der Architektenzunft, verschwand im graupelnden Nichts, als das sich das ehemalige Gartenschaugelände beziehungsweise der nunmehrige Park im Schneegestöber präsentierte. Er blieb stehen und drehte sich einmal im Kreis. Kaum vorstellbar, dass sich hier bis vor ein paar Jahren noch unzählige Schrebergartenhütten befunden hatten. Momentan wurde in der Stadt einfach in einem unglaublichen Affentempo umgestaltet und gebaut.

Wilhelm lugte zu Lukaschek, der drei Meter entfernt durch den Schnee stapfte. Die Familie seiner Frau hatte ewige Zeiten in der Siedlung eine Hütte gepachtet gehabt. Sie war von kaum besserer Qualität als die übrigen Behausungen gewesen, und doch hatten sie alle sehr gelitten, als die Stadtregierung beschlossen hatte, das sogenannte Bretteldorf aufzulösen. Aus

Protest hatte die gesamte Familie keinen Fuß in die Internationale Gartenschau vom letzten Jahr gesetzt, trotz der Attraktion der über allem schwebenden Seilbahn, von der sich auch Wilhelm beeindruckt gefühlt hatte. Doch jetzt zeigte sein Assistent keinerlei Regung, stapfte nur vor sich hin.

Wilhelm setzte sich ebenfalls wieder in Bewegung und spürte plötzlich Kälte in seinem rechten Schuh. Nass. Eisiges Nass. Verdammt, auch die Halbstiefel hielten der Schneeattacke nicht stand. Es war zum Verzweifeln. Warum bitte konnten sich die Menschen nicht einfach nur in zivilisierten Gebieten umbringen lassen? Und warum, bitte, ließen sich derzeit überhaupt so viele umbringen?

Zum Glück war das Ende ihrer Wanderung absehbar, denn der Kaffeehaushügel lag nur ungefähr einen halben Kilometer vom Eingang in der Arbeiterstrandbadstraße entfernt. Und schon zeigten sich die Umrisse der Kollegen von der Spurensicherung. Eine graue Silhouette stand etwas abseits und kam Wilhelm seltsam bekannt vor – was natürlich abstrus war, denn dicke Mäntel und große Hüte ließen das Gros der männlichen Figuren im Winter ziemlich ähnlich aussehen. Dennoch. Die überdurchschnittliche Größe, der leichte Buckel und die deutlichen O-Beine passten nur allzu gut zu seinem Freund Dolferl. Er starrte in Richtung des Betonpfostens, der eigentlich der Donauturm war.

Mit einem Nicken schickte Wilhelm seine Assistenten zu den emsigen Kollegen und stapfte auf die Gestalt zu, die im Grunde nicht da sein sollte. »Servus, Bär. Was treibt dich da her?«

Er schnellte herum. Er starrte, er lächelte. »Servus, Fodor. Ich war spazieren …«

Dolferl wohnte im vierten Bezirk, arbeitete im ersten, war deklarierter Bewegungsmuffel und, wenn im Grünen, dann höchstens bei einem Sonnenbad im Garten des Belvedere anzutreffen. Außerdem ging kein Polizeibeamter an einem Donnerstag am Nachmittag bei dichtem Schneetreiben freiwillig an die frische Luft. Also eine glatte Lüge.

»… und da bin ich über die Leiche da gestolpert.«

»Ah ja.«

Dolferl stellte sich gerade vor ihn hin. »Was?«

»Nix.« Einen Kollegen von der Staatspolizei mit dem ersten Satz der Lüge zu bezichtigen war sicherlich keine elegante Idee. Noch dazu, wenn der ein alter Freund aus Tagen in der Polizeischule war, der Einzige in der Truppe, der vom Mord an Wilhelms Adoptiveltern wusste, mit dem er als Einzigem jemals privat in einem Puff gewesen war, der ihm nach seinem ersten Vollrausch die Speibe vom Sakko gewischt hatte und der jeden Donnerstag Gegner in der Bauernschnapsrunde und somit tatsächlich nicht nur ein alter, sondern neben Alois sein bester Freund war.

Trotzdem hörte er sich schnappen: »Was soll sein?« Wilhelm hätte den Satz am liebsten wieder eingesaugt. Er war der Klassiker der Provokation.

Dolferl wurstelte aus seiner Manteltasche eine Packung Hobby, zupfte an den Zigaretten, warf Wilhelm einen Blick von unten zu und bot ihm eine an.

Wilhelm nahm sie. Zusammenkauern, mühseliges Feuergeben. Paffen. Tief durchatmen. Und ja jeden direkten Blick vermeiden.

Dolferl stellte sich vor ihn hin und lächelte. »Es hat irgendwie so gewirkt, als tätest du mir nicht glauben.«

»Geh, wo denkst denn hin? Ein Kollege … ein Freund und nicht glauben, das geht doch gar net.« Retourlächeln.

Sie nickten einander zu. Pafften. Sinnierten den Himmel an oder vielmehr das Weiß an seiner statt.

»Ja, ich hab Luft gebraucht. Die ist bei uns gerade sehr stickig. Der Chef is …« Dolferl räusperte sich. »Na ja, viel zu tun haben wir gerade.«

»Ja, der Lukaschek hat mir das erzählt. Und dem hat's der Hirzinger erzählt. Weil der nämlich was für uns machen sollt, aber ihr ihm immer irgendwelche Aufträge gebts als dem Spezialisten.« Er drehte sich frontal zu seinem Freund. »Geh, stimmt das, dass ihr ihn abwerben wollts?« Neuerliches Lächeln.

»Werd ma sehen.« Kampflächeln retour.

Wilhelm ließ die Mundwinkel fallen, ihm tat schon der ganze Kauapparat weh. »Und du hast also die Leiche gefunden. Interessant.«

»Wieso?«

»Na, das Bildl von diesem … diesem …«

»Leherb. Maître Leherb.«

»Ja, genau, also diese Mauer da, die ist doch sehr prominent. Und da werden doch schon ein paar andere vorbeigegangen sein. So spät am Tag.«

Dolferl sah sich um. »Wer weiß, das Wetter ist ja nicht gerade einladend.«

»Eben. Und es ist statistisch gesehen höchst unwahrscheinlich, dass der Mann mitten am Tag gmacht wordn ist.«

Er fuhr herum. »Sag, Fodor, willst du mir irgendwas mitteilen?«

»Gar nichts. Ich denke nur nach. Aber du hast recht. Ich werde mich zuerst informieren.« Er hielt dem Blick seines Freundes stand. »Also wie lange der da schon liegen mag. Und so halt.«

»Wahrscheinlich hat ihn keiner entdeckt, weil er so zusammengekauert da gelegen is. Zugeschneit. Hat eigentlich ausgeschaut wie ein Mistsackel.«

»Und du wolltest zusammenräumen?« Wilhelm hätte sich schon wieder ohrfeigen können für seine Süffisanz.

Dolferl lachte auf. »Kennst mich doch. Etepetete bis in die Zehenspitzen.«

Das stimmte allerdings. Das kleinste Flankerl im Bier bedeutete Schweigekrieg mit Wirtin Wilma. Trotzdem klang das Ganze unglaubwürdig. Aber er konnte doch seinen Freund nicht so einfach … er sollte jedoch … Wilhelm spürte einen Stich hinter dem rechten Auge, Druck im Kopf. Er wollte am liebsten –

»'tschuldigung, Herr Chefinspektor, können S' uns schon was sagen? Ist es wieder ein Student?«

Ein Mikrofon schob sich in Wilhelms Gesichtsfeld. Darüber grinste ihn der Pechsteiner von der Kronen Zeitung an. Eine miese Ratte. »Schleich di!« Wilhelm wurde entsetzlich heiß.

»Oba, oba, wer wird denn glei so –«

»Schleich di oder …« Er spürte einen harten Griff um sein rechtes Handgelenk und merkte dadurch erst, dass er mit erhobenem Arm dastand. Der Griff drückte den Arm nach unten.

»Der Chefinspektor ist gerade schwer im Einsatz«, hörte er Dolferl säuseln.

Aus dem Augenwinkel sah er, wie sein Freund die Hand nun auf Pechsteiners Schulter legte und diese tätschelte. »Mein Kollege wird sich so bald wie möglich bei Ihnen melden.«

»Des kenn ma schon. Aber die Öffentlichkeit –«

»Wissen wir. Und das wollen wir auch. Aber nicht jetzt.«

Beim letzten, scharf gesprochenen Wort zuckte Pechsteiner zusammen und schlurfte zurück zur Absperrung.

»Dank dir.«

»Kein Problem.«

»Ich weiß nicht, was –«

»Vergiss es.«

Wilhelm sah Dolferl an. »Na gut, mein Freund, dann bis später. Wir brauchen noch deine Aussage fürs Protokoll.«

»Natürlich. Wobei da nicht viel mehr kommen wird. Spazieren, finden, ewig zum Wirtshaus vorn hatschen, telefonieren, auf euch warten. Das war's.«

»Trotzdem.«

»Klar.«

Sie nickten einander zu. Warfen gleichzeitig die inzwischen von selbst ausgegangenen Zigarettenstummel in den Schnee – also eigentlich in den Wind. Die Stummel wurden mitten im Flug vom Nichts verschluckt.

Wilhelm stapfte Richtung Fundort, hörte ein »Bis heut Abend!«, winkte über die Schulter zurück und spürte sein

Herz klopfen. Wenn es nun wirklich Kashani war ... Solche Zufälle gab es einfach nicht. Aber sein Freund war viel zu intelligent, um tatsächlich selbst die Polizei zu rufen, falls er etwas damit zu tun hatte. Etwas. Damit. Zu. Tun. Hatte. Nein, er konnte doch nicht einmal im Ansatz den Gedanken zulassen, dass Major Adolf Bär von der Staatspolizei mit ... dem Tod eines Persers zu tun hatte. Ein wesentlicher Bestandteil einer Ermittlung zu zwei eventuell politisch motivierten Morden war. Nein, nein, nein, Isabella Kamin hatte ihn mit ihren Stasigeschichten ganz durcheinandergebracht und ...

Wilhelm reckte es. Er beugte sich vornüber. Ließ die Peristaltik tun, was sie tun zu müssen glaubte. Es kam nur Speichel aus seinem Mund. Er schickte ein Husten hintennach. Ein sich übergebender Polizist war peinlich. Noch ein Husten. Und plötzlich sah er nur mehr weiße Kreise, in den Ohren brandete Rauschen auf.

»Na, wirst auf deine alten Tag empfindsam?«

Ein Taschentuch schob sich vor sein Gesicht. Wilhelm nahm es und wischte sich den Mund. Richtete sich auf. Sah sich Waller gegenüber. »Zu viel gegessen.« Eigentlich zu wenig natürlich. Denn bei Anne hatte er nur geschwind ein paar Löffel von der Suppe genommen, die immer bei ihr auf dem Ofen stand. Heute war es eine Erdapfelsuppe mit Speckwürfeln gewesen.

»Du Glücklicher, ich hab's seit bald zwei Wochen mit dem Magen. Na, wird auch wieder vorbeigehen.« Waller drehte sich Richtung Tumult. »Also, wir haben da einen jungen Mann, arabischer Typ, Genickbruch. Ganz unappetitlich. Ich mag das nicht, kann ich dir sagen, ich mag das einfach nicht. Zum Beispiel auch, wenn wer aus dem Fenster fallt und sich das Kreuz bricht. Sich dann selber seine Fersen anschaut. Unappetitlich, einfach unappetitlich. Da ist mir jede Schuss- oder Stichwunde tausendmal lieber.«

»Ja, so hat halt jeder seine Vorlieben.«

Waller musterte ihn und zog die Augenbraue in die Höhe.

»Ja, wird wohl so sein.« Er schaute wieder Richtung Leiche. »Jedenfalls scheint das die Todesursache zu sein, wenn bei der Beschau nicht noch irgendein Gift oder so auftaucht. Aber selbst dann …« Er wiegte den Kopf. »Na, wir werden sehen.« Er drehte sich zurück. »Fundort scheint Tatort zu sein, aber die Spurenlage ist natürlich unter diesen Umständen bescheiden. Deine Leute bemühen sich redlich, aber ich hab da so meine Zweifel, dass sie was Wesentliches finden.«

»Ja, na, warten wir's einmal ab. Todeszeitpunkt?«

»Schwierig, ganz schwierig. Auch wenn der Bursch nicht besonders korpulent ist, kann uns da bei diesen Temperaturen der Ansatz von Fettstarre hineinpfuschen …«

»Ungefähr, Bertl, nur Daumen mal Pi. Vor Tagen? In der Nacht? Vor ein paar Stunden?«

Der Gerichtsmediziner seufzte. »Der Rigor ist noch kaum ausgebildet. Die Totenflecken fangen an zusammenzufließen. Irgendwo bei drei bis vier Stunden.«

Wilhelm schwindelte ansatzlos. Er griff nach Wallers Arm – obwohl sämtliche Stimmen in seinem Kopf »Peinlich!« schrien. »'tschuldige. Vielleicht war's auch verdorben. Das Essen.«

»Geht schon in Ordnung.« Er fasste nach Wilhelms Arm, sah gleichzeitig Richtung Straße.

Wilhelm folgte seinem Blick. Der dichte Schneevorhang hatte sich wegen des immer stärker werdenden Windes etwas gelichtet, und man konnte Dolferls Schatten sehen. Sein Freund schien auf etwas zu warten – sein Umriss zu pulsieren.

»Er muss ihn ziemlich bald nach dem Exitus gefunden haben.«

Wilhelm richtete sich gerade auf und atmete durch. »Na, das ist ja vielleicht was. Kann doch sein, er hat etwas gesehen, dessen Bedeutung er noch nicht realisiert hat.«

»Als Kieberer?« Tiefster Zweifel schwang in Wallers Frage mit.

Wilhelm löste sich von Wallers Stütze. »Es ist sicher ein

Unterschied, ob wir beruflich zu einer Leich gerufen werden oder ob wir privat über eine stolpern.« Er hörte sich zu und fragte sich, warum man als Freund so begnadet war, exzellente Ausreden für Freunde zu finden. »Was meinst übrigens mit arabischer Typ?«

»Na ja, er hat eine gewisse Ähnlichkeit mit dem Schah. So ein Typ halt. Von da drüben irgendwo.«

Es nützte alles nichts, sein Körper erfand gänzlich umsonst Ausreden, um nicht zur Leiche gehen zu müssen. Es gab jetzt nur ein Ziel. »Gut, Bertl, so weit alles klar.« Wilhelm richtete sich Schal und Hut, straffte sich. »Und auch wenn du das nicht hören magst und auch wenn es eigentlich völlig überflüssig ist, muss ich es dieses Mal doch sagen: Bitte, gib mir so schnell wie möglich den abschließenden Befund.«

Verzögertes, dann großes, fragendes Nicken gegenüber.

»Ja, wenn es der Mann ist, von dem ich glaube, dass er es ist, dann haben wir ein ziemliches Problem. Noch dazu, wenn er nicht von hinten erstochen worden ist.«

»Verstehe.«

»Gut.«

Sie nickten einander zu.

Wilhelm stapfte zu seinen Kollegen. Auf gleicher Höhe robbte sich der Leichenabholdienst durch den Schnee. Er winkte den Männern zu und stoppte neben Fischer. »Und? Irgendwelche Spuren?«

Sein Assistent schüttelte den Kopf. »Wie denn?« Er umfasste das Weiß mit einer ausholenden Bewegung beider Arme. »Bis jetzt auch keine Tschick oder ein verlorenes Taschentuch oder sonst was. Sie suchen weiter, aber ich glaube nicht, dass wir was finden.«

»Wer wäre da denn so defätistisch?« Wilhelm zwang sich zu einem kumpelhaften Stoß mit dem Ellenbogen.

»Ja, haben S' eh recht, Chef. Wart ma's ab.«

»Und irgendein Hinweis auf die Identität?«

Fischer schleuderte es förmlich. »Oh! Entschuldigung,

Chef. Natürlich. Also wir haben ihn gerade vor einer Minute gefunden, den Ausweis. Also eigentlich die Börse. Da drüben. Der Reiser ist zufällig draufgestiegen, sie war schon ganz zugeschneit. Und es ist«, er seufzte, schloss dabei die Augen, »der Perser.«

»Cyrus Kashani.«

Nicken.

Wilhelm trat zur Leiche. »Nur dass dieses Mal wer anderer zugeschlagen hat. Also zugedreht. Wie auch immer. Keine Stichverletzungen.« Er ging in die Hocke und studierte das völlig ausdruckslose Gesicht des Toten, der tatsächlich eine Ähnlichkeit mit Schah Reza Pahlavi aufwies, nur war er jünger und weicher in den Gesichtszügen. Aber er ähnelte auch den beiden Phantombildern. »Wieso ist er nicht erstochen worden? Haben wir's mit zwei verschiedenen Tätern zu tun? Was ist da los bei dieser Bagage?« Und die von ihm zur Seite geschobene Nichtspur mit den Persern wurde nun doch zu einer Spur, ob er wollte oder nicht, ob er sich einen Zusammenhang vorzustellen vermochte oder nicht. Und zwar zu einer sehr aufdringlichen Spur.

»Schau amal, Chef.« Fischer hielt ihm ein Foto entgegen, das er offensichtlich aus der Geldbörse gekramt hatte.

Es zeigte Sieglinde Wagner. Das Schneewittchen.

»Schaut«, forderte auch Lukaschek auf und trat zu ihnen, »was wir gefunden haben.« In seiner Hand baumelte ein Plastiksackerl mit einem Messer.

Wilhelm nahm es entgegen. »Ich will die Fingerabdrücke. Sofort.«

8

Wilhelm schlug den Kragen zum hundertsten Mal hoch, um sich etwas mehr gegen den Wind zu schützen, und stapfte los.

Das Wetter hatte sich gegen sie verschworen. Aber nicht nur das, auch die Zeugen. Er spürte jetzt noch den Zorn, der in ihm aufgelodert war, als sie vor Isabella Kamins verwaister Wohnung gestanden waren. Sie sei zu ihrer an Grippe erkrankten Schwester, und nein, sie wisse den Nachnamen derselben nicht, hatte die Hausmeisterin ihre Hoffnung, sogleich das Zimmer von Kashani untersuchen zu können, vernichtet. Und mit Gefahr in Verzug hatten sie beim besten Willen nicht argumentieren können, denn das Zimmer lief ihnen ja nicht davon.

Dann die Wagner-Geschwister: niemand zu Hause und kein Hinweis, wo sie sein könnten. Und überhaupt logen alle und schienen gänzlich uninteressiert, sie bei der Suche nach dem Mörder zu unterstützen. Und so blieb ihnen als nächster Arbeitsschritt nur, den Letzten auf der Liste, diesen Josef Tischler, aufzusuchen. Vielleicht war er ja nicht so verschlossen wie die anderen und sie bekamen ein paar Erkenntnisse.

Er blieb bei der Nummer sechsundzwanzig stehen. Die Haustür war abgesperrt. Er klingelte bei der Hausmeisterwohnung. Natürlich hätten sie die Zeit auch nützen können, der Frau Hofrat Matelka noch einmal auf den Zahn zu fühlen, aber Wilhelm hatte irgendwie das Gefühl, dass das nichts brachte, bevor er bezüglich dieser Dame nicht mehr Informationen hatte, sie besser einordnen konnte. Noch hatte Berner nichts Bemerkenswertes gefunden.

Wilhelm schaute die Piaristengasse hinauf. Dort vorn um die Ecke, dann vielleicht fünfhundert Meter die Josefstädter bergab, und es wartete ein saftiges Schnitzel auf ihn. Inklusive des verständnisvollen Bierservices von Frau Wilma. Da könnte er einmal in Ruhe den ganzen Irrsinn sortieren, das Gefühl loswerden, von den Ereignissen der letzten Tage überrannt zu werden – wenn da nicht die übliche donnerstägliche Kartenpartie wäre, zu der auch Dolferl kam, wie er im Park angedeutet hatte. Gott sei Dank war er Wilhelms Spielgegner, so war er nicht gezwungen, ihm in die Augen zu sehen. Er wandte sich dem Eingang des Hauses zu und seufzte.

Lukaschek seufzte zeitgleich. »Des wünscht sich die Anneliese schon ewig.« Er starrte in die Auslage neben der Eingangstür. Eine Plissieranstalt, die auch ein Geschäft für Posamenten war. Lukaschek wandte sich zu Wilhelm. »Sie will a Abendrobe, weißt eh, so was Langes, Pompöses, und da muss ein Kragen drauf sein, der grad a so ausschaut wie das da.«

»Und wo will s' das tragen? Habts Karten für den Opernball?«, feixte Fischer.

Lukaschek machte eine wegwerfende Handbewegung. »Depp, du. Na, wir wollen unsere Lumpenhochzeit feiern. Ganz groß. Mit allen Gästen von der Hochzeit. Weil die Anneliese meint, die silberne kann ja a jeder feiern.«

Wilhelm grinste ihn an. »Lumpen? Hochzeit?«

Lukaschek warf die Arme in die Höhe. »Ja, fünfzehn Jahre! Unglaublich, oder net? Fünfzehn Jahre halt es die Anneliese jetzt schon mit mir aus.«

Fischer schüttelte den Kopf. »Die verdient den Nobelpreis und net an gfaltelten Kragen.«

Wilhelm drückte den Klingelknopf ein zweites Mal. Gleichzeitig wurde über ihnen ein Fenster geöffnet. Sie wiesen sich aus, und der Kopf des Hausmeisters verschwand, um ein paar Sekunden später zwischen Tor und Tür wieder aufzutauchen. Er trug eine ausgeleierte braune Hose und ein verwaschenes geripptes weißes Unterleibchen. Es bedeckte den Körper definitiv zu wenig. Nicht nur, weil Wilhelm sofort beim Anblick der nackten Haut noch kälter wurde, sondern auch, weil an Armen, Hals und Brust graue und schwarze Haare in die Welt quollen. Sie rekelten sich förmlich dem Gegenüber entgegen. Feucht glänzend.

»I mag des gar net, wenn wer was angestellt hat im Haus.«

Wilhelm setzte seine Miene vom guten Onkel Doktor auf. »Hat er ja nicht. Wir müssen ihn nur was fragen.«

Mit einem Schnaufen ließ der Mann sie ein. Er trippelte vor ihnen in den ersten Stock, eine Fahne von abgestandenem Schweiß hinter sich herziehend. »Und außerdem störts ihr mich beim Trainieren. Wir haben Bezirksmeisterschaften. Mittelgewicht. Nächste Woche. Jetzt kann i mit di Liegestütz wieder von vurn anfangn.«

»Gewichtheben?«, fragte Fischer.

»Was sunst?« Der Mann bedachte sie mit einem Blick, als hätte er es mit lauter Vollidioten zu tun.

Wilhelm holte tief Luft. Das Haarmonster konnte nichts dafür, dass es zutiefst unsympathisch war. Oder vielleicht doch. Aber darüber wollte er jetzt nicht nachdenken.

Der Mann läutete bei der Tür rechts. »Herr Tischler?« Erneutes Klingeln. »Joschi?« Er wandte sich zu Wilhelm. »Seine Eltern, die san weg. Besuchen die Mutter von der Frau. Und der Joschi, also ja, der nutzt so was ganz gern aus. Is dann lang unterwegs in der Nacht. Fragen S' mi net, i kenn diese ganzen Lokale net. Auch wenn er mir immer davon erzählt. Und jetzt« – Klingeln – »wird er wieder amal schlafen.«

Nichts.

»Vielleicht ist er weggegangen?« Wilhelm lächelte das Haarmonster freundlich an.

»Na, sicher net. Ich seh alles und jeden.«

Klingeln.

Das Haarmonster richtete sich gerade auf und sog den Speichel durch die Zähne. »Na, da weiß i jetzt net. Was da los ist. Er ist nämlich sicher da.«

»Woher wollen S' das so genau wissen?«

Der Mann drehte sich langsam zu Wilhelm, hob ebenso langsam die Arme mit nach vorn gestreckten Handflächen und dann gleichzeitig beide Augenbrauen. »Weil i alles und jeden siech und hör?«

Wilhelm spürte seine Faust, wie sie sich ballte, und konzentrierte sich mit aller Kraft darauf, sie in die Hosentasche zu stecken.

Fischer trommelte gegen die Tür. Brüllte Tischlers Namen. Trommelte erneut. Schrie: »Feuer! Es brennt!« Rüttelte an der Klinke.

»Lass es. Der ist nicht da«, versuchte Wilhelm ihn von weiteren Tätlichkeiten abzuhalten.

»Der is da. Na, des hamma gleich.« Der Hausmeister rannte die Treppen hinunter.

Sie sahen einander an, stierten den Treppenabsatz an.

Der Mann kam mit einem Schlüssel klimpernd zurück. »Damit könn ma schauen, ob drin ana steckt. Ihr habts da do sicherlich a Erlaubnis, oder net?«

Die hatten sie natürlich nicht, denn man stürmte nicht einfach so in die Wohnung eines unbescholtenen Zeugen. Aber Wilhelm spürte, wie sich der Zorn von vorhin wieder breitmachte – ständig die Behinderung ihrer Arbeit, nur weil jemand einfach seine Schwester besuchte oder sich in Ruhe den Rausch ausschlief wie dieser Tischler. Und in den Gesichtern seiner Assistenten sah er denselben Ärger. Er nickte Fischer zu.

Der legte die Hand ans Ohr. »Da war ein Schrei. Ganz sicher. Da is Gefahr in Verzug.«

Der Hausmeister grinste und steckte den Schlüssel in die Öffnung. Kein Widerstand. »Do net daham. Versteh i net. Fast gespenstisch.« Er schloss auf. »Des is wirklich komisch.«

Wilhelm fühlte sich plötzlich alarmiert und flüsterte: »Sichern!«

Fischer zog den Hausmeister vom Eingang zurück und lehnte ihn an die Wand neben der Tür. »Da bleiben S', oder sonst haben S' Probleme.«

Lukaschek zog seine Waffe und hielt sie im Anschlag, nickte Fischer zu, der sich daraufhin sofort mit seiner Waffe auf Schutzposition begab.

Lukaschek betrat die Wohnung. »Herr Tischler?« Er stieß die Tür rechts vom Eingang auf und hielt die Waffe hinein, tat dasselbe links. Schüttelte den Kopf.

Fischer folgte ihm, besah die Räume. »Klo frei, Abstellraum frei.«

Die beiden arbeiteten sich auf diese Weise durch bis zum

Wohnzimmer, das sich auf der Stirnseite des Flurs befand. Sie ließen die Waffen sinken. Schwiegen.

Wilhelm folgte ihnen, kehrte um, schloss die Tür vor der Nase des Hausmeisters, war mit drei Schritten bei ihnen.

Josef Tischler lag vor dem Fenster. Sein Rücken wies eine Stichverletzung auf.

»Wer von uns sagt jetzt ›Net scho wieder‹?«, murmelte Fischer.

Wilhelm sah sich im Wohnzimmer um. Nichts. Tat dasselbe im Flur. Nichts. In der Küche vielleicht? Nichts. Er stürmte aus der Wohnung, packte das Haarmonster am Arm und schleifte es hinunter zur Hausmeisterwohnung. Was dieses widerstandslos mit sich machen ließ. Brüllte: »Wo?«

»Was?«

»Telefon!«

»Da!«

Wilhelm informierte die Kollegen. Verschnaufte.

»Also …« Er stellte sich vor dem Hausmeister auf. »Sie, der Sie ja alles und jeden im Haus registrieren, haben sicher auch den Mörder gesehen. Beschreibung.«

»Mörder?«

»Mörder.«

»I hab gar nix gsehn.«

»Jetzt auf einmal?«

»Was heißt, jetzt auf einmal? Bin i Gott?«

»Sie kriegen doch alles mit?«

Das Haarmonster sank auf einen der Sessel, die um einen Esstisch gruppiert waren. Er nahm das Hemd, das darauflag, und wischte sich damit die Stirn ab. »Des sag i immer nur, damit die mir das glauben und eine Ruh in der Hüttn is. Wenn s' sich beobachtet fühlen, machen s' weniger Blödsinn.«

»Ah ja.«

»Ja, i hör gern Radio.« Der Mann zuckte mit den Schultern. »Und dann trainier ich ja auch viel.«

»Aber die Leute müssen ja läuten bei Ihnen …«

»Tagsüber net. Erst wenn's dunkel wird, sperr i zu, also jetzt um die Zeit so was um fünfe.«

Mit einem Mal fühlte sich Wilhelm unendlich schwach. Er setzte sich auf einen der beiden Sessel, die beim Tisch standen. »Herr …?«

»Meier. Mit ei. Stanislaus Meier.«

»Herr Meier …« Und ihm fiel sonst nichts ein.

Er versagte gerade auf der vollen Länge. Und Berners Rundruf hatte nichts genützt. Der vierte Mord in drei Tagen. Der zweite innerhalb von wenigen Stunden, denn das Blut von Tischler war noch nicht getrocknet. Sie waren unfähig, blind, eine Gefahr für die Menschheit. »Haben Sie einen Schnaps?«

Der Hausmeister sprang auf. »Natürlich, Chef. Was hätten S' denn gern, Herr Inspektor? An Nussanen? A Marille? A Birne? Oder a Zwetschge?«

»Eine Birne, bitte.«

»Kommt sofort.« Der Hausmeister wieselte zur Kredenz und machte sich ans Werk.

Vier Morde in drei Tagen. Alle aus demselben Klüngel. Und sie taten nichts. Wussten nichts. Vermochten nichts.

Ein kleines Glas landete vor ihm auf dem Tisch. Er nahm es und stürzte den Inhalt in einem Zug hinunter. Der Klare rann wie Öl durch die Gurgel. Gute Qualität. Er streckte dem Mann das Glas entgegen. »Auf einem Bein steht man schlecht.«

»Sofort, Herr Inspektor.«

Wilhelm stürzte auch die zweite Birne hinunter. Der Mann schenkte ohne zu fragen nach.

Nun nahm Wilhelm einen kleinen Schluck. Zündete sich eine Zigarette an. »So, und jetzt redma Tacheles. Sie haben also nicht alles gesehen. Aber was haben Sie gesehen?«

Meier klemmte die Hände unter die Achseln, wippte nach vorn und nach hinten. »Ich weiß es do net. I hab da noch nie so ein Auge dafür gehabt wie die Hanni. Is doch jeden Tag des Gleiche. Des Kommen und Gehen.«

»Hanni? Ihre Frau? Wann kommt sie zurück?«

»Wissma net, kann lang dauern. Hat an Unfall ghabt. Is vor a Auto grennt.«

Wilhelms Blick fiel auf den vollen Aschenbecher auf dem Tisch. Dort fand nicht einmal mehr der Kopf eines Zündholzes Platz. »Dürfte ich …?« Er hielt die Tschick in die Höhe.

»Klar.« Meier wippte weiter, der Aschenbecher blieb voll.

In Frau Hannis Anwesenheit hätte er wahrscheinlich schon einen frischen Aschenbecher, ein geöffnetes Fenster und einen Kaffee zum Schnaps serviert bekommen. Wilhelm schwor sich, auch wenn es noch ewig dauern sollte, bis er in den Hafen der Ehe segelte, sich niemals derart gehen zu lassen. Er nahm den blechernen Zigarettenfriedhof und ging damit zur Abwasch, öffnete das Kastel darunter und wurde wie erwartet fündig. Er entleerte das Ding in den Mistkübel und setzte sich wieder.

»Wir gehen jetzt alles der Reihe nach durch. Vom Aufstehen weg. In Ordnung?«

Nicken.

»Also? Haben S' was gehört beim Frühstücken? Beim Waschen?«

Kopfschütteln.

»Haben S' beim Fenster rausgeschaut?«

»Ja. Und i hab mi geärgert, dass i den ganzen Tag wahrscheinlich nix anderes als Schneeschaufeln werd machen müssn.« Er sah Wilhelm von unten an. »I bin heut net amal, sondern drei Mal aufgestanden. Gestern a scho. Muss ja die Gehsteig machen.«

Wilhelm empfand beinahe so etwas wie Empathie für Meier. Bei solch einem Sauwetter hatten es Hausmeister wahrlich nicht leicht.

»Den ganzen Tag nix als Schaufeln. Kaum war i fertig und hab mir a Bierli gönnt, hab i schon wieder loslegen können. Des Trainieren is si fast net ausgangn. Ich sag's Ihnen …« Er sank wieder in sich zusammen. »Und dann schimpfen s' einen auch noch. Wenn ma ihnen versehentlich was über die Füß schaufelt.«

Bierli. Sicher nicht nur eines. Kein Wunder, dass der Mann wahrscheinlich schon am Vormittag nichts mehr gesehen und gehört hatte. Wilhelm dämpfte die Zigarette aus.

Meier sprang auf. Stocherte mit dem Zeigefinger in Wilhelms Richtung. Sein Gesicht strahlte. Er wieselte zur Kredenz und holte sich selbst ein Schnapsglas. Schenkte sich ein, kippte es. »I kann mi doch erinnern.«

»Sie haben einen Verdächtigen bemerkt?«

»Ka Ahnung, ob die verdächtig sind, aber sie sind net jeden Tag da. Sind mir also aufgefallen, vor allem, weil die *Mamsell*, des gschraubte Dirndl, gematschkert hat, dass i den Gehsteig net breit genug freischaufle.«

»Gut, und wer war es?«

»Freund von ihm.«

»Welche Freunde? Namen? Wie haben s' ausgeschaut?«

»Keine Namen. Interessiert mi des? Und ausgschaut?« Meiers Blick wanderte zum Plafond. »A sehr fesches Mädl, so ganz schwarze Haar und rosige Wangen, fast so wie in dem Märchen«, er sah Wilhelm an, »wissen S' eh, des mit dem Ebenholz ...«

Schneewittchen. Sieglinde Wagner. Das Fräulein war ganz schön frech. Ihnen, der Polizei gegenüber, herrschte Funkstille, und dann besuchte sie mit ihrem Bruder, dem angeblich so Kranken, einen Studienfreund.

»Aber er ... den kann ich schwer beschreiben. Größer als sie. Ja, des schon. Aber sonst?«

Also nicht Theobald Wagner. Unscheinbar und nicht zu merken, das traf in dieser Härte nur auf Dieter Holzer zu. Der Besuch der beiden war allerdings nur logisch, wenn auch nicht gerade in dieser Konstellation. Er konnte sich gut vorstellen, dass der Rest der Gruppe ein großes Bedürfnis verspürte, sich auszutauschen, die Angst zu teilen. »Und sonst niemanden?«

Meier schenkte sich nach, drehte sich eine Zigarette, hob abwechselnd die Augenbrauen. »Doch, am Nachmittag, so um eins, vor meinem Schlaferl, da bin i mit einem zsammgrennt, der gerade aus dem Haus rauswollte. Reingehen hab ich ihn nicht gesehen.« Er leckte ganz langsam das Papier. »Das war der Mörder, Herr Inspektor. Der hat so finster dreingschaut.« Er fuchtelte vor seinem Gesicht. »Den Hut, den hat er ganz tief im Gsicht ghabt. Ganz dunkle Augen. Alles dunkel. Wie der Teufel hat er ausgschaut.«

Der große Unbekannte vom Stadtpark? Der vielleicht Cyrus Kashani war. Seit dem Messerfund am Nachmittag kreiste auch diese Variante durch seinen Kopf. Bei ihr hätte Kashani zu Mittag Tischler erstochen und wäre kurz danach ebenfalls zum Opfer geworden. Aber warum? Sie brauchten endlich für wenigstens irgendetwas ein Motiv.

Blieb nur zu hoffen, dass die Besucher wirklich Sieglinde Wagner und Dieter Holzer gewesen waren und ihnen irgendetwas an Tischler aufgefallen war. Er würde sie gleich morgen in der Früh ins Büro holen lassen. »Sagen Sie, das Pärchen, war das vor oder nach dem Mann da?«

Meier presste die Augen zusammen. »Vorher. Bei meinem Gabelbissen. So um zehne.«

Sie hätten den Tag doch mit Tischlers Befragung beginnen sollen, da hatte er noch gelebt.

Ein Martinshorn wurde hörbar.

9

Wilhelm huschte noch geschwind vor dem J-Wagen über die Straße. Heftiges Gebimmel war die Folge. Aber er konnte keine Sekunde länger als notwendig seinen Hunger ertragen. Am liebsten hätte er sich überhaupt in Essen vergraben – Augen zu und Salatblatt über den Kopf. Außerdem gehörten die Birnen von Meier gebändigt. Sie hatten von einer Sekunde auf die andere ihre Wirkung entfaltet. Er hatte gerade noch mit letzter Konzentration gegenüber Fischer und Lukaschek sowie den anderen Kollegen seine Anweisungen geben und um die Ecke verschwinden können, bevor er sich mit massivem Schwindel an die nächstbeste Hausmauer lehnen musste. Das war sie wieder einmal, die Bestätigung, dass Alkohol im Dienst nichts zu suchen hatte.

Er verfluchte sich wegen seiner Unpässlichkeit. Lüftete den Hut und strich sich die Haare glatt. Nein, nein, es war alles so weit in Ordnung. Der Tatort wurde gesichert, und seine Assistenten trieben bis morgen die Wagners und Dieter Holzer auf, schleiften sie aufs Kommissariat. Er konnte und durfte sich erholen, seine Gedanken ordnen.

Er griff zur Klinke, ließ ab. Da drinnen wartete nicht nur ein Essen, sondern auch Dolferl. Eigentlich war sein Freund ein Zeuge, und tatsächlich wollte er ihn nicht sehen.

Wilhelm wandte sich zur Straße.

Doch dann hätte er rechtzeitig die anderen verständigen müssen, woran er bei der Flut der Ereignisse wahrlich nicht gedacht hatte. Aber nun ohne Kommentar nicht zu erscheinen war unfair. Und essen musste er auf jeden Fall. Es galt einfach, jede Erörterung des Falls an ihrem Beginn zu stoppen. Und Dolferl einfach nur als das zu sehen, was er in den nächsten Stunden sein sollte: sein erbitterter Feind beim Kartenspiel.

Wilhelm straffte sich, betrat Frau Wilmas gastliches Haus. Die wohlige Geruchsmischung von feuchten Mänteln, Bierdunst, Zigarettenrauch und angerösteten Zwiebeln umfing ihn. Mittendrin – die Quelle schien sich bei der Budel zu befinden – waberte die Penetranz von Pitralon. Es war ihm ein Rätsel, warum seine Geschlechtsgenossen in diesem Rasierwasser badeten. Ihm selbst wurde jedes Mal, wenn er es irgendwo frisch aufgetragen roch, speiübel. Da nahm er in der Not zum Desinfizieren lieber reinen Alkohol.

Er schüttelte den Schnee von seinem Hut, streifte die weiße Schicht auch von seinen Schultern.

»Für was hamma an Windfang, Herr Inspektor?«

Wilhelm zuckte zusammen, schob mit dem Schuh den

Schnee hinter den Vorhang und drehte sich mit einem Lächeln zur Wirtin. »Frau Wilma, gewähren Sie einem schlimmen Buben trotzdem Gastfreundschaft?«

Natürlich würde sie, das wusste sie, und das wusste er, denn das Geschäft mit den vier Musketieren, wie sie seine Freunde und ihn nannte, würde sie sich nie im Leben entgehen lassen – das aber nur gering ausfiele, fehlte auch nur einer, denn dann löste sich die restliche Runde viel zu schnell auf. So gesehen musste er auch für Frau Wilma die Begegnung mit Dolferl durchstehen.

Prompt deutete sie in die Mitte des Lokals zum Stammtisch, wo gerade sein Partner Hansi einen kräftigen Schluck vom Bier nahm, neigte schräg den Kopf und erschien ihm mit dieser Geste einmal mehr wie die Mutter von Kaiser Franz Joseph in den »Sissi«-Filmen. Überhaupt erinnerte sie ihn an die Darstellerin derselben, an Vilma Degischer – die lange, gerade Nase, der kleine, dennoch sinnliche Mund, die dunklen Haare, wie immer in Locken gelegt, und die schräg geschnittenen Augen, die so hinterlistig lachen konnten. Eine harte Schönheit, die mehr versprach, als sie preiszugeben bereit war. Kein Wunder, dass viele der Stammgäste nur ihretwegen kamen.

Wie der Poet, der leider auch heute an seinem gewohnten Fensterplatz neben dem Eingang saß und an dem sich Wilhelm jetzt vorbeizwängen musste. Hoffentlich redete der Mann ihn nicht schon wieder an. Wilhelm war sich nicht sicher, ob er nach diesem furchtbaren Tag genug Willensstärke aufbrachte, das Geschwafel des Mannes nicht mit einem Faustschlag zu beenden.

»Wie immer?«

Wilhelm zuckte aus seinen Gedanken auf. Am Tisch links von ihm stand Frau Wilma mit leeren Gläsern in der Hand.

»Ich hab nicht auf die Tafel … Ich wollte einfach nur herein.« Er schenkte ihr neuerlich ein großes Lächeln.

»Tagesspeise sind Linsen mit Knödel. Und Speck.«

»Wunderbar! Und ein –«

»Pilsner. Groß. Da werden S' aber wieder verlieren.«

»Nein, heute bin ich ganz bei der Sache.« Wenn sich die Birnen irgendwann verflüchtigt hatten.

»Na, das hoffe ich!« Sie zuckte mit der Augenbraue.

»Versprochen.«

Sie nickte und schwebte von hinnen.

Nun denn, am Eingang Wurzeln zu schlagen war die schlechteste Variante, sich an der Budel vorbeizuquetschen und in Pitralon zu ersticken die zweitschlechteste, also dann der Poet. Blick senken und los.

Dessen Hand schnellte nach vorn und hielt Wilhelm am Arm fest. »Ich glaub, Herr Chefinspektor, ich habe Sie gestern beleidigt. Ich hab was Unschönes zu Ihnen gesagt. Bitte verzeihen Sie mir. Ich war nicht mehr ganz … na, Sie wissen schon.«

»Ist in Ordnung.« Wilhelm ruckte mit seinem Arm, aber die Finger blieben festgekrallt.

»Nein, ehrlich, es ist mir wirklich ein Bedürfnis, dass Sie mir das nicht übel nehmen.«

Die Befindlichkeiten dieses Widerlings waren ihm so etwas von egal. Wilhelm riss den Arm los und beugte sich zu ihm hinunter. »Ich nehme Ihnen ganz was anderes übel, nämlich Ihr ewiges Phantasieren von der Rückkehr der Herrenrasse an die Macht.« Sofort bereute er das Gesagte, denn er hatte sich in Hinblick auf seine Gesundheit geschworen, sich nicht mehr mit solchen Leuten auf Diskussionen einzulassen.

Der Poet ergriff nun Wilhelms anderen Arm und beugte sich ebenfalls vor. »Wir sind keine Phantasten. Wir sind alles honorige Leute –«

»Honorig!«, lachte Wilhelm auf.

»*Honorige* Leute, die wissen, was sie tun. Und wir haben die Positionen, um zu tun, was getan werden muss. Und bald schon –«

»Geht's vielleicht noch kryptischer?« Wilhelm streifte ein zweites Mal die Hand des anderen ab. »Der Krieg ist aus,

Deutschland besetzt, Österreich neutral, und außerdem gibt es da noch den Paragrafen drei. Also …«

»Der interessiert dann niemanden mehr, wenn wir das Öl und damit die Macht haben, weil ja sowieso …« Abrupt distanzierte sich der Poet, griff nach seinem Glas Rotwein, schwenkte es, nahm einen Schluck, schmeckte diesem nach. Er tat so, als bemerke er Wilhelm nicht, ja, als hätte nie ein Gespräch stattgefunden.

Wilhelm richtete sich auf. »Was für ein Öl?«

»Fodor! Dein Essen!«

Er wandte sich zur Stimme. Hansi winkte ihn zum Tisch, zu dem sich Frau Wilma gerade mit den Linsen durchkämpfte.

Er beugte sich nochmals zum Poeten. »Von welchem Öl und welcher Macht reden Sie da?«

»Ich? Sie müssen mich falsch verstanden haben. Ist ja auch sehr laut hier da.«

»Ah ja.« Wilhelm wandte sich ab, wurstelte sich zu Hansi und dem Tisch durch. *Öl. Macht.* Noch im Stehen trank er sein ebenfalls bereits serviertes Bierglas zur Hälfte aus. Dann erst setzte er sich. Sein Herz hämmerte. Kein Wunder, er hasste diese Leute, er hasste sie ganz einfach.

Sein Blick fiel auf die Erdapfelnase seines Freundes, und er war unendlich erleichtert, sie zu sehen. »Na, früh da heute.«

»Ruhige Schicht. Hab zeitiger opaschn können.«

Wilhelm stürzte sich auf das Essen. Es war wie immer deliziös. »Sehr fein. Magst kosten?«

Hansi schüttelte den Kopf. »Haben heut an Geburtstag gfeiert. Der Stanislaus is vierzig wordn. Gulasch für alle. Aber das Trinken war zu wenig.«

Wilma erschien auf Stichwort und nahm ein weiteres Pilsener auf.

»Und? Wie geht's den Haxn? Wieder besser? Brauchst langsam Gansl-Gamaschen?« Ein alter Schmäh, geboren aus ihrer gemeinsamen Vergangenheit als Streifenpolizisten, in der sie oft gejammert hatten, ihre Füße wären bald so breit getreten wie jene des Federviehs. Sein Freund zog noch immer Runden in seinem Rayon.

»Bestens. Hab da jetzt so a Schneiderin, bei der i mi ausruhn kann.« Hansi zwinkerte.

»Was Ernstes?«

Hansi wischte sich den Schaum vom Schnurrbart und zuckte mit den Schultern. »Mei Roserl is s' halt net.«

»Was sagen denn deine Buben zu ihr?«

Hansi schnaubte. »Wenn ich s' amal sehen tät, könnt i vielleicht mit ihnen reden. Aber die sind ja nur mehr unterwegs.« Er beugte sich zu Wilhelm. »I hab ihna zu viel durchgehn lassn, nach dem Tod von ihrer Mutter, und jetzt scheißen s' mir auf den Kopf. Tanzen gehen s', sagen s'. Na, wer's glaubt, wird selig.« Er seufzte. »Aber i hab endlich a Lehrstell für den Pauli kriegt. Bei Siemens. Nachrichtentechnik.«

»Bestens. Das wird den Buben schon zur Räson bringen.«

»Ha, genauso wie sein Bruder. Aber solang der Rudi brav in der Backstuben erscheint und die Finger von dem Zeug lasst, sag i halt nix.«

Das blieb zu hoffen. Per Zufall war sein Spezi im letzten Sommer dahintergekommen, dass Rudi Amphetamine schluckte. Eine letzte Tracht Prügel und ein klärendes Gespräch hatten den Buben davon weggebracht. Dessen Erklärung, nur mit den Drogen die Nachtarbeit und den Druck auszuhalten, ließ jedoch befürchten, dass sie ihm irgendwann neuerlich als Ausweg erscheinen könnten.

Ein kalter Luftzug traf Wilhelm. In der Tür erschienen Dolferl und Fredi. Wilhelm spürte, wie ihm der Hals eng wurde. Doch bei der Begrüßung tat Dolferl, als läge ihre letzte Begegnung so wie bei den anderen eine Woche zurück. Nun denn, Wilhelm atmete tief durch.

Öl. Macht. Öl gab es unter anderem in Persien. Nein, da interpretierte er jetzt zu viel hinein. Und außerdem handelte es sich um schwachsinniges Gerede von einem Spinner. Und doch hatte es ihn elektrisiert. Zumindest konnte es nicht schaden,

den Namen des Poeten einmal gegenüber jemandem fallen zu lassen, der sich mit nationalsozialistischen Umtrieben gut auskannte. Da gab es doch dieses Archiv … ja, Dokumentationsarchiv des … Widerstands. Genau.

Wilhelm bemerkte aus dem Augenwinkel eine Bewegung und musste feststellen, dass sich Fredi seinen Teller geschnappt hatte.

Der löffelte gerade die letzten Linsen und grinste. »Du wolltest sie eh nimmer, oder?« Er drückte der vorbeischwebenden Wilma den Teller in die Hand.

Währenddessen schleppte Dolferl den vierten Beistelltisch zu ihnen und stellte Wilhelms Glas und einen Aschenbecher darauf ab.

Hans breitete den Spielfilz über den Tisch. »So, für den feinen Herrn Oberspion.«

»Seit wir ihn haben, müssen wir nur mehr halb so viel Karten nachkaufen«, keifte Dolferl wie üblich zurück.

Oder man konnte mit jemandem von der Staatspolizei reden. Mit jemandem wie Dolferl. Dem er seit dem Nachmittag misstraute.

Schweigen trat ein. Sie losten die Vorhand aus, Hans gab die erste Runde. Dolferl konnte in Treff einen Bauernschnapser ansagen und gewann ihn.

»Na, das fangt ja bestens an«, knurrte Wilhelm.

Doch mit zwei gewagten Gängen und einem soliden Schnapser konnten Hans und er das erste Bummerl für sich entscheiden. Die nächsten beiden gewannen Dolferl und Fredi, nicht glanzvoll, sondern mit viel Glück. Und Wilhelm sah sich das zweite Bier bestellen.

Aber wenn er Dolferl in unschuldiger, sprich ehrlich entrüsteter Manier eines schlichten Nazihassers, der er ja schon immer gewesen war, nach Hintergründen zu dem Poeten fragte, musste der ihm irgendwas antworten. Und anhand dessen konnte er dann vielleicht herausfinden, wie ehrlich sein Freund noch mit ihm war.

Die vierte Runde eröffnete Fredi mit einem Bauernschnapser in Pik, und Wilhelm wusste, dass er die richtige Gabel in der Hand hatte, um ihn zu Fall zu bringen. Er musste sich als letzter Zugeber nur konzentrieren, was allerdings auch schwer gewesen wäre, wenn er sich gedanklich nicht gerade mit Verschwörungen auseinandergesetzt hätte, weil Fredi in so einem Fall zwecks Verwirrung immer zu quatschen anfing. Karobube von Hans und Pikbube von Dolferl.

Wie auf Stichwort lehnte sich dessen Spezi zurück und rollte die Schultern. »Willi, du bist doch an dem Porony-Fall dran?«

»Ja.« Nur nicht ablenken lassen. Das Karoass konnte er beruhigt opfern, Fredi spielte nie mit einem blanken Zehner. Jetzt hatte er nur mehr die Gabeln in Herz und Treff.

Pikzehner. »Ich hab ihn kennt, den Bubn.«

Wilhelm sah ihn an. »Was?«

»Dein Opfer.«

»Lenk nicht ab.« Er betrachtete die Zugabe der beiden anderen – Karodame von Hans und Herzbube von Dolferl. Mist, welche Gabel sollte er nun auflösen?

»Ja, der ist in letzter Zeit oft bei uns ein und aus marschiert.«

Wilhelm sah ihn gegen seinen Willen erneut an. »Wo bei uns?«

»Na, im Innenministerium. Hat mi immer freundlich gegrüßt.« Darauf legte er als Chefportier sehr großen Wert. »Jetzt gib schon zu!«

»Dann red du net so viel!« Dolferl hatte den Herzbuben sicher nur zugegeben, um ihn zu verwirren. Wilhelm löste die Treffgabel auf, indem er den König ablegte. Er hatte ein schlechtes Gefühl, ein ganz schlechtes. Und außerdem interessierte ihn das Spiel gerade gar nicht. »Weißt du auch, was er da wollte?«

Pikkönig. »Ja, er hat seinen Onkel besucht, den Ministerialrat Porony. *Doktor* Paul Porony.« Fredi hatte wie üblich den akademischen Titel besonders betont.

Diesen Mann hatte Elisabeth erwähnt. Das war doch der

Übriggebliebene mit dem großen Unterhaltungswert, Bruder des Vaters mit der schnellen Schlaghand.

Karokönig von Hans und die Treffdame von Dolferl. Verdammter Mist aber auch. Natürlich konnte das ebenfalls eine falsche Spur sein, aber Fredi spielte ebenso nie mit einem blanken Buben. Er riskierte einen Gang nur mit Ass und Beikarte. Wilhelm gab den Treffzehner zu. »Den Onkel. Und in welcher Abteilung sitzt der?«

Pikdame. »Eins acht.«

»Und das ist?« Karozehner von Hans und das Herzass von Dolferl. Wieso das Ass? Spielte der Hund doch mit einer blanken Karte? Oder er führte sie alle an der Nase herum und hatte einen Aufgelegten mit dem Treffass in der Hand? Jedenfalls blieb auch die Herzdame. Er konnte sowohl den König als auch den Zehner wegwerfen. Generös entschied er sich für die höhere.

»Na geh!« Fredi legte die letzte Karte verdeckt auf den Tisch, verzog das Gesicht und nahm einen großen Schluck Bier.

»Ha!« Wilhelm hielt seinen Herzkönig in die Höhe.

Fredi rümpfte die Nase. »Protokoll. Und mit dem König da kannst di brausn.« Er drehte die Karte auf. Treffbube.

Mit einer weit ausholenden Bewegung legte Hans sein Treffass darauf. Er zündete sich eine Zigarette an und lehnte sich mit einem satten Lächeln zurück. »I hab's gspürt, dass i kan Assbettler spielen derf. So ist's besser.«

Wilhelm fühlte sich enttäuscht – gern wäre er der Held gewesen – und erleichtert zugleich, denn immerhin gingen sie damit in Führung.

Protokollabteilung. Irgendwie machte ihn dieser Fakt unruhig. Er wandte sich an Dolferl. »Kennst du diesen Porony?«

Er schüttelte mit einer knappen Bewegung den Kopf. »Flüchtig.« Er schmiss die Herzdame auf den Tisch, sammelte die Karten ein und mischte sie, obwohl er gar nicht dran war.

Wilhelm versuchte vergeblich, seinen Blick einzufangen. »Und was macht er da so, beim Protokoll?«

»I-Tipfel reiten und sich wichtigmachen. Sonst gar nix.« Dolferl legte Hans die Karten zum Abheben hin.

Der nahm sie auf und mischte seinerseits, denn er war an der Reihe.

Dolferl sah ihn noch immer nicht an, schaute sich vielmehr betont geschäftig nach Wilma um, obwohl sein Glas noch halb voll war. Gut, als Mann der Staatspolizei hatte der Herr Bär immer sehr verschwiegen zu sein, aber üblicherweise warf er Wilhelm Blicke dergestalt zu, dass er sich einen Reim auf das jeweilige Thema machen konnte. Nichts davon heute. Und wenn man dann noch den ach so zufälligen Leichenfund mit ins Bild nahm, bekam das Tableau nun wirklich eine ganz eigene, beunruhigende Dynamik. Gut, dann musste er jetzt den ultimativen Test starten.

»Verstehe. Aber weil wir gerade beim Plaudern sind: Ist euch der Depperte da drüben irgendwie bekannt?« Er nickte in Richtung des Poeten. »Also ich meine, beobachtet ihr den?«

Dolferls Blick flog zum Fenstertisch und saugte sich sofort wieder an der Tischplatte fest. »Wieso meinst?«

Wilhelm beugte sich zu ihm. »Weil er ein ausgemachter Nazi ist. Und weil er heute was von einer Gruppe gefaselt hat, die bald Öl und dann Macht haben wird. Oder umgekehrt. Und du weißt, wie mich so was nervös macht. Ich kann die Hunde nicht ausstehen.« Und wie sein Freund das wusste. Nächtelang hatten sie über den Mord an seinen Adoptiveltern und den Knopf mit dem Hakenkreuz am Tatort gesprochen. Jetzt würde es sich erweisen.

Dolferl sah ihn an. Sein Kiefer malmte. Er packte Wilhelm am Ellenbogen und drehte so ihn und sich selbst von den beiden anderen weg. »Ja, haben wir im Visier, du kannst beruhigt sein.«

»Und? Ist was dran?«

»Sie werden kein Leiberl reißen.«

»Das ist keine Antwort.«

»Na ja, es sind ein paar Gewichte dabei. Adel, Geldadel, von Ministerien …« – *Der Paul hat do recht, du bist a Weh.* – »Eben Leute, die viele Verbindungen haben. Aber bis jetzt können wir ihnen nichts beweisen, was man ahnden könnte, außer Verherrlichung, aber da müssten wir ja viele einkasteln.« Er lachte trocken auf. »Tja, die sind eben sehr geschickt. Wir haben aber einen Maulwurf drinnen. Keine Sorge.«

»Was is?« Hansi klopfte auf den Tisch. »Würden sich di Herren wieder dazu herablassen, ein Auge auf die Kartn zu werfen?«

Wilhelm gebot ihm mit ausgestreckter Hand zu schweigen und beugte sich noch näher zu Dolferl. »Ministerium? Paul Porony?«

»Ja, der ist auch dabei. Ich wollte das nur net vor den anderen ausbreiten.«

»Und was soll das mit dem Öl bedeuten?«

»Das ist mir auch neu. Wir werden unseren Maulwurf darauf ansetzen.«

»Der ist also nicht im inneren Kern.«

»Scheint so, obwohl wir das bislang geglaubt haben. Aber vielleicht spinnt sich ja auch dein spezieller Freund da drüben was zusammen.«

»Danke dir.« Wilhelm drehte sich zum Tisch zurück. Obwohl nun einiges klarer war, schwirrte ihm der Kopf.

FREITAG

1

Der Hund mit dem Gesicht von Dolferl knurrte ihn an. Immer lauter und lauter. Das Knurren ging in eine Art Keckern über. Es wurde beständig härter im Ton, klang nach einzelnen Knallern. Ein Klirren.

Wilhelm schreckte auf und drehte sich reflexartig zum Fenster. Es war heil. Das Malheur war offensichtlich bei einem der Nachbarn passiert. Sein Fenster knatterte nur. Der Sturm da draußen war furchteinflößend.

Er knipste wohl zum dreihundertsten Mal in dieser Nacht die Nachttischlampe an und studierte den Wecker. Zwei vor halb sechs. Das fiel schon unter Morgen. Er konnte aufstehen und musste nicht länger die Sorge verdrängen, dass sie an diesem Tag schon wieder über eine Leiche stolperten. Fischer und Lukaschek hatten die Wagners und Holzer sicherlich schon gefunden und ihm bloß wegen der fortgeschrittenen Stunde noch nicht Bescheid gegeben. Und er musste nicht länger darüber brüten, ob sein Freund ihm nur einen Knochen zugeworfen hatte oder ob er heute bereit sein würde, auch die Wahrheit über diesen seltsamen Leichenfund auszupacken, sprich, ob er sich gut sein halbes Leben lang in seinem Freund geirrt hatte. Dolferl war ihm immer als der integerste Mensch erschienen. Er wollte seine Meinung nicht ändern.

Wilhelm schlug die Tuchent zurück und machte mit den Beinen Radfahrbewegungen. Jedes Mal wenn er diese Übung machte, sah er das Gesicht des alten Postlers vor sich, der sie ihm empfohlen hatte. Das Durchbluten der Beine vor dem Aufstehen sollte der allzu schnellen Bildung von Krampfadern vorbeugen, denen leider auch Männer in stehenden Berufen zum Opfer fielen. Hoffentlich hatte der Alte recht.

Er schwang sich aus dem Bett und stürzte in die Toilette, wo sich die vier Bier vom Vorabend ihren Weg bahnten, tapste ins Bad und vollzog eine eilige Wäsche mit dem Waschlappen, stellte die Kaffeemaschine auf das Gas, zog sich flugs an, denn natürlich hatte er wieder einmal vergessen, im Ofen nachzulegen, und holte vom Eingang die Zeitung. Sie machte mit dem Mord an Kashani auf, aber man tappte im Dunkeln, mutmaßte eine innerpersische Auseinandersetzung. Von Tischler stand nichts geschrieben, der Mord an ihm war der Aufmerksamkeit der Journaille wohl wegen der späten Uhrzeit entgangen. Aber spätestens heute würde sie die Polizei steinigen, ach was, Wilhelm und sein Team, und Wiesinger würde sie drei im besten Fall zu Zuträgern in einer Sonderkommission degradieren und im schlechtesten Fall … Nein, das durfte nicht passieren. Wilhelm straffte seinen Rücken. Ja, heute machten sie den alles entscheidenden Durchbruch. Was anders kam überhaupt nicht in Frage.

Sein Blick fiel auf die Rückseite, die er sonst nie studierte, weil sie dem Sport gewidmet war. Aber die Überschrift »Ein Wochenende ohne Fußball?« alarmierte ihn regelrecht. Rapid, Sport-Club, Austria und Vienna beabsichtigten, auf dem Red-Star-Platz irgendein Turnier zu spielen, was sie aber voraussichtlich nicht konnten, weil ein halber Meter Schnee lag. Das verdarb seinen Assistenten sicherlich die Laune. Hoffnung gab nur der extrem starke Wind, der bereits den Platz von Schwechat leer gefegt hatte. Das musste er sich als Aufmunterung merken.

Er drehte den Radioapparat auf, denn dunkel konnte er sich erinnern, dass ab halb sechs gesendet wurde. Ja, richtig, mit jeder Wärmestufe kam mehr Ton. Und ansatzlos schmetterten die Bambis »Melancholie« in den Raum. Warum spielten diese Leute keine Beatles oder meinetwegen Presley? Die Kaffeemaschine blubberte. Er drehte das Gas ab, goss sich ein, zuckerte kräftig, nahm ein paar Schlucke – und stellte so nebenbei fest, dass er keinerlei Katerbeschwerden hatte. Offensichtlich hatte er vorgestern nur einen schlechten Tag gehabt. Er überflog die Zeitung weiter. China und Vietnam waren noch Themen, dann die Brotpreisverhandlungen und ein neuer Verdächtiger beim »Stellvertreter«-Attentat in Italien. Wilhelm legte das Blatt beiseite. Im Radio brummte inzwischen Freddy Quinn von einem wunderschönen Tag. Ansichtssache. Er schaltete das Gerät aus.

Und jetzt? Im Büro war noch kein Mensch, zumindest kein relevanter, denn Wiesinger weilte bei seinem Pendant in der Steiermark – was Wilhelm des heutigen Rapports enthob –, angeblich um sich über Berufliches auszutauschen, tatsächlich, um einen Zwölfender zu erlegen, wie Wilhelm von Berner wusste. Dieser selbst war zwar sicher spätestens in einer halben Stunde im Büro, brauchte jedoch ihn, Wilhelm, auch nicht, denn sie hatten gestern nach Tischlers Leichenfund telefonisch noch alles besprochen. Für einen Besuch bei Paul Porony war es erstens noch zu zeitig und mussten sie zweitens zuvor avisiert werden. Mit Fischer und Lukaschek hatte er die Einvernahme von den Wagners und Holzer für acht Uhr ausgemacht. Sie jetzt schon anzurufen war sinnlos, denn sie würden es nicht viel vorher ins Büro schaffen. Und außerdem gönnte er ihnen den nach einer sicher kurzen Nacht wohlverdienten Schlaf. Was blieb? Er könnte spazieren gehen und sein überhitztes Hirn auslüften – nicht bei diesem Wind.

Waller. Das war die Lösung. Der schnitt seine Leichen liebend gern vor Morgengrauen auf, weil er da die nötige Ruhe hatte. Und selbst wenn er mit den beiden gestrigen Opfern noch nicht fertig war, konnten sie währenddessen plaudern – zum Beispiel über diese Wahnsinnigen rund um den Poeten, lauter honorige Männer, die … Hm, nur Männer? Dolferl hatte auch Adel und Geldadel erwähnt. Gehörte die Frau seines Vaters, die Poronys Gesellschaft ja so schätzte, also *seine* Stiefmutter, auch zu diesem Zirkel? Widerlicher Gedanke.

Wilhelm packte die Zeitung, sie entwand sich ihm und flatterte zu Boden. Ein karierter Zettel lugte heraus. Er nahm ihn auf. Von einem A5-Block abgerissen. Ein Text, mit Bleistift geschrieben: *Lieber Herr Polizist Fodor! Entspannen Sie bitte sich. Ein gut Statistik ist nicht all im Leben. Ein Freund.*

Wilhelm hörte, wie still die Stadt war. Nicht ein Brummen von einem Auto. Kein Wunder bei dem Eis, das sich gestern gebildet hatte. Und bei den Schneemengen. Keine Straßenbahn. Kein Nachbar. Nichts. Nur ein Zettel. Mit einer Nachricht. An ihn persönlich gerichtet.

Er legte den Zettel auf den Tisch, setzte sich und nahm einen Schluck Kaffee. Er war noch warm. Er stand wieder auf und inspizierte die Brotlade. Seine gute Seele hatte Semmeln nachgekauft. Er nahm eine und kaute mit kleinen Bissen daran herum. Setzte sich wieder.

Keine echte Drohung, sondern nur ein Denkanstoß. So musste man das verstehen. Also eine Nachricht von jemandem, der kühl taktierte und bereit war, im Notfall Konsequenzen zu ziehen. Kein heiß gelaufener Raufbold, kein beleidigter Zechpreller, den man mit Gebrülle zur Ordnung rufen konnte, sondern ein Mensch, der dem Ermittler in einem Serienmord mit dezentem Nachdruck sagte: »Schau nicht so genau nach. Und allen geht es gut.«

Wilhelm lachte auf. Hielt sich die Hand vor den Mund. Aber konnte nicht anders, er musste lachen. So ein Trottel. Wenn der Schreiber wüsste, dass sie genau gar nichts wussten und auch keinerlei Spuren hatten. Oder hatten sie welche und erkannten sie nur noch nicht als solche? Er musste alles noch einmal mit Fischer und Lukaschek durchgehen.

Er atmete tief durch. Dennoch. Hätte der Schreiber den Mund gehalten … Nein, Wilhelm kannte sich zu gut. Er wusste, dass er selbst dann an dem Fall dranbleiben würde, wenn der Akt von oben geschlossen wurde. Das hieß aber auch, dass ihn der Schreiber kannte. Wilhelm nahm den Zettel zur Hand und studierte ihn eingehend. Die Handschrift kam ihm nicht bekannt vor. Jedenfalls war es nicht jene von …

Er ließ den Zettel fallen. Nein, so weit war es schon mit ihm gekommen! Dass er seinen alten Freund verdächtigte, einen Drohbrief in einem Deutsch zu verfassen, das auf einen Fremden hindeutete. Nein, schämen sollte er sich.

Er nahm den Zettel erneut: »Entspannen Sie bitte sich.« All jene, die des Deutschen nur mangelhaft mächtig waren und mit denen er bislang zu tun gehabt hatte, hätten gesagt: »Bitte, entspannen sich.« Oder: »Bitte, Sie entspannen.« Doch definitiv hätten sie nicht diese kleine Verschiebung vorgenommen. Die klang nach Kalkül. Und schon gar kein Ausländer kannte das Wort Statistik. Oder doch? Warum denn sollten sie es nicht kennen? Immerhin gab es das Wort im Französischen auch, und das wurde in mehr als nur einem Land gesprochen. Es war sinnlos. Er musste den Zettel Kollegen übergeben, die mehr Ahnung davon hatten. Dem Geheimdienst. Wunderbar. Nein, er legte zu viel Augenmerk auf die Szene im WIG-Gelände. Dolferl hatte sicherlich seine Gründe. Und am Abend hatte er ja frank und frei alles erzählt. Hatte er?

Der Zettel jedenfalls hatte, denn die patscherte Verballhornung der Sprache war Absicht, dessen war er sich mittlerweile sicher, und das bedeutete, dass ein intelligenter Mann dahintersteckte, der sich so mit dieser Spielerei neben der ernsten Mitteilung einen Spaß erlaubte. Und intelligent bedeutete weiters, dass sich Wilhelm gar nicht erst groß erkundigen musste, ob irgendjemand etwas mitbekommen hatte. Denn der Mann war sicherlich nicht vor seiner Wohnungstür aufgetaucht, sondern hatte, bis zur Unkenntlichkeit verkleidet, dem Zeitungsjungen Zettel, Instruktionen und einen großzügigen Schmattes gegeben. So hätte es zumindest er gemacht.

Wilhelm stand auf, kontrollierte noch einmal das Gas, steckte die Semmel in seine Jackentasche, drehte alle Lichter ab, warf sich den Schal um, hörte den Wind pfeifen, kehrte ins Schlafzimmer zurück, zog die Hose aus und eine lange Untergatte an, schlüpfte erneut in die Hose, machte sich ausgehfertig, schloss die Wohnung ab. Und fragte sich, ob sich der

Drohbriefschreiber vielleicht auch schon Zugang zu seinem trauten Heim verschafft hatte.

Während er die Stufen hinunterlief, hämmerten Bilder von einem dunklen, dünnen Mann auf ihn ein, der das Radio, den Plattenspieler, Elisabeths Platte, seinen Kopfpolster und die Semmeln in der Brotlade betatschte. Er riss das Eingangstor auf. Frische Luft. Und das aufgrund des Windes im Übermaß. Gut so. Er sog sie ein. Stellte sich mit ausgebreiteten Armen hin. Und marschierte los.

Nach ein paar Metern bog er in die Lange Gasse ein, die ihn direkt zur Sensengasse führen würde. Die Stadt war noch immer still, obwohl es inzwischen nach halb sieben war. Wo blieben die Handwerker und Händler? Gut, da vorn mühte sich einer mit einem Handkarren ab. Holzscheiter. Kein Wunder bei dem Wetter. Bei dem Greißler gegenüber brannte Licht. Ganz vorn kämpfte ein Hausmeister gegen die Schneewechten auf dem Gehsteig. Aber sonst? Ruhe.

Die brauchte er jetzt auch. Er musste nachdenken. Und das ging am besten beim Gehen, was er tat, und beim Essen. Er schob den Mantel hinauf und fischte aus der Sakkotasche die trockene Semmel. Mümmelte an ihr weiter.

Sie wussten viel über die Opfer. Verwirrend viel. Anscheinend waren alle Betroffenen irgendwie enger als nur über die sozialistische Studentengeschichte hinweg miteinander verbandelt. So weit, so gut und im Grunde überhaupt nicht überraschend. Es gab einen Hauptverdächtigen, der Ähnlichkeiten mit einer der Leichen hatte. Nicht gut. Und sonst?

Wilhelm fegte mit dem Fuß einen Minimundus-Schneemann zur Seite. Die beiden Spezialisten hatten sich bis gestern Abend noch nicht gemeldet. Er wollte endlich wissen, was die Liste aus Poronys Zimmer bedeutete. Was der glühende Sozi so häufig beim ebenso glühenden Nazi zu suchen gehabt hatte, denn Familienbande schieden als Argument wohl aus, die wurden durch Politisches oft gesprengt. Und natürlich, welche Bewandtnis es mit dem goldenen Anhänger von

Pressmeier hatte. Außerdem war es dringlich, mit Sieglinde Wagner und Dieter Holzer über ihren Besuch bei Tischler zu reden – obwohl er jetzt schon hörte, was sie sagen würden, nämlich nichts Relevantes. Sie hatten einfach nur über die schrecklichen Ereignisse gesprochen. Und sonst?

Nichts, und sonst! Sie hatten nichts. Gar nichts.

Nun, vielleicht brachte die Durchsuchung von Kashanis Zimmer etwas. Aber bei ihrem Glück war alles nur in Persisch geschrieben, und sie mussten tagelang auf eine Übersetzung warten. Wenn sie überhaupt so viel Glück hatten – wahrscheinlicher war, dass sie nichts als die harmlosen Aufrufe zur Schah-Demo fanden.

Wilhelm stapfte und stapfte. Er spürte, wie neuerlich die kalte Nässe seine Füße kitzelte, und es war ihm so etwas von scheißegal. Sollte er doch krank werden! Sollte sich doch ein anderer mit dem ganzen Schwachsinn abmühen! Er lockerte den Verschluss des Mantels, den Schal, und hielt seinen Hals dem Wind entgegen. Ja, krank sein war die Alternative.

Wieso hatte Kashani ein Foto von Schneewittchen in seinem Portemonnaie? Das Mädchen hatte auch nur die Möglichkeit einer Beziehung als absurd dargestellt. Das wenigstens konnte er sie konkret fragen.

Wilhelm überquerte die Straße und steuerte die Trafik an. Er erwiderte den Gruß des Einarmigen brummend, gottlob schien diesem ebenso wenig der Sinn nach einer Plauderei zu stehen wie ihm. Mit drei Päckchen verließ er das Geschäft und zündete sich vor der Tür sofort eine Zigarette an.

Hatte sie wirklich? Es als absurd dargestellt? *Der eigene Haushalt kann warten.* Studium. Eigener Abschluss. Kein Wort von alleinstehend. Somit eröffnete sich die Möglichkeit, dass sie und Cyrus ein Paar gewesen waren. Also Pressmeier und Shirin sowie Schneewittchen und Cyrus? Brachte das die Ermittlungen in irgendeiner Weise weiter? Auf den ersten Blick nicht, so gar nicht.

Wilhelm inhalierte tief. Es brannte. Das tat gut.

Bei der Alser Straße hatte er Rot. Er betrachtete die Straße, seine eigene Gasse, und ging los. Sollte ihn doch irgendwer wegen Überquerens bei Rot anzeigen. Rechts begann die Burg des AKHs. Das Grau der Mauern war nicht gerade einladend. Nun ja, es handelte sich auch nicht um ein Privatkrankenhaus, sondern eben um ein allgemeines. Da musste jeder rein, der sich nichts anderes leisten konnte.

Schneewittchen war arm, und es leistete sich gestern, nicht zu bügeln, sondern Tischler zu besuchen, obwohl sie vorgestern bei der ersten Einvernahme ein beschämendes Fiasko angerichtet hatten. Diese ganze Mischpoche war durch den Wind. Die hatte ein Geheimnis. Und das hieß Prügelei an der Alten Donau.

Wilhelm enterte die Gerichtsmedizin. Der Pförtner winkte ihn durch. Er strebte im Stechschritt zu den bewussten Räumlichkeiten, die ihm auch nach all den Jahren eine gewisse Konzentration abverlangten, und öffnete die Tür. Der Obduktionsraum war leer.

»Waller?«

Nichts.

»Waller? Ich bin's. Der Fodor.«

Nichts.

Wilhelm betrat den Raum, denn die Obduktionstische zogen ihn unwiderstehlich an. Zwei hatten Kundschaft. Die Leiche, die sich auf jenem näher zur Tür befand, war Tischler, sein Körper bereits wieder fein säuberlich zugenäht. Waller musste die ganze Nacht gearbeitet haben. Die Einstichwunden präsentierten sich gut sichtbar. Das Gesicht des jungen Mannes sah friedlich aus. War es tatsächlich möglich, nach einer Gewaltanwendung friedlich auszusehen? Nun ja, vielleicht relativierte der Tod wirklich manchmal alles, auch die Panik in den letzten Minuten.

Wilhelm ging zum Nebentisch und betrachtete Kashani. Sein Gesichtsausdruck wirkte ebenso entspannt, was einen krassen Gegensatz zu dem noch offenen Körper bildete. Auch

Porony und Pressmeier hatten nicht gequält gewirkt. Alle schienen zufrieden mit dem, was da so ablief. Keine der Leichen schrie. Wilhelm rieb sich das Gesicht. Zu wenig Schlaf brachte nur dumme Gedanken hervor.

Er sah sich um. Es war untypisch für Waller, seine Kunden so offen und quasi hilflos in der Gegend herumliegen zu lassen. Selbst auf einen Kaffee würde er nicht gehen, sondern seinen Assistenten schicken. Der auch nicht da war. Richtig, dem hatte er ja kündigen wollen. Und es roch weit übler als sonst hier drinnen, zu dem süßlich-fauligen Leichengeruch gesellte sich noch etwas anderes, Metallisches. Wilhelm umrundete den Seziertisch und ging zum Fenster. Er öffnete es und genoss den Wind, die frische Luft. Drehte sich um – und blickte auf Waller. Der lag mit herabhängendem Kiefer auf der anderen Seite des Tisches am Boden. Aus seinem Kopf sickerte Blut.

2

»Danke dir, Fodor, ich danke dir so sehr!« Waller zupfte an seinem Kopfverband.

»Lass das!«

»Er nervt mich.«

»Ja, aber du brauchst ihn. Gehirnerschütterung und Platzwunde.«

Waller hob die Handflächen. »Schon gut. Also? Wer war's?«

»Das fragst du mich?«

»Hätte ja sein können, dass er dich über den Haufen gerannt ist.« Waller schloss die Augen. »Weil ich hab ihn nicht gesehen. Da ist nur Schwarz. Alles genauso verschwommen, wie mir es Patienten immer wieder geschildert haben. Eine Sekunde auf die andere nur Schwarz. So peinlich.« Er rutschte tiefer in sein Bett und zog die Decke halb über sein Gesicht. »Ich hab ein Geräusch gehört, hab zur Tür geschaut. Aber da war nichts.

Dann hab ich weitergeschnippelt. Und plötzlich Schwarz. Alles nur schwarz. Verstehst, Fodor? Der muss durch die Tür gekommen sein, und ich hab nichts mitbekommen!«

Wilhelm legte seine Hand auf die des Kollegen. »Kann jedem passieren.«

Waller war sofort wieder im Sitzen. »Nein, nicht uns. Wir müssen mit so was rechnen, wir dürfen uns nicht überrumpeln lassen. Noch dazu bei so einem Fall.«

»Jetzt sei net so streng mit dir. Wer rechnet denn schon damit, dass ein Leichenfledderer in aller Herrgottsfrüh überfallen wird?« Wilhelm meckerte ein Lachen hinterher. »Aber sag mir: Wieso warst du eigentlich allein? Hast du deinem Assistenten wirklich gekündigt? Nein, Blödsinn, der ist ja dann auch gleich aufgetaucht, wie ich beim Portier die Rettung …«

Waller schüttelte den Kopf, verdrehte die Augen und ließ sich zurücksinken. »Nein, nicht gekündigt. Blümel muss halt noch lernen. Ist ja sonst ein Guter. Und außerdem krieg ich so schnell …«, er stöhnte und griff sich an den Kopf, »keinen neuen. Geht aber nicht ohne, bei dem … Massen…sterben, was ma gerade … haben.«

»Ja, und wo war Blümel dann bitte? Den Perkolator habt ihr im Nebenraum.«

Auf Stichwort betrat der große Mann mit den ausladenden Augenringen, den Wilhelm schon ab und zu bei Leichenöffnungen gesehen hatte, das Krankenzimmer.

Waller wedelte mit der Hand in dessen Richtung. »Blümel … Telefonat.«

Blümel knallte die Hacken zusammen. »Herr Chefinspektor.«

»Ja, ja, passt schon. Also, wo waren Sie beim Überfall?«

»Beim Überfall? Tja, der Wastl«, näselte Blümel, »unser Hausdiener, der hat uns vom Portier ausgerichtet, dass da im Büro ein Anruf wäre von einer Frau, ja, von einer Frau, die den Tod ihres Vaters untersuchen lassen möchte. Ja, das wollt sie.«

»Und? Das hat so lange gedauert? Das Büro liegt doch gleich ein paar Meter weiter.«

Blümel betrachtete seine Schuhspitzen. »Die Frau hat nicht zu reden aufgehört. Hat sie nicht. Und dann plötzlich doch.«

»Was heißt, plötzlich doch?«

Blümel stellte die Schuhspitze auf. »Mitten im Satz hat sie Danke gesagt und aufgelegt. Hat sie, ja.«

»Verstehe.« Wilhelm ging zum Fenster, stellte sich die Straße vor jenem in der Sensengasse vor. Dort stand eine Telefonzelle. Direkt gegenüber der Eingangstür zum Institut. »Und wie hat diese Frau geheißen?«

»Huber.« Blümels Näseln glich nun mehr einem Piepsen.

»Verstehe.« Sie hätte auch Meier oder Müller angeben können. Es blieb nur zu hoffen, dass sie im Gespräch irgendwelche Details verraten hatte, die als Anhaltspunkte … Nein, das war höchst unwahrscheinlich. Sie hatte Blümel sicherlich eine komplett erfundene Geschichte aufgetischt.

»Und sie war Schwäbin, ja, war sie.«

»Schwäbin?« Wilhelm wandte sich ihm zu. »Nicht Berlinerin oder einfach nur Deutsche?«

Blümel reckte das Kinn. »Stuttgart. Oder sehr nahe, ja, sehr nahe.«

»Woher wollen Sie das so genau wissen?«

»Der Obersturmbannführer, der in die Wohnung der Grünbergs eingezogen ist, damals, der hat so gesprochen, ja, das hat er.«

»Da waren Sie doch noch ein Kind.«

»Der Blümel«, ächzte Waller, »der kann das einfach. Hat ein feines Gehör. Hat mir inzwischen auch was über die Leute … von der Leiche … dem Raub …«

»Was haben Sie ihm erzählt?«, fuhr Wilhelm den Assistenten an.

Der wich zurück. »Britisch.«

»Der Akzent, oder was?« Blümel nickte. »Und woher wollen Sie das schon wieder wissen?«

»Wir haben im britischen Sektor gewohnt, meine Familie und ich, ja, haben wir.«

»Verstehe.« Er verstand gar nichts. Wenn er dem Sprachengenie Glauben schenken wollte, dann hatten Briten die Leiche eines Sandlers, der keiner war, gestohlen und hatten Schwaben aus welchem Grund auch immer einen Pathologen niedergeschlagen. Und drei Studenten waren verschwunden.

Wilhelm wurde schon wieder so flau im Magen wie bei dem Telefonat vor eineinhalb Stunden, das er mit Lukaschek geführt hatte, um ihm vom Überfall auf Waller zu erzählen. Sein zweiter Assistent hatte die Hiobsbotschaft, dass die drei einfach nicht auffindbar waren, nur in die Leitung *japsen* können.

»Chef«, hörte Wilhelm Blümel nun wieder entspannter näseln, »den Leichen ist nichts passiert. Nein, ist es nicht.«

»Danke, Blümel, danke«, seufzte Waller.

»Aber, Chef ...«

»Was?«

»Die Kugel, die wir rausgeholt haben ...«

Wilhelm drehte sich abrupt um und fixierte Blümel.

»Die ist weg«, stöhnte Waller.

»Ja.«

»Sch...öner Freitag.« Waller schloss die Augen.

Schweigen.

»Äh ... verstehe ich das richtig?« Wilhelm trat zum Bett. »Ihr habt eine Kugel gefunden?«

Doppeltes Nicken.

»In Kashani oder in Tischler?«

Waller ließ die Hand einmal aufflattern und drehte den Kopf zur Seite.

Blümel straffte sich erneut, setzte zum Salutieren an, worauf ihn Wilhelm mit erhobenen Augenbrauen ansah.

Der Assistent verharrte mit nach außen gedrehten Fersen. »Im Gastrocnemius von Cyrus Kashani. Steckschuss. Splitterbruch der Fibula.« Er hob das rechte Bein und tätschelte die

Wade. »Absolut schmerzhaft und ebenso ungefährlich. Keine Venen oder Adern betroffen. Ja, nichts Gefährliches. Wahrlich nichts Gefährliches.«

»Wieso, bitte, habt ihr die Wunde nicht gestern schon gesehen?«

Blümel zog den Nacken ein. »Die Kälte. Sie hat wohl die Blutung gleich gestoppt. Ja, das hat sie wohl. Und das Opfer schleppt sich weiter. Und der Schnee fällt darauf. Und verwässert das Blut auf der Hose …« Er zuckte mit den Schultern und stellte das Bein ab.

Wilhelm seufzte, fixierte die getätschelte Stelle. »Steckschuss. Kein Durchschuss, hm.«

»Kaliber zweiundzwanzig. Vermutlich«, ächzte Waller. »Waffe?« Er machte eine vage Bewegung mit der Hand.

»Wir haben sie gerade erst herausgeholt«, erklärte Blümel. »Gerade erst.«

Wilhelm schlug mit der Hand auf das Fußende des Bettes. »Verdammt, da hat wer gewusst, was er tut. Und zwar jemand mit schwäbischem Akzent. Aber wieso? Ich meine –«

Es klopfte. Lukaschek polterte in den Raum. »Einen Wunderschönen wünsche ich!«

»Lukki! Da liegt ein Schwerverletzter.«

»'tschuldigung! Aber i hab eh klopft. Und hab ganz vorsichtig die Tür aufgmacht.«

Wilhelm konnte einen Seufzer nicht unterdrücken. Manchmal hatte er das Gefühl, er lebte in einer anderen Welt als sein Assistent. »Was gibt's?«

Lukaschek strahlte Waller an. »Wie geht's? Schaut ja gar net so schlimm aus.« Er streckte ihm eine kleine Dose entgegen. »Von der Anneliese, meiner Frau. Hab i immer in mein Schreibtisch. A Ringelblumensalbe. Und ganz liebe Grüße.«

Wilhelm nahm ihm die Dose aus der Hand, schraubte sie auf und roch. Sehr angenehm. »Wir reden da aber von was Größerem als einem aufgeschundenen Knie.«

»Passt schon«, flüsterte Waller und nickte zum Nachttisch.

Wilhelm legte das Präsent ab. »Also, Lukaschek? Wo ist der Fischer?«

»Noch beim Tischler. Ja, wie soll i sagen? Wir haben gestern am Abend nicht fertig machen können, weil«, er kicherte, »weil's die Sicherung gschmissn hat. Also wahrscheinlich. Plötzlich ka Licht mehr, überhaupt gar kein Strom mehr net. Und der Hausmeister hat a Fliegen gmacht ghabt. Wahrscheinlich war er seine Gewichte stemmen. Jedenfalls haben wir alles im Haus abgesucht, aber keinen Sicherungskasten gefunden. Zeugenbefragung hat so auch kan Sinn gmacht. Also simma heim. Und jetzt machen s' fertig, die Kollegen. Und der Fischer läut die Leut heraus.« Er lauschte seinen Worten nach. »Fast wie a Reim.« Er grinste.

Blümel grunzte. Sogar auf Wallers Gesicht schien ein amüsiertes Lächeln zu hocken.

»Na bestens.« Wilhelm ging zum leeren Nachbarsbett und setzte sich. Das durfte alles nicht wahr sein. Und ehe er es sich versah, schlug er mit den Händen aufs Bett. Erwischte mit der rechten Handkante den Rahmen, schrie auf. »Verdammt noch einmal! Regt das niemanden außer mir auf, dass wir innerhalb von vier Tagen vier Leichen und dabei noch immer nicht auch nur den leisesten Hinweis auf den Täter haben?«

Stille.

»Willi«, flüsterte es aus dem weißen Haufen neben ihm, »das ist normal, dass Leute, die unter großer Anspannung stehen, sich ein Ventil suchen. Mit ein bissel Lachen. Komm, beruhig dich wieder. Der Blümel fasst jetzt einmal für dich zusammen, was wir so haben.«

Wilhelm sah auf und in drei Gesichter, deren Stirnen gerunzelt waren. »In Ordnung.«

Blümel räusperte sich. »Es sind übrigens fünf Leichen.«

»Was jetzt?«, entfuhr es Lukaschek. Er starrte Wilhelm an.

»Ich hab euch noch net davon erzählt, weil ich's selber erst seit gestern Mittag weiß. Und dann war ja alles –«

»A bissl viel«, ergänzte sein Assistent.

»Wenn ich erläutern dürfte?«, näselte Blümel. »Das fünfte Opfer scheint ein Mann zu sein, der sich als –«

»Wieso scheint?«, unterbrach ihn Wilhelm.

Blümel verneigte sich leicht. »Die kriminalistische Schlussfolgerung obliegt natürlich Ihnen, sehr verehrter Herr Chefinspektor.«

Die Kriecherei des Lulatschs ging ihm langsam etwas auf die Nerven. Wilhelm zwang sich zu einem gnädigen Nicken.

Blümel erzählte nun Lukaschek noch einmal haarklein das, was ihm Waller gestern und was er selbst heute berichtet hatte. Er beschönigte nicht einmal seine unrühmliche Rolle beim Verschwinden der Leiche.

Lukaschek pfiff durch die Zähne. »Und wieso gehört der zu unserem Fall?«

»Weil der Stichkanal von derselben Tatwaffe stammt wie bei den anderen drei erstochenen Opfern.«

Das war neu. »Aber bei ihm haben wir nur eine Wunde.«

»Jawohl, Herr Chefinspektor, wie gesagt, bei ihm haben wir nur eine.«

»Das heißt«, ordnete Wilhelm seine Gedanken, »wir haben die Opfer eins bis drei, die zuerst von hinten angegriffen worden sind, und zwar mit einem Stich in die Lunge, und denen dann der Rest mit einem Stich von vorn ins Herz gegeben worden ist. Opfer Nummer vier hingegen bekam nur einen einzigen Stich von hinten ins Herz. Und dann unser fünftes Opfer, das vom Tathergang überhaupt nicht zu eins bis vier passt, weil es angeschossen und ihm dann das Genick gebrochen worden ist, das aber aufgrund seiner Bekanntschaft mit Opfer eins bis drei zum Fall gerechnet werden muss, wohingegen Opfer vier bislang keinerlei Verbindung zu eins bis drei und fünf aufweist. Und dann haben wir da noch ein Messer, von dem wir bislang nicht wissen, ob es zu eins bis vier passt.«

Lukaschek starrte ihn an und nickte behäbig.

Blümel räusperte sich. »Wenn ich anmerken dürfte, sehr verehrter Herr Chefinspektor: Opfer Nummer vier, wie Sie es bezeichnen, ist nicht Opfer Nummer vier, sondern Opfer Nummer eins. Der vorgeblich Obdachlose wurde eine bis eineinhalb Stunden vor dem vermeintlichen Opfer eins, also dem tatsächlichen Opfer Nummer zwei …«

Er sah Wilhelm an und erkannte wohl in seinem Gesicht die sich aufbauende Verwirrung, die er fühlte.

»Kurz gesagt«, fuhr Blümel fort, »der Sandler ist *vor* dem Stadtparkbuben umgebracht worden, ja, ist er.«

»Woher wollen S' das wissen? Ihr macht doch sonst auch immer nur so ungefähre Angaben von ein paar Stunden«, keppelte Lukaschek.

»Die Uhr. Der Klassiker. Ist zerbrochen. Wohl beim Hinfallen«, ächzte Waller.

»Alles klar. Und bei di zwei gestrigen? Gibt's da auch Uhren oder so? Wisst ihr also schon, in welcher Reihenfolge es den Kashani und den Tischler erwischt hat?«

Die beiden Gerichtsmediziner schüttelten synchron ihre Köpfe.

Stille.

Fünf Leichen in vier Tagen und davon ein Unbekannter, der darüber hinaus verschwunden war. Na bestens.

Lukaschek kramte aus seiner Manteltasche ein schwarz verpacktes Etwas heraus und riss es auf. Er bemerkte wohl die Blicke der anderen, denn er hielt es in die Höhe. »Hat ma a Freund von an Gschäft am Flughafen mitbracht. Ganz was Neues. A Mars-Riegel. Für die Nerven.«

Wilhelm hatte diese Süßigkeit kürzlich einmal von Elisabeth geschenkt bekommen und ihr gegenüber nur schwer seine Abscheu verbergen können. Viel zu pickig, vor allem wegen des Karamells.

Sein Assistent biss ab und kaute und kaute. »Für die Nerven.« Er sah sie an und bleckte die schokoladeverschmierten Zähne. »Ja, seids ma net bös, aber so viele Leichen, a Mann, der si verkleidet hat, also der was zum Verheimlichen ghabt hat, also der was vielleicht a Spion war, und dann noch der Überfall da auf unseren Herrn Doktor, da kann ma doch nervös werden, oder net?«

»Und ein verschwundenes Projektil«, ergänzte Wilhelm.

»Und ein was?« Lukaschek schrie beinahe.

Blümel klärte ihn auf.

»A Million Leichen, a Spion, Schwaben, Briten und Diebstahl. Also i weiß net, wann man sonst a Schokolad essen sollt, wenn net bei so was.« Lukaschek verputzte den Rest des Riegels.

Es war beinahe rührend, mit welch vorgeblich rationalen Argumenten Lukaschek seine Fresssucht zu beschönigen versuchte, und es war beeindruckend, mit welch klaren Worten er den Wahnsinn zusammengefasst hatte. Dem noch ein Detail fehlte. »Übrigens: Ich hab heute früh einen Drohbrief bekommen.«

Die anderen drei starrten Wilhelm an.

Wenn das Ganze ein Lizitationsspiel wäre, hätte er jetzt einen Punktesieg gelandet.

3

Abwechselnd schlitterten und stapften sie die Währinger Straße hinunter, je nachdem, ob der Gehsteig freigeschaufelt war oder nicht. In letzteren, gefährlichen Momenten packte Lukaschek Wilhelms Arm. Er wiederum schnappte sich jenen seines Assistenten, wenn es galt, ohne Einkehr einen Greißler zu passieren.

Und immer wieder jammerte Lukaschek, die Sache würde zu groß für sie werden, sie müssten sie an die Staatspolizei abgeben, die hätten doch Erfahrung mit Agenten. Wie um alles in der Welt sollte er ihm sagen, dass er genau diesen Leuten, vor allem in der Gestalt seines alten Freundes, nicht mehr hundertprozentig über den Weg traute? Also schwieg er. Versuchte, sich einen Plan für den Tag zurechtzulegen. Doch ständig purzelten die Punkte durcheinander. Es war wirklich alles ein bissel viel, ständig überrollten sie die Ereignisse, es vermittelte einem das Gefühl, bloß Marionetten in einem größeren Spiel zu sein. Das musste geändert werden.

Immerhin hatten sie jetzt einmal zwei konkrete Aufgaben, denn die Experten hatten sich bei Berner gemeldet und warteten auf ihren Besuch. Und so stiefelten sie nun zur Universität und würden danach Hirzinger in seinem Keller aufsuchen.

Vielleicht tauchten inzwischen ja die Studenten auf, und vielleicht schaffte Wilhelm es, während der Fußmärsche seine Gedanken zu ordnen. Der Wind war jedenfalls stark genug, um sein Hirn komplett durchzublasen.

Endlich erreichten sie die Votivkirche, dann die ehrwürdige Alma Mater Rudolphina. Hätte er doch besser Jus oder Medizin studiert, wie ihm es sein Vater, sein leiblicher, vorgeschlagen hatte, er wäre jetzt nicht in dieser Bredouille.

Sie fragten sich an der Portiersloge und danach bei den vereinzelt durch die heiligen Hallen huschenden Personen nach Professor Dr. Franz Bissmeier durch und sahen sich nach endlosen Märschen durch noch endlosere Gänge in einer Kemenate von knapp zehn Quadratmetern einem grau melierten, hinlänglich als attraktiv einzustufenden Mann gegenüber, der ihnen ungefragt aus einer Art Samowar heiße Schokolade mit einem Stamperl Rum einschenkte.

Er hob sein Glas. »Attacke! Tod den Viren!« In einem Zug kippte er die Hälfte des Getränks.

Dann sprang er auf, und zwar mit der Energie eines Siebzehnjährigen, hüpfte über Tonkrüge mit Scharten und Sprüngen sowie über Bücherstapel und wischte hinter seinen Schreibtisch. Er öffnete eine Schublade und holte den goldenen Anhänger heraus. »Ganz einfache Sache, meine Herren. Der Löwe und die Sonne sind das persische Herrschaftszeichen. Manche Kollegen vermuten, seit dem Mithraskult, andere denken, dass es zur Zeit des Zarathustra entstanden ist. Jedenfalls ist es Teil der persischen Flagge. Allerdings ist diese Version leicht abgewandelt, denn üblicherweise ist der Löwe mit dem Schwert im Vordergrund, und die Sonne leuchtet klein hinter seinem Rücken. Aber diese Anordnung wirkt natürlich als Anhänger viel besser, meiner bescheidenen Meinung nach.« Er lächelte ein ganz kleines Lächeln. »In Belangen von Schmuck bin ich nur ein Dilettant.«

Die goldene Armbanduhr an seinem Gelenk sprach von etwas anderem. »Das heißt, so einen Anhänger trägt jemand, der dem Schah treu ergeben ist?«

»Vielleicht. Vielleicht aber auch nicht. Vielleicht bedeutet die abgeänderte Form, dass der Träger an Zarathustra oder an Mithras glaubt. Oder vielleicht bedeutet es überhaupt etwas ganz anders.« Er lachte. »Um eine gesicherte Aussage treffen zu können, müsste ich mit einem persischen Kollegen reden.«

»Dann tan S' des«, knurrte Lukaschek. »Di haben dort do sicher a schon a Telefon.«

Bissmeier betrachtete ihn über Gebühr lange, was einen nicht gerade freundlichen, stillen Kommentar in den Raum stellte, und schüttelte dann den Kopf. »Geht nicht. Er ist gerade auf Ausgrabung, hat er mir geschrieben. Noch bis Mai.«

»Und wer anderer?«

»Gehen Sie lieber zum Schmidl oder zum Schmid?« Er lachte erneut.

»Und wer anderer?«, wiederholte Lukaschek bockig.

»Wenn ich es nicht weiß, weiß es sonst in Österreich niemand. Und das Gleiche gilt für meinen Kollegen und Persien«, schnauzte der Professor zurück.

Bin so klug als wie zuvor. Wenigstens war die heiße Schokolade gut.

Sie stapften weiter in die Innenstadt hinein. Stellten abwechselnd fest, dass es ohne Fischer, der noch bei Tischler zu tun hatte, und das Auto doch sehr anstrengend war, versicherten einander abwechselnd, dass das kleine Gefährt sowieso keine Chance gegen die Berge von Schnee hätte. Und dazwischen waren sie dermaßen damit beschäftigt, ihre Hüte vor dem Wind zu retten, dass Lukaschek sogar aufs Essen vergaß.

Wilhelm fühlte Verzweiflung in sich aufsteigen. Wie bitte sollte man bei so einem Wetter Verbrecher fangen? Ihre Hauptaufgabe bestand darin, mit Menschen zu reden, dazu musste man flugs unterwegs sein können. Bei langsamen Schnecken wie ihnen lachte sich jeder Bösewicht ins Fäustchen.

Als sie das Sicherheitsbüro erreichten, hatte er wieder einmal nasse Füße. Die Menschheit arbeitete daran, einst in grauer Zukunft den Mond zu besuchen, warum schaffte sie es nicht, komplett wasserdichte Schuhe zu erfinden? Weiche, dicke, warme Stiefel?

Sie trotteten in den Keller. Prompt kam ihnen Kowalski entgegen. Wilhelm spürte, wie Lukaschek neben ihm steif wurde.

»Oh, unser Vorzeigekriminalist mit seinem Lemming«, blubberte es auch prompt aus seinem fleischigen Mund.

»Sag, Anatol« – Kowalski hasste seinen Vornamen, weil er alles mit Psychologie hasste, also auch Schnitzler – »bist immer noch nicht weiter mit deinem Buch?«

»Mit was für einem Buch?«

»Na das, wo du deine gescheiten Ausdrücke herhast. Weil du wiederholst dich ständig. Red uns also erst wieder an, wennst was Neues auf Lager hast, in Ordnung?«

Lukaschek schnappte nach Luft, zeitverzögert tat es ihm Kowalski gleich, Wilhelm klopfte unterdessen an Hirzingers Tür und trat ein.

»Weiß schon!« Der Kollege sprang auf wie ein Wiesel, hirschte zu einem Abstelltisch und nahm einen Zettel in die Hand. »Also ihr seids mir welche!« Er lachte. »Zuerst habe ich mir dacht, ihr wollts mi aufn Arm nehmen, dann …« Schnell senkte er den Blick.

Wilhelm beschloss, nicht konkret wissen zu wollen, was sich der Kollege Hirzinger dann gedacht hatte. »Komm, lass uns nicht wie die Deppen dastehen. Spuck's aus.«

Hirzinger zwang das Grinsen aus dem Gesicht. »Es sind ICAO-Codes von Flughäfen und Koordinaten.«

»Flughäfen und Koordinaten«, hörte sich Wilhelm echoen.

»Ja, kein schwieriger Verschlüsselungscode irgendwelcher Art, sondern schlicht Flughäfen, Koordinaten, Datumsangaben und Uhrzeiten. Da, schau.« Hirzinger deutete auf die erste Ziffernfolge. »Das ist der Dienstag.«

»San wir Deppen!«, stöhnte Lukaschek auf.

»Sechs, fünf, O ... also null, zwei ...«, las Wilhelm. »Verkehrt herum!«

»Amerikanisch. Die Uhrzeiten militärisch.«

»Wie blind kann man sein.«

»Und was heißt das jetzt ausgedeutscht?«, zwängte sich Lukaschek zwischen sie.

»Die erste Zeile bedeutet, dass am Dienstag auf dem Flughafen Schwechat um halb drei eine Maschine von der Pan American Airways gelandet oder gestartet ist.«

»Gelandet«, murmelte Wilhelm. »Der Schah ist da gelandet. Vier nach halb drei, haben s' in der Zeitung geschrieben.«

»Mist, verdammter!« Lukaschek riss den Zettel an sich. »Und das sind alle Orte, wo er sonst noch ist bei uns, oder was?«

Hirzinger tänzelte zu seinem Schreibtisch. »Am selben Tag um zehn vor drei Hofburg, um vier am Nachmittag Westbahnhof und um fünf nach halb neun Bad Gastein.« Er fläzte sich in den Drehsessel und legte die Beine auf den Tisch. »Dann ein paar Zeilen, die sich jetzt auf Bad Gastein und die Umgebung beziehen, und schließlich natürlich die letzte Zeile. Da scheint der Schah am vierundzwanzigsten in Salzburg mit der British Airways abzufliegen.«

Lukaschek schnappte nach Luft und drehte sich im Kreis. Er wirkte wie ein wild gewordener Hamster. »Wir müssen ... die Kollegen ... da ist ein Attentat ...«

»Wie kommst du denn jetzt auf das? Gestern hat es für dich noch keine Spione gegeben, aber dafür heute gleich ein Komplott. Geh bitte!«

»Na, wer außer der Polizei und den Sicherheitsleuten vom Schah braucht jede Minute, wo der seinen Hintern hinbewegt? Ha?«

»Journalisten?«

»Ha! Von der Vroni, meiner Cousine, die für die Krone schreibt, weiß ich, dass die genaue Einladungen kriegen. Und is der Harald vielleicht so ein Fotograf, der si überall einischleicht, oder was? Für was also hat der so a Listn? Und er is gegen den Schah. Und er hat an Murl troffn im Park.«

»Na, bumm, da seids in was einegschlittert.« Hirzinger verschränkte die Arme. »Gratulation. Vielleicht solltet ihr die Kollegen von der Staatspolizei ... Hm?« Er grinste.

»Moment einmal.« Wilhelm atmete durch. »Noch wissen wir gar nichts. Also ... der Porony hat die Liste gar nicht weitergegeben, sonst hätten wir sie ja nicht. Und ...«

»Und wenn des nur eine Kopie is?«, flüsterte Lukaschek und fasste ihn an den Schultern.

Diese Überlegung war natürlich nicht gänzlich auszuschließen. »Nein, nein, der Zettel war nicht sorgfältig, sondern nur irgendwie zusammengefaltet. Das lässt nicht auf bewusstes Aufbewahren, sondern auf einen spontanen Entschluss rückschließen. Oder auf Eile, weil ...«

»Ja, weil seine Mutter an die Tür geklopft hat.«

Wilhelm befreite sich von Lukascheks Händen. »Was haben die Zeugen uns erzählt? Dass der Porony mit dem anderen gestritten hat. Das hätten sie nicht getan, wenn er den Zettel weitergeben hätte.« Er ging in die andere Ecke des Zimmers. Oben am Plafond hing eine Spinnwebe. »Und außerdem wissen wir gar nicht, ob es bei dem Streit überhaupt um diese Informationen gegangen ist.«

Lukaschek war mit zwei Schritten bei ihm und baute sich vor ihm auf. »Schahgegner? Bereit zum Kampf? Geheimtreffen mit an Murl im Stadtpark? Das ist eine Informationsliste für einen Attentäter! Da kannst herumredn, wie du willst, Fodor! Und jetzt stell dir vor, die derschießn ihn, wenn er sich in der Getreidegassn eine Mozartkugel kauft! Oder wenn er am Flughafen amal kurz brunzn … also schiffen muss. Da simma auf die Titelseiten auf der ganzen Welt! Na, des brauch i net, des brauch i wirklich net!«

Irgendwie fühlte sich Wilhelm durch das flatternde Gebaren von Lukaschek an das Schnattern von Marktweibern erinnert, dennoch konnte und mochte er ihm nicht absprechen, dass in seinen Überlegungen ein Kern von Möglichkeit steckte. Ein ziemlich großer. »Lukki, jetzt beruhig dich bitte. Wir geben den Kollegen sofort Bescheid, und die werden umgehend zusätzliche Maßnahmen treffen.«

Lukaschek nickte, er atmete schwer.

Wilhelm ging zum Tisch zurück, nahm den Zettel, betrachtete ihn, nickte Hirzinger zu, dankte ihm und zog Lukaschek, der vor sich hin murmelte, mit sich aus dem Zimmer, aus dem Keller, hinauf in sein Büro, drückte ihn in einen Sessel und befahl ihm, endlich einmal ordentlich durchzuatmen.

Auch er selbst setzte sich und legte die Handflächen auf den Tisch. Und je mehr er die Sache sickern ließ, umso mehr musste er sich eingestehen, dass Lukaschek natürlich mit seiner Hysterie recht hatte. Alles deutete darauf hin, dass es sich um eine politische Sache handelte. Die verschwundene Kugel, der Drohbrief, Dolferls seltsames Verhalten, der erstochene Nichtsandler, die britischen Entführer, die schwäbischen Diebe und vor allem Fredis Erwähnung des alten Porony, der für das Protokoll zuständig war und der von seinem Neffen Harald des Öfteren besucht worden war. Der offenbar gemeinsam mit dem Poeten eine Gruppe aufbaute, die sich via Öl Macht sichern wollte. Öl, das der Schah verstaatlicht hatte und gegen den Haralds Partie agitierte. Von der mittlerweile vier Mitglieder tot waren. Jemand versuchte also, den Schah am Leben zu halten.

Alles fühlte sich stimmig an, wenn man es so aufzählte, nichts war bewiesen.

Doch als er die Liste Revue passieren ließ, war es mit der

Stimmigkeit auch schon wieder vorbei. Denn warum musste Harald umgebracht werden, da er die Liste doch gar nicht weitergegeben hatte? Wenn es denn überhaupt um diese Liste gegangen war.

Alles nur Spekulationen, nichts als Spekulationen.

Er musste die Ermittlungen wieder auf den harten Boden von Fakten bringen. Die ihnen noch fehlten. Wilhelm schnappte sich einen Zettel und notierte: »Innenministerium Porony befragen«. Ja, der Alte musste ... was? Da war nichts als der seltsame Umstand, dass Harald über Daten verfügt hatte, die nur im Ministerium seines Onkels zu holen gewesen waren. Hatte der Onkel an den Neffen? Ein Nazi an einen Sozi? Unwahrscheinlich. Hatte der Neffe hinter dem Rücken des Onkels? Wahrscheinlicher, ideologisch gesehen, unwahrscheinlicher vom Tathergang her. Wie auch immer. Irgendetwas war nicht koscher bei dieser Sache, sie mussten den Alten jedenfalls aus der Reserve locken und dann schauen, was geschah.

Die Tür ging auf, es schleppte sich Fischer herein. »Hab ich schon einmal erwähnt, dass ma manchmal die Hackn unglaublich aufn Zeiger geht?« Er ließ sich in den dritten Sessel fallen. »Polizeiarbeit is Scheißarbeit!«

»Was ist passiert?«

»Nix. Das is es ja. Gut, wir wissen jetzt, dass der Mörder den Schlüssel hat, weil keiner in der Wohnung vom Tischler war. Aber sonst? Ich hab alle befragt, in stinkate Wohnungen. Kein Mensch lüftet heutzutag anscheinend. Unfrisierte, schiache Menschen, grausliche Kaffees durch die Bank. Und dann nix.« Er breitete die Arme aus. »Nichts!«

»Was heißt das konkret?«

»Der geheimnisvolle, dunkle, gefährlich dreinschauende Mann«, er wedelte mit den Händen und machte ein Gespenstergeräusch, »der ist der Cousin von der Przibil im dritten Stock, der erst seit einer Woche in Wien wohnt und sie zum ersten Mal besucht hat. Und sonst war niemand in dem Haus.

Also soweit ich es herausfinden hab können. Außer natürlich unsere zwei Pappenheimer, die Wagner und der Holzer.«

»Na, dann werden wohl die den Tischler umgebracht haben.« Wilhelm streckte die Arme über den Kopf und dehnte sich.

Lukaschek schnellte nach vorn. »Jetzt red nicht so a Blödsinn, Fodor.«

»Nur weil dir des Mamsellchen gfallt?«, feixte Fischer.

»Beruhig dich, Lukki«, fühlte sich Wilhelm bemüßigt, ihn ein weiteres Mal aufzufordern. Er wandte sich an Fischer. »Aber er hat natürlich recht, es wäre ein bissel unrealistisch.« Und er erzählte seinem ersten Assistenten von den Entwicklungen und Erkenntnissen der letzten Stunden, inklusive des Hinweises seines Spezls Fredi und der Information von Dolferl.

Fischer pfiff. »Samma in an James Bond gelandet?«

»Scheint so, aber wissen tun ma nix Genaues. Vielleicht ist auch alles ganz anders.« Wilhelm legte sich den Notizzettel zurecht. »Gut, also da wäre einmal der Paul Porony zu befragen. Ich lass uns gleich für seine Mittagspause avisieren. In die Wohnung vom Kashani müssen wir dringend. Außerdem ist« – nein, er wollte nicht, aber es musste sein … *es*, eben, nicht er selbst – »die Zeugenaussage von Major Bär schriftlich festzuhalten. Das soll der Berner machen. Dann müssen wir dringend mit den Wagners reden. Und mit dem Holzer. Das gibt's ja nicht, dass die wirklich verschwunden sind. Lasst die Fahndung intensivieren. Und wenn wir sie dann haben, ist da nichts mehr mit gemütlichem Tratschen. Und überhaupt fangen wir noch einmal ganz von vorne an. Wir prüfen ein zweites Mal alle Alibis, egal, wie unwahrscheinlich es ist, ob jemand damit zu tun hat oder nicht.« Wilhelm betrachtete die Liste. Sie war für den heutigen Tag viel zu lang und dennoch viel zu kurz. Irgendwas übersahen sie. »Und allem voran gibst du, Fischer, den Salzburgern Bescheid. Nein, am besten auch gleich der Staatspolizei. Außerdem sagst dem Berner, dass er ab zwei im Stundentakt die anderen noch Lebenden von der Mischpoche herbestellen soll. Also Arthur Blau, Inge Weidner, Franziska Maurer und Klaus Horowitz.«

»Und wenn s' irgendwelche Ausreden haben? Oder nicht erreichbar sind?«

»Dann soll er sie vorführen lassen. Oder zur Fahndung ausschreiben. Wie auch immer, weil mir reicht's jetzt. Du, Lukki, bringst meinen Drohbrief zu den Kollegen, vielleicht haben wir ja Glück mit irgendwelchen Fingerabdrücken.« Er lehnte sich zurück. »Und dann besorgt ihr für uns eine feine Frühmittagsjause. Wir brauchen für den Nachmittag eine gute Unterlage.« Er lächelte. »Wir schaffen das, Burschen, wir schaffen das.«

Fischer schlug sich auf die Oberschenkel und schnellte in die Senkrechte, packte Lukaschek. »Alles klar, Chef.«

Kaum hatte sich die Tür hinter den beiden geschlossen, wurde sie auch schon wieder geöffnet. Anne stand da.

Wilhelm sprang auf. »Du?« Sie war noch nie im Sicherheitsbüro gewesen.

Hinter ihrem Rücken holte sie eine Netztasche hervor. »Die Jeansjacke.«

Wilhelm wurde heiß. Er hatte seine Geliebte völlig vergessen. Seinen Wunsch an sie. Schon beim Aufstehen hatte er nicht mehr an sie gedacht, obwohl ihn da die Ereignisse noch nicht verwirrt haben konnten. Er hätte vor Arbeitsbeginn in der Bücherei seine Bestellung abholen sollen. Er war ein Schwein.

Sie legte die Tasche auf den Tisch. »Und ich habe noch eine Hose dazugegeben, auch eine Bluse. Mantel, Schuhe und Handtasche wird sie wohl selber haben, die … deine Halbschwester.«

»Ich liebe dich«, hörte Wilhelm sich sagen.

»Leider nicht so, wie es für uns beide bequem wäre.« Sie lachte auf. Es klang hart. »Aber ich dich auch nicht.« Sie drückte einen Kuss auf Zeige- und Mittelfinger, gab ihn an seinen Mund weiter, drehte sich abrupt um und ging zur Tür.

»Viel Spaß.« Sie winkte über die Schulter und war verschwunden.

Statt ihrer tauchte Berner auf. »Schlechte Nachrichten, Fodor. Auf dem Messer, das ihr beim Tatort vom Kashani gefunden habt, da sind nur seine eigenen Fingerabdrücke. Es findet sich auch nicht die geringste Spur von Blut darauf. Ist fast jungfräulich. Und außerdem ...«

»Außerdem?«

»Es passt net zum Stichkanal von die drei ... also vier Leichen.«

Wilhelm verspürte große Lust, einfach aufzustehen und zu gehen. Den Hörer von der Gabel zu nehmen, die Vorhänge zuzuziehen, die Beine hochzulegen und in einem dicken, dicken Buch zu verschwinden.

4

Wilhelm nahm zwei Stufen auf einmal. Die beiden Extrawurstsemmeln mit Mayonnaise und Gurkerln waren genau das Richtige gewesen. Überforderung und Resignation? Ha, Schnee von gestern. Es wäre doch gelacht, wenn sie nicht endlich ein paar entscheidende Schritte weiterkämen.

Im zweiten Stock bremste er sich ein, um auf Fischer und Lukaschek zu warten, die jede Stufe nur schleichend eroberten. Natürlich hatten sie während der Mittagsjause die vermaledeite Sportmeldung entdeckt, und nun musste einmal gründlich ausdiskutiert werden, welche Auswirkungen die Absage der Spiele haben könnte, denn an glückliche Schneeverwehungen glaubten sie nicht. Als sie endlich den letzten Absatz in Angriff nahmen, marschierte er weiter zum Gang links, an dessen Ende sich das Büro von Paul Porony befinden sollte, der sie tatsächlich gleich in der Mittagspause und somit für einen derart hohen Beamten überraschend schnell empfing.

Wilhelm bog um die Ecke, sah ganz hinten zwei Männer, ins Gespräch vertieft. Und die eine Gestalt – er kniff die Augen zusammen – ja, der Kleinere der beiden war unverkennbar jener Mann mit Aktentasche … und der andere verabschiedete ihn gerade mit »Paul«.

Wilhelm schnellte hinter die Ecke zurück, Fischer und Lukaschek prallten gegen ihn.

»Chef, was is –«

Wilhelm unterbrach Fischer mit erhobener Hand. Der schwieg auch sofort.

Er zog die beiden in eine Fensternische. »Der Porony ist der Mann, der im Prückl so intensiv mit der Frau Hofrat Matelka geplaudert hat.«

Zuerst war in den Augen der beiden nur Unverständnis zu lesen, dann leuchtete es in jenen von Fischer auf. »Wie sie ihre Zeugenaussage geändert hat.«

»Genau, wie ihr plötzlich eingefallen ist, dass der Fremde schlank war und einen Passgang hatte.« Die Matelka, der Porony, der Poet …

»Ja, aber sie hat die Aussage vorher geändert, bevor sie mit ihm geredet hat«, gab Fischer zu bedenken.

»Des is alles …« Lukaschek lehnte den Kopf gegen den Fensterrahmen und schloss die Augen. »Alles einfach zu viel.«

Lukascheks Larmoyanz ernüchterte Wilhelm. Er sah wahrlich schon Gespenster. »Ja, die haben sicher nur über eine Theaterpremiere geredet. Als jahrelange Abonnenten. Kommts, Burschen.«

Als sie um die Ecke bogen, war das Gespann verschwunden. Sie meldeten sich bei der Sekretärin an und standen alsbald in einem großen, hohen Raum, der klassisch mit jenen weißgoldenen Barockmöbeln eingerichtet war, die mit ihrer weinroten Samtbespannung Herrschaftlichkeit ausdrückten.

Paul Porony kam ihnen mit ausgestreckter Hand entgegen. »Die Herren von der Kriminalpolizei! Bei mir zu Besuch. Ja, sagen S', wie kann ich Ihnen denn helfen? Mit Gaunern Ihres

Kalibers habe ich ja eher selten das Vergnügen …« Er unterbrach sich, legte den Kopf leicht schief und lachte. »Also, mit den Gaunern, mit denen Sie für gewöhnlich so zu tun haben, nix für ungut, meine Herren.« Wiederum Lachen. »Nehmen Sie doch Platz. Ein Kaffeetscherl? Ah, da kommt sie ja schon, die liebe Frau Neundlinger. Bitte versuchen Sie doch auch ein Stückerl von diesem exzellenten Marmorgugelhupf. Wirklich très excellent. Wo haben wir den denn her, Neundlinger?«

»Vom Demel, Herr Ministerialrat.«

»Natürlich, vom Demel, dumme Frage von mir. Greifen S' nur zu, meine Herren. Man muss das genießen, was einem geboten wird. La vie douce, oui, oui.« Er verschanzte sich hinter seinem Schreibtisch. »Und, liebe Neundlinger, wie lange haben wir Zeit für die Herren? Wann ist der nächste Termin?«

»Herr Ministerialrat, im Grunde jetzt. Aber man hat uns Bescheid gegeben, dass sich der Herr Dr. Batthyani um ein paar Minuten verspäten wird.«

»Ja, ja, der Herr Graf, wie immer unter Zeitdruck. Geben Sie mir dann halt gleich Bescheid, wenn er einreitet.« Einmal mehr das joviale Lachen. »Danke, Neundlinger.«

Die Vorzimmerdame verschwand – und Wilhelm rekapitulierte das Geschwafel: Was bildet ihr euch ein, ihr miesen kleinen Pflasterhirschen, da bei mir ohne massiven Grund hereinzuplatzen? Ich empfange euch nur, weil wir ja gewissermaßen Kollegen sind, aber ich rede nicht mit euch, höchstens mit eurem obersten Vorgesetzen, der auch der meine ist, nämlich der Innenminister, dem ich aber in der Hierarchieleiter näher bin als ihr, womit geklärt wäre, wer am längeren Ast sitzt. Also passt auf, denn ihr spielt nicht in meiner Liga. Genießt ein paar Züge von der Höhenluft und dann wieder ab, husch, husch, ins Körbchen.

Im Prinzip konnten sie am Stand umdrehen und gehen. Aber alles in Wilhelm sträubte sich, einfach so die Segel zu streichen. Und außerdem war da irgendetwas, was ihn irritierte, was aber wichtig war. Und hilfreich. Das fühlte er.

In der nächsten Sekunde schoss ihm die Erkenntnis ein, und gleichzeitig mit ihr war ein Gitarrenriff in Wilhelms Kopf, und zwar jenes signifikante von Muddy Waters, dazu ein gemächliches Schlagzeug, ein paar Bassgriffe, und im nächsten Moment groovte da nur mehr Blues, entspannender, lässiger Blues. Eine fiktive Melodie, die ihn innerlich swingen ließ. Mit ihr würde er nun warten, bis sich der gute Porony verriet.

Er merkte, wie er leicht im Rhythmus zu wippen begann – es war ungehörig und irgendwie genau das Richtige. Er nahm eine Kaffeetasse, beförderte mit der Zange drei Stück Zucker hinein, tröpfelte Milch dazu, rührte um und nippte. Du-du-dum. Das Gebräu schmeckt vorzüglich. Seine Zehen wippten im Takt. Dum-dum-dum. Aus dem Augenwinkel registrierte er, wie ihn seine beiden Assistenten beobachteten und sich dann ebenfalls bedienten. Er meinte, ihre Irritation über sein wortloses, provokatives Gebaren förmlich mit Händen greifen zu können. Hoffentlich war der Herr Ministerialrat ebenso aus dem Konzept gebracht. Du-di-du-dum. Wilhelm vermied jeden Augenkontakt mit ihm, richtete seinen Blick vielmehr auf den Kuchenteller, beugte sich vor und schnupperte, legte sich ein Stück Gugelhupf auf einen der kleinen Teller, stach mit dem Gäbelchen ein Eck ab und steckte es in den Mund. Bestens, was ja bei seiner Herkunft kein Wunder war. Du-di-du-dum. Schluck. Bissen. Du-du-dum. Bissen. Schluck. Du-di-du-di-dum.

»Es freut mich, dass es Ihnen mundet.«

Du-di-du-dum. Er sah Porony an, lächelte und nickte. Futterte weiter. Die Bewegungen von Fischer und Lukaschek waren Echos der seinen.

»Fein. Und? Wie kann ich Ihnen dienlich sein?«

Wilhelm sah ihn an, legte all das Erstaunen, zu dem er fähig war, in seine Stimme. »Sie wollen sich tatsächlich ein paar Minuten Zeit für uns nehmen, Herr Ministerialrat? Wo doch jeden Augenblick der Graf Batthyani in der Tür stehen kann?«

Porony kniff die Augen zusammen, öffnete den Mund, schloss ihn, presste die Lippen zusammen, wedelte generös mit der Hand. Die andere verschwand unter dem Schreibtisch.

Wilhelm stellte den Teller ab. Legte die Hände auf seinen überschlagenen Beinen ab, ließ sie im Rhythmus von Muddy tanzen. Lächelte sein Gegenüber an. »Nun, wenn dem so ist, würde ich Sie bitten, den Worten auch Taten folgen zu lassen und Frau Neundlinger kein Lichtsignal zum Hereinkommen zu übermitteln.«

Fischer verschluckte sich.

Porony strafte ihn mit dem Blick eines entnervten Erziehers, zog die Hand wieder hervor, stützte sich auf den Ellenbogen auf und wandte sich Wilhelm zu. »Ihre Unterstellung finde ich etwas unpassend, aber sei es, wie es sei. Nun, um was geht es denn, Herr …«

»Fodor, wie Frau Neundlinger zu erwähnen beliebte. Fischer und Lukaschek.« Er deutete nach rechts und links von sich. »Aber ich bin mir sicher, dass Ihnen unsere Namen geläufig sind.«

»Und wieso meinen …?« Er stockte. Seine Augen wanderten zum Telefon, zur Füllfeder, zum Löschstempel, zum Bleistiftspitzer, zur Zigarettendose aus Bernstein, zum kristallenen Aschenbecher, verharrten schließlich bei seiner eigenen Kaffeetasse.

Punktlandung. Und so eine Pfeife wollte die Welt zurückerobern. »Nun, weil ich denke, dass ein guter, liebender Onkel wie Sie sich sicherlich erkundigt haben wird, wer den Mord an seinem Neffen untersucht, und die Arbeit derjenigen, also von uns, genauestens verfolgt.«

Porony schob die Tasse von sich, umfasste mit der rechten die linke Hand, als müsse er sie bändigen. »Ja, natürlich, das haben Sie ganz richtig erkannt. Nur sind Namen nicht so meine Sache.«

»Verstehe ich.«

Porony neigte den Kopf zum Dank. Ließ dann die Hände

aufflattern. »Ja, so eine furchtbare Sache, die ganze Familie steht unter Schock. C'est horrible. Glauben Sie mir, wir sind vollkommen dérangés.« Er massierte kurz seine Stirn. »Und ich freue mich sehr, die Herren jetzt persönlich kennenzulernen, die uns Erleichterung verschaffen werden, indem Sie dieses Monster, das diese abscheuliche Tat begangen hat, hinter Schloss und Riegel bringen.«

»Und noch ein paar andere«, seufzte Lukaschek.

»Und noch ein paar andere«, wiederholte Porony, und zwar in einem Tonfall, der weder Frage noch Bestätigung war.

Muddy Waters verstummte, stattdessen wummerte dicker, fetter Zorn in Wilhelms Schädel. Denn seltsamerweise hatte dieses ganze Getue ihm die Sicherheit gegeben, dass der Poet mit »Paul« nicht irgendeinen Paul aus seinem Verschwörungstrupp, sondern wirklich den Ministerialrat gemeint hatte. Womit es sich um einen verlogenen und arroganten Schnösel handelte. *Ich werde dir zeigen, wer von uns beiden ein Weh ist!*

Wilhelm stand gemächlich auf und wanderte zum Fenster, schlenderte an der Standuhr links hinter Porony vorbei, blieb direkt hinter seinem Rücken stehen. »Die da wären, Fischer?«

Fischer ratterte Namen und Umstände in knapper, präziser Form herunter.

Währenddessen drehte sich Haralds Onkel zu Wilhelm um. »Das ist mir alles hinlänglich bekannt.«

Weiß ich. »Verstehe. Und warum waren Sie dann von unserem Besuch so überrascht?«

»Nun, weil mir nicht klar ist, wie ich Ihnen weiterhelfen könnte.« Er zuckte unwillkürlich mit den Schultern, zog ein wenig den Nacken ein – das Dreieck funktionierte prächtig. Porony spürte die anderen beiden, die er aber nur im Auge behalten konnte, wenn er Wilhelm den Rücken zuwandte. Entweder oder. Er vollzog eine weit ausholende Bewegung mit dem Arm, die Wilhelm veranlassen sollte, sich wieder zu setzen.

Wilhelm ignorierte sie. »Och, vielleicht doch, sehr verehrter Herr Ministerialrat. – Lukaschek?«

»Der gnädige Herr ist mehrmals von seinem Neffen hier im Ministerium besucht worden, und zwar jetzt, in den Wochen vor dem Besuch des Schahs. Und wir haben bei Harald Porony eine Liste gefunden mit allen Aufenthaltsorten samt Uhrzeiten vom Schah, während er hier in Österreich ist. Das sind Daten, wie man uns gesagt hat, die eigentlich geheim sind, also nur ganz wenige Leute wissen. Und mit denen man … ein Attentat auf ihn planen kann.« Lukascheks Stimme zitterte bei den letzten Worten.

»Und Sie sind unter anderem für das Protokoll zuständig«, ergänzte Fischer.

»Ich bin erschüttert von dem, was Sie mir erzählen.« Porony schob seinen Sessel nach hinten, sodass zwischen ihm, Lukaschek, Fischer und Wilhelm ein unregelmäßiges Viereck entstand. Somit hatte er alle zumindest wieder aus den Augenwinkeln unter Kontrolle. Wilhelm verbeugte sich innerlich vor dem alten Fuchs.

»Allerdings habe ich keine Ahnung, wie mein Neffe an solch eine Liste gelangen konnte, geschweige denn, was er damit wollte, denn ein Attentat«, er lachte auf, »also wirklich. Das ist abstrus. Nein, er hat mich natürlich nur aus privaten Gründen besucht.«

»Natürlich.«

»Sie sagen es. Und ich werde bien évidemment sofort eine entsprechende Untersuchung einleiten, wie es zu diesem seltsamen Vorfall kommen konnte, denn selbstverständlich hatte mein Neffe keinerlei böse Absichten mit dieser Liste. Da bin ich mir absolut sicher.« Er legte die Hand auf die Brust. »Ich danke Ihnen für diese Information. Von Herzen. Solche Sicherheitslücken müssen sofort gefunden und geschlossen werden.«

Wilhelm ließ den Kopf vornüberfallen, sonst hätte Porony sein Grinsen gesehen und wahrscheinlich falsch interpretiert.

Denn es war nicht freundlich oder verschwörerisch, sondern, das musste er sich leider eingestehen, anerkennend. Dieser Mann zeigte sich, nach einem holprigen Start, mit allen Wassern gewaschen.

»Und Sie haben erwähnt, dass Sie ... diese Liste bei ihm gefunden haben? Das heißt, ich darf also annehmen, dass sie nicht in falsche Hände geraten ist?«

Wilhelm marschierte zurück zur Standuhr. Fünf nach halb zwei. Sie waren bereits eine gute Viertelstunde bei Porony, kein Graf in Sicht. Alles so lächerlich. »Das wissen wir nicht. Aber die Kollegen in Salzburg und von der Staatspolizei sind bereits informiert.« War da ein Schnaufen gewesen? Wenn ja, ein erleichtertes oder ein besorgtes? *Bald haben wir Öl und Macht.* Konnte es sein, dass er ein Attentat wollte und nun alarmiert war, weil es *nicht* stattfand? Oder hatte ihn sein Neffe bestohlen, und er zitterte, *dass* es stattfand? »Haben Sie ihm die Daten also gegeben oder nicht?« Wilhelm drehte sich blitzschnell um.

Einen Wimpernschlag später hatte sich auch Porony ihm zugewandt. »Wie degoutant, mich das zu fragen.« Aus seiner Miene war nichts zu lesen. Außer natürlich der Hinweis, dass er sich nun an entsprechender Stelle über Wilhelm beschweren würde.

Gut, die Situation jetzt beruhigen. »Excusez-moi, s'il vous plaît.« Wilhelm hob die Handflächen und verbeugte sich tief. »Es ist unsere Aufgabe, solche Fragen zu stellen. Bitte verzeihen Sie!«

Porony deutete ein Nicken an.

Wilhelm setzte die Wanderung fort. »Was können Sie uns sonst über Ihren Neffen erzählen? Wissen Sie, wir sind dankbar für jede Hilfe, jeder noch so kleine Hinweis kann uns weiterbringen. Also – wer könnte ein Motiv haben, ihn umzubringen?«

Wilhelm hörte Stein zuklappen und das Schnappen eines Feuerzeuges. Ausatmen. »Nun, ich denke, das wird wohl ein

Streit innerhalb von dieser Mischpoche gewesen sein. Harald wird diesen roten Zecken seine Meinung gesagt haben, und so etwas verträgt dieser Pöbel nicht. Ce rebut.«

Dass diese Leute immer mit ihrer Bildung angeben mussten! »Zu diesem ›Abschaum‹ fühlte sich Ihr Neffe aber sehr hingezogen.«

»Jugendliche Verwirrung.«

Wilhelm blieb vor einer Vitrine stehen, in der ein kompletter Satz eines Tischgedecks von Augarten-Porzellan glänzte. »Ganz Ihrer Meinung. Aber wer sollte Fehler machen, wenn nicht die Jugend? Doch wenn sie aus einem guten Stall ist, findet sie schnell zu den wahren Werten zurück.«

»Sie sagen es. Bei Harald waren wir alle der festen Überzeugung, dass er bald wieder erkennen würde, wohin er gehört.« Ein Seufzen. »Und nun das.«

Wilhelm schlenderte zu seinem Sessel zurück – und musste an sich halten, um nicht loszukichern. Fischer und Lukaschek saßen wie Primaner mit zusammengeklemmten Beinen und aufrecht da, beide die Kaffeetasse in der Hand. Offensichtlich war ihnen das Spiel, das da gerade ablief, nicht sonderlich geheuer.

Er setzte sich, überschlug die Beine, nahm seine Tasse, rührte um. »Und Frau Hofrat Matelka ist eine gute Freundin von Ihnen?«

Keinerlei Bewegung gegenüber. Der Mann musste zumindest eine Diplomatenausbildung durchlaufen haben, so beherrscht, wie er war. Wilhelm setzte ein Lächeln hintennach und trank.

»Man kennt einander. Wir haben beide ein Abonnement für die Burg. Wie kommen Sie darauf, wenn ich fragen darf?« Er rollte sehr konzentriert die Zigarette ab.

»Ach, nicht wesentlich. Letztens im Prückl. Da nahm die Frau Hofrat nach dem Gespräch mit uns bei Ihnen Platz.« Wilhelm stellte die Tasse ab, deutete seinen Assistenten, sich bereit zu machen, was sie offensichtlich gern taten, denn einen

Augenblick später quetschten sie sich zu zweit in die offene Tür.

Er stand auf, stellte sich direkt vor Porony und verschränkte die Hände am Rücken. *Genug des Geschwafels, mein Bester. Entweder Sie haben wirklich von nichts eine Ahnung, sind komplett unbedarft und ausgenutzt. Dann ist sowieso alles für die Katz. Oder, was ich glaube, Sie stecken ganz tief drin in der ganzen Sache. Wobei ich noch nicht weiß, auf welcher Seite, und ich irgendwie hoffe, nicht auf der, die für den Tod Ihres Neffen verantwortlich ist. Aber egal, was ich herausfinde: Sie sind dran. So gut können Sie Ihre Spuren nicht vertuschen. Sie haben Informationen von staatstragender Wichtigkeit weitergegeben, das sagt mir mein Bauch, da bin ich mir sicher, und Sie haben mit der Matelka gemauschelt, sodass sie ihre Aussage geändert hat. Ich werde Sie festnageln. Und außerdem werde ich dich überhaupt fertigmachen, du Nazisau.* »Es war mir eine Ehre, Sie kennenzulernen.« Er verbeugte sich ein weiteres Mal.

Porony stand auf, stellte sich knapp vor ihn hin, nickte. »Ebenso, Herr von Herberstorff.«

Wilhelm spürte, wie sich der Boden von ihm wegbewegte. Konzentrierte sich auf die Nase des Mannes. »Fodor. Ich heiße Wilhelm Fodor.«

Porony trat einen Schritt zurück. »Jetzt habe ich doch glatt den Namen falsch ausgesprochen!« Er lachte. »Fobor. Fodor. Tut mir leid, wirklich sehr leid, bitte entschuldigen Sie. Ich bin, wie gesagt, unendlich ungeschickt mit Namen. In meinem Beruf ist das natürlich ein absolutes ça ne sert à rien, aber was soll man machen?«

Er hatte sich das eben nur eingebildet. Alles nur Einbildung. Er war übernächtigt und hatte phantasiert. Wilhelm nahm seinen Hut, ging zwei Schritte zur Tür, drehte sich um. »Eines noch.«

Porony nickte genehmigend.

»Ich habe einen Drohbrief erhalten. Irgendjemand möchte

so gar nicht, dass der Mord an Ihrem Neffen aufgeklärt wird. Ich finde, das sollten Sie wissen. Aber Sie können beruhigt sein, ich mache natürlich weiter.«

Porony riss die Augen auf. »Nein! Was Sie nicht sagen! Aber das schätze ich sehr, dass Sie sich nicht einschüchtern lassen. Chapeau und danke! Passen Sie bitte auf sich auf!«

5

»›Exküsemoa, silwuplei‹.« Lukaschek kicherte. »I hab gar net gwusst, dass du Französisch kannst, Fodor. Wo hast denn des glernt?«

Wilhelm verfluchte die Heizung des Autos, die offensichtlich die Kiefer seines Assistenten aufgetaut hatte, denn bislang, seit dem Verlassen des Büros, hatten seine beiden Pappenheimer wohltuenderweise geschwiegen.

»Der Chef hat di Matura, du Wappler«, knurrte Fischer.

»Ja, scho, aber des heißt ja no net, dass ma Französisch kann.«

»Ich hab's halt gelernt, Lukki, und auch Latein und Englisch. Meine Eltern haben eben darauf geschaut. Und sie haben sich's leisten können.« Saublöder Zusatz. Im Krieg hatte sich niemand was leisten können. »Weil ma sonst gespart haben. Sehr gespart haben.«

»Passt schon, Fodor, passt schon. Ich mach dir ja kan Vorwurf. Es ist halt nur so witzig, wenn sich da zwei mit so komische Wörter beschmeißen.«

Na, hoffentlich passte es wirklich schon. Denn seine Eltern hatten es sich wahrlich nicht leisten können. Latein hatte er genossen, ja, das schon, weil es sein Adoptivvater aufgrund seiner religiösen Überzeugung beherrschte. Aber Englisch und Französisch verdankte er den paar Jahren bei seinem leiblichen Vater sowie dem gemeinsamen Unterricht mit Elisabeth. Und jede genauere Nachfrage … Er war noch immer nicht darauf vorbereitet, fehlerlos ein Lügengebäude aufzubauen. Es wurde langsam Zeit, dass er sich etwas überlegte. Denn sonst suchten ihn solche Halluzinationen wie vorhin bei Porony nochmals heim. Und dass es sich um eine handeln musste, dessen war er sich mittlerweile sicher – Fischer und Lukaschek hätten ihn ansonsten sofort auf den vermaledeiten Familiennamen angesprochen.

Fischer parkte sich mit gekonntem Schleudern in der letzten, sehr engen Parklücke im sehr engen Innenhof des Sicherheitsbüros ein. Wilhelm sah auf die Uhr. Sie hatten von der Herrengasse zum Parkring eine Viertelstunde benötigt, und es war mittlerweile zehn nach zwei. Die Benützung des Autos war nur aufgrund der Heizung ein Vorteil gegenüber dem Zufußgehen. Vermaledeiter Schnee.

Ohne sich abzusprechen, stürmten sie alle drei zwei Stufen auf einmal nehmend hinauf zu Wilhelms Büro, in dasselbe hinein, während sie sich der Überkleidung entledigten. Auch wenn ein Zuspätkommen zu einer Zeugenbefragung keinerlei disziplinäre Konsequenzen nach sich zog, so war es doch irgendwie … unhöflich.

Wilhelm sah einen roten, monströsen Dutt, blickte sich um, aber sonst war da niemand. Er umrundete den Dutt und erkannte Mutter Holzer, die offenbar seit dem letzten Gespräch ihre Haarfarbe von Blond auf Rot gewechselt hatte. »Wo ist Ihr Sohn?«

Sie sprang auf. »Entschuldigen S' schon, Herr Chefinspektor, aber mei Sohn, der muss arbeiten. Wissen Sie, der hilft zwei Mal im Monat seinem Onkel, dem Schorschi. Der is a Fleischhauer, und des wollen die jungen Leut net wirklich, des mitn Schlachtn. Weil des is Schwerarbeit, richtige Schwerarbeit. Immer hat der Schorschi sei Gfrett mit di Lehrlinge. Und der Dieter, also der hat des Handwerk schon als klana Bub glernt, und da hilft er ihm also immer wieder aus. Und heut ist wieder so a Tag. Zweimal im Monat kommen nämlich die Bauern vom

Marchfeld und bringen ihm, also meinem Schwager, des Vieh, weil's dann halt viel schneller bei die Gschäft is. Was ja nur gut is für die Kunden, oder net?« Die Holzerin umklammerte ihre dunkelgrüne Handtasche.

Wilhelm ging auf seinen Platz, nahm ihn ein, stützte die Ellenbogen auf und sah die Frau an. »Sie wollen mir also allen Ernstes mitteilen, dass Ihr Sohn Dieter Holzer, den wir seit gestern Abend suchen, nicht zu einer Zeugeneinvernahme bei der Polizei« – er betonte bewusst das Wort – »erscheint, weil er schlachten muss?«

Sie starrte, nickte, wackelte mit ihrer Handtasche, wurde buckelig, ging rückwärts und setzte sich punktgenau auf den Sessel. »Ja, sunst is ja des ganze Gschäft in Gfahr.« Sie strahlte auf. »Und i bin ja für ihn da.«

»Was uns nix nützt.«

Sie sank in sich zusammen. »Gar nix?«

Fischer setzte sich neben sie, Lukaschek blieb links von ihr stehen. Sie sah beide an, klemmte die Beine noch enger zusammen.

Wilhelm atmete durch. In einer Zeitschrift beim Zahnarzt hatte er einmal gelesen, man sollte aus jeder Situation, egal, wie schlimm oder unnötig sie einem im Moment erscheinen mochte, das Beste machen. »Gut, wenn Sie schon da sind! Wir gehen jetzt noch einmal durch, wo Ihr Sohn zu den fraglichen Zeitpunkten war.«

»Fraglichen Zeitpunkten?«, hauchte sie.

»Keine Sorge, wir müssen uns nur ein Bild machen, wo wer wann war.«

»Vielleicht ergibt sich ja«, charmierte Fischer, »durch die Aussage des einen ein Hinweis auf Unstimmigkeiten bei anderen.«

Sein Assistent hatte inzwischen wahrlich etwas gelernt.

Mutter Holzer wandte sich ihm zu und strahlte. »Verstehe. Natürlich helfen wir, den Mörder zu fassen.«

Fischer lächelte zurück. »Sie sind die Beste.«

»Also?« Wilhelm nickte Lukaschek zu.

Der zückte seinen Notizblock, blätterte. »Dienstag zwischen halb sechs und halb acht in der Früh?«

Die Holzerin schnaufte und lächelte. »Da hat er gschlafn, mein Bub. Ich hab ihn um halb acht aufgweckt.«

»Am Mittwoch?«

»Na, auch.«

»Am Donnerstag, also gestern, zwischen« – Lukaschecks Lippen vibrierten, er rechnete offensichtlich – »zwischen halb zwölf und halb vier am Nachmittag?«

Die Holzerin legte die Handtasche auf die Schenkel und stieß Luft aus. »Ja, da ist er auf der Hochschule. Als Bibliothekar!« Die letzten Worte hatte sie sehr akkurat ausgesprochen. Der pure Mutterstolz.

Und offensichtlich hatte ihr Sohn nichts vom Besuch bei Tischler berichtet.

Die Frau stellte die Handtasche wieder auf und beugte sich zu Wilhelm. »Aber sagen S', wieso wollen S' denn des alles wissen? Ist leicht noch was passiert?« Ihre Nasenflügel bebten.

»Ihr Sohn hat Ihnen nichts erzählt? Zu den Berichten im Radio? In den Zeitungen?«

Sie lächelte und zog den Nacken ein.

»Nun ja, liebe Frau Holzer, wir haben da noch drei Leichen mehr.«

»Gleich drei?«

»Vier«, korrigierte Lukaschek.

Sie sah sie drei abwechselnd an, sehr ausführlich, und schüttelte dann den Kopf. »Das ist aber nicht in Ordnung, dass Sie mit einer … Dame wie mir solche Scherze machen. Haben Ihnen des Ihre Mütter net beibracht?«

»Wir scherzen nicht, liebe Frau Holzer.«

»Leugnen a no! Na, na, na, des hätt mir der Dieter erzählt. So leicht lass i mi net … also wirklich!« Sie stand auf. »Ich muss jetzt wieder heim. Die nächste Kundschaft wartet net.«

»Setzen!«

»Guter Mann, Sie können mir gar nix befehlen. Ich bin da nur aus reiner Gutmütigkeit bei Ihnen. Und die hat jetzt a End.« Sie strebte zur Tür.

Wilhelm war mit vier Schritten zwischen jener und ihr. »Peter Pressmeier, Cyrus Kashani, Josef Tischler und ein Unbekannter. Ihr Sohn hat Ihnen wirklich nichts davon erzählt, dass weitere drei aus seiner politischen Gruppe umgebracht worden sind?«

»Welcher politischen Gruppe?«

Wilhelm merkte, wie sein Mund aufklappte, aber nichts herauskam. Auch Fischer und Lukaschek starrten die Frau an.

»Ich hab jetzt von Ihren Märchen wirklich genug. Suchen Sie sich wen anderen, mit dem S' Ihren Spaß treiben können. Einen guten Tag wünsche ich den Herren noch!« Sie rempelte Wilhelm an, riss die Tür auf und stolzierte davon.

Lukaschek fing sich als Erster und rannte ihr nach. »Warten S'!«

Fischer umklammerte die Lehne des Sessels, auf dem die Holzerin gerade eben noch gesessen war. »Sag, des is doch net normal, dass ein Sohn seiner Mutter so gar nix erzählt, oder, Fodor?«

»Vor allem, wenn alles darauf hindeutet, dass sie sich eigentlich verstehen.«

Sie sahen einander an.

Lukaschek keuchte sich ins Büro zurück. »Ich hab mir noch die Adresse von diesem Onkel Schorschi geben lassen. Zur Sicherheit. Der Holzer soll dort noch bis zum späten Abend sein. Weil mir müssn ihn doch dringend fragen, ob ihm beim Tischler was aufgfalln is!«

»Bestens, Lukki. Vielleicht sollten wir –«

Es klopfte, leicht und unrhythmisch. Das klang so gar nicht nach Kollegen. Wilhelm sah auf die Uhr, es war erst kurz nach halb drei, also noch weit vor der nächsten Einvernahme. »Herein.«

Nichts.

»Herein!«, brüllte Wilhelm nun.

Wieder nichts. Wilhelm nickte Lukaschek zu, der öffnete die Tür. Da stand niemand. Er schaute hinaus auf den Gang. »Warten Sie!« Er rannte los. »Ja, warten S' doch!«

Als er zurückkam, hatte er Theobald Wagner im Schlepptau.

»Herr Wagner!« Wilhelm verzog sich auf seinen Sessel. »Warum wollten Sie uns denn wieder verlassen? Wir suchen Sie seit gestern. Wo waren S' denn? Bitte nehmen Sie Platz.«

Wagner blieb stehen, beschattet von Lukaschek, der ihm so den Weg zur Tür versperrte. Er schluckte und drehte seinen Hut zwischen den Händen. Nach unendlich vielen Sekunden stöhnte er auf, Wasser stieg in seine Augen. »Die Linde ist verschwunden.«

»Fürs Absagln von Bäumen simma net zuständig«, knurrte Fischer.

»Nein, nein, nein«, Lukascheks Augen waren weit aufgerissen, »die Sieglinde. Seine Schwester.« Er trat an Wagners Seite. »Es geht do um Ihre Schwester, oder net?«

Wagner nickte. »Ich weiß nicht, wo sie ist.« Er hechtete förmlich zu Wilhelms Schreibtisch. »Herr Chefinspektor, sie ist weg. Ich kann sie nicht finden! Wir sollen ja beide da zu Ihnen her, wie ich von der Hausmeisterin gehört hab, aber ich … Keine Spur von ihr.« Er wankte. Lukaschek schob ihm den Sessel hin. Wagner sank darauf nieder. »Und bei diesen ganzen Sachen jetzt … Ich hab so Angst! Verstehen Sie?«

Wilhelm nickte und schob ihm die Zigaretten hin. Wagners Hände zitterten so sehr, dass er es nicht schaffte, sich eine anzuzünden. Fischer half ihm. Wagner sog den Rauch tief ein und hustete. Es klang, als landete im nächsten Moment sein Beuschel auf Wilhelms Tisch. Und es reckte den jungen Mann gotterbärmlich. Lukaschek holte vom Handwaschbecken ein Glas Wasser. Nach ein paar Schlucken bekam Wagner wieder eine halbwegs natürliche Gesichtsfarbe. »Sie haben keine neue Leiche gefunden?«

»Was ist dein Stand, mein Freund?«, seufzte Fischer.

»Was?« Wagner schnellte zu ihm herum.

Wilhelm bedachte seinen ersten Assistenten mit einem strafenden Blick und Wagner mit einem extrem mitfühlenden. »Keine Sorge, Herr Wagner, mein Kollege hat manchmal einen etwas groben Humor. Wir haben keine Frauenleiche gefunden.« Noch, ergänzte er für sich.

Wagner nickte und sog gierig an der Zigarette.

»Wann haben Sie Ihre Schwester das letzte Mal gesehen?«

»Gestern in der Früh. Zu Mittag haben wir dann telefoniert. Sie wollte spazieren gehen. Und seitdem nichts mehr.«

Fischer lehnte sich an Wilhelms Schreibtisch. »Na, vielleicht is sie ja bei an Gspusi.«

Wagner starrte einen unsichtbaren Punkt an. »Ich habe heute Geburtstag. Das würde sie nie vergessen.« Ansatzlos schnappte er nach Luft. Er verdrehte die Augen und wurde weiß im Gesicht.

Lukaschek rannte los, um ein Sackerl zu besorgen.

6

Die nächste Stunde kam Wilhelm wie eine Möbius-Schleife vor: kein Anfang, kein Ende, keine Mitte, somit kein Kern. Schuld daran waren die neuerlichen Einvernahmen von Arthur Blau und Klaus Horowitz.

Blau, der Ruderer von der Ringstraße, war zwar ohne mütterlichen Wachhund erschienen, widerstand aber trotzdem jeglichem Druck und sämtlichen Verhörtricks, blieb stets bei seinem »Kenne keinen, bin nur kleiner Helfer, weiß von gar nichts« – als wäre er bei der italienischen Mafia für das Gesetz der Omertà gedrillt worden. Und auch der zukünftige Arzt Horowitz ließ sich kein zusätzliches Detail entlocken, weder zur Prügelei noch zu den Feindschaften mit den Rechten und auch nicht zu einem etwaigen Attentat auf den Schah.

Nicht einmal die präzis gesetzte Mitteilung, dass es sich bei den beiden in den Nachrichten erwähnten frischen Leichen um jene von Kashani und Tischler handelte, führte zu mehr Gesprächsbereitschaft bei den jungen Männern. Sie waren vielmehr geschockt und dadurch noch einsilbiger. Zusätzlich hatten sich die Alibis der beiden laut Berner inzwischen als mehr als wasserdicht erwiesen, da sie jeweils von mehr als drei voneinander unabhängigen Leuten bestätigt worden waren. Also entließ er sie, nicht ohne sie eindringlich um Vorsicht zu bitten.

Wilhelm fühlte sich ermüdet, selten noch hatte er sich einer derart bruchsicheren Mauer des Schweigens gegenübergesehen – wobei er nicht einmal festmachen konnte, auf welchen Bereich genau sich dieses Schweigen bezog. Mit Sicherheit auf die Prügelei, gut, aber die konnte nur bedingt relevant sein, weil drei der Opfer nichts mit ihr zu tun hatten. Abgesehen davon rückte aber niemand mit einer anderen Gemeinsamkeit der Toten heraus, die die Morde erklärbar machte. Und dass niemand von der ominösen Liste gewusst haben wollte, schien ihm sowieso unglaubwürdig. Aber noch verließen sich die Burschen darauf, dass keiner von ihnen plauderte, über was auch immer. Hoffentlich brachten die neuerlichen Todesfälle wenigstens die Damen Weidner und Maurer zum Reden. Und Holzer, der ja damals bei der Prügelei immerhin die Polizei gerufen hatte, also nicht so eine Scheu vor der Staatsmacht zu haben schien wie die anderen.

Ja, und dann war da noch der Herr Oberspion, der sich mit der Ausrede eines Einsatzes vor der Niederschrift seiner Zeugenaussage gedrückt hatte. Irgendwie beschlich Wilhelm das Gefühl, dass sie diesem Gespräch mit seinem Freund Dolferl noch länger nachlaufen durften.

Drei Kreise, drei Camerae obscurae, alle mit verschlossenen Gucklöchern. Und jetzt noch eine verschwundene Frau. Wilhelm ertappte sich bei einem Stoßgebet. Er mochte nicht auch noch die Leiche von Sieglinde Wagner betrachten müssen. Nein, nein, nein, die Fahndung, die sie eingeleitet hatten, brachte sicherlich zutage, dass sie bloß … Was auch immer.

Er seufzte, griff zu den Zigaretten, schob sie weg. Es waren heute derer schon zu viele gewesen. Er überlegte, ob er Berner noch einmal um einen Kaffee bitten sollte, aber sein Magen legte ein Veto ein. Er sank in sich zusammen und bereitete sich darauf vor, dass Fischer und Lukaschek mit dem hoffentlich wieder ansprechbaren Wagner zurückkehrten.

Da läutete das Telefon.

Erneut eine Leiche. Eine weibliche. Sicherlich.

Mit einem tiefen Seufzer hob er ab. Elisabeth flötete ihm einen wunderschönen Tag ins Ohr. Schlagartig fühlte er sich frisch und munter. »Liz! Wie schön, dass du dich meldest! – Was …? – Aber natürlich bleibt es dabei.« Mist, seinen albernen Undercovereinsatz hatte er schon wieder völlig vergessen. Wilhelm sah auf die Uhr. Es war kurz nach vier. Zumindest Wagner und Holzer mussten sie heute noch erledigen. Und die Wohnung von Kashani. Und, und, und. Sein Blick streifte Annes Tasche. »Wir treffen uns am besten in meiner Wohnung, damit du dich umziehen kannst. So um halb acht? – Ja, in derartigen Etablissements geht es immer erst etwas später los. – Verstehe. Oder sagen wir gleich um halb neun? Dann kannst du ganz entspannt deinen Hirschbraten essen. – Ja, Tasche und Schuhe, äh … ich denke, schwarz wird gut sein. Und einen Mantel brauchst du auch. Ich habe Hose, Jacke und Bluse. – Ja, sehr fein, meine Liebe, servus.«

Seine Hand blieb auf dem Hörer liegen. Er verbrachte in absehbarer Zeit einen ganzen Abend, wahrscheinlich die halbe Nacht, mit Elisabeth. Endlich wieder einmal. Dagegen sollte, wie es bislang immer gewesen war, alles andere zu verwaschenem Weiß verblassen. Doch das tat es nicht, die Fälle glühten weiterhin in teuflischem Rot. Vielleicht wäre es besser, einfach abzusagen. Wilhelm horchte in sich hinein. Eine piepsige Stimme riet ihm davon ab. Sein Egoismus? Weil er dem ganzen Wahnsinn entfliehen wollte? Wilhelm nahm das Wasserglas und trank ein paar kleine Schlucke. Nun, immerhin recherchierte er bei diesem Ausflug ja. Und es war nicht verboten, die Arbeit in angenehmer Gesellschaft zu verbringen.

Es klopfte, und im nächsten Moment wirbelte Klara in den Raum. »Fodor, mein Lieber, ich wollte dir nur sagen, dass ich für morgen den Tisch im Imperial reserviert habe. Vier Uhr. Das ist dir doch recht, oder?«

Morgen? Du meine Güte, ja, es war Freitag. Die Zeit ... wie im Flug ... und überhaupt. »Wie wunderbar! Ich danke dir. Das wird fein, ich freue mich schon.« In seinem Magen brannte es. Ja, gleich musste er sich übergeben angesichts seines perfektionierten Lügens.

Klara lächelte ihm zu und verließ den Raum.

Wilhelm lockerte sich die Krawatte. Trotzdem stieg ein Husten in ihm auf, das im nächsten Moment ein Lachen wurde. Es war wahrlich alles ein bissel dicht im Moment.

Die Tür schwang neuerlich auf. Fischer, Wagner und Lukaschek trabten herein. Letzterer flüsterte ihm zu, dass bei Holzers Onkel in der Fleischhauerei niemand abhob, was Wilhelm nicht wunderte. Schlachten war wahrlich Schwerarbeit. Nun gut, mussten sie eben unangemeldet auftauchen, das war ihm ohnehin lieber.

Sie nahmen ihre Plätze ein. Wagner sicherte zu, wieder vollkommen hergestellt zu sein. Aber so gierig, wie er das von Lukaschek offerierte Glas Wasser trank, überkamen Wilhelm Zweifel.

Er zog den Krawattenknoten wieder zu. »Gut, Herr Wagner, jetzt noch einmal von vorn. Sie haben also Ihre Schwester Sieglinde gestern in der Früh das letzte Mal gesehen?«

»Bevor ich zu meiner Arbeit bin. Sie hat gebügelt. Wie immer.«

»Und dann hat sie Sie gestern wann angerufen? Bitte die genaue Uhrzeit.«

Wagner schielte zu Wilhelms Zigaretten. Er bediente ihn.

»Es muss so etwa um halb zwölf gewesen sein. Weil ich war

noch in der Firma, und sie hat gesagt, dass wir uns zu Mittag nicht sehen werden, weil ihr nicht wohl ist und sie spazieren gehen will.«

»Da hat sie von daheim aus angerufen?«

»Ja, also ich nehme es an. Ich seh sie ja nicht beim Telefonieren.« Er lachte heiser.

Oh, das wäre ein Fortschritt, wenn man jederzeit feststellen könnte, wann wer mit wem von wo aus gesprochen hatte. Allerdings war sich Wilhelm nicht wirklich sicher, ob er sich beim Telefonieren zuschauen lassen wollte, bei den Grimassen, die er manchmal zog …

»Gut, und für heute waren Sie verabredet. Weil Sie Geburtstag haben.«

Wagner wiegte den Kopf. »Nicht direkt verabredet. Aber es ist einfach klar, dass wir den gemeinsam feiern.« Er rückte auf seinem Sessel an die Kante. »Herr Chefinspektor, das ist doch aber gar nicht wichtig. Ich hab sie ja heute in der Früh schon nicht mehr gesehen. Sie hat nicht gebügelt. Ich hab mir noch nichts gedacht dabei, weil sie ab und zu etwas mit der Chefin vom Hotel besprechen muss, und das geht am besten ganz zeitig am Morgen. Aber wie mich dann auch noch Ihr Kollege in der Firma angerufen hat wegen des Termins da hier und mir gesagt hat, dass die Hausmeisterin meine Schwester nicht erreichen kann, ist mir komisch geworden. Ganz komisch. Und ich bin nach Hause. Und sie war nicht da. Und nicht im Hotel. Und keine Nachricht an mich!« Er starrte Wilhelm an und sank dann zusammen.

Bitte, kein neuerlicher Zusammenbruch! Wilhelm nickte Fischer zu.

»Herr Wagner, Ihre Schwester war gestern nicht spazieren.«

»Nein?«

»Nein, sie war gemeinsam mit Dieter Holzer, wie wir annehmen, bei Josef Tischler. Und zwar ungefähr um zehn Uhr am Vormittag.«

Wagner krümmte sich zu einem U-Hakerl. »Bei Tischler?

Um zehn?« Er strahlte auf. »Ja, aber sie hat mich ja erst nachher angerufen. Sie *war* spazieren.« Er dämpfte die Zigarette mit Nachdruck aus. Starrte auf den Aschenbecher.

»Und dass sie bei Tischler war, wundert Sie nicht?«, setzte Fischer nach.

Wagner reagierte nicht, schien gedanklich ganz woanders zu sein. Schließlich schreckte er auf und schüttelte den Kopf. »Nein, wundert mich nicht. Wir reden momentan alle viel miteinander. Es ist ja alles so furchtbar.«

»Mit Holzer?«, präzisierte Fischer.

Schulterzucken. »Sie haben beide den Porony gern mögen.«

»Ihre Schwester auch?« Lukascheks Ausruf spiegelte pures Entsetzen wider.

Wagner sah ihn an und lachte auf. »So wie Ihnen ist es mir auch gegangen. Aber Sie wissen ja, Geschmäcker und Watschen … Hat sich aber eh aufgehört.« Er sank neuerlich in sich zusammen. »Eines Tages hat sie verstanden, dass er kein Guter ist. War.«

Irgendetwas stimmte da nicht.

»Haben Sie heute schon Zeitung gelesen, Herr Wagner?«, brachte sich Wilhelm wieder ein.

»Nein, wieso?«

Das könnte es sein. »Nun, da es ja offensichtlich noch keiner Ihrer Gesinnungsgenossen getan hat, dürfen wir Ihnen mitteilen, dass mittlerweile auch Tischler und Kashani tot sind. Ermordet.«

Stille.

»Tischler?«, flüsterte Wagner endlich.

Wilhelm nickte.

»*Und* Kashani?«

Er nickte noch einmal.

Wagner zuckte mit dem Kopf, als wäre ihm eine Fliege lästig. Er nahm das Glas Wasser vom Tisch und drehte es zwischen den Händen. Schwieg.

»Fällt Ihnen etwas dazu ein? Wer ein Motiv haben könnte, Porony, Pressmeier, Tischler und Kashani umzubringen?«

»Und einen Sandler, der keiner is?«, warf Lukaschek ein.

Wilhelm hielt die Luft an und atmete dann langsam aus. Manchmal waren seine Assistenten Idioten. Sie mussten sich zuerst die Zusammenhänge des kleinen, offensichtlichen Kreises erarbeiten, bevor sie den größeren theoretisch verstehen konnten. Die Erwähnung des ersten Opfers brachte Wagner doch nur durcheinander.

Er lugte zu ihm. Der junge Mann schien die letzte Bemerkung gar nicht gehört zu haben. Er drehte noch immer sein Wasserglas.

»Gut, Herr Wagner, eine andere Frage: Sie waren letzten September in eine Prügelei an der Alten Donau involviert.«

Es schien Wilhelm, als zuckte Wagner zusammen.

»Und zwar mit Porony, Pressmeier und Horowitz. Holzer hat die Anzeige gemacht. Was war da los?«

»Weiß ich nicht mehr. Wir waren alle betrunken. Und da hat ein Wort das andere ergeben.«

Wilhelm konnte sich nicht beherrschen, er schlug mit beiden Handflächen auf die Tischplatte. »Verdammt noch einmal, es wird auf Dauer nix nützen, dass ihr alle denselben auswendig gelernten Schmonzes erzählt! Ich will jetzt endlich wissen, warum ihr euch so in die Haare gekriegt habts!«

Erneutes Schulterzucken. »Wie ich gesagt habe, wir waren betrunken.«

Wilhelm ließ sich gegen die Lehne fallen, konnte nicht umhin, ein Stöhnen entfleuchen zu lassen, und lockerte sich ein weiteres Mal den Krawattenknoten. Dann nahm er den Akt zur Prügelei in die Hand, schlug ihn auf. Sein Blick blieb an einem Stempel hängen.

»Porony und Pressmeier«, hörte er Fischer knurren, »zwei von dieser Geschichte sind tot. Wer von euch ist der Nächste? Du, der Holzer oder der Horowitz?«

Wilhelms Blick raste über den Text. Er rieb sich über die

Stirn. Mein Gott, konnte das sein? Es konnte. Und wenn sein Verdacht stimmte, war er verdammt nachlässig gewesen.

»Ist da vielleicht was passiert, was euch veranlasst, euch gegenseitig umzubringen? Ha?« Fischer bellte jetzt. »Jetzt leg endlich nieder, Bürscherl. Wir san nur bedingt freundlich.«

Wilhelm klappte den Akt zu.

Fischer positionierte sich hinter Wagner, legte die Hände auf dessen Schultern und flüsterte ihm gut vernehmlich ins Ohr: »Es befreit, dein Geständnis, und es bringt dir Sicherheit.«

»Blödsinn.«

»Blödsinn?«

»Wir haben nur irgendeinen Blödsinn geredet, und dann haben wir halt … ja.« Mit einem Ruck stand er auf. »Wenn Sie das glauben, dann wollen Sie ja sicher mein Alibi wissen. Für wann?«

Lukaschek zählte auf.

»Alle die Zeiten war ich in der Firma. Tja, Pech, Herr Chefinspektor, die Theorie vom gegenseitigen Abkragln wär's damit, weil ich hab da sicher nicht mitgespielt. Und des Alibi von meinem Chef ist bombensicher, weil der kann mich net wirklich leiden.« Wagner packte seinen Hut und trat zur Garderobe, zog den Mantel an. »Und ich muss jetzt gehen.« Er wandte sich zur Tür, drehte sich um. »Weil vielleicht meldet sich ja meine Schwester.« Damit verschwand er.

»Warum hast du ihn net aufghalten, Chef?«, brauste Fischer auf. »Die is do oberfaul, di Sach an der Alten Donau.«

»Das ist sie mit Sicherheit, Fischer.«

»Aber der Kashani war net dabei«, warf Lukaschek ein. »Und der Tischler net und a net der Nichtsandler.«

»Und außerdem wissen wir hoffentlich bald mehr.« Wilhelm wedelte mit dem Akt, warf ihn auf den Tisch. »Reinschauen! Was fällt euch auf?«

Fischer blätterte und runzelte die Stirn.

»Was ist mit der Niederschrift?«

Fischer schürzte die Lippen. »Sehr ordentlich.«

»Genau, Fischer, genau! Die Kopie müsste ein Durchschlag sein. Das ist sie aber nicht. Und außerdem – siehst du da einen einzigen Tippfehler?«

Lukaschek riss Fischer den Akt aus der Hand. »Na, gar nix. Also des is a Kollege ... Hut ab.«

»Das ist eine neu geschriebene Kopie! Wir sind Deppen. Schauen wir einmal, was im Original steht.«

7

»Ich fass es einfach nicht!« Fischer schlug mit der Hand aufs Lenkrad. Es schlenkerte. Der Wagen scherte aus, Fischer lenkte dagegen, das Auto drehte sich einmal im Kreis und stand dann wieder völlig unschuldig in Fahrtrichtung.

Fischer tuckerte weiter durch die Gassen von Hernals, als wäre nichts gewesen. »Wie kann so was sein?«

Wilhelm klammerte sich sicherheitshalber an den Haltegriff über dem Fenster. »Tischlers Familie, Lukki?«

»Wart, wo haben wir's denn? Ja, da! Also, der Vater Verkäufer von Rechenmaschinen, die Mutter Sekretärin bei der Caritas. Beide Brüder tot.«

»Caritas, Fischer, also Kirche. Und so ist zum Beispiel der Wiesinger –«

»Unser Herr Gottoberster«, knurrte Fischer, um im nächsten Moment aufzulachen. »Na, net sag.«

»Doch, der ist irgendein Laienbruder. Hab vergessen, bei welchem Verein. Na, da wird wohl wer wen angerufen haben ...«

»Und keine Krähe hackt der anderen ein Auge aus.«

»Du sagst es. Simsalabim, flugs ist ein Name nur mehr ein Irrtum.«

Fischer schleuderte um die Kurve. »Das ist Urkundenfälschung, damit wär der Kollege Kastner dran.« Er schleuderte sich zurück in die Fahrtrichtung. »Was hast du zu ihm gsagt, Chef, wie wir draußen waren?«

»Fischer, nicht fragen. Alle haben, was sie wollen, das ist das Entscheidende.«

»Chef, ich lern immer wieder von dir.« Er grinste.

»Des heißat ja, dass wir jetzt da drei Tote haben, die bei der Prügelei waren«, sinnierte Lukaschek, »den Porony, den Pressmeier *und* den Tischler.«

»Und des soll uns der Holzer jetzt amal erklären«, flötete Fischer. »Auf in die Schlacht!« Er grunzte wie ein Schwein. »Zur Schlachtung des Schlachters.« Er lachte.

Sie schwiegen.

»Aber der Kashani war net dabei«, murmelte Lukaschek. »Und a kaner, von dem wir den Namen net wüssten.«

Schweigen.

Fischer bog ab. »Da vorn is es.« Er parkte sich ein. Drehte den Motor ab. »Irgendwie hab i des Gfühl, dass des alles viel komplizierter is, als wir glauben.«

»Du nimmst mir die Worte aus dem Mund.« Wilhelm öffnete die Tür.

Von Onkel Schorschis Betrieb drängte sich neben einem Geruch nach Eisen von frisch geschlachtetem auch der Duft von geräuchertem Fleisch in die Luft. Dazu gesellte sich jener der benachbarten Süßwarenfabrik. Und über allem lag ein Hauch von Malz, da auch, obwohl im Nachbarbezirk beheimatet, die Brauerei von Ottakring nicht wirklich weit entfernt war. Ein fast komplettes Abendessen – Wilhelm knurrte der Magen. Ja, ein Geselchtes mit Bier und danach Haselnussschnitten, das wäre es jetzt. Aber den Besuch bei Frau Wilma konnte er sich heute aufzeichnen.

Sie fragten einen Lehrbuben nach Dieter Holzer, doch der zuckte nur mit den Schultern. Also fragten sie ihn nach dem Chef, Georg Schaller. Der Lehrbub wies ihnen den Weg in eine Halle im hinteren Teil des Hofes. Kaltes Licht glomm ihnen entgegen. Lukaschek ruckte die Schiebetür zur Seite, und sie sahen sich Dutzenden Schweinehälften gegenüber. Sie baumelten an großen Haken, die an Schienen am Plafond befestigt waren. Der heftige Wind, der nun mit ihnen in die Halle drang, versetzte sie in leichtes Schwingen. Es sah wie ein Tanz aus.

»Tür zu, Trottel, depperter!«

Sie schlüpften hinein, Lukaschek zog die Tür zu, sie schlängelten sich zwischen den Hälften zu einem großen Tisch durch. Auch hier nirgends eine Spur von Dieter Holzer.

Anwesend war lediglich ein drahtiger, ungefähr fünfzigjähriger Mann mit Glatze, wohl Onkel Schorschi. Er hieb mit einem Hackbeil ein Rippenstück in Koteletts. »Was is, Peter? Kannst net amal mehr allan a gscheits Feuer für die Grammeln machn?«

Als das Beil im Fleisch steckte, streckte ihm Wilhelm blitzschnell die Kokarde unter die Nase. »Polizei.«

Georg Schaller verharrte, musterte Wilhelm, stützte die Hände auf den Tisch und seufzte. »Welcherna is es diesmal?«

»Es geht um Ihren Neffen, Dieter Holzer. Können Sie uns bitte sagen, wo wir ihn finden? Wir müssten ihm noch ein paar Fragen stellen. Als einem Zeugen. Keine Sorge.«

»Kann i net. Aber wenn Sie eahm gfunden haben, dann sagen Sie's bitte *mir*. Weil dann tusch i eahm ane, dass eahm zehn Tag der Schädel wackelt. Danach könnts eahm haben, mit Handkuss.« Er strich sich mit dem Handrücken den Schweiß von der Stirn.

Um den ihn Wilhelm beinahe beneidete, denn es war saukalt in der Halle. Kein Rest mehr vom warmen Ausdampfen der Tiere. »Ja, seine Mutter hat gesagt, dass er Ihnen immer beim Schlachten hilft und wir ihn hier bis –«

»Des Mistviech is net auftaucht, hab i do gsagt.« Er zog das Beil aus dem Fleisch und testete mit der Fingerspitze die Schärfe. »Aber sei Mutter muss des net wissen. Di is a Gute. Des mach i ma selber aus mit dem Falott.«

Lukaschek stellte sich an seine Seite, was den Fleischer zurückweichen ließ, und klappte den Notizblock auf. »Wollen Sie damit sagen, Herr Schaller, dass der Dieter den ganzen Tag net da war?«

»Red i Chinesisch?« Er öffnete die Handflächen, wodurch das Beil wie zum Schlag erhoben wirkte.

»Und haben S' vielleicht a Ahnung ...?«

Wilhelm stoppte Lukaschek mit einer schnellen Bewegung. »Danke schön, Herr Schaller, wir wollen Sie nicht weiter aufhalten. Nur eine Frage noch: Sie machen sicher doch auch a Blunzn, oder?«

Schaller zuckte mit der Augenbraue und stellte sich wieder an den Tisch. »Blede Frag. Die beste vom Bezirk. Na, von ganz Wien, wenn man da Kundschaft glauben derf.«

Wilhelm streckte ihm die Hand entgegen. »Na, dann sehen wir uns bald wieder.«

Schaller bot ihm den Ellenbogen, Wilhelm schüttelte ihn.

Schweigend schlurften sie durch den Sturm über den Hof, verließen das Gelände und zündeten sich vor dem Tor alle drei mit windbrechenden Verrenkungen und schließlich dank der Standhaftigkeit von Fischers Zippo eine Zigarette an.

Wilhelm lehnte sich an die Hausmauer. »Was für ein vermaledeiter Tag.«

»Gschissana trifft's eher«, brüllte Fischer gegen den Wind.

»Wieso sind die Sieglinde und der Holzer verschwunden?«, fasste Lukaschek überraschend präzise zusammen.

»Funk ma di Zentrale an«, brüllte Fischer, »vielleicht san s' ja scho unter irgendeinem Busch auftaucht!«

»Verschreit es bitte nicht!«, brüllte nun Wilhelm seinerseits. »Ich hab momentan wirklich genug von Leichen.«

»Sag des net so laut«, brüllte wiederum Fischer, »sonst wirst gleich zum Bruch versetzt!« Er grinste. »Und i mit dir, weil i hab a die Schnauzn voll.«

Sie lachten alle drei und flüchteten sich in das Auto. Fischer setzte sich mit Berner in Verbindung, damit der die Fahndung auf Holzer erweiterte.

Wilhelm begutachtete seine Uhr. Es war erst sechs. »Los, hinunter in den Siebenten. Wir schauen uns jetzt noch kurz das Zimmer vom Kashani an. – Na, net stöhnen, die Herren, bei fünf Leichen in vier Tagen stöhnt ma net. Und um halb neun muss ich eh daheim sein. Also alles absehbar.«

Nach der zweiten Drift in bedrohliche Nähe eines Laternenpfahls vergaß Fischer all seine Rennfahrerambitionen und lenkte das Auto mehr im Stil von Lukaschek. Wilhelm war es nur recht, denn manchmal glänzte die Straße im Licht der Straßenbeleuchtung äußerst verdächtig, und er wollte nicht in einem Bett neben Waller im Krankenhaus landen.

Bitte nicht noch zwei Leichen! Langsam schien es tatsächlich so, als wollte jemand die gesamte – nun – ambitionierte Splittergruppe des VSStÖ ausmerzen. Zu dieser Theorie passte lediglich der Nichtsandler nicht. Aber vielleicht hatte sich Waller ja ausnahmsweise darin geirrt, die Stichkanäle derselben Waffe zuzuordnen? Und der Drohbrief war ein unglückseliger Zufall. Irgendein Kunde vom Milieu. Blieb dann nur noch die blöde verschwundene Kugel. Sowie die gänzlich andere Tötungsart bei Kashani. Es war zum Verzweifeln.

Fischer schlitterte das Auto an den Gehsteigrand vor Isabella Kamins Zinshaus. Sie läuteten die Hausmeisterin und jene dann Kashanis Vermieterin heraus.

Isabella Kamin öffnete ihnen in voller Montur, was hieß, kein Hauskleid, wie es Damen oft daheim trugen, sondern ein dunkelgrünes Kleid mit goldener Brosche am dezenten Ausschnitt. »Ah, die Staatsmacht. Wird ja auch langsam Zeit. Der Cyrus ist schon seit *gestern* tot.«

»Das ist uns sehr wohl bewusst. Aber ich meine mich zu erinnern, dass *Sie* ohne Angabe einer Kontaktmöglichkeit zu Ihrer kranken Schwester gefahren sind!«

Kamin schlug die Hände vor den Mund. »Ui. Na, jetzt bin ich ja da.«

»Wunderbar. Könnten wir bitte sein Zimmer sehen, gnädige Frau?« Wilhelm vollzog einen angedeuteten Diener.

»Das ›gnädige‹ können Sie sich sparen, junger Mann.« Sie schritt stolz wie eine Königin voran. »Wenn wer meine lieben Untermieter umbringt, bin ich gar net gnädig.« Sie drehte sich zu ihm um. »Und wenn wer nicht seinen Mörder findet, schon gar net.« Hochgezogene Augenbraue.

Schlagartig fühlte sich Wilhelm wie einst nach der Ermahnung seiner überaus strengen Volksschullehrerin – wahrscheinlich, weil Kamin zielsicher in den wunden Punkt gestochen hatte. »Wir tun unser Bestes, gnädige Frau. Glauben Sie mir, wir tun wirklich unser Bestes.«

»Na, hoff mas!« Sie öffnete die Tür.

Wilhelm fand sich in einem etwa fünfundzwanzig Quadratmeter großen Zimmer wieder, was für eine Untermiete sehr luxuriös war, wie er von Anne wusste. Meist wurden nur die Kabinette vermietet. Überall altdeutsche Möbel, sehr gepflegt, und zwar Bett, Bücherregal, Kasten, Kommode, Schreibtisch, dazu ein Teetischchen mit zwei Sesseln, die auf einem Perserteppich standen. Am Fenster fand sich sogar eine Stellage mit Blumentöpfen. Eine Pflanze blühte, und das mitten im Winter. Wilhelm hatte keine Ahnung, um welches Gewächs es sich handelte.

Fischer drängte sich an ihm vorbei und trat in den Raum, sah sich um, pfiff, als sein Blick neben Wilhelm hinter der Tür hängen blieb.

Wilhelm umrundete dieselbe und sah sich einem Altar gegenüber. In einem goldenen, dicken Rahmen lächelten ihm der Schah und dessen Frau Farah Diba entgegen. Links und rechts waren Kerzenhalterungen angebracht, darüber war die Flagge von Persien an die Wand genagelt. Auf dem Stehtisch unter dem Bild lag ein dickes Buch. Wilhelm schlug es auf. Es war voll mit Zeitungsartikeln über das Kaiserpaar.

»Da war wer sehr …« Fischer verstummte.

»Fixiert. Die Psychologen nennen das fixiert.«

»Wurscht, wie ma des nennt, aber des is do net normal. Der wollt di umbringen, ganz klar.«

Wilhelm deutete auf die eingeklebten Artikel, auf die Fotos. »Was siehst, Fischer?«

»Nix.«

»Eben.«

»Was, eben?«, gesellte sich nun auch Lukaschek zu ihnen. »Bist deppert. Hat der an Klopfer ghabt oder hat der an Klopfer ghabt?«

»Wenn wer wen umbringen will, dann ist das nicht so ordentlich. Ich hab das schon einmal gesehen, bei einem Mann, der seine Frau gehasst hat. Der hat alle Fotos von ihr durchgestrichen. Die da sind gepflegt. Der hat die beiden geliebt.«

»Ja, natürlich hat er das«, ließ sich nun Isabella Kamin vernehmen. »Der Cyrus hätte alles für den Schah und seine Frau getan.«

Fischer wandte sich ihr zu. »Er war sicher kein Gegner?«

Isabella Kamin schüttelte den Kopf und nahm aus der Lade des Stehtisches eine goldene Brosche. Sie war ident mit jener, die sie bei Pressmeier gefunden hatten. »Das ist das Zeichen. So ein Geheimbund oder so. Aber auf jeden Fall tun die alles, um den Schah zu beschützen.« Sie lachte, weinte sogleich. »Ich hab ihn gefragt, ob er so ein geheimer Ritter ist oder so. Aber die sind nix Offizielles. Die sind nur junge Bubn, die an den Schah glauben.«

Wilhelm ließ sich auf einen der Sessel plumpsen. »Ich versteh das nicht, ich … Frau Kamin, Sie haben doch gesagt, dass der Porony und der Kashani gute Freunde waren? Dass der Harald oft hier war?«

»Ja, und?«

»Soweit wir wissen, war der Harald ein Kritiker vom Schah –«

»Und wenn er das gsehn hätt«, fiel ihm Fischer ins Wort, »hätte er den Kashani verdroschen, aber net Ihren Mohnstrudel ghabert, gnä' Frau.«

Isabella Kamin legte die gefalteten Hände auf den Mund, ihr Blick fixierte Wilhelms Knie. »Wenn ich mir's so recht überleg, dann war der Porony vor diesem Streit, von dem ich Ihnen erzählt hab, auch nie da herin. Immer nur bei mir in der Küche.« Sie sah den Altar an. »Vielleicht waren s' deswegen bös aufeinander?«

8

Wilhelm verfluchte seine Idee der Undercover-Recherche, noch mehr sein Unvermögen, mit einer Absage Elisabeth die Freude zu verderben. Denn so saß er nun, mit Ameisen im Hintern, in seiner Wohnung und wartete auf sie. Ging er dann mit ihr ins Colosseum, mit Ameisen im Hintern, verbrachte er mit ihr einen potenziell wunderbaren Abend, den er nicht genießen konnte, weil er Ameisen im Hintern hatte.

Der Fund bei Kashani hatte alles durcheinandergewirbelt.

Wenn man den Burschen auf den Punkt hin analysierte, war Kashani in der ambitionierten Teilgruppe des VSStÖ ein Maulwurf gewesen. Er hatte es sich wahrscheinlich zur Aufgabe gemacht, jegliche Attacke auf den Schah zu verhindern. War er der Mörder von Porony? Auf jeden Fall war er ein Meister der Verstellung gewesen. Aber, bitte, wer hatte ihn deswegen umgebracht? Oder doch vielmehr, weil er Porony getötet hatte? Was so noch nicht erwiesen war. Und wer hatte von seiner Verbindung zu Pressmeier gewusst, der sich anscheinend innerhalb der Truppe und von derselben unbemerkt ebenso in einen Schah-Verehrer gewandelt hatte, wie es das Amulett nahelegte? Das Warum war klar: die Liebe zur Schwester von Kashani. Entwicklung zum Familienmitglied, Annahme der Wertevorstellungen derselben.

Es war zum Verzweifeln. Natürlich böte sich jetzt ein anderes Mitglied der Truppe als Mörder an, aber alle Übriggebliebenen, also Holzer, Blau und Horowitz, hatten Alibis. Auch das von Theobald Wagner war inzwischen bestätigt. Blieben nur die Frauen. Nein, das weibliche Geschlecht neigte doch mehr zu Gift, und das auch nur in vereinzelten Fällen ... Blödsinn, da hatte es doch Anfang der Dreißiger diesen »Blonden Engel« gegeben, ja, Marek hatte sie geheißen. Vier Morde aus Geldgier.

Wilhelm nahm einen Schluck von seinem Bier.

Nun, die Familien von Inge Weidner und Franziska Maurer hatten die Alibis für die beiden ersten Morde bestätigt, zu den anderen mussten sie sie erst befragen. Kathi Ofzarek, Maurers Mitbewohnerin, war ein komplett weißes Blatt, um die mussten sie sich schleunigst kümmern – wenn ihnen nicht wieder ein Leichenfund dazwischenkam. Ha.

Wilhelm trank.

Blieb noch Sieglinde Wagner. Ihr Alibi war nicht hieb- und stichfest. Denn wer sagte, dass sie wirklich gebügelt hatte? Ihr Bruder. Der würde erstens alles sagen und konnte es zweitens nicht mit Sicherheit wissen, weil er doch selbst unterwegs gewesen war.

Eine Frau. Hm. Nein, also das war trotz geschichtlicher Belege in diesem Fall wirklich weit hergeholt. Wobei – über einen Altar für den Schah zu stolpern hätte er gestern auch noch nicht gedacht. Aber welches Motiv könnte sie haben? Und wie passte sie mit Schwaben und Briten zusammen? Oder überhaupt irgendwer von der Mischpoche? Er war wohl wieder einmal zu engstirnig, zu wenig phantasievoll, wie Elisabeth konstatieren würde.

Es läutete auf Stichwort.

Hinreißend. Wie in jüngster Zeit ständig fiel ihm auch just im Moment des Türöffnens und angesichts seiner Halbschwester nur dieses Wort ein. Sie trug eine enge schwarze Hose, dazu einen ebenso engen schwarzen Rollkragenpullover und einen halbrunden Hut. Der weiche beige Kaschmirmantel nahm dem Ganzen die Strenge, schenkte ihm vielmehr weibliche Grandezza.

»Grüß dich, mein Bester!« Sie wirbelte in den Vorraum.

»Mein Gott, freue ich mich auf unsere Nacht! Das wird très amusant.« Sie schnellte zu ihm herum. »Nun? Wo sind die Utensilien?«

Er fühlte sich wie ein Dackel, als er sie ins Wohnzimmer führte und ihr die bereits ausgebreiteten Kleidungsstücke von Anne zeigte.

Sie nahm die Jeansjacke in die Hand, neigte den Kopf, senkte den Kopf, wendete das Stück, legte es hin, zupfte kurz an Bluse und Hose. »Wunderbar. Du kannst ein Taxi rufen, mit dieser neuen –«

»Ich weiß. Aber du wirst dich doch noch …«

Sie ließ den Mantel von den Schultern gleiten und schlüpfte in die Jacke. »Erledigt.«

Und Wilhelm kam sich unglaublich schäbig vor bei dem Gedanken, der ihm in diesem Moment einschoss. Denn der hieß: Nur Elisabeth hatte wirklich Geschmack. Die drei Stücke von Anne mochten in Kombination nett aussehen, aber die Reduktion von Jeansjacke mit der schwarzen Grundausstattung von Elisabeth war … unbeschreiblich sexy.

»Und du?« Sie runzelte die Augenbraue.

Wilhelm sah an sich hinunter. Der Anzug war weder zerdrückt, noch wies er Flecken auf.

»Will, du wirkst etwas steif. Man könnte glatt denken, du seist ein Polizist.«

Er trottete ins Schlafzimmer und betrachtete die guten Stücke in seinem Schrank. Hemden. Anzüge. Ein dunkelgrauer und ein hellgrauer Pullover, denen man die Amtsstube auf hundert Meter Entfernung ansah. Sonst nichts. Oder doch! Ja, genau. Er entledigte sich der Krawatte, des Sakkos, und schlüpfte in Elisabeths sehr buntes Weihnachtsgeschenk. Ging zu ihr zurück.

Sie strahlte auf. »Très chic! Ich wusste doch, dass diese Strickjacke exakt das ist, was du brauchst! Nun denn, lass uns loslegen!«

Er wählte zum zweiten Mal innerhalb von zwei Tagen die

vermaledeite Nummer des neuen Taxiservices und fand sich überraschenderweise dieses Mal ein paar Minuten später in einer Limousine wieder.

Bereits beim AKH hatte Elisabeth die Instruktionen und Informationen dermaßen akkurat verinnerlicht, dass sie alle Namen der Beteiligten richtig aufsagen konnte. Und bei der Sensengasse wusste er im Gegenzug die wesentlichen Eckdaten zu Karoline Matelka. Sie hatte tatsächlich wegen Geldes unter Stand geheiratet, hatte ein Burgtheaterabonnement und war im selben nationalsozialistischen Klüngel wie Elisabeths Mutter, Paul Porony und der Poet – was Elisabeth längst wusste und ihre Liebe zu dem Schriftsteller, ohne dass es Wilhelm bemerkt hätte, abgekühlt hatte. Alles schrie also danach, dass die Frau Hofrat und der Herr Ministerialrat im Prückl miteinander gemauschelt hatten. Nur blöderweise war das erst nach der Änderung der Zeugenaussage passiert, wie Fischer am Nachmittag richtig festgestellt hatte – wobei es ja so etwas wie ein Telefon gab! An die Variante hatten sie noch gar nicht gedacht. Peinlich. Nun, die Hetzerei, die war daran schuld, nur die Hetzerei von einer Leiche zur anderen. Blieb trotzdem die Frage, was Paul Porony davon hatte, dass die Matelka ihre Aussage änderte.

Nichts als Weiß in Wilhelms Kopf. Klebrige Zuckerwatte.

Sie erreichten das Colosseum, das ebenerdig ein normales Café zu sein schien. Mit einem verschwörerischen Blick und einem Händedruck motivierten sie sich, die Treppe ins Dunkel hinabzuschreiten – und wurden von einem wilden Lichtertanz empfangen, denn Scheinwerfer waren geschickt nicht nur an der Decke, sondern auch in halbhohen Kanten angebracht, und sie leuchteten auf eine dieser Kugeln, die aufgrund ihrer zahlreichen Spiegelscherben ein verzauberndes Licht in den Raum jagte. Dazu konstatierten The Kinks mit hartem Gitarrensound »You Really Got Me«. Wilhelm fühlte sich wie daheim und schlagartig leicht wie ein Vogel. Mein Gott, was war nur los mit ihm? Er war viel zu alt für diese Geschichte! Hierher gingen

Teenager, und zwar enorm viele, wenn er sich so umschaute, aber nicht fünfunddreißigjährige Chefinspektoren!

Er atmete tief durch und suchte den Blickkontakt mit Elisabeth. Aber sie schien ihn bereits vergessen zu haben, denn sie lächelte in den Raum, mit dem Mantel im Arm, und bewegte ihre Hüften, kein Anzeichen, dass sie sich seiner noch bewusst war. Sie neigte den Kopf. Sie lächelte breiter. Wilhelm folgte ihrem Blick. Da stand an der Bar ein junger Mann, sicher zehn Jahre jünger als sie, und grinste seine Schwester an. Dieser Falott!

Wilhelm ballte die Hände. Nein, nein, nein, sie hatten ausgemacht, dass sie alles, welche Begegnung es auch immer sein mochte, zulassen würden! Und wenn irgendein Name von den verdächtigen Pappenheimern fiele, sollte sie ihn dazuholen. So wie umgekehrt er sie, weil sie vielleicht mit ihrer charmanten Art besser nachwassern konnte. *Also, schweig still, Wilhelm!*

Sie wandte sich ihm zu, murmelte »Bis später!«, drückte ihm nochmals die Hand und schlenderte zur Bar. Prompt beugte sich der Strizzi zu ihr, prompt lachte sie, prompt deutete der Bursche dem Barmann, zwei Getränke hinzustellen, und nahm Elisabeth den Mantel ab. Die beiden neigten die Köpfe zueinander, sahen zu ihm her, er zwang sich zu einem Lächeln, sie winkten, er winkte zurück, sie lehnten die Köpfe aneinander.

Er war abgeschrieben. So hatte er sich den Abend mit Elisabeth wahrlich nicht ausgemalt.

Nun ja, vielleicht brachte sie ja etwas heraus.

Und, was nun? Tanzen schied definitiv aus. Das vernebelte nur seine Sinne, er tanzte viel zu gern, auch zum harten Rhythmus der Kinks … *oh, yeah* … taratata, taratata … *I always wanna be on your side* … taratata … Wilhelm bemerkte, dass sich seine Beine selbstständig machten. Nein, kein Tanzen, sonst konnte er nicht mehr denken, was ihm momentan ohnehin schwerfiel. Er musste sich als das geben, was er war: ein Langweiler. Nun, zumindest, wenn man das Tanzen außer Acht ließ.

Er schob sich durch die dichte Menge an das andere Ende der Bar, um nur ja nicht Elisabeth in die Quere zu kommen. Er legte den Mantel über den Hocker, lehnte sich an die Theke und betrachtete das Publikum. Hier vergnügten sich Kinder. Das Mädchen da drüben mit den langen dunklen Haaren war höchstens fünfzehn. Es durfte noch gar nicht in so einem Etablissement sein. Egal. Er war heut und hier nicht als Sittenwächter. Ein Gin Tonic. Der Kellner stellte ihm das Getränk flugs vor die Nase. Er nahm einen großen Schluck, fühlte die Kälte seinen Rachen hinunterlaufen und sich selbst im nächsten Moment frei. Taratata. Seine Beine bewegten sich schon wieder. Verdammt. Nein, er war ein Polizist. Ein Staatsorgan. Trotzdem war er froh, das Sakko gegen die lässige Strickjacke getauscht zu haben.

Er ließ seinen Blick schweifen. Vielleicht war ja tatsächlich einer der Verdächtigen hier in diesem Raum. Unwahrscheinlich, aber die Hoffnung starb bekanntlich zuletzt. Da drüben, diese junge Frau, die sah aus wie … nein, es war nicht Franziska Maurer. Viel zu dicke Lippen. Taratata. Seine Beine. Verdammt, warum sollte er nicht? Immerhin war er hier undercover. Und was war besser, als sich im Takt mit den anderen zu bewegen? Ein Schluck. Taratata. Die Gruppe da drüben. Was machte die gerade? Irgendwas schnupfen. Er sollte einschreiten. Nein, es war ihm völlig egal. Sollten sie doch an Stimulanzien nehmen, was sie wollten.

Jetzt die Stones. Tiefe Bässe. Riffs. Es war »I Just Want to Make Love to You«, das ja eigentlich von seinem Liebling Muddy Waters war. Er spürte, wie seine Hose eng wurde. Er sah sich um. Neben ihm stand eine Rothaarige mit dicker Mähne, die ihn mit herausforderndem blauen Blick musterte. Eine sehr selbstbewusste junge Frau. Und nicht konventionell, denn sonst würde sie die Haare nicht so frei tragen. Er packte ihre Hand.

»Nimmst das wörtlich?« Sie grinste ihn an.

»Schauma. Jetzt tanz ma amal.« Er packte sie und vollführte mit ihr einen gekonnten Slowfox.

Sie wiegte sich perfekt. Und die Augen waren perfekt. Die Haare sowieso. Wild, ungezähmt, schmeichelnd.

Wieder der Refrain. Sie löste sich von ihm und wiegte sich für sich allein.

Er tat es ihr gleich. Sie streckte die Hand nach ihm aus, er nahm sie, sie vereinten sich, wiegten ihre Becken aneinander. Und ein kleiner Kobold in Wilhelms Hirn sagte, dass das gerade eben sehr ungehörig war, aber er ignorierte die Stimme und genoss die Wärme des Schoßes der fremden Frau.

Irgendwann war der Song zu Ende. Sie standen da, während die nächste Nummer startete. Er hörte sie nicht, und es schien ihm, als ob sie sie auch nicht hörte, denn sie tat nichts anderes, als ihn zu fixieren und anzulächeln. Schließlich nahm sie seine Hand und zog ihn zur Bar.

Sie wuzelte sich auf den Thekenhocker. Stützte die Wange auf die Hand auf, lächelte noch breiter. »Wer bist du? Du bist zu steif, und du tanzt zu gut. Beides. Das gibt's normalerweise nicht.«

»Und du bist zu altklug.«

Sie lachte laut auf. »Wenn man eine Freundin hat, die es so gar nicht ist.« Sie sammelte sich. »Und Brüder und Schwestern.«

Wilhelm nahm seinen Gin Tonic und hielt ihn ihr entgegen. »Wilhelm.«

Sie schnippte dem Barmann und hatte in der nächsten Sekunde einen Campari Orange in der Hand. »Kathi.«

Er stieß mit ihr an – und war in der nächsten Sekunde alarmiert. *Kathi.* Nein, davon gab es zu viele. »Und was bedeutet es, dass deine Freundin so gar nicht altklug ist?«

Sie zuckte mit den Schultern. »Na, dass sie sich immer die falschen Männer aussucht. Die, die nicht zu ihr passen. Der letzte war zum Beispiel ein verwöhntes reiches Buberl. Hat sie nur wie den letzten Dreck behandelt, der Mistkerl.« Sie musterte ihn erneut mit diesem tiefen blauen Blick.

Wilhelm wurde heiß, denn das alles passte, passte fast schon zu gut! Er konnte sein Glück kaum fassen. Jetzt vorsichtig aushorchen. »Und deine Freundin …?«

»Hat dich unglaublich gut getroffen.« Sie legte den Kopf schief, dann auf die andere Seite. »Wirklich gut.«

Sein Glücksgefühl zerstob in Dutzende kleine Lichtblitze. »Was meinst du damit?«

Sie lachte. »Klar, du weißt ja nicht, dass die Franzi eine ganz wunderbare Zeichnerin ist. Sie macht ständig Porträts, von allem und jedem. Eben auch von dir. Und einer deiner Kollegen ist so ein kugeliger Bär, der andere mehr scharfkantig, aber ganz fesch.«

»Sie wissen die ganze Zeit, wer ich bin?«

Kathi stieß mit seinem Glas an. Nahm einen großen Schluck. »Deswegen müssma ja nicht gleich wieder so förmlich werden, Herr Chefinspektor.«

Alles für die Katz. Sein Plan war von Anfang an die komplette Idiotie gewesen. Wilhelm nahm seinerseits einen großen Schluck, sah sich nach Elisabeth um, die er aber nirgends ausmachen konnte. Nun denn, dann würde er eben die Musik und vielleicht noch ein, zwei Gin Tonics genießen, nicht mehr, damit er am nächsten Tag wieder voller Frische auf die konventionelle Art am Fall weiterarbeiten konnte.

Sie musterte ihn noch immer, schien amüsiert. Freches Mädel. »Und? Ist Frau Maurer auch hier? Zerkugelt sie sich irgendwo heimlich in einer Ecke?«

Kathi Ofzareks Lächeln verschwand. Sie beugte sich zu ihm. »Nein, sie ist nicht da. Sie lernt daheim. Sie hat momentan genug von allem.« Sie schob die Hand zu der seinen. »Und glauben Sie mir, ich mache mich nicht über Sie lustig.« Sie grinste. »Zumindest jetzt nicht mehr.« Wieder ernst. »Nein, ich bin eigentlich ganz froh, dass wir uns so über den Weg laufen.«

»Warum?«

»Weil Sie mir vielleicht diesen ganzen Wahnsinn erklären können. Das mit dem Harald hätte ich ja noch verstanden, der war –«

»Kein Guter. Habe ich schon öfter gehört.«

Sie zuckte mit den Augenbrauen. »Aber schon der Petzi ist mir ein Rätsel.« Sie schluckte. »Und vorhin hat mir der Theo erzählt, dass es auch noch den Joschi und den Cyrus erwischt hat.« Es schüttelte sie. »Sagen Sie, wissen Sie schon, wo Sieglinde steckt? Ich mach mir Sorgen ...« Sie stutzte. »Nein, nicht wie der Theo, das ist Blödsinn. Wer soll bitte Sieglinde umbringen? Nein, ich mache mir Sorgen, weil sie doch in den Cyrus so ... ganz große Liebe, verstehen Sie? Und da tun Frauen manchmal was ganz Blödes.« Ihre Augen schimmerten feucht.

Wilhelm bemerkte, wie nun seine Hand zu jener von Kathi Ofzarek kroch. Er zog sie zurück. »Tut mir leid, wir haben noch keine Spur. Wissen Sie von noch einer Freundin, bei der wir vielleicht nachfragen könnten?«

Sie schüttelte den Kopf. »Linde hat immer nur gearbeitet, seit ich sie kenne. Und mit Frauen kann sie sowieso nicht so ... Na ja, sie ist eben sehr schön.« Solch ein Kompliment klang seltsam aus dem Mund einer jungen Frau. »Das muss man einfach so sagen. Die meisten Frauen haben damit irgendwie ein Problem.«

»Sie nicht?«

Sie lachte auf. »Ich schau auch ganz gut aus.« *Wie wahr, wie wahr.* »Ich habe mich nie über mangelndes Interesse beschweren können.« Sie wurde wieder ernst. »Also wenn sie mit einer Frau so etwas wie befreundet war, dann vielleicht mit mir. Fällt aber nicht in die Kategorie eng.« Sie nahm einen großen Schluck von ihrem Campari. »Und den Dieter erreiche ich auch nicht. Aber vielleicht ist er ja bei ihr.«

Dumm stellen war die Devise. »Wieso sollte sie bei Dieter Holzer sein?«

Kathi schwenkte das Glas Richtung Barmann, der ihr sofort ein frisch gefülltes in die Hand drückte. Sie schwenkte es. »Na, weil wenn man wen als Freund von Linde bezeichnen könnte, dann den Holzer. Also als guten Freund«, fügte sie mit tiefem blauen Blick hinzu. »Kein Gspusi oder so. Der Holzer ist ihr zwar einmal nachgerannt …« Sie sinnierte. »Nein, er ist ihr nachgekrochen, hat jedem, ob er es wollte oder nicht, erzählt, dass sie seine große Liebe ist.« Sie schüttelte sich. »War wirklich peinlich, das kann ich Ihnen sagen. Jedenfalls hat sie es dann irgendwie geschafft, ihn vom flammenden Verehrer in einen glücklichen Diener zu verwandeln.« Sie schnalzte mit der Zunge. »Dackel wäre der bessere Ausdruck. Sie pfeift, er springt. Er tut alles für sie.« Neuerlicher Schluck. »Wobei zwischen Dackel und flammendem Verehrer eigentlich kein wesentlicher Unterschied ist.«

»Sie sind ja eine richtige Philosophin!«

Sie zog die Augen leicht zusammen, ein Mundwinkel lächelte. Sie drehte sich auf dem Hocker zur Tanzfläche, wippte den Takt mit, wandte sich ihm wieder abrupt zu. »Ich schreibe. Wollen Sie einmal etwas von mir lesen?«

»Bei Gelegenheit?« Gegenüber wurde alles grau. »Nein, wirklich gern.« Wieder alles bunt.

Er prostete ihr zu, sie tranken. Nun wandte er sich der Tanzfläche zu, er musste das Gehörte etwas sortieren. Just in diesem Moment wirbelte Elisabeth mit einem Galan in die Mitte. Er trug etwas längere Haare und ein kariertes Hemd. Absolut geschmacklos. Was sie nur an ihm fand? Die Nummer, die die beiden gelockt hatte, begann mit einer prägnanten Mundharmonika. Sehr starker Blueseinschlag mit auffälliger Motown-Note. Wilhelm ließ seinen Füßen freien Wipplauf. Hohe Männerstimme, nicht verständliches Englisch, doch dann irgendwas von »I'm gone«. Wilhelm konnte die Nummer nicht zuordnen. Aus den Augenwinkeln sah er, dass auch die Beine von Kathi in Bewegung geraten waren – und weiter oben ihr Nacken. Sie schob den Kopf abwechselnd nach links und rechts.

Er beugte sich zu ihr. »Wer ist das?«

Ruckend wie ein Huhn drehte sie sich zu ihm. »John Mayall.«

Wilhelm beschloss, sich eine Platte von diesem Mann zu kaufen. Und jetzt das Denken für ein paar Minuten einzustellen, um mit diesem reizvollen Rotschopf die Glieder zucken zu lassen.

9

Sie schwiegen. Was angesichts des starken Windes nur logisch war. Wenn da nicht als wahre Ursache der Grant gewesen wäre, den Wilhelm auf Elisabeth verspürte. Ach was, Grant! Enttäuschung, Ekel und … ja, Kränkung. Wie hatte sie bloß …?

»Du musst mich wirklich nicht nach Hause begleiten.«

Die Stimme neben ihm war ebenso eisig wie die glitzernde Platte auf der Fahrbahn vor ihnen. Wenigstens etwas. Obwohl Madame gar keinen Grund für Misslaune haben dürfte, denn er war mit Kathi nur deswegen in körperliche Verwicklungen getreten, weil die Gnädige zuvor mit dem Karohemd mehr als eng umschlungen getanzt hatte. Quid pro quo.

Das Taxi eierte sich, zunehmend langsamer werdend, zu ihnen.

»Ich bin erwachsen, ich brauch keinen Begleithund.« Sie stellte sich vor ihn hin. »Also – gute Nacht, Fodor.«

So nannte sie ihn nur, wenn sie wirklich, wirklich sauer war.

Sie nestelte am Verschluss ihres Mantels. »Oh, das dürfen wir natürlich nicht vergessen.« Sie öffnete ihn, schob ihn halb über die Schulter, zupfte gleichzeitig an der Jeansjacke herum.

Wilhelm hielt ihre Hand fest. »Jetzt sei nicht komisch. Anne braucht sie nicht gleich wieder.«

»Anne?«

Wilhelm wurde siedend heiß. Er hatte Elisabeth noch nie von seiner Geliebten erzählt. Er hatte einfach das Bedürfnis, die Welten getrennt zu halten. »Ja, also die Bekannte, von der ich sie hab.«

»Bekannte. Verstehe!« Sie zuckte mit der Augenbraue. »War das letzte Mal doch wer im Kasten bei dir.«

»Bekannte«, bekräftigte er. Um sich im selben Moment zu verfluchen. Er brauchte sich wahrlich nicht wie ein ertappter Ehemann aufzuführen.

Die Beifahrertür des Taxis schwang auf. »Rein in die gute Stube.«

Elisabeth stakste zum Fond. Mit einem Schlitterschritt war Wilhelm an ihrer Seite und öffnete die Tür zur Rückbank. »Ich bring dich heim.« Er fiel in ihre veilchenblauen Augen. »So lassen wir den Abend nicht enden.«

Sie sah ihn lange an, schwang sich dann mit einem eleganten Dreh auf die Bank, machte ihm Platz, und er wurstelte sich nach.

»Nun, wenn du unbedingt vor Zeugen plaudern willst?«

»Zeuge?«, tönte es von vorn. »I bin ka Zeuge. Ich bin taub, stumm und deppert.« Der dicke Mann lachte schallend und brachte den Mercedes zum Kriechen.

Wilhelm zündete zwei Zigaretten an und reichte eine Elisabeth. Ihre Hand fuhr automatisch vor, stockte, griff dann doch zu.

»Danke. Also, lass uns mit der Hauptaufgabe heute beginnen.«

Wilhelm fühlte sich elektrisiert. »Hast du tatsächlich jemanden kennengelernt, der dir was erzählen konnte?«

»Ich war doch nicht zum Privatvergnügen in dieser Örtlichkeit. Ich meine mich zu erinnern, dass ich sozusagen als Hilfssheriff und in Undercovermission eingesetzt war.«

»Ihr seids Kieberer?« Panik schwang beim Chauffeur mit.

Wilhelm beugte sich zu ihm vor. »Sie hören doch nichts, oder? Und ich merke mir das. Bis hin zu Ihrer Nummer. Die ich dann eventuell öfter anrufen würde.«

»Alles klar, Chef. Immer zu Diensten, Chef.« Der Dicke versiegelte mit Daumen und Zeigefinger seinen Mund. »Karl Stiglitz mei Name, wenn's genehm is.«

Wilhelm lehnte sich wieder neben Elisabeth. Spürte ihre Wärme. Sah sie Becken an Becken mit dem Karohemd. »Also?«

Sie drückte sich in die Ecke und schenkte ihm ein maliziöses Lächeln. »Der Ludwig, der ist eine kleine Plaudertasche.«

»Aha. Der Ludwig. Der, mit dem du …?«

»Der begnadete Tänzer, ja.« Wilhelm verspürte einen Stich im Herzen. »Und der kennt alle von denen.«

»Weil er ebenso wie sie ständig im Colosseum ist.« Das war zu erwarten gewesen, dass sie so einem über den Weg liefen.

»Richtig. Aber einen kennt er besonders gut.« Elisabeth ließ ganz langsam den Rauch aus ihrem Mund fließen und blickte ihm nach, wie er zum Plafond des Wagens stieg.

Dieses Luder. »Und wen?«

Sie nestelte den Aschenbecher aus der Mittelkonsole und stippte hinein. »Nun, einen jungen Mann, mit dem er seit der Volksschule gemeinsam die Schulbank gedrückt hat.«

Der Wagen gab ein gurgelndes Geräusch von sich, hauchte seinen Atem aus. Stiglitz brachte ihn mit dem Zündschlüssel zum Wiehern, aber nicht zum Galoppieren, nicht einmal in den Schritt. Er murmelte Flüche, wurstelte sich aus dem Auto und öffnete die Motorhaube.

»Ja, und weiter?«, wandte sich Wilhelm erneut Elisabeth zu.

»Und dieser junge Mann hat dann einen Blödsinn gemacht, wodurch seine ganze Zukunft ruiniert war. Ach ja, in diesem Alter ist man einfach dumm.« Sie seufzte theatralisch. »Ein kleiner Einbruch bei einem Juwelier, um der Mutter finanziell unter die Arme zu greifen, und schon droht der Rauswurf aus der Schule. Der Traum vom Studium? Ausgeträumt!«

»Ja, und? Komm, Liz, lass dir nicht alles aus der Nase ziehen. Bitte.«

Sie dämpfte die Zigarette aus und warf ihm einen aufreizenden Blick zu. »Jetzt drängle nicht so. Ich erzähle ja schon.« – *Aaaaahh!* – »Doch ein paar Tage später war dieser junge Mann wieder in der Schule, und es hieß, er sei krank gewesen. Keine

Konsequenzen. Das hat natürlich meinen Freund Ludwig« – Grinsen – »du weißt schon, den guten Tänzer« – noch breiteres Grinsen – »etwas gewundert. Und so hat er –«

»Moment. Wenn es da nichts Offizielles gab, keinen Schulverweis oder Ähnliches, kann dein Freund Ludwig doch gar nicht davon gewusst haben. Oder war er bei dem Bruch vielleicht gar selber dabei?« Zu dem Karohemd würde das passen.

»Aber, Will, mein Bester, wer wird denn gleich Schlechtes denken? Nein, seine Mutter putzt auf der zuständigen Polizeistation. Und sie ist genauso neugierig wie ihr Sohn. Oder besser, der Sohn wie sie.«

»Feine Familie. Er hat sich also gewundert. Und dann?«

»Dann hat seine Mutter mit einem Freund auf der Polizeistation geredet. Lassen wir die näheren Umstände beiseite. Jedenfalls hat sich herausgestellt, dass sich der Akt auf wundersame Weise in Luft aufgelöst hat. Kein Eintrag im Strafregister mehr, kein Hindernis mehr, das einem vielversprechenden Studenten im Weg gelegen wäre.«

»Das gibt's nicht.« Wilhelm lachte auf. Innerhalb von ein paar Stunden entdeckte er, dass anscheinend Aktenfälschungen im großen Stil begangen wurden. Zuerst verschwand Tischlers Name aus dem Bericht und jetzt gleich ein ganzer Akt … ein ganzer Akt. »So gründlich? Das kann gar nicht sein.«

»Sicher nicht? Auch nicht, wenn es von jemandem ganz oben ausgegangen ist? Vielleicht Ministerium oder so?«

Wilhelm wandte sich abrupt ab, schaute aus dem Fenster. Im Schein der Laternen wirkte der Schnee uringelb.

»Ich weiß, dass dir diese Vorstellung zuwider ist, mein Lieber, aber willst du die Möglichkeit wirklich ausschließen?«

Wilhelm brummte. »Darum geht's gar nicht.«

Stiglitz ließ sich in seinen Sitz fallen und startete den Motor. »Passt wieder alles.«

Elisabeth schnippte mit den Fingern. Wilhelm verstand und zündete ihr eine neue Zigarette an.

Sie sog den Rauch tief ein. »Worum geht es dann?«

Dass offensichtlich jemand über zwei Burschen der Gruppe vehement die schützende Hand ausgebreitet hatte. Das war kein Zufall mehr.

Wilhelm drehte sich zu ihr. »Sag ich dir, wenn ich klarer sehe. Aber um wen geht es denn jetzt eigentlich?«

»Dieter Holzer.«

Wilhelm hörte sich den Namen wiederholen, genauso ungläubig, wie er sich fühlte. Bei diesem unscheinbaren Teddybär hätte er so etwas nie erwartet. Ein Bruch bei einem Juwelier, das war etwas anderes als eine Prügelei beim Zelten. Und nun stellte sich natürlich die Frage, ob auch hier die katholische Macht eingegriffen hatte oder ob es zwei verschiedene Beschützer gab oder ob sich im Hintergrund gar jemand ganz anderer verbarg. Jedenfalls war das eine brisante Entwicklung, und er beglückwünschte sich zu der Idee, Elisabeth als Spitzel ... »Sag einmal, warum hat dir eigentlich dein Gigolo ...?«

»Ludwig, kein Gigolo.«

»Gut, Ludwig. Warum hat dir dieser Ludwig das überhaupt erzählt? Einer Wildfremden?« Er lächelte sie an. »Wenn wir einmal deine investigativen Fähigkeiten beiseitelassen.«

Elisabeths Dauerlächeln verschwand. »Weil dieser Ludwig eine miese kleine Ratte ist.«

»Jetzt auf einmal?«

Sie legte die Hand auf die seine. »Ein bisschen Spaß musste sein. Nein, im Ernst«, sie zog die Hand weg, was Wilhelm sehr bedauerte, »er erzählt die Geschichte allen, das weiß ich vom Barkeeper. Niemand glaubt ihm. Aber er gibt nicht auf, weil er sich angeblich in die Freundin von Dieter Holzer verschaut hat.«

»Der hat keine Freundin.«

»Doch, so eine dunkelhaarige, kleine Schönheit, die angeblich wie –«

»Schneewittchen aussieht.«

»Richtig. Na, dann kennst du sie ja doch. Jedenfalls ist dieser

Dieter der Schäferhund des Fräuleins, und der Gigolo hofft auf seine Chance, wenn der Wachhund eingesperrt wird.«

»Also könnte das alles auch reine Erfindung sein?«

»Könnte es, natürlich. Aber ich dachte mir, du solltest es trotzdem erfahren.«

»Ja, danke dir, auch wenn ich noch nicht weiß, was es bedeutet.«

Oder was es für den Fall brachte. Gut, er hatte heute erfahren, dass es eine weitere Querverbindung zwischen den jungen Leuten gab, nein, zwei: Holzer als bester Freund und treu ergebener Wachhund von Sieglinde Wagner sowie Cyrus Kashani als die große Liebe von Sieglinde Wagner. Wenn nur Letzterer tot wäre, könnte man annehmen, dass Holzer ausgerastet war, weil er seine Stellung bei Frauchen gefährdet sah. Doch in dieses Bild passten die anderen Opfer nicht hinein. Dennoch mussten sie dringend mit Holzer reden und vor allem sein Alibi für die Tat an Kashani überprüfen. Sie wies ein anderes Muster auf, und vielleicht ließ sich ja so wenigstens einer der Morde klären.

»Da warat ma.« Stiglitz drückte den Zähler.

Wilhelm zückte sein Portemonnaie.

Elisabeth hob die Hand und sah ihn mit offenem Blick an. »Lass. Das ist mein Beitrag zu diesem Abend, den ich wirklich sehr genossen habe.«

»Obwohl der phantastische Tänzer eine miese kleine Ratte und ein Gigolo war?«

»Ich bitte dich, Will, lass ihn uns nicht mehr erwähnen. Damit ich ihn vergessen kann und meinen Mann nicht anlügen muss. Bist du mein Freund und machst das?«

Er würde es machen, natürlich, auch schon deswegen, um die Stichwunde in seinem Herz verheilen lassen zu können, er war sich nur nicht sicher, ob er es wirklich schaffte, den Anblick von Elisabeth in den Armen dieses Mannes zu vergessen. Er nickte.

Sie lächelte ihn an und gab ihm einen Kuss auf die Wange. Wandte sich zum Chauffeur. »Würden Sie …«

»Natürlich, gnä' Frau.« Eilfertig sprang er aus dem Wagen, öffnete die Tür, half ihr beim Aussteigen, nahm einen gefalteten Geldschein entgegen, verbeugte sich sehr tief und nickte gehorsam.

Elisabeth verschwand im Anwesen. Das war also ihr gemeinsamer Abend gewesen.

Stiglitz stieg ein und schnaubte wie ein Pferd. »Wohin geht's, Euer Gnaden?«

»Runter. Einfach einmal runter in die Stadt.«

Er fühlte eine gewisse Enttäuschung, konnte aber nicht festmachen, was er sich eigentlich erhofft hatte. Wilhelm zündete sich eine Zigarette an. Diese Weinerlichkeit lag sicher nur an den Gin Tonics, derartige Getränke war er nicht gewohnt. Und auf Dauer waren sie auch keine Konkurrenz zu Bier. Zeit, ins Bett zu gehen und den ganzen Mist zu vergessen. Den Mist drum herum, nicht diese eigenartigen Informationen bezüglich Holzer.

SAMSTAG

1

Schemen schälten sich aus dem Dunkel des Stadtparks. Wilhelm sah auf die Uhr. Viertel sieben. Ja, er betrat nun das Gelände zu etwa derselben Zeit wie am Dienstag Harald Porony. Er schaute sich um. Suchte unwillkürlich nach der weißen Gestalt von Ehrenhoff. Der war aber nirgends zu entdecken. Vielleicht hatte ihm das Erlebnis ja – wie nannten das solche Leute? – richtig, schlechte Schwingungen gebracht, und er umarmte jetzt im Arenbergpark die Bäume. Oder wieder im Augarten, wenn er wirklich derselbe Mann sein sollte, den auch Frau Wilma einst gesehen hatte. Oder vielleicht machte er auch bloß am Samstag Pause.

Wilhelm steckte die Hände in die Manteltaschen und marschierte Richtung Wetterhäuschen. Und fragte sich einmal mehr, was ihn dazu trieb, diesen unsinnigen Spaziergang zu unternehmen. Die vordergründige Erklärung war, dass er nach einer ruhelosen Nacht nicht ganz richtig im Kopf war, denn den Nachgeschmack des gestrigen Abends könnte er auch bei einem Besuch von Volks- und Burggarten weglüften. Aber systematisch hatte sich in ihm immer dicker der Gedanke manifestiert, dass er vielleicht noch einmal zum Beginn des ganzen Schlamassels zurückkehren sollte. Manchmal sprachen Schauplätze zu einem.

Er fixierte den Tatort. Ja, es war dunkel, aber die Parklaternen spendeten genügend Licht, um eine schlanke von der breithüftigen Gestalt zu unterscheiden, auf die die Frau Hofrat Matelka bei ihrer ersten Aussage so vehement hingewiesen hatte. Und beim vierten Klogang in der Nacht war ihm auch eingeschossen, dass Ehrenhoff im Gegensatz zu ihr mit keinem Wort einen Schnurrbart erwähnt hatte. Wie auch seine Phantomzeichnung ohne war. Alles, einfach alles deutete darauf hin, dass es sich um zwei Personen handelte.

Und wie er gestern in einem Akt von kurzfristiger Denkfähigkeit festgestellt hatte, gab es Telefon – ha, wie vernagelt konnte man sein! Paul Porony konnte die Matelka also schon am Vorabend instruiert haben. Es war sogar möglich, dass er persönlich vorbeigeschaut hatte … Die einzige Entschuldigung für diesen seinen Lapsus beim Kombinieren war, dass in den letzten Tagen wegen des vielen Laufens zu Leichen sein Hirn in die Beine gerutscht war. Nun ja, was geschehen war, war eben geschehen.

Jedenfalls konnte das Treffen im Prückl nur mehr zur Nachbesprechung gedient haben. Hm, Matelka hatte gesagt, dass sie vorhatte, Wilhelm im Büro aufzusuchen, die beiden konnten ja nicht wissen, dass Wilhelm und seine beiden Burschen jeden Mittwoch … Natürlich war es möglich, dass sie das wussten. Auch wenn Wilhelm sich nicht entsinnen konnte, Porony oder Matelka zuvor im Prückl gesehen zu haben, konnten die beiden als zurückgezogene Stammgäste ihrerseits die drei Polizisten sehr wohl registriert haben, derart, wie sich Fischer und Lukaschek immer über Fußball stritten.

Oder es hatte Porony jemand von dem Ritualmittwoch geflüstert. Jemand, der Wilhelm sehr gut kannte. Jemand wie der Herr Major Bär.

Wilhelm schüttelte es, und er war sich nicht sicher, ob wegen der Kälte oder wegen des ungeheuerlichen Gedankens.

Er hockte sich auf genau jene Stelle, an der Harald Porony erstochen worden war. Seltsam, dass der Bursch kein warnendes Geräusch wie Schritte vernommen hatte. Wilhelm blickte sich um. Gut, der letzte Meter war grasbewachsen, und am Dienstag war noch kein Schnee gelegen, aber am Weg musste der Mörder doch hörbar gewesen sein. Nun, Gedankenversunkenheit wäre eine Erklärung. Angenommen, Harald hatte wirklich die Liste weitergeben wollen, hatte es dann aber aus welchen Gründen auch immer nicht getan. Er wusste, dass er es mit einem potenziellen Attentäter zu tun hatte, also mit einem gefährlichen Mann. Offensichtlich hatte er aber keine Angst gehabt, sonst wäre er sofort aus dem Park hinaus auf die belebte Ringstraße. Ja, er war gedankenverloren gewesen, durcheinander, aber sicher, dass ihm nichts passieren würde. Warum?

Wilhelm visualisierte das Phantombild von Ehrenhoff. Stellte sich vor, er wäre der Schahhasser. Nun, er hatte, laut Ehrenhoff, ebenso die seltsame weiße Gestalt gesehen wie diese ihn. Und das, was er als Meuchelmörder am wenigsten benötigte, war Aufmerksamkeit. Die spontane, weil wutentbrannte Tötung des unzuverlässigen Zulieferers hätte aber genau die auf ihn gezogen. Das Problem konnte man später und unauffälliger erledigen. So würde er denken. An Stelle dieses Mannes mit dem Passgang. Er wäre ebenso wie jener einfach abmarschiert und hätte sich mit seinen Hintermännern in Verbindung gesetzt, um das weitere Vorgehen zu besprechen. Das Attentat war wichtig, nicht so ein dummer Bub wie Harald Porony. Allerdings hatte er nicht sicher sein können, ob Harald mit seinem Wissen nicht die Polizei aufsuchen würde, um sich endgültig reinzuwaschen. Das Risiko musste er eingehen, in der Hoffnung, dass ein umstürzlerischer Student sich zu diesem Schritt nicht zu überwinden vermochte. Ja, so konnte es theoretisch abgelaufen sein. Und Harald hatte das instinktiv geahnt.

Wilhelm wuchtete sich in die Senkrechte. Sein rechtes Bein war eingeschlafen, er schüttelte es aus.

Und nun der zweite Mann, den die Matelka beschrieben hatte. Mit breiten Hüften. Und Schnurrbart … Wilhelm wurde heiß. Wenn da wirklich jemand intensiv Akteneinsicht betrieb, dann wusste er auch, dass das Phantombild von Ehrenhoff das prägnante Detail nicht aufwies. Würde dieser Jemand nun versuchen, den Sonnenanbeter diesbezüglich zu beeinflussen? Nein, Ehrenhoff war zu eitel, um sich seine Meinung abnehmen zu lassen.

Doch da war noch die Möglichkeit von nicht mehr so sanftem Druck. Und Wilhelm erschrak, weil er nun Praktiken in sein Denken ließ, die normalerweise nur in der Unterwelt anzutreffen waren. Er hatte zu wenig Schlaf bekommen, nur so war diese abstruse Schlussfolgerung erklärbar. Abstrus war aber auch alles andere, was er bislang durchdacht hatte, also konnte er einfach weitermachen. Ein paar Minuten ohne Grenzen denken. Gut. Aber Ehrenhoff hatte sich nicht bei ihnen gemeldet, und eine Anzeige mit dem Namen Ehrenhoff wäre an ihn weitergeleitet worden. Sie ließen diese Diskrepanz also als Ungenauigkeit in der Zeugenaussage stehen.

Sie.

Er hatte Paranoia.

Egal.

Weiter. Beziehungsweise zurück zum dicken Hintern. Der war Minuten später, aber was, Sekunden später am Tatort gewesen. Das ließ nur zwei Rückschlüsse zu. Es handelte sich um einen Irren, der die Gelegenheit eines kauernden, also wehrlosen Menschen beim Schopf gepackt und seinem Trieb nachgegeben hatte. Dagegen sprachen die weiteren Morde, die einen eindeutigen Zusammenhang suggerierten. Oder es war jemand gewesen, der Harald Porony verfolgt hatte, um zu sehen, was er trieb.

Die zweite Variante stank förmlich nach Geheimdienst.

Nach welchem?

Irgendwie war die Staatspolizei im Spiel, denn Dolferl war nie und nimmer im Donaupark einfach so spazieren gegangen. Doch so wirklich schlüssig wollte ihm das nicht erscheinen, die Staatspolizei war nicht der Mossad, Österreich nahm im kriminalistischen Bereich lediglich bei der Forensik weltweit eine Führungsposition ein. Aber einer der anderen Dienste war eine Möglichkeit. Denn immerhin waren ja, wie sein Freund Alois und diese seltsame Frau Kamin so präzise zusammengefasst hatten, die Russen – KGB –, die Amerikaner – CIA – und eben die Briten – der MI6 – an der Schahsache interessiert. Und die Diebe der unbekannten Leiche aus der Pathologie hatten einen britischen Akzent gehabt. Der Tote war also vielleicht ein britischer Spion gewesen.

Jetzt war er mittendrin im James-Bond-Abenteuer. Bei dem vielleicht auch der westdeutsche BND mitspielte, denn da gab es ja noch die telefonierende Schwäbin. Es klang alles so lächerlich, zugleich war es natürlich möglich, denn der Kalte Krieg tobte, und auch ein schlichter Chefinspektor konnte zufällig zwischen die Fronten geraten. Doch er sah beim besten Willen kein konkretes Motiv für all das – oder doch. Vielleicht. Wenn er nun auch noch des Poeten Ambitionen ins Bild einfügte und … Nein, Spekulationen hielten vor dem Staatsanwalt nicht stand.

Besser, er machte einen Schritt nach dem anderen. Es galt, die Sache mit der Matelka zu klären und dann jene mit Dieter Holzer, Sieglinde Wagner und Cyrus Kashani. Er hatte so das Gefühl, gleich nachher im Büro von Berner zu erfahren, dass Holzer brav bei seiner Mutter daheim auf die Einvernahme wartete. Und dann würde er einmal wegen der Sache mit dem Juwelier bohren und wegen Sieglinde, denn wenn diese nicht tot war, wusste sicherlich Holzer, der Dackel, wo sie war. Neue Überprüfung der Alibis, Druck, Druck, Druck, und irgendetwas würde sich schon aus den beiden herauswürgen. Irgendetwas.

Wilhelm zündete sich eine Zigarette an und dankte dem Wettergott, dass der unsägliche Wind nachgelassen hatte. So wurde die Kälte wieder ein bisschen erträglicher.

Er hörte ein Quietschen. Er sah sich um. Und traute seinen Augen nicht, obwohl die Erscheinung mehr als nur logisch war, denn immerhin hatte sie selbst klargestellt, dass sie nur mit dem extrem frühen Morgenprogramm die Menschen aushielt.

Er stellte sich den beiden Frauen in den Weg. »Einen wunderschönen guten Morgen wünsche ich den Damen!«

Matelka reckte ihm das Kinn entgegen. »Der Herr Chefinspektor. Treibt es Sie an den Tatort zurück? Sind vielleicht gar Sie der Mörder?« Heiseres Bellen drang von irgendwo aus ihrem Gesicht, sie lachte also.

»Gnädige Frau, dasselbe könnte ich Sie fragen.« Er deutete einen Handkuss an, richtete sich auf und lächelte ihre Begleiterin an. »Fräulein Brigitta?« Kurzes Kopfnicken.

»Der Herr Chefinspektor beliebt zu scherzen. Wie sollte so eine alte, gebrechliche Frau wie ich …«

»Eine Dame wie Sie findet immer Mittel und Wege, ihren Willen durchzusetzen.« Er zog den Mund in die Breite.

»Sehr charmant, sehr charmant, junger Mann. Nun, es hat mich gefreut, Sie wiederzusehen. Einen schönen Tag wünsche –«

»Pardon, Frau Hofrat.« Er stellte sich vor ihren Rollstuhl. »Tatsächlich habe ich gerade über Sie nachgedacht. Und meine Überlegungen würde ich jetzt gern mit Ihnen teilen.«

»Ist es so?« Die Ahnung eines maliziösen Lächelns.

»Doch, ja. Eine Frau wie Sie beschäftigt einen ständig.«

»Tatsächlich?«

Wilhelm registrierte aus dem Augenwinkel, wie sich Brigitta Pointner abwandte. Es war nicht festzustellen, ob sie lachte oder ob sie es tat, weil ihr das alles unangenehm war.

»Nun«, fuhr er fort, »Ihre geänderte Zeugenaussage lässt mir keine Ruhe. Vor allem, seit ich weiß« – und jetzt volles Risiko – »dass der nette Herr, mit dem Sie nach der Änderung im Prückl geplaudert haben, der Onkel von unserm Opfer ist. Und dass dieser Onkel eine sehr wichtige Position im Innenministerium bekleidet. Das ist interessant, weil Harald im Besitz einer Liste war, die die private Reiseroute des Schahs – ich betone, die private – präzise nachzeichnete, über die nur dieser Onkel und eine Handvoll andere Menschen Bescheid wussten. Und seitdem mir klar geworden ist, dass Sie einen anderen Mann gesehen haben müssen als der zweite Zeuge, weil der hat definitiv keinen Schnurrbart und kein breites Becken erwähnt, bin ich noch nachdenklicher geworden. Denn

Ihnen ist zum Beispiel der Passgang erst einen Tag später eingefallen, was mir seltsam vorkommt, so etwas ist schließlich sehr prägnant. Ebenso wie der grüne Schal.« Er verbeugte sich vor ihr, dann auch vor Brigitta, die ihn mit großen Augen ansah. »Sie sehen also, es gibt genügend Punkte, die mir Kopfzerbrechen bereiten und die ich mit Ihnen gern besprechen würde.«

Matelka verkroch sich in ihren Fuchskragen. »Verstehe, verstehe.«

»Und jetzt würde ich eben noch einmal gern, wenn es Ihnen recht ist, mit Ihnen beiden« – er warf Brigitta Pointner einen Blick zu – »getrennt die Aussagen durchgehen, damit wir alle Unklarheiten beseitigen können. Es ist doch nichts schlimmer für einen Zeugen, als eventuell in der ersten Aufgeregtheit etwas Unpräzises ausgesagt zu haben. Und dadurch vielleicht gerichtlich belangt zu werden.«

»Verstehe, verstehe. Aber Sie können sich sicher sein, junger Mann, dass wir beide von unserer –«

Brigitta Pointner trat vor den Rollstuhl und stand nun Wilhelm beinahe Nase gegen Nase gegenüber. »Würde es ein gerichtliches Nachspiel geben, wenn nun alle Unklarheiten beseitigt würden?«

»Gitta!«, erklang es von hinter ihr.

Wilhelm sah die Gesellschafterin fest an. »Nein, das lässt sich mit der Aufregung bei so einem außergewöhnlichen Ereignis erklären.«

»Gut. Er hatte einen breiten Hintern, einen Schnurrbart, keinen Passgang und auch keinen grünen Schal und war dunkel gekleidet.«

»Sie sind entlassen«, zischte es aus dem Rollstuhl.

Brigitta drehte sich sehr aufrecht zu der alten Dame um. »Ich danke Ihnen.«

2

»Ich versteh's noch immer nicht, dass das Fräulein Sieglinde mit dem da befreundet ist«, greinte Lukaschek auf dem Rücksitz vor sich hin.

»Also du hast Sorgen«, biss Fischer in seine Richtung. »Ich find des mit dem verschwundenen Akt viel schlimmer. I mein, wo kommen wir da denn hin, wenn da jederzeit irgend so a Großkopferter daherkommen und einfach ganze Akte verschwinden lassen kann? I versteh net, wie des gehen kann.«

»Wir werden gleich wissen, ob das überhaupt stimmt. Irgendwie werden wir das schon aus dem Holzer herauskitzeln.« Wilhelm schoss ein Bild durch den Kopf. Von einem Dietrichset auf dem Küchentisch. Schnell tastete er seine Taschen ab, nirgends eine entsprechende Ausbeulung. Als er sich nochmals umgezogen hatte, war der Bund nicht wieder in die Hose gewandert. »Sag, Fischer, hast du eh dein Besteck mit?«

Er nickte. »Aber warum willst unbedingt rein, wenn er net da is? Und seine Mutter a net.«

Wilhelm deutete auf eine Parklücke. »Nur so. Einmal umschauen. Schadet nie. Ich hab einfach kein gutes Gefühl dabei, dass sich so gar niemand in der Wohnung rührt.«

Fischer stellte den Motor ab. »Und wenn der Berner mit seiner Vermutung recht hat, dass die Mutter ihn nur sucht? Und sie uns dann erwischt? Du weißt, dass des nachher dem Staatsanwalt gar net gfalln wird.«

»Geh, Siggi, jetzt stell di net so an«, fuhr ihn Lukaschek an. »Des tust ja sonst a net, wenn dir die Hand ausrutscht.«

»Ja, aber in so einem Fall steht die Aussage von uns drei gegen eine vom anderen.« Fischer drehte sich gewichtig zu seinem Kollegen um. »Aber wenn ma da drin Beweismittel finden, nachdem ma sie illegal betreten …«

»Spar dir deinen Vortrag, Siggi, i weiß schon, was ma dürfen und was net. Aber vielleicht is ja des Fräulein Wagner bei ihm, wenn die beiden wirklich so gut befreundet sind?«

»Richtige Überlegung«, lobte Wilhelm und packte den Türgriff. »Das nennt man jetzt Gefahr in Verzug.«

»Moment, Moment.« Fischer rieb sich die Augen. »Ich möchte des wenigstens im Ansatz verstehen.«

Wilhelm seufzte wie auch Lukaschek.

»Wir haben also, nach der neuen Zeugenaussage, an Murl, an dünnen, den der klane Porony anbrüllt hat und der dann verschwunden ist. Wir haben an zweiten Murl mit einem breiten Hintern und Schnurrbart, der dem Harald den Rest geben hat. Und wir haben an dritten Murl, der ausschaut wie der Schah, angschossn und dann mit an Genickbruch hamdraht worden is. Also drei Murls, stimmt des so weit?«

Wilhelm nickte.

»Und jetzt no amal: Was wollen ma bei so an Schwammerl wie dem Holzer? Der is ka Murl. Der hat net amal an Schnurrbart. Und wenn si di Sieglinde Wagner versteckt, wird sie's net ausgerechnet bei ihm tun. Wenn sie sich überhaupt versteckt, weil mir kein Grund einfallt, wieso sie des überhaupt tun sollt. Wahrscheinlich ist sie a scho tot. Wir sollten uns die Kamin zur Brust nehmen. Die weiß sicher mehr über den Kashani, als sie bisher gsagt hat.«

»Du glaubst also, dass der Kashani alle anderen umbracht hat?« Wilhelm tippte Fischer auf die Brust. »Und wer hat dann den Kashani gemacht?«

Fischer holte tief Luft. »Na, vielleicht irgendwelche Geheimdienstler?« Das letzte Wort verschluckte er fast.

»Jetzt auf einmal? Gestern hast du dich noch darüber lustig gemacht.«

»Was waß i!« Fischer starrte auf die Straße. »Also gut, Gefahr in Verzug.«

Im nächsten Moment klingelte Lukaschek den Hausmeister heraus, der sie zur Wohnung der Holzers führte. Die müssten beide daheim sein, denn er habe niemanden weggehen sehen. Wie auch, es sei ja erst zehn nach halb acht.

Und prompt öffnete Mutter Holzer die Tür. Sie war unfrisiert, hatte rot geränderte Augen und trug ein dunkelblaues Hausgewand aus samtenem Stoff, das mit Speichelflecken übersät war. »Ich bin so froh, dass Sie da san! Danke.« Sie schluchzte auf. Wankte.

Wilhelm packte sie beim Ellenbogen. »Wieso? Was ist los, Frau Holzer? Warum haben Sie nicht das Telefon abgehoben?«

»Ich … ich weiß net, ich hab Angst ghabt.« Sie zog sich in sich zusammen. »Und dann wollt i schon selber anrufen. Hab überlegt, Polizei oder Feuerwehr? Aber wie schaut des denn aus? Dann kann i mi vor die anderen nie mehr sehen lassen!«

Wilhelm führte sie in den beengten Gang und rechts in die Küche, in der sie schon einmal mit der Holzer gesessen waren. Er drückte sie auf einen der Sessel. »Wieso wollen Sie denn die Einsatzkräfte rufen?« Er nickte Fischer und Lukaschek zu. Sie schwirrten in die Wohnung aus.

»Na, weil …« Sie griff sich ans Herz und japste nach Luft.

Wilhelm sah sich um, entdeckte auf der Abwasch ein leeres Glas und füllte es mit Wasser. Reichte es der Frau.

Sie nippte. »Ja, weil …« Sie schüttelte den Kopf.

Desgleichen taten seine Assistenten. Also nichts Auffälliges in der Wohnung.

»Ein Zimmer is zugsperrt«, berichtete Fischer.

»Ja, des vom Dieter«, flüsterte die Holzer.

»Und was heißt das?« Wilhelm hockte sich vor sie hin.

»Er ist da drinnen.«

»Seit wann?«

Schulterzucken.

»Und was ist mit ihm?«

Wiederum Schulterzucken.

»Was sagt er denn?«

»Nix.«

Wilhelm wechselte mit Fischer und Lukaschek einen Blick. Die beiden verdrehten die Augen. Danach fühlte er sich auch.

Er stand auf. »Na, dann geben Sie uns einfach einmal den Schlüssel. Wir schauen nach.«

»Schlüssel?« Sie hob langsam den Kopf. »I hab kan Schlüssel.«

»Sie haben keinen Schlüssel zum Zimmer Ihres Sohnes?«

»Nein, des will der Dieter nicht. Er sagt mir immer Bescheid, wann ich es putzen soll, aber sonst derf i net rein.«

Fischer grunzte. »Da is die Welt no in Ordnung. Das Weib als Untertan des Mannes.«

»Geh, sei net so blöd«, keifte Lukaschek. »Die Frau Holzer is sei Mutter.«

»Aber Sie machen sich Sorgen, richtig?« Wilhelm beugte sich zu ihrem Gesicht.

Sie nickte.

»Also haben Sie nichts dagegen, wenn wir einmal reinschauen? Wir haben da so unsere Methoden.«

Sie streckte die Hand Richtung Zimmer.

Wilhelm marschierte hinter Fischer und Lukaschek zu der Tür links am Ende des Ganges. Fischer holte das Besteck heraus und führte den Dietrich ein. »Da steckt kein Schlüssel. Eigenartig.« Er fuhrwerkte ein bisschen herum, dann klickte es.

Sie betraten das Zimmer, das gemütliche zwölf Quadratmeter maß und die übliche Möblierung mit Bett, Kasten, Schreibtisch und Kommode aufwies, alles in einem unsäglichen Hellbraun. Und es war akkurat aufgeräumt. Keine aufgeschlagenen Bücher, kein voller Aschenbecher, keine herumliegenden Kleidungsstücke, kein benutztes Glas.

»Dieter?«, erschallte es hinter ihrem Rücken. »Dieter, sag doch was! Dieter!«

Wilhelm stellte sich der Holzer entgegen. »Ihr Sohn ist nicht da.«

»Aber des gibt's net. Der is …« Ihre Augen wurden groß. Sie versuchte, ihn zur Seite zu drängen. »Sie sagen mir net di Wahrheit. Ich will sie aber wissen! Lassen S' mi durch, Sie … jetzt lassen S' mi doch durch. Ich will zu meinem Sohn!«

Wilhelm trat zur Seite und ließ sie in den Raum stolpern. Sie sah sich um, ging zwei Schritte, sah sich noch einmal um.

Insgeheim erwartete Wilhelm, dass sie sogleich den Kasten öffnen würde, aber sie sank nur in sich zusammen und zitterte ansatzlos.

»Des gibt's net.« Sie schlich aus dem Zimmer. »I versteh des net.«

»Wann haben Sie hier das letzte Mal aufgeräumt?«, rief Wilhelm ihr nach.

»Vor sechs Tag«, erwiderte sie kaum hörbar.

»Gott sei Dank siecht des mei Anneliese net.« Lukaschek zupfte an der exakt am Bettrand ausgerichteten Bettdecke. »Des könnts ma wiederum wochenlang vorhalten. Ma, was die immer matschkert, wenn i mei Untergattn net glei in die Wäsch gib. Dabei is des doch wirklich ihr Aufgab. Also wirklich. Weiber.«

Fischer ging zum Fenster. Pfiff. Winkte Wilhelm zu sich und deutete hinaus.

Wilhelm trat neben ihn und folgte seinem Blick. Direkt einen halben Meter unter dem Fenster befand sich ein kleines, mit Teerpappe ausgelegtes Dach. Darauf lag eine Leiter, an einem der Holme war eine Schnur befestigt, die in einer kleinen Schlaufe über die Kante des Daches hing.

»Also wennst mi fragst, Chef, dann is des da sei Notausstieg.«

Wilhelm drehte den Fensterknauf und zog. Es ging nicht auf. Er drehte den Knauf hin und her, zog am Fenster, aber es war nur ein kleines Ruckeln möglich.

»Na, des hamma glei.« Fischer stürmte aus der Wohnung.

Lukaschek stellte sich nun neben Wilhelm. Sie fixierten das Stück Innenhof neben dem Dach. Fischer tauchte auf, schnappte sich die Schlaufe, zog daran die Leiter zu sich hinunter, lehnte sie ans Dach, kletterte hinauf, stakste zu ihnen und grinste. Er fuhrwerkte am Fenster herum und stieß es nach innen auf. »Haken. Und unter dem Dachl stehen die ganzen Mopeds und Radln vom Bau.« Er kletterte durchs Fenster zurück ins Zimmer.

Lukaschek ließ sich aufs Bett plumpsen. »Des heißt ja, dass der jederzeit hat kommen und gehen können, wie er wollen hat.«

»Richtig, Lukki.«

»Und sei Mutter hat net ins Zimmer dürfen«, ergänzte Fischer.

»Richtig. Und das heißt, dass sie gar nicht wissen kann, ob er vor halb acht in der Früh zu den fraglichen Zeiten zu Hause war oder nicht«, fasste Wilhelm zusammen. »Womit er kein Alibi hat. Kein einziges.«

Fischer ließ sich neben Lukaschek plumpsen. »I brauch da jetzt a bissl. Also, wir haben da an Burschen, der a unscheinbares Schwammerl und zugleich der beste Freund vom ersten Toten is, der jetzt aber plötzlich kein Alibi mehr hat«, er hob den Zeigefinger, »der a Figur wie der zweite Murl hat, aber ka Murl is, und der seit gestern verschwunden is. Gemeinsam mit ana Puppn, in die er verbrunzt is.«

»›Gemeinsam‹ wissen wir nicht, Fischer, und ob er gestern auch schon verschwunden war oder nur nicht bei seinem Onkel aufgetaucht ist, auch nicht. Ich werde das jetzt einmal mit seiner Mutter besprechen. Und die größte Frage, nämlich warum er all die Leute umgebracht haben soll, erschließt sich mir nicht, Fischer. Aber ihr seht euch da jetzt bitte einmal im Zimmer um, vielleicht finden wir ja was Erhellendes.« Er grinste sie an. »Übung beim Suchen habts ihr ja schon.«

Sie verzogen die Gesichter und wuchteten sich in die Höhe.

Wilhelm fand Mutter Holzer auf demselben Sessel und in derselben Stellung, wie sie sie vorhin zurückgelassen hatten, als wäre dazwischen nichts passiert.

Er nahm sich den zweiten Sessel und platzierte ihn direkt vor ihr, setzte sich. »Liebe Frau Holzer, wann haben Sie Ihren Sohn definitiv das letzte Mal gesehen?«

Sie hob unendlich langsam den Kopf, wischte sich eine rote Strähne aus der Stirn. »Des war …« Sie stützte die Hand auf dem Tisch und auf ebendieser das Kinn auf. Seufzte. »Des war, also des war vorgestern am Nachmittag. Die Fernbach war grad wegen ana Dauerwelle da, und er is auftaucht. Hat mit ihr Schmäh gführt, wie er es immer macht, is in sein Zimmer verschwunden, und wie i sie unter die Haubn steckt hab, is er wieder auße. Und is gangn. Hat no gsagt, dass i eahm am nächsten Tag net wecken brauch, weil der Schorschi zeitiger mit dem Schlachtn anfangn will. Und i hab ja an dem Abend mei Chorsingen ghabt.« Sie schluchzte auf. »Er is ja so lieb, mei Bub. Will immer, dass i mi ausschlaf nach dem Chorsingen, weil ma ja oft danach no auf a Achtel gehen. Und manchmal nach der Sperrstund auch no heim zur Mirli, weil«, sie lächelte ihn an, »die is ja allan, seit ihr Bertl gstorbn is, und da gfreut sie sich, wenn ma no a bissl bei ihr san.«

»Und seiner Bitte sind Sie gefolgt? Sie haben ihn gestern nicht zu wecken versucht?«

Nicken. »Ich hab den Schlaf wirklich braucht. Ja, und dann hat er mi antelefoniert, wo ich ihm dann gsagt hab, dass ihr ihn für eine Zeugenaussage brauchts. Und er hat gsagt, dass er für so was ka Zeit hat. Und wie i dann zu euch –«

»Verstehe, Frau Holzer, und dann?«

»Ja, und dann is er am Abend net heimkommen. Ich hab mir no dacht, er is halt in ans von di komischen Lokale gangn, wo s' die Negermusik spieln«, sie zuckte entschuldigend mit den Schultern, »des gfallt halt meinem Buben, was soll ma machen?«

»Ja, die Jugend«, pflichtete ihr Wilhelm bei und sah die ebenso rote, aber wesentlich aufregendere Mähne von Kathi Ofzarek vor sich.

»Ja, und heute in der Früh hab i eahm den Kaffee gmacht und des Buttersemmerl, so, wie i's immer mach, dann hab i klopft, so, wie i's immer mach. Und er hat nix gsagt.« Aus heiterem Himmel schlug sie mit der flachen Hand auf die Tischplatte. »Und i mach ma Sorgen, i blede Kuh. I hab ihn da am Boden liegen sehn. Hab waß Gott was glaubt! Na, wart, des bereut er no. Für a Tetschn is der allaweil no net zu alt. Und zwar so ane, dass er meine fünf Finger im Spiegel anschauen kann!«

»Fodor!«, rief Lukaschek.

»Sie entschuldigen? Meine Kollegen brauchen mich.« Er ging in Dieter Holzers Zimmer zurück.

Es war noch fast so aufgeräumt wie zuvor, lediglich am Bett lagen etliche Bücher, eine Kassette und Kleinteile. Eines war ein Schnurrbart zum Aufkleben und eines ein NS-Abzeichen. Ein Hakenkreuz. Wilhelm wurde schwindelig und übel zugleich. Ein Glöckchen wummerte in seinem Ohr, Blut spritzte aus einem Kopf, der auf dem Asphalt aufschlug.

»Weißt, Fodor, jetzt versteh i gar nix mehr. Der Holzer«, Lukaschek nahm das Abzeichen in die Hand und hielt es Wilhelm vor die Nase, »is gar ka Linker. Der is a Nazi. Obwohl er auf den Bo… Boro…

»Borodajkewycz«, eilte ihm Fischer zu Hilfe.

»Genau, auf den gschimpft hat, oder net? I kann mi no gut erinnern. Offensichtlich alles nur Verstellung. Gut, soll sein. Wollt er halt net, dass des wer weiß. Aber, bitte, was haben die Nazis mit dem Schah zum Tun? I glaub, der is net unser Mann.«

»Und was is mit dem da?« Fischer hielt ihm den Schnurrbart unter die Nase. »Is ja wohl eindeutig.« Er seufzte. »Aber verstehn tu ich's auch nicht.«

Wilhelm holte tief Luft, der Schwindelanfall war vorbei. Sein Blick fiel auf die Bücher. Alle zierte ein Lindenbaum, so wie jenes, das Holzer bei der ersten Befragung mitgehabt hatte. Lindenbaum. Linde. Anscheinend hatte alles in Holzers Leben mit seiner großen Liebe zu tun. Wilhelm nahm das mit Eins nummerierte Buch in die Hand und schlug es auf.

Protokoll vom 15. März 1961. Heute Abend bin ich das erste Mal zu seiner sogenannten Soirée gegangen. Es waren lauter ältere Leute dort, die meisten sicher über dreißig Jahre und mehr. Ich weiß nicht, was das bringen soll, aber es ist seine Bedingung, dass ich dorthin marschiere, also tu ich es.

Sie waren sehr freundlich zu mir. Ich habe auch anstandslos ein Bier bekommen, wie ich gesagt habe, dass ich Wein nicht so gut vertrage. Und dann haben sie nichts anderes getan, als über alte Zeiten zu reden. Ständig nur Kriegsgeschichten. Ich bin fast eingeschlafen. Daher weiß ich jetzt auch nicht, was ich viel mehr aufschreiben soll. Aber nachdem ich ihm nicht traue, weil keiner einem anderen einfach so hilft, tu ich das, was ich mir vorgenommen habe.

»Herr Chefinspektor«, drang es von der Tür her zu ihm, »i hab jetzt nachgedacht. Wenn mein Bub verschwunden ist, dann kann des nur aus zwei Gründen passiert sein. Entweder er liegt, warum auch immer, irgendwo als Leich herum …«

»Wir haben keinerlei Meldung diesbezüglich, Frau Holzer, seien Sie beruhigt«, versicherte Wilhelm.

»Na, was net is, kann ja no werden.« Sie schloss die Augen und atmete durch. »Oder er muss sich verstecken, weil er in irgendeiner Gefahr is.«

»Das würde ich auch so sehen. Haben Sie eine Ahnung, wo er das tun würde? Denn wir könnten ihn beschützen.« Er deutete Fischer und Lukaschek, sämtliche Bücher einzupacken.

Sie trat näher und schnappte sich einen Band. »Ja, was is denn das?«

Wilhelm nahm ihn ihr aus der Hand. »Eine Art Tagebuch, glaube ich. Und wir müssen das jetzt einmal –«

Sie wollte ihn ihm entreißen. »Tagebuch! Das ist privat! Das können S' net so einfach –«

»Doch, können wir. Weil er … Ich fürchte, dass Ihr Sohn in was gar nicht Schönes verwickelt ist. Und deswegen brauchen wir das, weil da sicher Hinweise drinnen sind.« Er reichte das Buch Lukaschek, der es fest an sich presste. »Sie haben ja selber gesagt, dass er in Gefahr ist. Also, wo könnte er sein?«

Sie seufzte. »Gut. Also ich an seiner Stelle würde zu seinem Onkel Friedl gehen. Der is Concierge in an Hotel.« Die Pause, die sie setzte, war gewichtig.

Wilhelm fragte sich, was nun kam. Das altehrwürdige Sacher? Oder das Imperial? »Und wo wäre das?«

Sie streckte ihren Nacken. »Für Schwager kann man nix.«

»Nein, kann man nichts.«

Ihr Blick irrte umher. »Nun ja, der is Concierge in der Goldenen Spinne.«

3

Sie konnten sich direkt vor dem Etablissement einparken. Wilhelm betrachtete das Haus mit lediglich drei Fenstern pro Etage in der Front. Hier hatte er seine Unschuld verloren. Sein Vater, sein leiblicher, hatte sich anlässlich seines achtzehnten Geburtstages eingebildet, der Sohnemann müsse nun ein Mann werden, und hatte ihm ein besonderes Geschenk überreicht: eine komplett bezahlte Nacht mit einer gehobenen Schwalbe in diesem Hotel. Mein Gott, war er naiv gewesen. Er dachte an eine Überraschungsparty mit Cocktails, als er das Gebäude betrat. Der Concierge – damals schon Frau Holzers Schwager? – musterte kurz seine Bücher und schickte ihn dann in den zweiten Stock. Er klopfte an das angegebene Zimmer, und ein süßes blondes Mädel öffnete ihm die Tür. Er war verwirrt. Sie zog ihn hinein und – küsste ihn. Und schlagartig wusste er, was das Ganze sollte. Er zog sich auf den einzigen Sessel des Raumes zurück und versuchte nachzudenken. Was er machen sollte. Ob er es wollte. Wie er sich aus dieser Situation retten könnte. Doch das Mädel war lieb und geschickt gewesen. Nach nicht einmal zehn Minuten fand er sich mit ihr im Bett wieder. Mit seiner voll funktionstüchtigen Männlichkeit. Und so waren die Dinge ihren Gang gegangen. Tatsächlich die ganze Nacht. Mittlerweile, nach einigen Recherchen und Gesprächen, wusste er, dass er in diesen zehn Stunden wirklich das ziemlich komplette Potpourri der sexuellen Begegnung zwischen Mann und Frau kennengelernt hatte. Wahrscheinlich hatte ihm dieses Mamsellchen Praktiken beigebracht, die er nie wieder in seinem Leben würde anwenden können.

Und es war sehr schön gewesen.

Marie war ihr Name gewesen. Ob echt oder nicht, *Marie* löste seitdem ein Ziehen in seinen Lenden aus.

»Na, pack mas«, meinte Fischer.

Sie stiegen aus und enterten das Hotel. Hinter der Budel dämmerte ein Mann um die fünfzig vor sich hin. Er hatte erschreckend dünnes Haar, er sollte es sich besser kurz schneiden lassen.

Wilhelm drückte mit Inbrunst auf die Glocke – auch so ein Hotelerlebnis von ihm. Da war er ein kleiner Bub gewesen und mit seinen Adoptiveltern …

Der Mann schreckte auf. »Sie wünschen? Wir sind leider ausgebucht.« Blick auf sie alle drei. »Und solche Schweinereien wollen wir hier a net haben. Da müssts euch schon was anderes suchen. Wir wollen da keine Perversler.«

Fischer knallte ihm die Kokarde auf die Budel. »No amal das Wort Perverser und du sitzt im Häfn, Bester.«

Der Mann sprang auf. »Entschuldigen S' schon, aber damit hab i jetzt net grechnet. Weil … also eure Leut … also normalerweis kummt da kaner zu uns.«

Wilhelm hatte eine pikante Vision von seinem Chef mit einer Brünetten, dessen bevorzugter Haarfarbe, deren einzige positive Eigenschaft ein hervorstechendes Oberteil war.

»Jetzt scho«, knurrte Fischer. »Schau nach, wo da Dieter Holzer is. Und falls dir der Name nix sagt«, er beugte sich zu ihm, »des is dei Neffe.«

»Und kane Spompernadln«, ergänzte Lukaschek. »Sonst schauma uns amal um in eurem … Lokal.«

Drei Minuten später sahen sie sich dem Zimmer acht auf der zweiten Etage gegenüber – es war natürlich genau jenes, in dem Wilhelm seinen achtzehnten Geburtstag gefeiert hatte. Sie würde nun öffnen, Marie, in einem entzückenden hellblauen

Kleid mit Petticoat, die vollen roten Lippen lächelten ihn an, die schmale weiße Hand zog ihn ins Zimmer …

»Entweder der Flederwisch da unten hat glogn, oder der Holzer stellt si tot«, meinte Fischer. Er klopfte ein fünftes Mal.

»Oder er *ist* tot«, ergänzte Lukaschek die Möglichkeiten.

»Herr Holzer! Machen Sie auf! Oder wir dringen gewaltsam ein«, rief Wilhelm. »Das wollen Sie doch nicht wirklich, oder? Hier können Sie nicht aus dem Fenster springen, das ist ein bisserl zu hoch.«

»Und wir wissn, dass du da bist«, schnarrte Fischer, »dei Onkel hat di verraten. Also alles im Oarsch.«

Nichts.

Fischer zückte das Besteck. Wilhelm nickte. Fischer machte sich ans Werk. Einen Moment später klickte er die Tür auf.

Es handelte sich um ein übliches Hotelzimmer mit ungefähr fünfundzwanzig Quadratmetern und einem großen Bett, das den Raum beherrschte. Darauf lag eine Frauengestalt, die von der massigen Figur des Dieter Holzer, der am Rand desselben saß, teilweise verdeckt wurde. Er reagierte mit nicht einmal einem Wimpernzucker auf ihr Eindringen.

»Na, da hamma ja des Bürscherl«, polterte Fischer.

Keine Reaktion bei Holzer.

Lukaschek war mit zwei großen Schritten am Bett. »Und des Fräulein …« Er stöhnte auf. »Geh, net! Net des Fräulein Sieglinde.« Er stöhnte nochmals, bedeckte mit der Hand die Augen.

»Beherrsch dich, Lukki.« Wilhelm umrundete das Bett und hatte nun volle Sicht auf Sieglinde Wagner. Ihre Augen waren geschlossen, ihre Hände über der Brust gefaltet.

So sah eine Tote aus.

Nicht noch eine!

Wilhelm legte zwei Finger an ihre Halsschlagader. Nichts. Er nahm sicherheitshalber ihr Handgelenk, um den Puls zu fühlen. Nichts. Er beugte sich über ihren Mund. Nein, diese

Frau war tot. Sein Blick fiel auf ein Medikamentenfläschchen auf dem Nachttisch. Es war leer.

»Was hat sie genommen? Oder haben Sie es ihr hineingewürgt?«, wandte er sich an Holzer.

Der zeigte noch immer keine Reaktion.

Wilhelm schüttelte ihn an den Schultern. »Hallo!«

Holzer schreckte auf. Und er sah Wilhelm an, als hätte er noch nie eine Begegnung mit ihm gehabt.

»Herr Holzer, ich bin's. Chefinspektor Fodor. Was ist hier los? Reden Sie mit mir!«

Holzer streifte Wilhelms Hände unendlich sanft ab, stand auf, ging zum Spiegeltisch, schenkte sich in eines der beiden Gläser einen Whisky ein, trank, ging mit dem Glas zu einem der beiden Fauteuils, setzte sich, stellte das Glas ab, zündete sich eine Zigarette an, nahm das Glas wieder auf. Trank. Starrte aus dem Fenster. Stand auf, in einer seltsam steifen Art, als wäre er an einem offiziellen Ereignis beteiligt, und starrte weiter.

»I hab's von Anfang an gsagt, der hat an Huscher«, knurrte Fischer.

Wilhelm betrachtete den blassen, dicklichen Mann, dessen wirklich einziger äußerlicher Pluspunkt seine dunkle Lockenpracht war, der neben der Leiche seiner großen Liebe rauchte und Whisky soff, ohne eine sichtbare emotionale Reaktion zu zeigen, der als glühender Antifaschist eine Anstecknadel mit Hakenkreuz besaß und der ein seltsames Tagebuch führte über Soiréen, die ein Mann abhielt, der ihm geholfen hatte. Wohl damit, dass er Holzers Juweliereinbruch getilgt hatte. Und der wahrscheinlich Nationalsozialist war.

»I gib amal dem Reiser und dem Waller Bescheid.« Lukascheks Stimme zitterte. Er verließ das Zimmer.

»Und i hab von dem Theater jetzt gnua. Ab mit dir ins …« Fischer packte Holzer am Arm – und sah den seinen im nächsten Moment in bester Polizeimanier auf den Rücken gedreht. »Ja, hallo! Lass mi aus! Lass mi sofurt aus!«

»Holzer!« Wilhelm hob die Hand.

Holzer sah ihn an, ließ Fischer los, der in den Raum stolperte, nahm einen Schluck und starrte wieder aus dem Fenster. »Ich bleib bei der Linde.«

»Des werdma sehen, du Kretin!« Fischer hechtete zu ihm.

In der nächsten Sekunde lag sein erster Assistent am Boden, und Holzer kniete auf seinem Brustkorb. Während Wilhelm noch überlegte, ob er den Studenten herunterzerren oder ihm eines über den Schädel geben sollte, schleuderte es diesen auf sein Hinterteil. Er hielt sich das Kinn. Fischer rappelte sich auf, Holzer trat ihn gegen das rechte Knie, er sank zu Boden, rollte sich im letzten Moment weg, bevor Holzer sich erneut auf ihn werfen konnte. Der junge Mann landete auf seiner Nase.

Wilhelm hechtete nun seinerseits zu den beiden. In diesem Moment zog Fischer seine Waffe und entsicherte sie. Auf Holzer gerichtet.

»Fischer!«

»Was, Chef? Widerstand gegen –«

»Was is denn da los?« Eine überwuzelte Brünette, zu stark geschminkt, mit aufgesteckten Haaren, stand im Zimmer. »Brauchma die Polizei?«

»Die ist schon da«, bellte Wilhelm. Er wandte sich zu Fischer. »Sichern.« Er nickte zur Tür. »Alles unter Kontrolle.« Er hielt der Frau seine Kokarde entgegen.

»Na, i waß net …«

»Doch, doch, seien Sie versichert, gnädige Frau.« Wilhelm blitzte Fischer an. »Mein Assistent wird Sie hinausbegleiten. Und auch gleich befragen.«

»Also ich weiß gar nichts!«

In Fischers Augen blitzte es ebenfalls. Er presste die Lippen zusammen und trottete hinaus, knurrte die Frau an, schloss die Tür.

Wilhelm warf einen Blick zur Toten, atmete tief durch und ließ sich in eines der beiden Fauteuils fallen. »Hersetzen.«

Holzer rappelte sich auf und platzierte sich ihm gegenüber. Unter seiner Nase befand sich ein dünnes Rinnsal Blut. Es war bereits gestockt.

Wilhelm reichte ihm sein Taschentuch, was Holzer ignorierte. Er steckte es wieder ein. »Dieter, Sie können da nicht bleiben, das wissen Sie. Und gleich wird es auch ungemütlich, weil die Kollegen dann alles fotografieren und untersuchen.«

Holzer fuhr auf. »Ich will nicht, dass man die Linde fotografiert. Sie ist tot. Das gehört sich nicht.«

»Eben, weil sie tot ist.«

Holzer schüttelte den Kopf und trank.

»Jetzt hören Sie endlich mit dem Theater auf, Herr Holzer. Sie sind ja nicht dumm. Sie wissen, dass wir das da«, er zeigte aufs Bett, »untersuchen müssen. Und wenn Sie sich weiter so anstellen, muss ich Sie in Handschellen zu uns schleppen. Mit Gewalt. Wollen Sie das?«

Holzer zuckte mit den Schultern. »Ist eh schon alles wurscht. Jetzt.« Er trank.

Wilhelm lugte zur Flasche auf dem Spiegeltisch. Sie war fast zur Gänze geleert. Wenn Holzer nicht massiv Hilfe gehabt hatte, was er angesichts der Tatsache, dass offensichtlich nur eine Frau zusätzlich anwesend gewesen war, nicht glaubte, saß nun ein sturzbesoffener Mann vor ihm. Aber Holzer wirkte vollkommen nüchtern. Durchgedreht, ja, aber nüchtern.

Er beugte sich vor. »Jetzt helfen Sie mir, das zu verstehen. Haben Sie die Sieglinde Wagner umgebracht?«

Holzer zog die Augenbrauen zusammen und legte den Kopf schief. Er musterte Wilhelm wie ein unverständliches Phänomen. »Ich? Ich habe die Linde immer beschützt. Fast immer.«

»Man kann auch jemanden beschützen, indem man ihn umbringt. Weil man nicht will, dass ihm etwas ganz Entsetzliches passiert.«

Holzer schwieg. Dann lachte er auf. Er trank.

»Nun, die Fingerabdrücke werden es uns ja zeigen.«

»Werden sie.«

»Also angenommen … Wieso bringt sich so eine hübsche und gescheite Frau wie die Sieglinde um?«

Holzer schien seinen Worten nachzulauschen. Versteinerte.

»Und wieso haben Sie sie nicht davon abgehalten? Sind Sie zu spät gekommen?«

Holzer nickte ganz langsam. »Ja, es war schon alles vorbei. Ich hab ihr nicht mehr helfen können.«

»Sie haben sie also tot aufgefunden?« Irgendetwas stimmte da nicht. Sieglinde Wagner hätte sich in ihrer Wohnung viel bequemer umbringen können. Und dass sie ausgerechnet allein in ausgerechnet dem Hotel ein Zimmer nahm, in dem der Onkel von Holzer Concierge und das für seinen Ruf auch bei anständigen jungen Damen bekannt war, schien ihm doch …

Holzer sah ihn an. »Wieso tot aufgefunden? Sie war nicht tot.« Er stierte wieder aus dem Fenster. »Oder doch.«

Das hier war alles sinnlos. Wilhelm nahm ihm das Glas aus der Hand, was Holzer zu seiner Überraschung widerstandslos geschehen ließ. »Genug. Wir stecken Sie jetzt einmal in eine Ausnüchterungszelle, und dann reden wir weiter.«

»Wir brauchen nicht mehr reden.« Ansatzlos liefen Tränen über sein Gesicht.

Diese gefühlsduseligen Schubertliebhaber gingen ihm gehörig auf die Nerven. Ein Mann musste sich wirklich ein bisschen zusammenreißen können.

Holzer schluchzte nun. »Weil doch alles nix genützt hat. Sie hat's einfach nicht verwinden können.«

»Was, Herr Holzer, was?« Wilhelm rüttelte ihn.

»Na, das, was die mit ihr gemacht haben!«, schrie er.

4

Fischer packte die Klinke. »Lass mi eine, Chef, a paar ordentliche Watschen und die Sach hat sich.«

»Gewalt bringt nicht immer was.« Wilhelm bemerkte, dass die Glut der Zigarette seine Finger anleckte, und sah sich um. Natürlich gab es am Gang weit und breit keinen Aschenbecher. Das gehörte geändert. Er steckte den Stummel in den Blumentopf.

»Ja, aber manchmal scho«, brauste Lukaschek auf. »Und seit wann lassma Verdächtige mit andere Leut reden, bevor wir s' in die Mangel genommen haben, ha?«

»Er ist momentan noch Zeuge, Lukki, Zeuge. Und ich glaub, dass es jetzt mehr nützt, wenn ihm seine Mutter ins Gewissen redet, als da wie ein –«

Die Tür ging auf. Mutter Holzer wankte heraus. Sie war schneeweiß im Gesicht. Sie nickte, knickte leicht in den Knien ein.

Wilhelm winkte den uniformierten Kollegen, der etwas abseits wartete, herbei. »Ich lass Sie jetzt heimbringen, Frau Holzer. Aber bitte halten Sie sich zu unserer Verfügung. Fahren Sie nicht weg, besuchen Sie keine Freundinnen, die sollen zu Ihnen kommen. Wir müssen Sie erreichen können.«

»Welche Freundinnen? Die san seit jetzt Geschichte.« Sie lachte auf. »Wer redt jetzt no mit mir?« Ihr Körper begann heftig zu zittern. Sie umfasste sich und ließ sich willenlos wegbringen.

»Des klingt net gut, des klingt gar net gut«, orakelte Lukaschek.

Wilhelm schob seine beiden Mannen ins Büro. Sie platzierten sich auf ihren üblichen Verhörplätzen, also Wilhelm hinter seinem Schreibtisch, Fischer und Lukaschek leicht nach hinten versetzt rechts und links von Holzer.

»Wasser?« Wilhelm goss ein und schob das volle Glas zur Kante des Tisches.

Holzer nahm es und trank es in einem Zug leer. Er stellte es ab, legte die Hände locker in den Schoß und sah Wilhelm geradeheraus an. »Gut, bringen wir es hinter uns. Ich habe Harald, Peter und Josef umgebracht. An den Klaus bin ich leider nicht herangekommen.« Er schürzte die Lippen, lachte auf. »Womit wieder einmal bewiesen wäre: Die größten Schweine haben das größte Glück.« Er beugte sich vor. »Aber Sie ... Sie bekommen ihn ja dran!« Er sank in sich zusammen. »Nein, es gibt ja keine Zeugin mehr.«

Wilhelm konzentrierte sich mit aller Kraft darauf, seine Fassungslosigkeit nicht ins Gesicht kriechen zu lassen. Er griff zum Wasserkrug, fixierte seine Hand, damit sie kraftvoll zugriff, schenkte sich ein, trank kleinweise, um sich nicht zu verschlucken. Dann sah er zu Fischer, der Holzer anstarrte, zu Lukaschek, der zu Fischer glotzte.

Er legte die Hände auf den Tisch, klopfte mit den Fingern auf die Platte. »Gut, also fürs Protokoll das Ganze noch einmal. Lukaschek, bereit?«

Der fuhr auf, zückte seinen Notizblock.

»Herr Holzer, Sie behaupten also, Sie haben Harald Porony, Peter Pressmeier und Josef Tischler –«

»Ja, ja, hab ich ja schon gesagt. Gut, Sie wollen Details wissen, damit Sie sicher sind, dass ich es war, ich weiß. Also den Harald habe ich am Dienstag in der Früh, es muss so um halb sieben gewesen sein, im Stadtpark erstochen. Den Peter am Mittwoch ein bissel später, so um sieben, im Prater beim Heustadlwasser, und den Josef vorgestern in seiner Wohnung. Ich habe sie alle drei mit einem Stich in die Lunge bewegungsunfähig gemacht, ihnen dann in die Augen geschaut«, sein Blick verinnerlichte sich, »ihnen Anklage und Urteil mitgeteilt und sie dann mit einem Herzstich hingerichtet. Das Messer finden Sie unter einer losen Steinplatte beim Mopedabstellplatz bei uns daheim.«

»Und des saubere Zustechen hast bei deinem Onkel glernt«, kommentierte Fischer.

Holzer drehte sich zu ihm um. »Richtig. Schweindln und Menschen sind ziemlich gleich.«

»Und das Kämpfen?«

Holzer musterte Fischer. »Wenn man so wie *ich* ausschaut,

und das schon als Kind, dann muss man irgendwann lernen, unsichtbar zu werden oder gscheit zu kämpfen.«

»Verstehe, Herr Holzer«, zog Wilhelm das Gespräch wieder an sich, »aber jetzt sagen Sie uns bitte, wieso Sie Ihre Freunde umgebracht haben.«

»Das waren keine Freund.«

»Egal. Also?«

Holzer setzte sich kerzengerade hin und verschränkte die Hände. »Die Anklage lautete bei allen dreien Vergewaltigung.«

Doch nichts Politisches. Wilhelm fühlte sich erleichtert und fast ein bisschen enttäuscht. Es ging doch immer um das Zwischenmenschliche. Also in neunundneunzig Prozent der Fälle.

»Vergewaltigung?«, wiederholte Lukaschek. »Von wem?« Seine Stimme zitterte schon wieder.

»Von Sieglinde Wagner.« Dieter Holzer sprach jetzt wie ein Automat. »Es war der achtzehnte September letztes Jahr. Harald Porony, Peter Pressmeier, Klaus Horowitz, Theobald Wagner und ich waren oben auf der Alten Donau zelten, bereits zwei Tage. Tagsüber anwesend waren auch die Damen Katharina Ofzarek, Inge Weidner und Sieglinde Wagner. Am späten Nachmittag des Achtzehnten ist das Bier ausgegangen. Theobald Wagner und ich erboten uns, Nachschub zu holen.«

Holzers monotone Stimme jagte Wilhelm einen Schauer über den Rücken. Er fühlte sich wie im Spielfilmpalast bei einem dieser gruseligen Filme von Edgar Wallace.

»Die Damen Ofzarek und Weidner nützten die Gelegenheit, um mit uns zurück in die Stadt zu öffentlichen Verkehrsmitteln zu fahren, da sie beide nach Hause wollten, um zu lernen. Sieglinde Wagner wollte auf ihren Bruder warten, um dann etwas später gemeinsam mit ihm den Nachhauseweg anzutreten.« Ansatzlos krümmte es ihn, als hätte ihn jemand in den Magen geboxt.

»Herr Holzer, alles in Ordnung? Wollen Sie noch Wasser?«

Er nickte. Wilhelm schenkte ihm ein. Der Bursch trank hastig, schien einen Würgeanfall zu unterdrücken, stellte das

Glas ab, wischte sich Schweiß von der Stirn und setzte sich wieder in dieser unnatürlichen aufrechten Haltung hin.

Er atmete durch. »Als Theobald Wagner und ich etwa eine Stunde später zurückkamen« – wieder diese schrecklich monotone Stimme, als wäre Holzer eine Puppe, in deren Innerm eine Platte abgespielt wurde – »wollte Sieglinde Wagner auf der Stelle nach Hause gebracht werden. Das erschien uns seltsam. Sie wurde aber sehr laut und sehr energisch, meinte, sie verbringe hier keine Sekunde mehr. Theobald Wagner verlangte vehement, den Grund zu wissen. Es wurde geschrien. Im Zuge dessen meinte Klaus Horowitz, das Flittchen solle sich nicht so anstellen. Gerade noch habe ihr doch alles bestens gefallen. Die anderen, auch Sieglinde Wagner, geboten ihm zu schweigen. Er solle keinen Blödsinn reden. Theobald Wagner verlangte Antworten, die er nicht bekam, worauf er auf Klaus Horowitz einschlug. Peter Pressmeier versuchte, die beiden zu trennen. Harald Porony mischte sich ein, schließlich kämpften sie alle fünf, Pressmeier mit Wagner gegen Horowitz, Tischler und Porony.«

»Und Sie?«

Holzers Augen irrten umher, Schweiß rann ihm die Schläfen hinunter. Sein Mund klappte auf und wieder zu, sein Oberkörper bewegte sich im Kreis wie ein Pendel. Schließlich senkte er den Kopf, rollte die Schultern nach vorn, glich alsbald einer Kugel. Etwas wie Silben drang aus dem Knäuel.

»Herr Holzer? Was haben Sie gesagt?«

Ein jammernder Laut.

»Jetzt reiß di zsamm, du Weh!«, polterte Fischer.

Das Knäuel bebte. Der Geruch von säuerlichem Schleim verbreitete sich im Zimmer. Holzer schluchzte wie ein Waschweib. Und in derselben Sekunde, in der er das dachte, hatte Wilhelm ein schlechtes Gewissen, denn da vor ihm saß ein Mensch, der offenbar an einem unendlich großen Schmerz zugrunde ging. Trotzdem nervte es ihn, dass Holzer anscheinend nur zwischen extremem Roboter und Häufchen Elend wechseln konnte, aber nicht fähig war, endlich wie ein vernünftiger Mensch auszusagen, was geschehen war.

»Herr Holzer, wenn Sie einen Schwächeanfall haben, dann müssen wir Sie eben in die Arrestzelle bringen, bis Sie sich wieder besser fühlen.«

Holzer riss den Kopf hoch und legte die Hände auf Wilhelms Schreibtisch. »Ich hab Linde angeschaut und es gewusst. Sie hat mich angeschaut und gewusst, dass ich es weiß. Sie hat nicht einmal geweint. Ich wollte ihre Hand nehmen, aber sie ist zurückgezuckt.« Die Roboterstimme hatte jetzt eine menschliche Nuance.

»Was haben Sie gewusst?«

Holzer beachtete ihn nicht. »Sie ist noch nie vor mir zurückgezuckt. Ich hab gesagt, dass sie da wegmuss, dass ich ihr nichts tu, aber dass sie sich dafür mit mir auf den Roller von Horowitz setzen muss.« Er nickte. Nickte sich in eine menschenwürdige Sitzposition zurück. Wischte sich mit groben Bewegungen die Tränen vom Gesicht. Sein Blick war auf einen fernen Punkt gerichtet. »Sie hat es schließlich getan, und wir sind gefahren. Beim Schutzhaus dann hat sie mich gebeten, ihrem Bruder zu helfen. Sie ist losmarschiert, wollte allein sein, ich hab sie nicht davon abhalten können, sie hat nur gemeint, jetzt ist sowieso schon alles egal. Ja, und ich hab die Polizei gerufen.« Er überschlug die Beine, wirkte beinahe wie ein beherrschter, normaler Mensch, doch sein Blick blieb im Nirgendwo hängen. »Den Rest kennen Sie. Der Harald hat uns allen eingeschärft, das zu sagen, was im Protokoll steht, weil wir uns sonst unsere Karrieren aufzeichnen können. Und wir haben uns alle daran gehalten.«

Stille.

Wilhelm lugte zu Lukaschek. Der hatte den Kopf weit gesenkt, man konnte sein Gesicht nicht erkennen. Den Block hielt er so fest, dass er gebogen war.

Fischer räusperte sich. »Also ich fass zusammen. Während ihr Nachschub geholt habt, haben sich die anderen mit der Sieglinde Wagner vergnügt.« Er schnaubte. »Ja, aber nur, weil sich a Mädl nachher für was schämt, was ihr vorher Spaß gmacht hat, bringt ma doch net gleich drei Leut um.«

Holzer drehte sich langsam zu ihm um. »Sie hat mir das ganz präzise geschildert. Zuerst hat der Horowitz sie an den Händen gehalten, und der Porony is über sie drüber. Dann hat der sie gehalten und –«

»Es reicht«, fuhr Wilhelm dazwischen. »Aber eines ist mir nicht klar, nämlich warum ihr Bruder geschwiegen hat.«

»Dem habe ich erzählt, dass sie nur versucht haben, mit ihr zu schmusen. Das wollte Linde so.« Er schnaufte. »Und die anderen haben die Version nur allzu gern übernommen. Die haben sich mit harmlosen Schilderungen nahezu überboten.«

Aber bei der letzten Einvernahme, als sie Theobald Wagner gesagt hatten, dass nun auch Tischler tot war, hatte er zu ahnen begonnen, was der Hintergrund für all das war. Was damals tatsächlich passiert sein könnte. Deswegen war er so geistesabwesend gewesen! Und zugleich hatte ihn der Faktor Kashani verwirrt – wie nun auch Wilhelm.

Er zündete sich eine Zigarette an und ging zum Fenster. Drei von fünf Leichen wären theoretisch geklärt. Und er glaubte Holzer aufs Wort, die Morde begangen zu haben. Doch das war nicht alles. Das Mosaik hatte Lücken.

Er drehte sich um und lehnte sich ans Fensterbrett. »Warum jetzt? Ein halbes Jahr später?«

Schulterzucken.

»Das glaube ich Ihnen nicht. Denn woher wussten Sie, dass er genau an diesem Tag in den Stadtpark geht?«

»Ich hab ihn verfolgt.«

»Das ist hanebüchen.«

»Ich hab ihn hinbestellt. Unter einem Vorwand.« Seine Augen suchten das ganze Zimmer ab. »Weil wir den Kriegler noch einmal verprügeln wollten.«

»Blödsinn. Der Park ist für einen geplanten Mord doch viel zu öffentlich.«

Schulterzucken.

Wilhelm setzte sich und blies Holzer den Rauch ins Gesicht. »Und außerdem wissen wir, dass sich Porony mit jemand ganz anderem im Stadtpark getroffen hat. Einem schlanken Mann vorderasiatischen Typs mit Passgang und grünem Schal. Sie sind erst danach dazugekommen.«

Schulterzucken. Immer dieses dämliche Schulterzucken.

Wilhelm konnte sich nicht beherrschen, er donnerte mit den Handflächen auf den Tisch. »Herrschaftszeiten, Holzer, jetzt legen S' endlich komplett nieder! Was soll denn das Herumgerede?«

»Des is alles.« Er nickte und sah sie der Reihe nach an. »Das ist wirklich alles.«

»Ist es nicht«, ließ sich nun Fischer vernehmen. Er blickte zu Wilhelm, der nickte ihm zu. Fischer stand auf und lehnte sich vor Holzer an den Schreibtisch. »Bürscherl, wir wissen, dass du mindestens noch an umbracht hast.«

»Sie träumen.«

Fischer schnellte nach vorn. »Komm mir net blöd, du Kanaille. Wir sind auch nicht auf der Nudelsuppn dahergschwommen, wir machen unser Arbeit recht gut. Und da haben wir herausgefunden, dass du *vor* dem Porony noch an hamdraht hast. Selber Stichkanal, selbe Waffe. Leg nieder, oder i sorg dafür, dass d' im Häfn nix, aber a gar nix zum Lachen hast. Verstehst mi?«

Holzer sah ihn lange an. »Und ich hab nichts mehr zu sagen. Verstehen *Sie* mich?«

Fischer donnerte ihm eine.

Holzer grinste ihn an. »Das nützt Ihnen auch nichts.«

Fischer zog noch einmal auf.

»Lass es. Lukaschek, schaff ihn raus, ich mag ihn jetzt nicht mehr sehen. Die Kollegen sollen ihn in den Arrest stecken.«

Der tat wie geheißen. Währenddessen dämpfte Wilhelm die Zigarette fein säuberlich ab, Fischer hingegen zündete sich eine an.

Lukaschek schlurfte in den Raum zurück. »Na, des is alles … na, wirklich. Grauslich. Und außerdem komisch. Weil wie passt da der Nichtsandler rein? Und der Kashani?«

»Du sagst es, Lukki. Es wirkt, als ob er jemanden deckt. Einen Helfer? Hat er mit jemandem gemeinsam die Morde begangen?«

»Der Mann vom Schutzhaus im Prater«, sinnierte Fischer, »der hat do gsagt, dass er a Pärchen gesehen hat. Wenn des der Pressmeier mit der –«

»Net sag Sieglinde!«, fuhr Lukaschek dazwischen.

»Logisch wäre es aber irgendwie«, gab Wilhelm seinem ersten Assistenten recht. »Genauso wie beim Besuch bei Tischler. Sie als Lockvogel. Nur, die Sieglinde braucht er nicht mehr zu schützen.«

»Na, schon«, empörte sich Lukaschek. »Jetzt wollts ihr auch noch an Mord anhängen, dem armen Mädel.« Er stutzte. »Und wir haben ihn nicht einmal gfragt, warum sie sich umbracht hat.«

Wilhelm seufzte. »Weil sie es trotz allem nicht verwinden konnte. Hat er im Hotel gesagt. Was für mich heißt, dass sie von allen Morden gewusst hat, die Rache ihr aber keinen Frieden gebracht hat. Oder so irgendwie. Das werden wir schon noch aus ihm herausbringen. Zuerst möchte ich aber verdammt noch einmal wissen, was er uns verheimlicht.«

»Und was er jetzt wirklich is, haben wir ihn auch nicht gfragt«, sinnierte Lukaschek weiter. »Is der jetzt a Sozi oder a Nazi?«

Wilhelm sprang auf. »Du bist ein Genie, Lukki.«

5

»Das Schicksal will es also.« Brigitta Pointner schwang die Tür weit auf und ließ sie eintreten.

»Was will es?«, fragte Wilhelm.

»Dass ich meinen Eid breche.« Sie schloss die Tür, legte die Sicherheitskette an und geleitete sie, nachdem sie die Überkleidung abgenommen hatte, ins Wohnzimmer, das mit Möbeln eingerichtet war, von denen kein Stück zum anderen passte. Sie hatte sich anscheinend bei Trödlern eingedeckt. Sie bot ihnen Platz an, holte aus der Vitrine drei Kaffeetassen und schenkte ihnen aus der Kanne, die am Tisch stand, ein.

»Welchen Eid?« Wilhelm nahm sich viel Zucker. Er fühlte sich geschlaucht.

»Dass ich niemandem gegenüber erwähne, was ich so während meines Dienstes bei der Matelka mitgehört habe.«

»Und fällt Ihnen das schwer?« Wilhelm trank, der Kaffee war genau richtig temperiert, als hätte das Fräulein sie erwartet.

»Nun ja, wie soll ich in Hinkunft jemandem einen Schwur glauben, wenn ich meinen selbst schon bei der ersten Gelegenheit gebrochen habe?«

Lukaschek rückte auf die Kante seines Fauteuils. »Es gibt zwei Gründe, wo des gar net schlimm ist, gnädiges Fräulein. Entweder wenn Gefahr in Verzug ist oder wenn man Sie gezwungen hat, ein Verbrechen zu decken.«

Sie lächelte ihn an. »Wunderbar. Sie haben gerade einen Stein von meinem Herzen gerollt.« Sie nahm einen Aschenbecher vom Beistelltisch und platzierte ihn mitten am Tisch. »Bitte, fühlen Sie sich wie zu Hause.«

Wilhelm griff automatisch nach seiner Packung, ließ es dann aber sein. Sein Magen revoltierte. Zu wenig Essen. »Gut, wie war das mit der geänderten Zeugenaussage genau?«

»Paul Porony hat die Frau Hofrat an dem Tag angerufen, als das mit seinem Neffen passiert ist. Er hat ihr erklärt, dass der Mann, den wir gesehen haben, Dieter Holzer war, der aber aus der ganzen Geschichte rausgehalten werden muss.«

»Warum das denn?«, entfuhr es Fischer. »Was hat der Ministerialrat mit dem Holzer zu tun?«

Brigitta Pointner lächelte maliziös.

Gleichzeitig sah Wilhelm die Lindenbücher vor sich. Juwelier. Hilfe. Ministerium. Es schoss ihm ein Satz ein, den der Vater von Harald gesagt hatte. Und einer von Elisabeth. »Weil er schon fast zur Familie gehört. Womit aber nicht nur die körperliche gemeint ist, sondern …«

»Die geistige«, ergänzte sie.

»Was heißt des jetzt?«, fragte Lukaschek.

»Dass der Paul Porony ein Nazi ist und der Dieter auch. Oder zumindest war er in dessen Kreisen. Wir müssen die Tagebücher lesen.«

»Der Holzer hat Tagebuch geschrieben? Oh, wie nett.« Sie kicherte. »Damit hat sicher keiner von denen gerechnet.«

»Und was wissen Sie von dieser Gruppe?«, wandte sich Wilhelm wieder an Brigitta Pointer.

Sie schüttelte den Kopf. »Nicht viel. Mir ist ziemlich bald klar geworden, wes Geistes Kind meine Arbeitgeberin ist. Sie hat ständig vom Wiedererstarken des Großdeutschen Reiches geschwärmt. Und ich habe sie sehr oft zu Treffen gebracht, war aber nie dazu eingeladen. Dass dieser Porony, mit dem sie sich ab und zu im Prückl getroffen hat, dabei ist, weiß ich erst seit dem Anruf. Wollen die Herren vielleicht einen Apfelstrudel? Ich hätte da noch ein halbe Länge.«

Wie aus einem Mund antworteten sie alle drei mit Ja. Brigitta Pointner verschwand in die Küche.

»Endlich a Mittagessen«, seufzte Lukaschek.

»Wenigstens was. Weil viel gscheiter samma jetzt a no net«, matschkerte Fischer.

»Wart's ab.« Wilhelms Blick fiel auf die Wanduhr mit Goldrahmen. Es war kurz nach drei. Irgendwie beunruhigte ihn diese Tatsache, aber er konnte den Grund nicht benennen.

Die Hausdame kam mit einem Tablett zurück, verteilte den Strudel und wünschte guten Appetit. Mit dem machte sich auch Wilhelm über das prachtvolle Stück her. Es war ihm, als würde die Mehlspeise seinen Magen streicheln. Er fühlte sich wie ein Hund, dem sich die Haare glätteten.

Behaglich lehnte er sich zurück und zündete sich eine Zigarette an. »Und was haben die Herrschaften sonst noch so erzählt?«

»Nun, mir schien der Herr Ministerialrat mit den ersten beiden Morden ganz zufrieden zu sein, aber dann –«

»Was? Mit denen an Pressmeier und seinem *Neffen*?«

»Aber nein, mit dem an diesem Beschatter und dem an seinem Neffen.«

Wilhelm schnellte nach vorn, auch Fischer und Lukaschek richteten sich auf. »Dem Beschatter?«

»Ja, da muss es einen Mann gegeben haben, der Harald Porony beschattet hat. Haben Sie dessen Leiche nicht gefunden? Der alte Porony war sehr stolz, dass Holzer das mit einem unauffälligen Stich erledigt hatte.«

Wilhelm sah seine Mannen an, die ihn. Der Nichtsandler.

»Moment, dass i des versteh«, meldete sich Lukaschek zu Wort. »Da waren zwei Leute, die den Harald Porony beschattet haben? Ein Unbekannter und der Holzer?«

»Richtig. Angeblich war das einer von einem Geheimdienst, aber ich weiß leider nicht, von welchem. Das habe ich nicht so gut verstanden. Auf jeden Fall hatte der wohl die Aufgabe, Harald Porony daran zu hindern, etwas zu übergeben. Und Dieter Holzer sollte dafür sorgen, dass er es übergibt.«

Fischer schlug sich auf die Schenkel und lachte auf. »Und der Bua hat des Papierl net amal eingsteckt ghabt.«

»Papier?«

»Wir haben unter der Matratze von Harald eine Liste gefunden mit der privaten Reiseroute des Schahs. Würde einem Attentäter helfen«, erklärte Wilhelm.

Brigitta Pointner überschlug die Beine in die andere Richtung. »Ah, jetzt verstehe ich, warum der alte Porony so wütend war. Von versäumter Gelegenheit hat er ständig gefaselt. Aber warum hat dieser Mann ein so großes Interesse daran, dass der Schah stirbt?«

»Des frag i mi a«, warf Lukaschek ein.

Wilhelm stemmte sich in die Senkrechte und begann einen Marsch durchs Zimmer. »Aber das habe ich euch doch schon erzählt. Dass der Stammgast von meinem Wirtshaus, der auch zu der Partie gehört, irgendwas gefaselt hat von Machtübernahme, die ihnen mit Hilfe von Öl gelingen wird. Persien! Öl! Was weiß ich. Vielleicht wollen sie den Schah eliminieren, um einen Mann ihrer Wahl mit der Hilfe von irgendjemandem zu etablieren, dem das auch recht wäre. Und der Neue gibt ihnen dann Ölkonzessionen. Oder so irgendwie. Und mit dem Geld können sie hier bei uns … Ach, was weiß ich.«

»Des durchschau i net ganz«, meinte Fischer. »Überschätzen die sich net a bissl?«

»I a net.« Lukaschek schüttelte den Kopf. »Und außerdem gibt's des do gar net, dass ein Onkel *zufrieden ist* mit dem Mord an seinem Neffen!«

Brigitta Pointner rollte die Zigarette ab. »›Ein Versager und Verräter‹. So waren seine Worte.«

Dieser Paul Porony war krank, da musste Wilhelm seinem zweiten Assistenten zustimmen. Absolut kalt. »Und weiß der alte Porony, dass Sie das alles wissen?«

»Nicht alles. Ich habe«, sie lächelte verzwickt und allerliebst, »gelauscht. Deswegen weiß ich ja nicht jedes Detail. Aber sehen Sie, gleich bei dem Anruf am Dienstag hat mich ein komisches Gefühl beschlichen. Ich hab am Gesichtsausdruck von der Frau Hofrat gemerkt, dass ich da schon zu viel mitbekommen hab.«

Wilhelm fragte sich, wie das gegangen war, denn die Alte war ja eigentlich eine Maske.

»Und da habe ich mir gedacht, dann ist es wahrscheinlich besser, ich erfahre noch viel mehr, damit ich etwas in der Hand habe.«

»Würden Sie das alles auch vor Gericht aussagen?«

Sie nickte und dämpfte aus.

»Obwohl den alten Herren ein Mord mehr oder weniger nicht kratzt?«

»Sie werden mich doch beschützen?« Sie lächelte wiederum allerliebst.

»Aber natürlich«, säuselte Lukaschek.

»Und obwohl Sie uns des alles gar net derzählen wolltaten«, knurrte Fischer.

Sie beugte sich vor und legte die Hand auf seinen Arm. »Aber ich wollte doch. Schon beinahe.«

Fischer starrte auf die Hand. Wilhelm war, als zöge eine leichte Röte über die Wangen seines ersten Assistenten.

Brigitta Pointner lehnte sich wieder zurück. »Ich war mir nur unsicher, wie Sie es aufnehmen würden. Je öfter ich mir die Geschichte vorgesagt habe, umso abenteuerlicher ist sie mir erschienen. Unglaubwürdiger.«

Wilhelm nahm seinen Platz ein. »Und gibt es noch etwas, das Sie mitbekommen haben? Sie haben betont, dass er mit den ersten beiden Morden ganz zufrieden war. Und dann?«

»War er es nicht mehr. Nach dem Mord am nächsten Tag ist er sehr wütend bei uns aufgetaucht. Von Gefährdung der Operation hat er gefaselt. Aber dieser Holzer hat auf seine Anrufe nicht mehr reagiert. Entspannt hat er sich erst vorgestern am Abend. Ich weiß noch, wie er sagte: ›Das wird sie verwirren.‹«

Tischler? Nein, wohl eher Kashani, der hatte sie ja tatsächlich verwirrt. Anderes Tatmuster. »Hat er einmal einen Cyrus Kashani erwähnt?«

Brigitta Pointner zeigte auf ihn. »Ja, den Namen hat er in diesem Zusammenhang erwähnt.«

»Und war er über dessen Tod auch froh?«

Sie sinnierte ihre Kaffeetasse an. »Nein, da fällt mir nichts dazu ein. Dieser Todesfall war ihm im Grund egal. So schien es mir zumindest. Das einzig Positive für ihn war meiner Meinung nach, dass er Sie, also die Polizei, verwirren würde.«

Fischer hob beide Hände. »Moment, Moment. Der Kashani war ja auch *für* den Schah, also nach dem, was ma jetzt erfahren haben, a Feind vom Alten. Oder net?«

Sie zuckte mit den Schultern.

Lukaschek blies Luft aus. »Also, jetzt machma amal langsam, ganz pomali, damit i da a mitkomm. Der Harald hat von seinem Onkel a Listn kriegt, die er an Attentäter hätt geben sollen ... Siehst, und da frag i mi schon: War der jetzt a Sozi oder auch a Nazi?«

»Gute Frage.« Wilhelm pickte mit dem Finger die letzten Brösel vom Strudel auf. »Also ich vermute, dass er ein radikaler Sozi war, der von seinem Onkel manipuliert ... nein, zu viel, dessen jugendlichen Fanatismus der Onkel für seine eigenen Pläne ausgenutzt hat. So hätte es zumindest ich gemacht, wenn ich aus dem Hintergrund agieren wollte. Denn im schlechtesten Fall wären bloß linke Weltverbesserer zur Verantwortung gezogen worden, aber man hätte die Spur vom Attentäter nicht direkt zu Paul Porony und seinen Kumpanen zurückverfolgen können.«

»Ma, wie gfernzt, so a Sau. Di eigene Familie!« Lukaschek schenkte sich ohne zu fragen Kaffee nach, und Wilhelm schämte sich für ihn. »Also – und der Harald, den haben irgendwelche Geheimdienstler beobachtet, die von der ganzen Gschicht«, er sah auf, »wie erfahren haben?«

»Weiß ich nicht, Lukki. Mich würde nicht wundern, wenn da noch irgendwer in der Truppe rund um Harald in fremdem Sold gestanden wäre. Vielleicht redet der Holzer ja noch irgendwann einmal mit uns und erzählt das.«

»Gut.« Lukaschek verknotete seine Beine. »Und der Holzer hat den Auftrag ghabt vom Harald seinem Onkel, dass er schaut, dass mit der Listn alles gut geht, sprich, dass sie beim Attentäter landet. Worauf der Holzer bemerkt hat, dass da a no wer anderer, nämlich unser Obdachloser –«

»Vielleicht ein Brite«, unterbrach ihn Wilhelm. »Denk an den Akzent der Leute, die seine Leiche verschwinden haben lassen.«

Lukaschek klopfte mit dem Zeigefinger auf den Daumen, was er immer tat, wenn er angestrengt nachdachte. »Ja, also er hat bemerkt, dass da no a anderer, wahrscheinlich a britischer Spion, hinter dem Harald her is. Und die Briten wollen den Schah, oder net?«

Wilhelm nickte.

»Gut, also hat er den Mann umbracht. Und dann den Harald aus Wut, weil der die Listn nicht übergeben hat, oder was? Oder hat er scho da die Chance genützt, Rache zu üben? Weil er durch den ganzen Tohuwabohu a Ausred ghabt hat? Des is do komplett spinnert!« Er lachte auf. »Auf jeden Fall hat der Attentäter ka Listn kriegt. Also alles für di Fisch.«

Wilhelm und die anderen der Runde nickten.

»Und dann hat der Holzer si dacht«, setzte Lukaschek fort, »is eh scho wurscht, net nur des kann i irgendan Bloßhapperten in di Schuh schieben, i bring jetzt alle um, die die Linde gschnackselt haben.«

Bis zu diesem Punkt war Wilhelm bei seinen Überlegungen noch gar nicht gekommen. »Du hast wahrscheinlich recht, Lukki!«

»Wie bitte?«, fragte Brigitta Pointner. »Welche Linde wurde was?«

»Des is a Frau und ka Baum«, erklärte Fischer.

Brigitta Pointner starrte ihn an und senkte dann den Kopf. »Ich denke, ich muss nicht alles verstehen.«

»Ja, aber der Kashani hat nix mit dem Attentat zum Tuan –«

»Wissen wir nicht«, fiel ihm Wilhelm ins Wort.

Lukaschek schürzte die Lippen. »Auf jeden Fall war er nicht bei der Alten Donau dabei. Also wer hat dann ihn und warum hamdraht, da am WIG-Gelände?«

6

Wilhelm schaute zum sicher hundertsten Mal auf die Standuhr, die die Ecke seines Schreibtisches zierte. Wiederum war nur höchstens eine Minute vergangen. Und er beehrte ihn noch immer nicht mit seiner Anwesenheit. Mittlerweile war es halb acht.

Er tätschelte den Akt Porony, der in den letzten Tagen zu beachtlicher Dicke angewachsen war. Und gerade sorgten seine beiden Mannen gemeinsam mit zwei Sekretärinnen dafür, dass noch ein paar Zentimeter dazukamen. Wilhelm seufzte. Brigitta Pointner war der Einfall des Tages von ihm gewesen, nein, der Einfall des Monats, ach was, des Jahres. Sie hatten Holzer nur mit der Tatsache konfrontieren müssen, dass ein Zeuge von den Machenschaften seines Gönners wusste, und der Schubertliebhaber war wieder einmal schluchzend zu einem Häufchen Elend zusammengebrochen. Es schien, als wäre es ihm eine unendliche Erleichterung, endlich über all das reden zu können. Er hatte die Geschichte mit dem Juwelier erzählt, dass Harald seinen Onkel gebeten hatte, doch etwas für seinen Sandkastenfreund zu tun, dass der Alte den Akt verschwinden hatte lassen und ihm dann deutlich zu verstehen gegeben hatte, als Gegenleistung an diesen deutschnationalen Treffen teilnehmen zu müssen. Um endlich die einzig wahre Gesinnung kennenzulernen und dann zum Maulwurf zu werden.

»Du bist Auge und Ohr für uns bei den bolschewistischen Feinden!«

Immer und immer wieder hatte Holzer den Satz gebrüllt, mit dem ihn einst Paul Porony als Spitzel angeworben hatte. Fast empfand Wilhelm so etwas wie Mitleid mit dem Burschen, denn der wäre an diesem Spagat nahezu zerbrochen. Die einzige Abhilfe verschaffte er sich mit den Protokollen von den Sitzungen, die er irgendwann gegen diese Leute einsetzen zu können hoffte. Die Wilhelm nun in den nächsten Tagen in Ruhe zu studieren gedachte. Mit diesen Papieren sowie den Aussagen von Dieter und Brigitta bekamen sie den Alten und vielleicht auch manche von seinen Spezis dran. Zumindest wegen Wiederbetätigung.

Wilhelm nahm einen Schluck von dem Bier, das er sich von Berner hatte bringen lassen. Also von den beiden, die er sich hatte bringen lassen. Er seufzte. Trotz all dieser Kalamitäten, ja Unsäglichkeiten, blieb die Tatsache, dass Dieter Holzer ein gemeiner Mörder war. Gut, seine Freunde hatten sich wirklich letztklassig benommen, das tat man einfach nicht, eine Frau zu etwas zwingen, was sie nicht wollte, aber deswegen musste man ja nicht gleich alle umbringen. Anzeigen hätte auch gereicht. Aber wahrscheinlich hatte er bei Sieglinde Wagner Eindruck schinden wollen … Nein, das war es nicht. Er hatte *ihren* Schmerz gefühlt, als wahrer Liebender, er hatte *ihre* Rache nehmen müssen. Oder?

Wilhelm fuhr mit dem Daumen den Glasrand entlang. Wenn er theoretisch verheiratet wäre, wenn er theoretisch seine Frau abgöttisch liebte, was täte er im Fall ihrer Vergewaltigung?

Elisabeth lächelte ihn an, während sie die Beine auf die Couch legte. Anne sog am Zigarettenspitz und strich sich eine Strähne aus der Stirn.

Er hätte jedem Einzelnen sozusagen die Tatwaffen abgeschnitten. Ja, das hätte er. Und schlagartig war Wilhelm unendlich froh, dass die Todesstrafe abgeschafft war, denn Dieter Holzer war kein gemeiner Mensch.

Wilhelm seufzte ein weiteres Mal und schenkte sich den Rest vom Bier ein. Die Hauptarbeit war für heute erledigt, jetzt stand nur noch dieses eine Gespräch an. Und er war sich nicht sicher, ob er da nicht zu Beginn hören würde, dass alles Folgende inoffiziell war. Also hatte er beschlossen, ruhig privat werden zu können und sich ein oder zwei Bier zu gönnen. Das machte ihn gegenüber dem Herrn Major Bär auch sicher gelassener. Es ging doch eigentlich nur um eine Formalität. Und außerdem zeigte der Kalender Samstag an. Und die Uhr Samstagabend. Da durften sich alle Menschen amüsieren.

Samstag. Irgendetwas klingelte da in seinem Hirn. Er durchblätterte seinen Kalender, doch da war nichts eingetragen. Wie auch. Er machte sich nie etwas aus. Ein schönes Schnitzerl bei Frau Wilma würde er sich heute noch einverleiben. Mit einem prächtigen Erdapfelsalat. Wenn denn das Gespräch mit seinem Freund sich nicht in die Länge zog. Nein, er würde dafür sorgen, dass es sich nicht in die Länge zog. Spätestens um halb zehn Uhr war Schluss, dann schaffte er es noch, vor Küchenende um zehn hungrig wie ein Wolf ins Wirtshaus zu wanken.

Samstag. Irgendetwas war da gewesen. Mit Anne hatte er sich nichts ausgemacht, mit ihr musste er sich für etwaige Unternehmungen erst wieder versöhnen. Außerdem konnte sie wegen Gabi samstags nie. Gestern mit Elisabeth? Nein. Ein nächstes Treffen war gar nicht am Tapet gewesen. Und jetzt wurde ihm heiß. Deswegen war er um drei herum so nervös geworden!

Klara saß seit vier Uhr im Imperial.

Nein, natürlich saß sie nicht mehr dort. Aber er musste sich jetzt etwas sehr, sehr Gutes ausdenken, um ihren ewigen Zorn, den er auf sich geladen hatte, wieder loszuwerden. Verdammter Mist, wie hatte er das Treffen nur vergessen können? Er hätte absagen müssen und hatte ja wirklich allen Grund dazu gehabt. Nun, sie war Polizistin, sie würde es verstehen und …

Es klopfte an der Tür.

»Herein.«

Dolferl betrat federnden Schrittes das Büro. »Bitte entschuldige, Fodor. Wir haben gerade ein bissel viel zu tun.«

»Wegen dem Schah.«

»Du weißt, dass ich nicht –«

»Hör ma auf mit dem Schmarrn«, hörte Wilhelm sich schnauzen. Vergessen waren alle guten Vorsätze.

»Ist dir eine Laus über die Leber gelaufen?«

»Ja, du.«

Dolferl sah ihn lange an, nickte, setzte sich unaufgefordert, überschlug die Beine, legte die Hände entspannt auf den Schenkeln ab, lächelte. »Gut, was ist los mit dir?«

Wilhelm zündete sich eine Zigarette an. »Ich hab eine anstrengende Woche hinter mir. Mit einem Mörder, der völlig durchgedreht ist. Zwar zu Recht, aber trotzdem. Und immerhin ist mir jetzt das meiste klar. In seiner Logik passt alles zusammen. Und die Hintergründe passen dazu. Nur bleibt da ein Toter.« Er beugte sich vor. »Und du bist definitiv kein Spaziergänger.«

Sie starrten einander an.

Nun zündete sich Dolferl eine Zigarette an. »Du weißt nicht alles über mich.«

»Hör auf mit dem Schmonzes. Ich bin dein Freund. Berufsgeheimnis hin oder her. Ich will wissen, was da auf dem WIG-Gelände passiert ist. Schon allein deshalb, weil ich wissen muss, ob der Mann, mit dem ich auf die Polizeischule gegangen bin, mit dem ich seit ewigen Zeiten jeden Donnerstag Karten dipple, ob der ein Mörder ist oder nicht.« Er lehnte sich zurück. »Kannst das verstehen, Dolferl? Ich muss das wissen. Für mich.«

Der Herr Major Adolf Bär reagierte zuerst gar nicht. Dann sah er sich um, betrachtete auch den Schreibtisch. »Keine zwei Beiwagerln, und ich *weiß*, dass bei dir keine Wanzen sind.« Er lachte.

»Hör auf mit dem Getue. Wenn ich sag, dass das, was wir ausmachen, unter uns bleibt, dann bleibt es das auch. Und wenn ich den Akt mit einem unaufgeklärten Todesfall schließen muss.«

»Das schaffst du nie, du bist nicht der Typ dazu. Du bist schon immer der Wahrheit hinterhergerannt.«

»Wenn ich's sag, dann ist es so.«

»Du wirst dich erst gar nicht entscheiden müssen.« Er zog eine Augenbraue in die Höhe. »Ich bin spazieren gegangen und dabei über eine Leiche gestolpert.«

Wilhelm sah sich – zum wievielten Mal in dieser Woche? – mit den Handflächen auf die Tischplatte schlagen. Die Asche seiner Zigarette verstreute sich über die ganze Fläche. »Du bist so ein Scheißkerl!« Er stand auf und schaute aus dem Fenster. Das Weiß der letzten Tage hatte sich in unfassbar langweiliges Grau verwandelt. Es war wieder alles beim Alten.

Dolferl stellte sich neben ihm auf und schaute ebenfalls hinaus. »Die Briten haben herausgefunden, dass Kashani auf der Spur von jemandem war, der ein Attentat auf den Schah begehen wollte. Oder will.«

»Was er, als selbst ernannter Beschützer, ja nicht zulassen kann.«

»Richtig. Tja, noch ist ja nichts geschehen. Aber wer weiß. Jedenfalls hatten sie Angst, dass ihm etwas passiert. Also haben sie ihn beobachtet. Und, lieber Wilhelm, ich habe Mist gebaut. Denn sie haben uns dazugeholt, weil ihnen die Leute für eine Rund-um-die-Uhr-Bewachung ausgegangen sind, jetzt, wo der Schah hier in Österreich ist. Tja, und ich bin einfach zu spät gekommen. Das ist alles.«

»Glaub ich dir nicht. Du bist ausgebildet.«

»Nun ja, wie soll ich sagen? Ich denke, ich bin mehr der strategische Schreibtischtypus denn der gewiefte Außendienstmann.«

Sie besahen zeitgleich ihre Tschick, schauten sich um. Wilhelm holte den Aschenbecher, sie dämpften gemeinsam aus.

»Ich bin im selben Bus wie Kashani gesessen. Nur er ist gleich hinaus, ich musste erst nach vorne gehen, und da war inzwischen eine alte Frau beim Aussteigen gestürzt. Was hätte ich machen sollen? Natürlich habe ich ihr geholfen, alles andere wäre zu auffällig gewesen. Ich weiß, ich weiß, Sean Connery hätte das anders erledigt. Aber, wie gesagt, ich bin nicht er. Und gerade wie ich sie endlich auf die Bank im Wartehäuschen gehievt habe, ist ein Schuss gefallen. Ich wollte sofort los, aber der Bus-Chauffeur hat ihn auch gehört. Und die alte Frau. Sie haben mich festgehalten und auf mich eingeredet, dass ich zum Gasthaus vorne laufen soll, um die Polizei zu verständigen. Ich hab so getan, als ob, und bin dann irgendwann endlich auf das Gelände. Bis ich Kashani gefunden habe, war er tot. Und ich bilde mir ein, dass ich seinen Mörder noch gesehen habe. Aber du weißt ja, es war Schneetreiben. Ich kann mich auch geirrt haben. Da war ganz weit weg nur so eine Gestalt. Und das ist alles.« Er hielt Wilhelm seine Packung Zigaretten hin.

Wilhelm nahm eine. »Hast du gesehen, ob er einen grünen Schal hatte?«

»Ja. Und er ist komisch gelaufen.«

»Wie in einer Art Passgang.«

»Ja.«

Sie rauchten. Lange. Schweigend. Sie dämpften aus.

»Wie wird dein Bericht lauten?«

»Du warst spazieren.«

»Bis nächsten Donnerstag.« Dolferl verließ das Büro.

Wilhelm schaltete das Licht aus und beschloss, zu Ehren von Klara im Imperial ein Glas Champagner zu trinken. Irgendwann würde er sie auf selbiges einladen. Von Herzen.

EPILOG

Die Vögel zwitscherten, die Bienen summten. Wilhelm lächelte. Nie, nie im Leben würde er eingestehen, dass ihn so eine Stimmung absolut glücklich machte, denn das gehörte sich doch eher für Frauen. Aber in diesem Moment war er allein und spazierte durch den Stadtpark, in dem die Natur förmlich explodierte. Und das war nach dem langen, harten Winter auch ihr gutes Recht.

Er kam beim Wetterhäuschen zum Stehen. Da vorn beim Teich war er gelegen, dieser Porony. Seine Mütze hatte sich in einem eingefrorenen Zweig nahe dem Ufer verfangen. Und bis jetzt wusste Wilhelm nicht, was mit ihr geschehen war. Er hatte sie einsammeln wollen. Die Aufgabe dann den Spurensicherern zugeschoben. Und sich nie nach dem Ergebnis erkundigt, weil ihn ständig die Ereignisse überrollt hatten.

Nun, mittlerweile war der Ausgang der Sache egal, denn Harald Porony lag unter der Erde und sein Akt war lange geschlossen. Niemand interessierte sich mehr für seine Mütze, nicht einmal seine Eltern.

Aber gewisse Dinge änderten sich nie. Erst gestern hatte er wieder einmal eine wunderbare Mittagspause mit Anne verbracht. Sie in der bewussten Jeansjacke, die er seit diesem Fall als beinahe unerträglich sexy empfand, und er einmal mehr mit einem Geschenk für Gabi. Dieses Mal hatte er eine Schultasche besorgt, die aus extradünnem Leder gefertigt und daher, wie auch aufgrund der besonders breiten, gepolsterten Riemen, sehr angenehm zu tragen war. Morgen würde er mit Elisabeth ins Kino gehen. Irgendein Aufreger. Er hatte den Titel vergessen.

Und jetzt stand ein gemütliches Frühstück im Prückl an, das er, da Sonntag, einmal ohne Fischer und Lukaschek genießen würde. Er schritt forsch aus und erreichte das Café nach ein paar Minuten.

Nachdem er den Vorhang zur Seite geschoben hatte, wobei er sich wunderte, dass die Betreiber den Windfang bei diesem schönen Wetter noch immer nicht abgehängt hatten, sah er direkt in das steinerne Antlitz von Karoline Matelka. Sie erkannte ihn auch. Und es schien ihm, als würde sie lächeln. Doch das bildete er sich sicherlich nur ein, denn seitdem er ihren Busenfreund Paul Porony in ernste Schwierigkeiten gebracht hatte, war sie die Ignoranz in Person gewesen. Vielleicht hatte der alte Hund, beziehungsweise sein Anwalt, einen Trick gefunden, wie er sich und seine Freunde vor der Anklage bezüglich Paragraf drei retten konnte. Oder sich selbst auch vor anderem. Nun, er würde es zeitgerecht erfahren. Und zwar durch einen Artikel von Esther Blau im Kurier. Gleich nach der Verhaftung von Holzer hatte er sein Versprechen ihr gegenüber eingelöst und ihr exklusiv – fast – alle Hintergrundinformationen zukommen lassen. Seitdem war sie die unumstrittene Expertin bei diesem Thema.

Wilhelm nahm einen stillen Fensterplatz in Beschlag, bestellte eine Eierspeis mit schwarzem Tee aus Ceylon und beglückwünschte sich einmal mehr dazu, dass sein überreizter Magen ihn dazu gezwungen hatte, von Kaffee auf diese Köstlichkeit umzusteigen.

Er wuchtete sich erneut in die Senkrechte und nahm ein paar Zeitungen von der Theke. Ein gemütlicher Sonntag mit viel Lektüre erwartete ihn. Aus Gewohnheit las er zuerst die Rückseite der Arbeiter-Zeitung. Irgendwelche Änderungen bei der Fußball-Nationalliga. Es sollten nur mehr sechs Vereine aus Wien darin vertreten sein. Er würde es nachher studieren, um morgen mit Fischer und Lukaschek ein bisschen plaudern zu können.

Wilhelm drehte die Zeitung auf die Titelseite. Eine sogenannte »Mondfee« aus Südvietnam war eine Vietkongagentin. Na wunderbar. Was ging ihn das an? Dann ein Aufruf, an den Wahlfonds der Sozialistischen Partei zu spenden, damit Wiens Bürgermeister Jonas der neue Bundespräsident wurde.

Er wäre nicht der Schlechteste. Und … eine Schießerei vor dem Schahpalast. Wilhelm hielt sich den Artikel vor die Nase: *Am Eingang zum kaiserlichen Palast in Teheran kam es zu einer Schießerei zwischen einem Soldaten und einem Angehörigen der Palastwache, sodass man zuerst glaubte, ein Soldat habe sich mit Waffengewalt Zutritt zum Palast verschaffen wollen.* Wilhelm ließ die Zeitung sinken. Nahm sie wieder auf und studierte zur Sicherheit das Datum der Ausgabe. 11. April. Also war das am 10. April geschehen. Alles in allem ungefähr zwei Monate nach der Sache in Wien.

Er las weiter. Sie schwafelten etwas von Privatfehde, die einer der beiden nicht überlebt hatte, wobei nach wie vor unklar war, welcher von den beiden. Der Schah habe sich zum Zeitpunkt des Zwischenfalls im ersten Stock befunden, und zwar in einer Konferenz mit dem Hofminister.

Und man weise jedes Gerücht zurück, dass es sich bei dieser Sache um ein Attentat gehandelt habe.

Sicher.

Wilhelm legte die Zeitung ab. Er sah einen Mann vorderasiatischen Typs vor sich, der einen Passgang hatte und einen grünen Schal trug.

Danksagung

Seit Jahren trage ich den Gedanken, nein, das Bedürfnis mit mir herum, einen historischen Roman zu schreiben – nun wurde es zwar kein solcher im strengen Sinne (dafür wird landläufig die Grenze von siebzig Jahren, die die Handlung zurückliegen muss, angelegt), aber doch einer, der in vergangenen Zeiten spielt. Und den Mut dazu schenkte mir ein wunderbares Gespräch mit Georg Hasibeder einst auf der Frankfurter Buchmesse. Danke!

Vergangene Zeiten holt man sich in die Gegenwart, indem man intensiv liest und recherchiert, aber auch mit Zeitzeugen spricht. Für viele herrliche Stunden voller Geschichten und spannender Informationen danke ich Monika Faber, Ursula und Norbert Doubek, Isabella Farkasch, Ingeborg Halzl, Leonore Hellmer, Kitty Kino, Helga und Heinz Prochazka und Michaela Sburny. Hintergründe zum Rudersport erläuterte mir dankenswerterweise Bernd Matschedolnig, zum Pfeifenrauchen Sepp Grünberger.

Und wie bei all meinen Romanen durfte ich auf wunderbare Testleserinnen und -leser vertrauen, die da sind: Ursula und Norbert Doubek, Susanne Gebhart-Siebert, Michaela Glanzer, Ingeborg Halzl, Andreas Pittler, Susanne Schubarsky, Robert Stöger und Marion Wiesler.

Schließlich hatte ich das Manuskript fertig, doch dann war es noch ein weiter Weg von der berühmt-berüchtigten Schublade zu Ihnen, liebe Leserinnen und Leser. Der Erste, der das Manuskript gleich begeistert unter seine Fittiche genommen hat, war mein Agent Lars Schultze-Kossack – vielen Dank dir! Er fand einen Verlag, der ebenso begeistert zugriff: Emons. Das herzliche Erstgespräch mit Stefanie Rahnfeld (ich liebe unsere fröhlichen Telefonate!) ließ mich voll Vertrauen der weiteren Arbeit entgegenblicken. Und die bestand zuallererst im Lektorat mit Carlos Westerkamp, was sich als besondere Freude herausstellte, denn ich habe mich sehr gut aufgehoben gefühlt. Danke! Schließlich folgte eine professionelle, wirklich engagierte und respektvolle Zusammenarbeit mit vielen weiteren Mitarbeiterinnen und Mitarbeitern des Verlags (zum Zeitpunkt dieser Niederschrift möchte ich besonders Hannah Naumann und Nina Schäfer erwähnen), wofür ich allen Emons-Menschen von Herzen danke. Es war mir ein großes Vergnügen, das wir hoffentlich wiederholen können – wofür die Chance dank Ihnen, der/die Sie das Buch in Händen halten, steigt. Merci!

Sabina Naber
Wien, im Herbst 2018